CW01626563

EDITION
M

Das Buch

Der Auftakt zur packenden Thriller-Trilogie von Bestsellerautor J.A. Konrath.

Phineas Troutt löst Probleme – wenn nötig auch mit Gewalt. Er ist todkrank und hat nichts zu verlieren, als die Ärztin Pasha Kapoor ihn um Hilfe bittet. Sie wird wegen ihrer Abtreibungsklinik bedroht und Phin soll das beenden. Doch dabei kommt er skrupellosen Mafiosi und korrupten Politikern gefährlich nah, und eine gnadenlose Jagd auf ihn beginnt.

Aber Phin hat zwei Leute, auf die er sich verlassen kann, wenn die Luft gefährlich dünn wird: seinen schrägen Kumpel McGlade und die Polizistin Jacqueline »Jack« Daniels, mit der Phin zunehmend mehr verbindet als nur die knallharte Entschlossenheit zu überleben …

Der Autor

J.A. Konrath hat im Rahmen seiner Jack-Daniels-Serie bereits zehn Romane verfasst, die in keiner bestimmten Reihenfolge gelesen werden müssen. In deutscher Sprache sind bisher die Titel »Mr. K«, »Kite«, »Der Lebkuchenmann«, »Guter Bulle, böser Bulle«, »Die Psychopathen«, »Der Chemiker«, »Die Scharfschützen«, »Die Erzfeinde«, »Der Nagelkiller« und »Die letzte Runde« erschienen.

Außerhalb der Serie wurden zudem »Alle wollen Tequila«, »Die Brandmörder« sowie der Techno-Thriller »Auf der Liste« veröffentlicht sowie der Horrorthriller »Das Angstexperiment«.

Die Verkaufszahlen von J.A. Konraths E-Books haben die Millionengrenze überschritten.

J.A. KONRATH

MIT EINEM BEIN IM GRAB

EIN PHINEAS-TROUTT-THRILLER

Aus dem Amerikanischen
von Peter Zmyj

EDITION M

Die amerikanische Ausgabe erschien 2017 unter dem Titel »Dead On My Feet« im Selbstverlag.

Deutsche Erstveröffentlichung bei
Edition M, Amazon Media E.U. S.à r.l.
5 Rue Plaetis, L-2338 Luxembourg
März 2018
Copyright © der Originalausgabe 2017
By J. A. Konrath
All rights reserved.
Copyright © der deutschsprachigen Ausgabe 2018
By Peter Zmyj

Die Übersetzung dieses Buches wurde durch AmazonCrossing ermöglicht.

Umschlaggestaltung: bürosüd° München, www.buerosued.de
Umschlagmotiv: © itanistock / Alamy Stock Photo; © kilukilu / Shutterstock; © Ensuper / Shutterstock; © Joe Belanger / Shutterstock; © karmaspace / Shutterstock
Lektorat: Cathérine Fischer
Korrektorat: Manuela Tiller/DRSVS
Printed in Germany
By Amazon Distribution GmbH
Amazonstraße 1
04347 Leipzig, Germany

ISBN: 978-1-503-90154-4

www.edition-m-verlag.de

Einst war mir mein Leben hoch geschätzt
Jeder Atemzug willkommen
Doch das Jetzt wirkt wie gehetzt
Meine Tage bald zerronnen

Vor langer, langer Zeit im primitiven, abgebrühten Chicago des Jahres 2007

»Ich sterbe«, sagte ich.

Ihrer Kleidung sah man nicht an, dass sie eine Hure war. Sie sah nicht aus wie die Sexarbeiterinnen, die auf den Straßen von Chicago ihre müden Hüften schwangen, befleckte Dessous von Frederick's of Hollywood und Schuhe mit Plattformabsätzen trugen, verzweifelt darauf erpicht, Männer um ihr Geld zu erleichtern. Aber diese Dame setzte sich nicht auf den Barhocker neben mir, weil sie einen Freund suchte. Ich hatte einen letzten Funken Selbsterkenntnis übrig und wusste, dass die Zeiten, in denen fremde Frauen mich in Bars anbaggerten, vorbei waren, seit die Chemotherapie meinen Kokainkonsum abgelöst hatte.

»Ist das der Grund, warum du keine Haare mehr hast?«, fragte sie.

Ich nickte. Meine Augenbrauen waren wieder nachgewachsen, aber meine Kopfhaut glänzte wie die von Yul Brynner. Ich musterte sie aus Höflichkeit von Kopf bis Fuß, nicht weil ich Lust auf käuflichen Sex hatte, sondern weil ich mir eine potenzielle Möglichkeit für später nicht verderben wollte.

Pumps, geschmackvolles Oberteil, Minirock, keine Nylons. Ich schätzte sie auf Mitte dreißig, vielleicht ein paar Jahre jünger als ich. Offensichtlich eine Chinesin, und sie hatte übertrieben Make-up und Parfüm aufgetragen. In der trüben Beleuchtung der Bar konnte ich ihre Figur nicht richtig sehen, aber das spielte eigentlich keine Rolle, oder?

»Ich heiße Sugar. Und du?«

Ich versuchte, Augenkontakt mit dem Barkeeper aufzunehmen und ihm zu signalisieren, dass mein Glas seit fast zwanzig Sekunden leer war. Ich beschloss, ihm weitere dreißig zu geben, bevor ich anfing, sauer zu werden.

»Hast du einen Namen?«, fragte sie erneut.

»Phineas Troutt.«

»Wie sieht's aus, Phineas Troutt … haben Männer, die mit einem Bein im Grab stehen, immer noch Lust auf Frauen?«

»Das haben wir. Aber im Augenblick steht uns der Sinn mehr nach Trinken.«

»Dann gib mir 'nen Drink aus.«

Der Barkeeper nahm endlich von mir Notiz, und ich bestellte noch einen Tequila Martini und irgendein verwässertes, überteuertes Gesöff für die Dame.

»Tequila Martini. Klingt scheußlich.«

»Ist es auch.«

»Und warum trinkst du es dann?«

»Weil ich den Alkohol brauche, aber den Genuss nicht verdient habe.«

Sie legte ihre Hand auf die Innenseite meines Oberschenkels und rieb an meiner Jeans. »Bist du ein böser Junge, Phineas Troutt?«

Pass bloß auf, Mädchen, böser geht es kaum.

»Wie viel?«, fragte ich.

»Verkehr oder blasen sechzig. Beides zusammen fünfundsiebzig.«

»Ich nehme fünfzig.«

»Du zahlst fünfzig?«

»Nein. Ich *nehme* fünfzig.«

Sugar kniff die Augen zusammen. »Fünfzig wofür?«

»Nehmen wir an, du hast einen Exfreund, der sauer auf dich ist. Ich würde ihm fünfzig berechnen, wenn ich dir die Nase kaputt schlage.«

Ihre Augen verengten sich noch mehr, und sie hörte auf, an mir herumzufummeln. »Du bist ein Mann fürs Grobe?«, fragte sie.

Eine Bezeichnung, die momentan im Trend lag. Gemeint war ein Knochenbrecher. Aber solche Typen, die in der Regel für die Mafia arbeiteten, hatten einen Boss. Ich dagegen war mein eigener Boss. Mit meiner eigenen Berufsbezeichnung.

»Ich bin ein Problemlöser«, erklärte ich ihr.

Mein bevorzugtes Wort, um zu beschreiben, womit ich mein Geld verdiene. Ich bin kein Söldner. Kein Leibwächter. Kein Privatdetektiv. Ich bin jemand, der gegen Bares Probleme mit Gewalt löst. So einfach ist das.

»Du verprügelst Leute?«

»Manchmal.«

»Hast du schon mal mehr getan, als sie nur zu verprügeln?«

Vorsicht, Phin. Du hast zu viel getrunken. In einem beschissenen chinesischen Restaurant mit fremden Leuten über deine Tätigkeit zu reden, ist leichtsinnig.

»Hast du ein Problem, das gelöst werden muss, Sugar?«

Sie schob den Bund ihres Minirocks hinunter und zeigte mir eine hässliche Brandwunde.

»Mein Zuhälter«, sagte sie. »Wenn er der Meinung ist, dass ich nicht genug eingenommen habe, benutzt er mich als seinen Aschenbecher.«

Nett. Die Menschheit war wirklich toll. »Und du willst, dass er verschwindet.«

Sie schüttelte den Kopf. »Das sind alles üble Typen. Der Nächste könnte womöglich schlimmer sein.«

»Du willst, dass er aufhört, dir wehzutun.«

»Das gehört zu meinem Beruf.« Sie hatte einen leeren Ausdruck in den Augen. »Aber er soll wenigstens einmal spüren, wie das ist.«

Ihre pragmatische Einstellung gefiel mir. »Hast du Kohle?«

»Wir könnten einen Tauschhandel eingehen. Meine Arbeit für deine.«

Ich ließ mir ihr Angebot durch den Kopf gehen. In den letzten paar Tagen hatte ich drei Riesen für Huren, teure Hotels und Drogen verprasst. Wahrscheinlich hatte ich im Augenblick nicht mehr als dreißig Dollar in der Tasche.

Wäre eigentlich nicht schlecht, mal ausnahmsweise nicht für Sex bezahlen zu müssen. Ich war besoffen, aber nicht so schlimm, dass ich keinen mehr hochkriegen konnte.

Ich trank den Martini mit einem Schluck zur Hälfte leer. Furchtbar. »Der Dünne mit dem Cowboyhut und dem Fu-Manchu-Bärtchen, der uns seit ein paar Minuten beobachtet.«

Sugar sah nicht in seine Richtung. »Ja, das ist er.«

»Der Große an der Tür, ist das sein Aufpasser?«

»Ja.«

»Hat er noch mehr Leute?«

»Die sind nicht hier.«

»Sind sie bewaffnet?«

»Keine Schusswaffen. Wenn man damit erwischt wird, kommt man in den Knast.«

Chicago, die Stadt mit der höchsten Mordrate in den USA, hatte beschlossen, hart gegen die Gewaltkriminalität durchzugreifen.

Und es war auch höchste Zeit. Auf den Straßen liefen wirklich gefährliche Typen herum.

Ich leerte mein Glas, stand auf, ging auf den Zuhälter zu und strahlte dabei die Zuversicht eines Betrunkenen aus.

Aber ich fühlte mich nicht betrunken. Ich fühlte mich wie ein Springmesser, bereit, sofort aufzuschnappen.

»Sugar hat gesagt, ich soll mit dir reden, wenn ich … spezielle Wünsche habe.«

Er betrachtete mich wie einen Haufen Hundescheiße, in den er gerade getreten war.

»Sugar kann viele spezielle Wünsche erfüllen«, sagte er.

»Wie wär's, wenn ich sie ein bisschen hart rannehme?«

»Woran hast du gedacht?«

Ich zuckte mit den Schultern. »Nichts Ernsthaftes. 'ne blutige Nase. Ein blaues Auge. Vielleicht ein gebrochener Finger.«

»Das könnte teuer werden. Wenn sie für ein paar Tage nicht auf die Straße geht, verdient sie kein Geld.«

»Zweihundert?«, fragte ich und ließ meine Wut langsam anwachsen.

»Zweihundertfünfzig. Aber wenn sie ins Krankenhaus muss, geht das auf deine Rechnung.«

»Wie viele Finger kann ich für zweihundertfünfzig brechen?«

Er grinste und entblößte dabei einen Goldzahn. »Wozu brauchen Nutten Finger?«

Ich griff in die Tasche. Der Zuhälter dachte wahrscheinlich, dass ich Geld hervorholen wollte. Als der Schlagring zum Vorschein kam, hatte er kaum Zeit, seine Überraschung zu zeigen, bevor ich ihm die Nase brach.

Er sackte zusammen, und ich verpasste ihm ein Veilchen. Und gleich noch eins.

In diesem Augenblick kam der Große herbei, der bei der Tür gestanden hatte. Ich erkannte Typen wie ihn an der Art, wie sie sich bewegten. Der Kerl hatte viel Zeit in der Muckibude verbracht, und es fiel ihm leicht, Freier einzuschüchtern, die nichts vom Kämpfen verstanden.

Ich selbst beherrschte auch keine Kampfkünste, aber ich hatte nichts zu verlieren. Ich wette, dass jemand, dem alles scheißegal ist, gegen einen Kampfsportler die besseren Karten hat.

Ich vollführte eine Drehung aus der Hüfte heraus und traf den Rausschmeißer mit einem Halbkreistritt am Kinn. Er fiel zusammen wie ein Kartenhaus.

Der Zuhälter versuchte hektisch, etwas aus der Tasche seiner Jeans zu ziehen. Vielleicht ein Messer. Oder ein Handy, um die Notrufnummer 911 zu wählen. Ich ging neben ihm in die Hocke und zog die Hand von der Tasche weg.

»Auf wie viele Finger hatten wir uns geeinigt?«, fragte ich.

Er antwortete nicht. Also brach ich alle fünf.

Wozu brauchen Zuhälter Finger?

Ich ließ ihn schluchzend liegen, warf ein bisschen Geld für die Drinks auf den Tresen und verließ die Bar. Angst und Adrenalin ließen mich am ganzen Leib zittern. Ich beugte mich vor und kotzte auf den Gehsteig.

Nicht vom Alkohol. Den konnte ich vertragen.

Es war der Schmerz.

Earl.

Ich brauchte Koks. Am besten gleich ein paar Lines. Aber das war der Grund, weshalb ich überhaupt in Chinatown war. Ich hatte den Großteil meines Geldes für Drogen und Huren ausgegeben, und den Rest hatte ich einfach verprasst. Also musste ich von der Hand in den Mund leben, bis ich wieder Kohle machte.

In der Zwischenzeit freute ich mich über mein Quid-pro-quo-Arrangement mit Sugar. Wobei in mir der Verdacht keimte, dass dies nicht ihr richtiger Name war.

Sie kam zu mir nach draußen, als ich gerade ein paar Pfefferminzdragees schluckte. Das Kotzen und ich waren alte Freunde.

»Du kämpfst gut. Woran stirbst du?«

»Krebs«, sagte ich. »Bauchspeicheldrüse.«

»Na ja, du kämpfst jedenfalls gut.«

Sie irrte sich. Ich kämpfte nicht gut, ich schlug Leute gut zusammen. Hätte ich es zu einem echten Kampf kommen lassen, bei dem beide Parteien eine Chance hatten zu gewinnen, hätte ich etwas falsch gemacht.

»Wohnst du in der Nähe?«, fragte sie.

»Nicht allzu weit. Mein Truck ist dort drüben.«

Sie folgte mir zu dem Ford Bronco. Bevor ich einstieg, ging ich um das Fahrzeug herum. Keine vollständige Inspektion, aber eine schnelle Sichtprüfung. Die Reifen waren in Ordnung, das Klebeband unbeschädigt. Ich schloss die Tür auf ihrer Seite auf und startete den Motor.

Sugar schrie so laut, dass mir beinahe das Trommelfell platzte. Ich folgte ihrem Blick. Der Kerl mit dem Fu-Manchu-Bärtchen war uns auf den Parkplatz gefolgt.

Ich hatte mich geirrt. Sugar ebenfalls. Der Zuhälter hatte nicht nach einem Messer gegriffen. Stattdessen hielt er in der Linken einen kleinen Revolver und zielte damit in die Richtung meines Ford Broncos.

Schlampig, Phin. Du verdienst, dass er dich erschießt, weil du so unvorsichtig warst.

Aber anscheinend war er kein Linkshänder, denn er schoss zweimal voll daneben. Ich gab Gas und raste auf ihn zu.

Fu Manchu riss die Augen weit auf und trat zwei Schritte zur Seite. Ich lenkte in seine Richtung, und sein Fuß machte Bekanntschaft mit meinem Reifen.

Der Reifen ging aus dieser Begegnung als Sieger hervor.

»Das geht auf mich«, sagte ich zu ihr. »Keine zusätzlichen Kosten.«

Für Zuhälter hatte ich noch nie viel übriggehabt. Sexarbeiterinnen boten eine gesellschaftlich wichtige und nützliche Dienstleistung, aber mein Land mit seiner lächerlichen puritanischen Ader und den damit einhergehenden unsinnigen Gesetzen machte ihnen das Leben schwer. Anstatt das Sexgewerbe zu besteuern, zu regulieren und zu schützen, wie es jede anständige Gesellschaft tun sollte (meiner Meinung nach verdiente jeder, der diesen Service anbot, Respekt und Schutz), überließ man Huren der Willkür von Arschlöchern wie diesem Typen.

Na ja, mal sehen, wie gut er in Zukunft der Zuhälterei nachgehen konnte, wenn er im Rollstuhl saß.

»Und das geht auf mich«, sagte Sugar und griff nach dem obersten Knopf meiner Jeans.

Ich parkte in einer Gasse und wir trieben es so wild, dass die Fenster beschlugen. Irgendwann fiel ich in Ohnmacht, woran wahrscheinlich mein letzter Martini schuld war.

* * *

Als ich aufwachte, war es nach drei Uhr morgens, und Sugar war verschwunden. Meine Brieftasche lag aufgeklappt auf dem Beifahrersitz wie ein toter Vogel. Sie war leer. Sugar konnte nicht mehr als ein paar Dollar gestohlen haben, aber ich fand es trotzdem enttäuschend.

Ich startete den Motor und hielt eine Hand auf die schmerzende Stelle an meiner Seite gedrückt, während ich die Cermak Road entlangfuhr.

Die Cermak Road heißt auch 22nd Street. Die Chinesen haben wiederum einen anderen Namen für diese Straße, denn sie verläuft durch die Chinatown von Chicago. Ich wohne seit drei Monaten dort und weiß immer noch nicht, wie sie bei den Chinesen heißt. In Chinatown leben etwa gleich viele Mandarin- und Kantonesischsprecher, und obwohl sie eine Schriftsprache gemeinsam haben, sprechen sie verschiedene Dialekte, sodass man keine einheitliche Antwort bekommt.

Es war warm für September, und ich ließ die Fenster herunter. Der Fahrtwind fühlte sich gut an. Es roch schwach nach Sojasoße, aber das traf auf alles in Chinatown zu. Die Straßen waren leer, und selbst die zugedröhntesten Huren hatten bereits Feierabend gemacht. Sämtliche Geschäfte hatten immer noch die Außenbeleuchtung an, blinkende, pastellfarbene chinesische Schriftzeichen, die unnötig Strom fraßen.

Die grellen Lichter erinnerten mich daran, dass ich Kopfschmerzen hatte. Ich bog in die State Street, die Chinesen und Afroamerikaner voneinander abgrenzte. Östlich davon befanden sich heruntergekommene Apartments, westlich davon eine chinesische Bäckerei, die einem Brandanschlag zum Opfer gefallen war.

Die Gegend war dermaßen vom Rest der Stadt abgeschnitten, dass sie genauso gut eine Insel sein könnte.

Zwei Querstraßen weiter bog ich nach rechts in die 25th Street und dann gleich links in den Parkplatz des Michigan-Motels. Ich parkte auf dem Behindertenparkplatz – wer am Sterben ist, genießt auch Vorteile – und holte die Rolle durchsichtiges Klebeband hervor, die ich stets in meiner Tasche mit mir herumtrug. Ich klebte je einen Streifen über Fahrer- und Beifahrertür. Wenn sich jemand während meiner Abwesenheit an meinem Auto zu schaffen machte, würde das Klebeband zerreißen und ich wäre gewarnt. Die Streifen auf der Motorhaube und der Heckklappe brauchte ich nicht neu anzubringen.

In meinem Beruf kann Paranoia nicht schaden.

Ich ging zum Check-in-Fenster, um meine Post abzuholen. Es hatte unten einen Schlitz, wo man das Geld hineinlegen und den Schlüssel herausnehmen konnte. Der Schlitz war zu dünn für eine Pistole, und die vier großen Dellen in der dicken Scheibe zeigten, dass das Glas schusssicher war.

Das Fenster war nicht besetzt. Ein Schild wies darauf hin, dass man den Klingelknopf drücken sollte, aber ich wusste, dass der kaputt war. Stattdessen hämmerte ich mit der Faust gegen die Fensterscheibe und schrie.

Das Zimmer des Motelbesitzers lag gleich hinter dem Check-in-Bereich und wurde durch eine Panzertür abgetrennt. Ich war gerade dabei, ernsthaft sauer zu werden, als besagter Besitzer erschien. Kenny Jen Bang Ko. Ein kleiner Fettwanst mit einem Muttermal auf der linken Wange, aus dem Haare wuchsen. Die Haare auf seinem Kopf waren immer noch pechschwarz, obwohl er bestimmt schon auf die siebzig zuging. Wahrscheinlich lag das daran, dass er sie nie wusch. Würde man eine Flamme an Kenny Jen Bang Kos Kopf halten, würde er tagelang wie eine Öllampe brennen.

In der Hand hielt Kenny einen Pappbehälter, aus dem es nach Schweinefleisch süßsauer roch. Ein Stück Fleisch, das an seinem linken Mundwinkel hing, bestätigte meine Assoziation. Als er sah, dass ich es war, bildeten sich Fältchen um seine Augen.

»Diesmal warst du zehn Tage weg«, sagte er.

»Elf«, korrigierte ich ihn.

»Muss ’ne ziemlich wilde Party gewesen sein.«

Wenn er das sagte, war es wohl so. Ich konnte mich nur noch bruchstückhaft erinnern. Eine von den Huren, eine übergewichtige Rothaarige mit grünem Minirock und Haaren an den Beinen, haftete in meinem Gedächtnis, weil sie sich fast die Hälfte meines Kokainvorrats in die Nase gezogen hatte. Außerdem erinnerte ich mich vage daran, dass ich beim Zimmerservice zehn Dosen Schlagsahne bestellt hatte. Was ich damit getan hatte, wusste ich allerdings nicht mehr.

»Gibt es Nachrichten für mich?«

Er nickte und verschwand durch die Tür aus Eichenholz. Ich hatte Kennys Bekanntschaft kurz nach meiner Diagnose gemacht. Ich war vor seiner heruntergekommenen Absteige vorgefahren, weil ich eine billige Bleibe suchte, wo ich scheißen, duschen und schlafen konnte. Just in diesem Augenblick bekam er Besuch von Mitgliedern einer lokalen Straßengang, die von ihm Schutzgeld erpressen wollten.

Die Typen hatten Messer.

Ich hatte einen Baseballschläger aus Aluminium.

Drei Rettungswagen waren nötig, um sie alle ins Krankenhaus zu bringen.

Bevor die Sanis eintrafen, nahm ich den missratenen Jugendlichen achthundert Dollar und etwas Crystal Meth weg. Kenny gab mir auf unbegrenzte Zeit ein kostenloses Zimmer in seinem Motel. Dankbarkeit wird bei den Chinesen großgeschrieben. Andererseits, wenn Sie sich mein Zimmer ansehen würden, wäre Ihr erster Eindruck, dass es mit der Dankbarkeit nicht weit her sein konnte.

Kenny kam mit zwei Umschlägen wieder. Auf beiden stand mein Name, aber kein Absender.

Der eine war mit blauem Kugelschreiber beschriftet. Der andere war von Annie. Ich steckte den von Annie in die Tasche, dankte Kenny und öffnete den geheimnisvollen Brief auf dem Weg zu meinem Zimmer.

Bei meiner Arbeit muss ich nur selten nach Kunden suchen. Meistens kommen die Aufträge zu mir. Wenn ich für irgendeine Dumpfbacke ein Problem gelöst habe, erzählte er zehn seiner Dumpfbacken-Freunde davon, die ebenfalls Probleme hatten. Dieser Brief war ein perfektes Beispiel dafür.

»Mr Trout (der Name war falsch geschrieben): Wir brauchen dringend Ihre Hilfe. Dieselbe Hilfe, die vor ein paar

Monaten Karl Griffith in Flutesburg von Ihnen bekommen hat. Bitte rufen Sie uns an.«

Dann eine Telefonnummer. Vorwahl 847, also in einem der Vororte. Ich steckte den Brief in die Tasche und öffnete meine Tür (der Trick mit dem durchsichtigen Klebeband funktionierte in meinem Motelzimmer nicht, weil die Zimmermädchen es zerreißen würden).

Mein Bett war wie immer gemacht. Einer der Vorteile, wenn man in so einer Luxusherberge wohnte. Ich suchte nach der Pfefferminzschokolade auf dem Kopfkissen. Es war nie eine da, aber ich gab die Hoffnung nicht auf, dass das Leben für mich eine Überraschung bereithielt.

Ich zog das Hemd aus, das ich die letzten elf Tage getragen hatte, und ließ es auf den Boden fallen. Es war noch ziemlich sauber, denn ich hatte es gestern oder vorgestern beim Duschen angelassen. Mehr als drei Tage war meine letzte Dusche jedenfalls nicht her. Oder vielleicht brachte ich die Tage durcheinander. Wenn man so viele Drogen nimmt wie ich, kommt das schon mal vor.

Ich setzte mich aufs Bett und wollte gerade die Hose ausziehen, als ich einen Krampf in meiner rechten Seite verspürte. Ein schlechtes Zeichen. Ich hatte eine Chordotomie hinter mir. Das ist eine komplizierte Operation, bei der die Nerven, die von dem mit Krebszellen befallenen Bereich zum Rückenmark verlaufen, durchtrennt werden. Eine palliative Behandlung. In meiner unteren linken Seite spüre ich normalerweise nichts. Dass es jetzt dort wehtat, bedeutete, dass der Krebs sich ausbreitete.

Aber das wusste ich. *Sie sind in Remission* ist eine größere Lüge als *das Geld ist morgen auf Ihrem Konto* und *ich verspreche dir, dass ich ihn rechtzeitig rausziehe.*

Ich zog meine Boxershorts aus und ging ins Bad.

Über dem Toilettendeckel verlief ein weißer Papierstreifen. Das bedeutete, dass die Toilette gereinigt worden war. Der

Streifen war schmutzig. Ich riss ihn ab und warf ihn in den Mülleimer neben dem Waschbecken. Das Zimmermädchen würde ihn bei ihrem nächsten Besuch herausfischen und wieder am Toilettendeckel anbringen. Wahrscheinlich war das meine Schuld, weil ich ihr kein Trinkgeld gab.

Dann setzte ich mich auf die Toilette, wohl wissend, dass meine Scheiße weiß sein würde. Deswegen war ich überhaupt erst zum Arzt gegangen. Es hatte etwas mit den Gallengängen zu tun.

Ich dachte an Dr. Karl Griffith. Er war der Chef einer Abtreibungsklinik in Flutesburg, einem von Chicagos größeren Vororten. Unbekannte Personen hatten versucht, ihn zur Einstellung seiner Tätigkeit zu bewegen und seine Klinik zu schließen. Zwei Kerle, die den Arzt angegriffen hatten, erhielten von mir eine Abreibung mit einem Baseballschläger. Obwohl ich nicht gerade zimperlich mit ihnen umging, verrieten sie mir nicht, wer ihr Auftraggeber war. Kurz darauf teilte Griffith mir mit, dass er meine Dienste nicht mehr benötigte, und zahlte mir dreitausend Dollar für drei Tage Arbeit.

Die Sache war seltsam. Diese zwei Typen waren keine durchgeknallten Abtreibungsgegner aus dem rechten Lager, die für eine politische Überzeugung kämpften. Sie waren Profis, keine Protestler. Und wie viel Angst musste jemand vor seinem Boss haben, um die Schnauze zu halten, wenn ein zugedröhnter Psychopath mit seinem Schienbein Baseball spielte?

Es hätte mich misstrauisch machen müssen. Aber mir war alles scheißegal, und ich interessierte mich nur noch für Vergnügen der chemischen und fleischlichen Art. Ich nahm mein Geld, verprasste es für Drogen und Sex und vergaß Griffith prompt.

Bis er mir jetzt wieder einfiel.

Ich sprang unter die Dusche und drehte das Wasser so heiß auf, wie ich es ertragen konnte.

Ich drehte es noch heißer auf.

Ich schrubbte meine Haut, bis sie prickelte und rosa wurde, und trocknete mich anschließend mit einem blutbefleckten Handtuch ab, das das Zimmermädchen während meiner mehrtägigen Abwesenheit nicht ausgewechselt hatte.

Den Brief von Annie legte ich auf die obligatorische Bibel in meinem Nachtkästchen, wo sich bereits ein Dutzend weiterer ungeöffneter Briefe von ihr stapelten. Dann las ich erneut den Brief, in dem mich jemand um Hilfe bat.

Es stand dasselbe drin wie vorhin. Keine Überraschung.

Ich ging zur Klimaanlage und zog den roten Teppichboden in der Ecke hoch. Darunter befand sich eine Holzdiele mit einer fingerbreiten Kerbe, die ich hineingeschnitzt hatte.

Mein geheimer Drogenvorrat.

Einer gründlichen Durchsuchung würde das Versteck nicht standhalten, aber ich bezweifelte, dass jemand, der in mein Zimmer einbrach, gründlich suchen würde. Das Viertel zog Alkis und Junkies an, die Einbrüche begangen, um das Zimmer nach herumliegendem Geld oder Drogen zu durchwühlen, aber ihre Suche würde bei der Kommode enden. Was die Bullen betraf …

Ich wurde mehr oder weniger regelmäßig festgenommen, das gehörte einfach zu meinem Job. Aber nur selten konnte man mir etwas nachweisen, und auf meinem Führerschein stand noch meine alte Adresse, also würden sie mich wohl nicht finden, selbst wenn sie das wollten.

Nun ja, eine Polizistin wahrscheinlich schon. Eine Mordermittlerin mit dem Dienstgrad eines Lieutenants namens Jack. Unsere Beziehung ließ sich am besten mit dem Wort »interessant« beschreiben. Von unserer letzten Begegnung trug ich zwei Kugeln in der Schulter davon. Die Stelle tat immer noch weh, wenn man sie berührte.

Du musst härter im Nehmen werden, Prinzessin. Das ganze Leben tut weh.

Wobei von deinem Leben nicht mehr viel übrig ist …

Das hatte Earl gesagt. Wir haben einen Selbstmordpakt. Nachdem er mich umgebracht haben wird, bringt er sich selbst um.

Ich erfuhr von Earls Existenz durch eine dynamische Spiral-Computertomografie mit intravenös verabreichtem Kontrastmittel. Ein pummeliger Arzt mit den Manieren eines Heinrich Himmler hatte mir noch zwei Jahre gegeben. Ich hatte ihm bewiesen, dass er mit seiner Prognose falschlag.

Aber jetzt war ich an einem Punkt angelangt, wo ich niemandem mehr etwas beweisen wollte.

Earl war ein gefräßiges Arschloch und würde so lange keine Ruhe geben, bis er sämtliche Zellen in meinem Körper verzehrt hatte.

Und ich hatte einfach nicht mehr die Willenskraft, gegen ihn zu kämpfen.

Kein Lutscher für dich, du Heulsuse. Heulsusen kriegen keine Lutscher.

Anscheinend kriegten sie auch kein Kokain, denn unter der Holzdiele war keins mehr. Aber ich hatte noch ein paar Xanax und eine Handvoll Oxycodon in einem Pillenfläschchen ohne Etikett übrig. Ich schluckte drei Xanax trocken hinunter, ließ mich aufs Bett fallen und fummelte an dem billigen Radiowecker auf dem Nachtkästchen herum. Als ich endlich ein Lied fand, das mir gefiel, war ich fast eingeschlafen.

* * *

So ein Arschloch von DJ, der einen auf witzig machen wollte, weckte mich kurz nach der Morgendämmerung auf. Ich schaltete den Radiowecker aus und nahm mir vor, dem Kerl die

Fresse zu polieren, sollte er mir jemals über den Weg laufen. Dann sprang ich mit dem Elan eines Hundertjährigen aus dem Bett, ging pissen, schlurfte zur Kommode und holte meine Tasse und den Behälter Instantkaffee heraus. Ich füllte die Tasse zur Hälfte damit und goss heißes Wasser aus dem Wasserhahn im Bad darauf.

Ich habe noch nie Scheiße gegessen, aber die schmeckt bestimmt nicht schlimmer als dieser Instantkaffee. Ich würgte ihn trotzdem hinunter und ließ das Koffein Wunder wirken, während ich mich anzog.

Ich nahm ein neues Paar beige Dockers von Levi's, ein Paar Boxershorts und ein weißes T-Shirt aus der Kommode, riss die Preiszettel ab und streifte die Kleidung über die Körperteile, zu denen sie passte. Ein Paar Reeboks rundeten das Ensemble ab. Ich betrachtete mich im Spiegel und war von meinem Gesamtbild nicht beeindruckt.

Ein Kokser im Meister-Proper-Look. Jetzt fehlte bloß noch ein goldener Ohrring.

Ich schaltete das Licht aus, verließ mein Zimmer und schloss die Tür hinter mir zu. Ein besoffener Penner war auf dem Auto eines Gasts eingeschlafen. Als ich zu ihm ging, knirschten Glasscherben von Whiskeyflaschen, die sich in den letzten zehn Jahren auf dem Parkplatz vor dem Motel angesammelt hatten, unter meinen Schuhsohlen wie festgetretener Schnee.

Es war eine stillschweigende Vereinbarung zwischen mir und Kenny, dass ich als Gegenleistung für mein mietfreies Wohnen hin und wieder als Wachmann fungierte. Zu dieser Tätigkeit gehörte, Obdachlose von dem Grundstück fernzuhalten, da sie Gäste verschreckten. Es war das Mindeste, was ich tun konnte.

Das letzte Mal, als ich einen Wermutbruder vertrieb, bekam ich mit einer leeren Flasche eins übergebraten.

Dieser hier sah aus wie der vom letzten Mal. Irgendwie sehen diese Typen alle gleich aus. Egal, ob Schwarze, Weiße oder Chinesen, sie tragen versiffte Klamotten, die nach Schweiß, Pisse und billigem Fusel stinken, sie haben die gleichen ungepflegten Bärte und die gleichen fettigen Haare, und sie haben alle diesen Blick wie traumatisierte Kriegsveteranen und denken nur noch daran, wie sie ein paar Groschen für die nächste Flasche Hochprozentiges zusammenschnorren können. Dieser hier war ein Schwarzer und schlief zusammengerollt auf der Motorhaube eines Lincoln Continental aus der Zeit, als man den Wagen noch in Großausführung baute. Seine schmutzigen Hände umklammerten eine Flasche, die in einer braunen Papiertüte steckte.

Ich war auf halbem Weg zu ihm, als der Besitzer des Lincolns aus Zimmer 115 herausstürzte. Offenbar gehörte ihm der Continental, denn er ging direkt zu dem Fahrzeug, schlug mit einem Gürtel auf den Penner ein und brüllte: »Geh sofort runter von meinem Wagen!«

Als es dem Wermutbruder dämmerte, dass er angegriffen wurde, hob er eine Hand, um die Schläge abzuwehren, und klemmte mit der anderen die Flasche unter die Achselhöhle. Nach dem fünften oder sechsten Schlag stand ich neben dem Mann und packte ihn am Handgelenk, als er gerade zu einem neuen Hieb ausholte. Ich hielt ihn zurück, was mich eine ziemliche Kraftanstrengung kostete. Der Typ war riesig. Wie ein Footballspieler.

Er drehte den Kopf ruckartig in meine Richtung und sah mich mit zusammengekniffenen Augen an. »Halt dich da raus, Arschloch!«

»Lass ihn«, sagte ich. »Er ist nur ein harmloser Besoffener. Ich sag ihm, dass er verschwinden soll.«

Der Angreifer drehte sein Handgelenk und entwand sich meinem Griff.

»Soll ich dir auch die Fresse polieren, Glatzkopf?«

Eine übergewichtige Frau in BH und Höschen, die nicht zusammenpassten, und mit einem Nasenverband, der vermutlich nicht von einer Schönheits-OP herrührte, erschien im Türrahmen seines Zimmers. Sie wirkte verängstigt.

»Baby, was ist los?«

»Geh wieder rein, du Schlampe.«

Sie machte schnell die Tür zu. Der Wermutbruder lag immer noch zusammengerollt auf dem Auto und wimmerte.

Ich sagte zu dem Riesen: »Zwing mich nicht dazu, dir wehzutun.«

Der Riese lachte. Es war kein herausforderndes Lachen und auch kein falsches. Es war das Lachen von jemandem, der gerade einen richtig guten Witz gehört hatte.

Noch bevor er zu Ende gelacht hatte, holte er mit dem Gürtel aus und traf meine rechte Seite. Wahrscheinlich würde ich einen gewaltigen Striemen davontragen, aber da ich auf dieser Seite keinen Schmerz spürte, steckte ich den Schlag ein, ohne mit der Wimper zu zucken.

Der Riese hörte auf zu lachen.

Mein linker Ellenbogen schnellte nach oben und traf ihn unter dem Kinn. Ich setzte mit einer rechten Geraden zwischen seine Beine nach, und er wusste nicht, ob er nach vorne oder nach hinten fallen sollte. Ich half ihm bei der Entscheidung, indem ich ihn an den Ohren packte, beiseitezerrte und mit dem Gesicht nach unten auf den Parkplatz schleuderte.

Er schlug auf dem Asphalt auf und schrie. Wahrscheinlich war er in einem großen Haufen Glasscherben gelandet.

Als er sich umdrehte, sah ich, dass ich richtig vermutet hatte. Seine Handflächen hatten Schnittwunden von verschiedenfarbigen Glasscherben und bluteten. Er starrte mit weit aufgerissenen Augen darauf.

Dann tat er etwas, mit dem ich nicht gerechnet hätte: Er ballte die Hände zu Fäusten.

Ich hatte gar nicht daran gedacht, dass er unter Drogeneinfluss stehen könnte. Aber jemand, der die Fäuste ballte, wenn Glasscherben in seinen Handflächen steckten, war entweder total zugedröhnt oder ein Kandidat für den Titel *Härtester Kerl des Jahres.* Ein Blick in seine Augen ließ mich Ersteres vermuten.

Er griff nach dem Gürtel, der neben ihm auf dem Boden lag. Bevor er ihn erreichte, trat ich ihm auf die Hand und ärgerte mich, dass ich statt Kampfstiefeln Turnschuhe trug. Ich drückte mit dem Fuß auf das Handgelenk, als wollte ich eine Zigarette austreten, in der Hoffnung, doch noch einen Knochen zu brechen, aber seine rechte Hand schoss wie eine Kobra an meinen Fußknöchel und umklammerte ihn.

Da er auf dem Boden lag, konnte er die Hebelwirkung nicht nutzen, schaffte es aber trotzdem, meinen Fuß anzuheben. Ein weiteres Indiz für Kraft durch Drogen. Ich vermutete, dass es sich um Hydro handelte, eine relativ neue Straßendroge, die die schlimmsten Eigenschaften von Speed, Phencyclidin – auch bekannt als »Angel Dust« –und Codein in sich vereinte. Selbst ich ließ meine Finger von dem Zeug. Es machte einen verrückt.

Es verlieh auch übermenschliche Kräfte, denn ehe ich wusste, wie mir geschah, war der Riese auf die Beine gekommen. Er hielt immer noch meinen Fußknöchel fest und warf mich auf den Rücken. Ich hatte keine Zeit festzustellen, ob ich auf Glasscherben gelandet war, weil er sich auf mich stürzte wie Fliegen auf einen Haufen Scheiße.

Er packte mich an den Schultern und hielt mich am Boden fest. Ein tollwütiger Hund starrte mich mit weit aufgerissenen, blutunterlaufenen Augen an. Speichel flog zwischen den gefletschten Zähnen heraus, und ein tiefes Knurren entwich seiner Kehle. Jetzt fehlte nur noch ein Halsband.

Der Riese drückte mir ein Knie in den Bauch. Die Stelle war empfindlich, und ich schrie auf.

Ich formte die Hände zu Krallen, kratzte ihm mit den Fingernägeln über die Augen und versuchte, die Augenlider abzureißen. Er hielt sich reflexartig die Hand vors Gesicht, was nicht besonders clever war, denn in den Handflächen steckten noch Glasscherben. Ich bäumte mich auf und warf ihn ab.

»Meine Augen! Ahhh, verdammt … meine Augen!«

Er schrie wie jemand, der Glas in den Augen hatte. Ich kroch zur Heckklappe meines Broncos, riss den Baseballschläger heraus und schlug damit ein paar Mal auf den Asphalt, um meine schlimmste Wut abzureagieren. Man scheißt nicht auf den Tisch, an dem man isst, und man bringt niemanden dort um, wo man wohnt. So wie er seine Freundin und den Penner behandelt hatte, hatte der Kerl den Tod wahrscheinlich verdient. Aber da ich keine Lust hatte, mir ein neues Motel zu suchen, musste jemand anderes ihm die Abreibung verpassen, die er für sein schlechtes Karma verdient hatte.

Anstatt ihm den Schädel entzweizuschlagen, verpasste ich ihm einen relativ leichten Schlag auf die Kniescheibe. Er fiel in Ohnmacht, entweder vor Schmerzen oder wegen des Hydros, und ich durchsuchte schnell seine Taschen. Meine Bemühungen förderten ein Handy, eine Brieftasche mit sechzig Dollar und ein Tütchen mit weißem Pulver zutage. Ich tat dem Mann einen Gefallen und behielt das Tütchen, denn er würde damit nur Ärger bekommen, wenn die Bullen anrückten. Die Brieftasche und das Handy gab ich ihm zurück. Schließlich war das Ganze eine Straßenschlägerei gewesen und kein Raubüberfall. Man kann sich schlecht auf Notwehr berufen, wenn man jemandem seine Sachen wegnimmt.

Ich winkte in Richtung Motel, da ich wusste, dass seine Freundin zum Fenster hinausschaute, und wandte mich wieder dem Wermutbruder zu.

Er hielt immer noch die Flasche umklammert und schluchzte. Es war eine 0,7-Liter-Flasche französischer Brandy. Laut Angaben auf dem Etikett war er importiert, aber im Kleingedruckten stand, dass er in Chicago abgefüllt worden war. Vielleicht hatte man das Glas importiert.

Ich fasste den Mann an die Schulter und bemerkte die Läuse auf der Cordjacke, die vor einem Jahrzehnt aus der Mode gekommen war. Er protestierte kleinlaut mit einem Jammerton, und Tränen liefen ihm über das schmutzige Gesicht.

»Keiner will dir was tun«, sagte ich.

Dann hob ich ihn mit beiden Armen auf und trug ihn vom Parkplatz. Die Läuse störten mich nicht. An meinem Körper gab es keine Stelle, wo sie leben konnten.

Er wog höchstens fünfzig Kilo, wobei die mehrschichtige Kleidung, die er am Leib trug, bestimmt die Hälfte davon ausmachte. Es war, als trüge man ein Bündel Stöcke, das in eine Decke gewickelt war.

Ich lehnte ihn an einen rostigen Müllcontainer in der Seitengasse hinter dem Motel. Er zitterte und sah mich stumpfsinnig mit seinen glasigen Augen an. Ein furchtbar nasser Husten entwich seiner Kehle.

Wahrscheinlich hatte er nicht mehr lange zu leben.

Konnte ich von mir etwas anderes behaupten?

»Danke«, flüsterte er.

Ich gab ihm die obligatorische Antwort. »Lass dich nie wieder auf meinem Parkplatz blicken.«

In der Ferne ertönten Sirenen. Es war noch zu früh am Morgen, um mich mit den Bullen herumzuärgern, also ging ich rüber zur State Street und dann rechts. An der Ecke State und 26th Street befand sich eine Tankstelle, wo es eine der letzten Telefonzellen in ganz Chicago gab. Dort wollte ich hin. Kennys ewige Dankbarkeit hörte anscheinend auf, wenn es um das Bezahlen von Telefonrechnungen ging, denn ich hatte kein

Telefon in meinem Zimmer. Selbst bei den Chinesen findet die Großzügigkeit irgendwann ein Ende.

Ich betrat die stinkende Telefonzelle. Wahrscheinlich hatte jemand hineingepisst. Ich warf ein paar Münzen ein und versuchte, nicht zu atmen, während ich die in dem Brief angegebene Telefonnummer wählte. Eine Frau meldete sich mit einem leichten, melodischen indischen Akzent.

»Hier ist Phineas Troutt«, sagte ich.

Für einen Augenblick war es still, dann sagte sie mit besorgtem Ton: »Woher soll ich wissen, ob Sie das wirklich sind?«

»Sie können vorbeikommen und sich meinen Führerschein ansehen.« Ich versuchte, die Dame zu beruhigen, indem ich einen auf Komiker machte.

»Tut mir leid.« Ihre Stimme klang etwas entspannter. »Ich habe noch nie einen … äh, was auch immer Sie sind, angeheuert.«

»Noch haben Sie mich nicht engagiert. Ich möchte mich zuerst mit Ihnen treffen und über Ihr Problem und mein Honorar reden. Mit wem spreche ich?«

»Oh. Ich bin Bipasha. Bipasha Kapoor. Wann wollen Sie sich mit mir treffen?«

»Passt es Ihnen in einer Stunde, Miss Kapoor?«

»Eine Stunde von jetzt an gerechnet?«

»Ja. Geht das in Ordnung?«

»Ich glaube schon. Ich weiß wirklich nicht, wie ich das machen soll.«

»Geben Sie mir doch bitte erst einmal Ihre Adresse.«

»Ich weiß nicht, ob …«

»Sie waren doch diejenige, die mich kontaktiert hat.«

»Ich weiß. Und das war verrückt. Haben Sie kein Telefon?«

Ich trug keine Handys mit mir herum, weil die Huren die Dinger immer klauten, wenn ich einpennte.

»Ich arbeite nun mal so. Wenn Sie jemanden wollen, der ein Telefon hat, können Sie einen Privatermittler engagieren. Ich kenne einen Typen namens Harry, den ich Ihnen vorbeischicken kann. So dringend brauche ich die Arbeit nun auch wieder nicht.«

Von wegen! Jede Minute, die ich nicht total zugekokst war, spürte ich, wie ich eines schmerzvollen Todes starb. Und das Zeug war nicht billig.

»Also gut«, sagte sie nach einer Weile unangenehmen Schweigens. »Mir bleibt wohl nichts anderes übrig.«

Sie gab mir ihre Adresse. Das war mutig von ihr und verschaffte mir einen Eindruck davon, in welchen Schwierigkeiten diese Dame steckte. Es ist nicht klug, wenn eine Frau fremde Männer wissen lässt, wo sie wohnt.

»Ich werde ein paar Leuten sagen, dass Sie zu mir kommen«, sagte sie.

»Keine Angst. Ich tue Frauen nichts. Bis später.«

Ich legte auf, trat schnell aus der Telefonzelle und atmete tief die frische Stadtluft ein.

An die Arbeit, Phin. Löse die Probleme von jemand anderem.

Weil du es nicht auf die Reihe bringst, deine eigenen in den Griff zu bekommen.

Ich hielt in einer Bäckerei, kaufte ein paar Bananenbrötchen und verschlang sie. In Wirklichkeit war es Reisgebäck mit einer Füllung aus rotem Bohnenpüree – von Bananen keine Spur. Aber sie sahen ungefähr wie Bananen aus, daher der Name.

Inzwischen waren die Rettungssanitäter zusammen mit einem Streifenwagen beim Michigan-Motel eingetroffen und hoben den immer noch bewusstlosen Riesen auf eine Bahre. Seine Freundin war nicht da. Vielleicht war sie vernünftig geworden und hatte ihn verlassen.

Als ich auf dem Weg zu meinem Zimmer war, rief einer der Bullen mir nach: »Haben Sie gesehen, was hier passiert ist?«

Ich zuckte mit den Schultern. »Vielleicht ist er beim Bodenturnen gestolpert.«

Keiner lachte. Wahrscheinlich hatte ich den Witz nicht verständlich genug rübergebracht.

Ich ging in mein Zimmer, hob die Holzdiele über meinem Geheimversteck, wo ich Waffen, Drogen, Verkleidungen und diverses anderes Handwerkszeug aufbewahrte, und entnahm ihm zwei in alte Handtücher eingewickelte Pistolen.

Die erste war eine AMT Hardballer Longslide, eine halbautomatische Pistole vom Kaliber .45 ACP mit dem Rahmen der 1911er-Reihe und einem zehnschüssigen Magazin. Ich mochte diese Waffe, denn sie hatte einen Lauf von achtzehn Zentimeter Länge, also fünf Zentimeter länger als die meisten Pistolen. Diese Extralänge verlieh der Waffe eine bessere Treffsicherheit, höhere Geschwindigkeit und einen geringeren Rückstoß. Außerdem hatte sie auf Menschen eine wesentlich einschüchterndere Wirkung, als das bei Pistolen gewöhnlich der Fall war. Mit ihrer Gesamtlänge von fast siebenundzwanzig Zentimetern sah sie wie eine Kanone aus. Man brauchte mit dem Ding nur herumzufuchteln, und schon antworteten die Leute bereitwillig.

Die zweite Waffe war eine Seecamp, eine kleine Pistole vom Kaliber .25, die nur dreihundert Gramm wog, etwas über zehn Zentimeter lang. Sie hatte ein sechsschüssiges Magazin plus eine siebte Patrone im Lauf. Ich besaß ein Paar Cowboystiefel mit hohlem Absatz, in den das Ding perfekt hineinpasste.

Ich prüfte, ob die Waffen gereinigt und geölt waren. Das waren sie. Und beide hatten volle Magazine. Was die Seriennummern betraf, so waren alle meine Schusswaffen auf den Namen eines Bankers aus Sheboygan im Staat Wisconsin registriert, der seit zehn Jahren tot war. Ich besitze eine vom Staat Illinois ausgestellte Waffenbesitzkarte, aber keine Erlaubnis zum verdeckten Tragen von Waffen. Sollte ich jemals in eine Polizeikontrolle geraten, würde ich die Knarre rechtzeitig wegwerfen.

Earl meldete sich wieder. Ich schüttelte drei Oxycodon-Tabletten in meine Handfläche – sie waren doppelt so groß wie die Xanax-Pillen –, schluckte sie ohne Wasser hinunter und steckte das Fläschchen wieder in die Tasche. Dann ging ich zum Kleiderschrank, fand dort meine Cowboystiefel und versteckte die Seecamp im rechten Absatz. Aber vorher vergewisserte ich mich, dass sie gesichert war, denn ich hatte keine Lust, mir ein Loch in den Fuß zu schießen, falls ich zu fest auf die Bremse drückte. Mein Schulterholster bewahrte ich ebenfalls im Kleiderschrank auf. Es war aus Nylon und daher flexibler als eines aus Leder. Und auch billiger. Vor einigen Jahren hatte ich mir ein Lederholster für meine Ruger 9mm gekauft, und es hatte mehr als die Waffe selbst gekostet. Irgendwann musste ich die Ruger loswerden, und das Holster vergammelte in einer Truhe in meiner alten Wohnung. Zumindest war es mal dort gewesen. Ich nehme an, mein Vermieter hat nach meinem Abgang alle meine Sachen verkauft.

Oder vielleicht hat Annie es. Ich werde es wohl nie erfahren.

Ich zog ein Paar Kniestrümpfe an und schlüpfte in die Stiefel. Sie waren aus Elefantenhaut und von einem abgenutzten Grau. Als ich sie kaufte, störte mich das nicht, aber jetzt verspüre ich jedes Mal, wenn ich sie anziehe, Schuldgefühle, weil so ein armes riesiges Tier sein Leben für ein schnödes Paar Stiefel lassen musste. Es war wirklich eine Schande.

Andererseits sehen die Stiefel echt scharf aus.

Ich verstaute die Hardballer mitsamt Holster und zwei Reservemagazinen in meiner Snoopy-Brotzeitdose. Kein Bulle würde Verdacht schöpfen, dass jemand eine Pistole in einer Snoopy-Dose mit sich herumträgt. Ich entschied mich gegen eine extra Garnitur Kleider, da ich damit rechnete, noch heute Nacht wieder zu Hause zu sein. Ich legte die Holzdiele und den

Teppichboden wieder zurück, schaltete das Licht aus und verließ mit der Brotzeitdose in der Hand mein Zimmer.

Ich fuhr auf die I-90 in nordwestlicher Richtung, als der Codein-Rausch einsetzte, wie ein alter Freund, der vorbeikommt, um in Erinnerungen zu schwelgen. Nach ein paar Minuten angenehmer, schmerzstillender Wärme fickte mich der Stoßverkehr in den Arsch. Ich spielte gleichzeitig Stop-and-go und Radioroulette und fand schließlich ein Lied von Neil Diamond, das mich an eine glückliche Kindheit erinnerte, die ich nie gehabt hatte. Wenn ich jetzt mit meinen über dreißig Jahren auf mein Leben zurückblicke, sieht die Bilanz ziemlich beschissen aus. Bis ich mit sechzehn mein Elternhaus verließ, war es die Hölle. In meinen Teenagerjahren und Zwanzigern schlug ich mich mit Gelegenheitsarbeiten durch, darunter sowohl Schreibtisch- als auch Fabrikarbeiterjobs, bis ich irgendwann über den Umweg als Türsteher und Wachmann Problemlöser wurde.

Dann trat Earl in mein Leben und fraß neben meiner Bauchspeicheldrüse auch meine letzten Reste an Moral auf.

Auf Neil Diamond folgte John Denver. Ich lauschte dem Liedtext, so gut ich konnte, weil er mich von meinem Leben ablenkte.

Sechzehn Oldies später erreichte ich Flutesburg.

Dieser Vorort von Chicago sah wie jeder andere Vorort in Amerika aus: Ladenzeilen umgeben von Wohngebieten oder umgekehrt. Wie viele Starbucks-Filialen brauchte die Welt? Anscheinend eine ganze Menge.

Die Ladenzeilen gingen in ein richtiges Einkaufszentrum über, eines dieser übertrieben großen mit über hundert Läden, die Hälfte davon wahrscheinlich Schuhgeschäfte. Neben dem Einkaufszentrum befand sich – wie sollte es auch anders sein – noch ein Einkaufszentrum. Beide zusammen boten Platz für insgesamt vierzig Kinos.

Mal ganz im Ernst, Leute, lest zur Abwechslung ein Buch.

Ich folgte der Higgins Road nach Osten und hielt Ausschau nach der Peach Grove Road. Früher besaß ich eins von diesen tragbaren Navigationsgeräten, aber das erlitt das gleiche Schicksal wie mein letztes Handy. Schließlich fand ich die Peach Grove Road, bog links ab, fuhr an einem Golfplatz vorbei und bog gleich dahinter noch einmal links in einen Apartmentkomplex, der denselben Namen trug wie die Straße.

Pfirsichbäume gab es dort zwar nicht, aber dafür eine Menge Apartments. Es gab auch einen guten Grund, warum die Anlage sich »Komplex« nannte, denn sie bestand aus einem komplizierten Labyrinth aus identischen braunen Backsteinbauten, die sich halb symmetrisch aneinanderreihten, unterbrochen in regelmäßigen Abständen von kleinen Parkplätzen mit Platz für jeweils zehn Fahrzeuge.

Ich fuhr fünfzehn Minuten lang durch ein Labyrinth, das aussah, als hätten der niederländische Künstler M. C. Escher und der deutsche Architekt Paul Möbius es zusammen entworfen, und suchte Gebäude 17, Apartment B. Ohne Erfolg.

Soweit ich sehen konnte, waren die Gebäude willkürlich nummeriert. Gebäude 8 befand sich zwischen den Gebäuden 13 und 18. Vermutlich hatten die Mieter selbst keinen blassen Schimmer, wo sie überhaupt wohnten. Ich fragte mich, ob die Hälfte der Anwohner wohl bei anderen Familien wohnten, weil sie ihre ursprünglichen Apartments nicht finden konnten.

Nach der dritten Runde um den Block löste sich eine unbedeutende Erinnerung aus meinem Unterbewusstsein und machte mich darauf aufmerksam, dass es zwei Gebäude mit der Nummer 7 gab. Ich parkte auf der Straße vor dem, das näher lag, und stieg aus, um es mir genauer anzusehen.

Tatsächlich wies der Ziegelstein neben der großen Plastikziffer 7 eine kleine Verfärbung auf, was darauf hindeutete, dass an der Stelle eine weitere Ziffer gehangen hatte. Jetzt war sie weg. Ich ließ den Blick über den Boden schweifen und sah eine große Plastikziffer 1 mit der Oberseite nach unten im Gras liegen.

»Warum einfach, wenn's auch kompliziert geht?«, sagte ich zu mir selbst.

Ich parkte, brachte das durchsichtige Klebeband an der Fahrertür an und ging zu dem Gebäude. Nach einem flüchtigen Kontrollblick auf den Parkplatz öffnete ich die Eingangstür und stand vor einer Sicherheitstür mit Klingelbrett und Gegensprechanlage. Ich drückte auf die Klingel neben dem Namen »Kapoor« im Takt von *Dam dada damdam – da dam.*

»Wer ist da?«

»Phineas Troutt.«

»Wenn Sie es wirklich sind, dann können Sie mir sagen, was Sie gesagt haben, bevor wir unser Telefongespräch beendet haben.«

Sie war übervorsichtig, aber wenn sie ein ähnliches Problem hatte wie Dr. Griffith, konnte ich es verstehen. »Ich sagte, ich tue Frauen nichts.«

Dieser Satz war mein Sesam-öffne-dich, und die Sicherheitstür ging mit einem Summen auf. Ich folgte einem mit Teppichboden ausgelegten Flur und stieg auf der Treppe eine Etage höher. Dort fand ich die Apartmentnummer und klopfte an der Tür. In meinem Beruf versuche ich normalerweise, Gefahren vorauszuahnen, bevor ich mitten hineinlaufe. Rechne stets mit dem Unerwarteten und so ein Scheiß. Aber selbst mit meiner jahrelangen Erfahrung als Problemlöser erlebte ich einen ordentlichen Schock, als Bipasha Kapoor die Tür öffnete.

Aussehen beeindruckt mich nicht, also ließ es mich kalt, dass sie wie eine vollbusigere indische Version der Schauspielerin Halle Berry aussah.

Was mich jedoch nicht kaltließ, war die 9mm-Beretta, die sie auf meinen Bauch gerichtet hatte. Der Hahn war gespannt, und die Mündung kam meiner Bauchspeicheldrüse gefährlich nahe. Vielleicht hätte ich meine Snoopy-Dose doch nicht im Auto lassen sollen.

Ich hob die Hände und versuchte es mit meinem entwaffnendsten Lächeln. »Man hat mich schon freundlicher empfangen.«

Mein Lächeln entwaffnete sie nicht. Sie hatte die ungeschminkten Lippen zu einem dünnen Strich zusammengepresst und starrte mich eindringlich an. Vermutlich machte mein Aussehen sie nervös. Meister Proper macht gewöhnlich keine Hausbesuche.

»Wenn Sie mich erschießen wollen, müssen Sie die Knarre erst entsichern«, sagte ich.

»Das habe ich bereits.«

»Sie haben eine Patrone im Lauf?«

Sie nickte.

»Was für Munition?«

»Hohlspitzgeschosse.«

»Die machen richtig große Löcher.«

Sie nickte erneut.

Ich ließ meinen Blick von ihren hübschen Augen zu dem Lauf der Waffe wandern. Die Mündung sah unheimlich groß aus. Als ob ich hineinkriechen und für immer schlafen könnte.

Ich brauchte nur zu schreien oder eine hektische Bewegung zu machen, und die Wahrscheinlichkeit war groß, dass sie meinem Leben ein Ende setzen würde.

Wir standen einen Augenblick einfach so da und dachten beide an meinen Abgang. Die Tür war immer noch offen. Sie zog die Augenbrauen zusammen, doch dann entspannten sich ihre Gesichtszüge, und ein Luftstoß entwich aus ihren geblähten Nasenflügeln. Sie senkte die 9mm-Pistole und ging ins Wohnzimmer. Ich schloss die Tür hinter mir und folgte ihr.

Das Apartment war geschmackvoll eingerichtet, wenn nicht sogar extravagant. Die Couch und das Zweiersofa waren aus weichem Wildleder, für Komfort und nicht für Stil gebaut. In der Zimmermitte lag ein luxuriös aussehender kleiner Teppich aus weißem Synthetikmaterial, dick genug, um darin zu versinken. Mehrere Lampen von verschiedener Größe, Form und Farbe spendeten mehr als ausreichend Licht, und weiter hinten in der Ecke stand ein Knautschsack zum Sitzen – wurde so etwas überhaupt noch hergestellt?

Miss Bipasha Kapoor setzte sich auf den Rand des Zweiersofas und legte die Beretta auf den Teaktisch vor ihr. Ich nahm ihr gegenüber auf dem Sofa Platz und wartete darauf, dass sie etwas sagte. In der Zwischenzeit widmete ich mich meiner versauten Angewohnheit, sie mir nackt vorzustellen, und musste gestehen, dass sie im Evakostüm besser aussehen würde als in dieser strengen Jacke mit den großen Schulterpolstern. Ich verkniff mir die Frage, ob sie darin Football spielte.

»Krebs?«, fragte sie und erwischte mich völlig unvorbereitet. Ich schaute kurz weg, bevor ich ihren eindringlichen Blick erwiderte und nickte.

»Bauchspeicheldrüse«, antwortete ich.

»Ich habe die venöse Katheternarbe an Ihrem Arm gesehen. Die fehlenden Haare sind ebenfalls ein offensichtlicher Hinweis.«

»Sie sind Krankenschwester?«

»Ich bin Ärztin. Glauben Sie, dass Dunkelhäutige keine Ärztinnen sein können?«

»Ich glaube, jeder kann sein, was er will, wenn er erwachsen wird. Aber im Flur hängt ein Bild mit einer Frau im Krankenschwesternkostüm. Da habe ich mich gefragt, ob Sie in die Fußstapfen Ihrer Mutter getreten sind.«

»Meine Mutter ist gestorben, als ich vier Jahre alt war. Die Frau auf dem Bild ist meine Tante.«

»Sie sehen ihr ähnlich.«

»Sie war meine Stieftante, keine Blutsverwandte.«

»So ein Fehler kann einem leicht passieren. Ihr Leute seht alle gleich aus.«

Sie zog die Augenbrauen zusammen. »Wen meinen Sie mit ›ihr Leute‹?«

»Na, Sie wissen schon«, sagte ich, »ihr Leute in medizinischen Berufen.«

Der leiseste Anflug eines Lächelns huschte über ihr Gesicht, doch gleich darauf machte sie wieder den Eindruck, als halte sie mich für ungeeignet. Sie hatte ein Gesicht, das eher hart als entspannt wirkte.

Wir starrten uns noch eine Weile an, und ich tat mein Bestes, gleichzeitig harmlos und bedrohlich dreinzublicken, was mir nicht leichtfiel, denn ich brauchte dringend Kokain. Ich dachte an das Hydro in meiner Tasche.

So kriegst du bestimmt den Job, Phin. Nimm vor ihren Augen Drogen und verwandle dich in einen tollwütigen Irren.

»Kann ich Ihnen etwas zu trinken anbieten?«, fragte sie. »Kaffee? Espresso?«

»Ein Espresso wäre nicht schlecht.« Er würde mir helfen, die von dem Oxycodon verursachte Schläfrigkeit zu überwinden.

Bipasha stand auf, strich sich die graue Hose zurecht und ging in die Küche, um mein Koffein zu holen. Ich sah mich erneut in ihrem Wohnzimmer um und stellte fest, dass sie keinen Fernseher besaß. Seltsam. Vielleicht hatte sie einen im Schlafzimmer.

Ein grauer Kurzhaarkater kam unter dem Sofa gegenüber hervor und starrte mich mit unverwandtem Blick an. Ich machte mit meinen Lippen ein Kussgeräusch und wackelte mit den Fingern.

Der Kater sprang mit zwei Sätzen auf meinen Schoß und reckte den Kopf vor, um gestreichelt zu werden. Ich kam der Aufforderung nach. Aus der Küche drang das Surren einer teuren Kaffeemaschine.

Eine halbe Minute später kam Dr. Kapoor zurück und brachte mir eine winzige Tasse. Sie selbst trank nichts. Ich dankte ihr, leerte das heiße Getränk mit einem Zug und stellte die Tasse neben ihre Pistole auf den Teaktisch.

»Wenn ich Ihnen für die Zukunft einen guten Rat geben darf«, sagte ich, »lassen Sie nie Ihre geladene Pistole auf dem Tisch liegen, wenn sich ein fremder Mann in Ihrer Wohnung aufhält und Sie das Zimmer verlassen.«

»Die da ist nicht geladen«, sagte sie. »Aber die hier schon.«

Sie griff in den Ausschnitt ihrer Jacke und zog die reizendste kleine Deringer, die ich jemals gesehen hatte, aus ihrem BH. Dr. Kapoor unterließ es, damit auf mich zu zielen, und ich unterließ es, ihr zu sagen, dass sie in ihrem Dekolleté locker eine .44er Magnum anstatt einer Deringer hätte verstecken können.

Für so viel Selbstbeherrschung müsste ich eigentlich Punkte bekommen.

Ich streichelte den Bauch des Katers, worauf das Tier schnurrte. Dr. Kapoor steckte die Waffe wieder weg und gab für eine Sekunde den Blick auf ihren schwarzen Spitzen-BH frei.

»Er heißt Groucho«, sagte sie.

Groucho spitzte die Ohren, als er seinen Namen hörte. Ich kraulte seine Ohren und wartete darauf, dass Dr. Kapoor endlich zur Sache kam.

»Ich wollte einfach nur sehen, wie Sie reagieren, wenn jemand eine Waffe auf Sie richtet. Die Leute, mit denen ich zu tun habe, benutzen Schusswaffen. Ich wusste nicht, wie ich Sie sonst hätte testen sollen.«

»Habe ich bestanden?«

»Ich weiß nicht«, sagte sie und runzelte die Stirn. »Ich habe mit so etwas keine Erfahrung, und ich gebe nur ungern zu, dass ich von etwas keine Ahnung habe.«

»Wäre es Ihnen lieber gewesen, wenn ich Sie entwaffnet und Ihnen mit einem Karateschlag den Kiefer gebrochen hätte?«

»Wahrscheinlich nicht«, sagte sie.

Groucho schnurrte.

»Wenn jemand aus nächster Nähe eine Schusswaffe auf einen richtet, kann man ihn nicht entwaffnen. Es ist nicht wie im Film. Kugeln sind schneller als jede menschliche Bewegung. Und ich kann kein Karate. Ich habe mal eine Zeit lang Yoga unterrichtet, doch die Stellung ›Der Hund, der nach unten schaut‹ taugt nicht zur Selbstverteidigung. Aber ich kann Ihnen sagen, was Sie tun müssen, wenn ein Kerl Sie mit einer Waffe bedroht.«

»Was?«, fragte sie.

»Sagen Sie ihm, dass Sie ihm einen blasen.«

»Im Ernst?«

Ich nickte. »Kein Mann würde so ein Angebot ablehnen.«

»Und was mache ich dann?«

»Ihm den Schwanz abbeißen.«

»Dann erschießt er mich.«

»Das würde er ohnehin. Und vorher würde er noch viel schlimmere Dinge mit Ihnen anstellen. Aber so haben Sie ihm zumindest den Schwanz abgebissen.«

Sie schien darüber nachzudenken. Dann runzelte sie die Stirn. »Ich glaube nicht, dass Sie der richtige Mann für diesen Job sind, Mr Troutt. Ich möchte, dass Sie gehen.«

Ich setzte Groucho auf das Kissen neben mir und schlug die Beine übereinander. »Ich habe mich durch den Feierabendverkehr gequält, um hierherzukommen, Dr. Kapoor. So schnell werden Sie mich nicht los.«

Ich sah es in ihren Augen. Sie hatte Angst. Sie tat ihr Bestes, es sich nicht anmerken zu lassen, aber mich konnte sie nicht täuschen.

»Ich rufe die Polizei.«

»Glauben Sie, die hilft Ihnen?«, fragte ich. »Offensichtlich hat sie Ihnen nicht bei Ihrem Problem geholfen, sonst würde ich nicht hier sitzen. Wenn Sie sich nicht auf die Polizei verlassen können und mich nicht anheuern wollen, müssen Sie die Angelegenheit selbst regeln. Ich sage Ihnen, was Sie machen. Holen Sie Ihre Pistole heraus.«

Sie starrte mich an.

»Ich bin größer, stärker und brutaler als Sie«, sagte ich. »Holen Sie Ihre Pistole heraus.«

Sie gehorchte und richtete sie auf mich.

»Und jetzt erschießen Sie mich«, sagte ich.

Die Kugel kam nicht.

»Wenn Sie es nicht fertigbringen, mich zu erschießen, werden Sie auch die Leute nicht erschießen, die Ihnen Probleme bereiten. Deshalb sollten Sie mich anheuern. Damit ich das Schießen für Sie übernehme. Ich bin mir nicht sicher, was Sie von diesem Treffen erwartet haben, weil ich noch nie in Ihrer Situation war. Wenn mich jemand bedroht, drohe ich nicht zurück. Schlechte Menschen lassen sich von Drohungen nicht beeindrucken, sondern nur von Gewalt. Ich richte nur dann eine Schusswaffe auf einen Menschen, wenn ich vorhabe, ihn zu töten.«

»Sie machen mir Angst«, sagte sie.

»Sie machen mir keine Angst«, sagte ich.

Wir starrten uns wieder gegenseitig an.

»Erschießen Sie mich oder bringen Sie mir noch einen von diesen ausgezeichneten Espressi«, sagte ich. Dann fügte ich hinzu: »Bitte.«

Dr. Kapoor stand auf.

»Sie sind näher an der Tür als ich«, sagte ich zu ihr. »Sie können davonlaufen. Aber ich glaube, Sie sind nicht der Typ dazu.«

»Nein, das bin ich nicht.« Sie ließ die Pistole wieder in ihrem Ausschnitt verschwinden und gab dabei erneut für eine Sekunde den Blick auf ihren Spitzen-BH frei. »Ich habe es mir anders überlegt. Sie sind engagiert, Mr Troutt.«

»Sagen Sie Phin zu mir.«

»Und Sie Pasha zu mir.«

Sie streckte mir die Hand entgegen und ich ergriff sie. Sie fühlte sich fest und trocken an, aber gleichzeitig weich wie eine typische Frauenhand.

»Möchten Sie wirklich noch einen Espresso?«

»Wenn es Ihnen keine Umstände macht.«

Sie trottete in die Küche. Groucho stieß den Kopf gegen meinen Oberschenkel und verlangte Aufmerksamkeit. Ich nahm ihn wieder auf den Schoß.

»Ich betreibe die Hearst-Klinik in Flutesburg, und sie gehört mir auch«, sagte Pasha laut genug, um die Espressomaschine zu übertönen. »Wir bieten Gesundheitsfürsorge für Frauen, sowohl für den Körper als auch für den Geist. Geburtshilfe, Schwangerschaftsfürsorge, Gynäkologie, Fruchtbarkeitsbehandlung, Beratung und Therapie. Aber die meiste Aufmerksamkeit ziehen wir mit Abtreibungen auf uns.«

Sie steckte den Kopf durch die Küchentür und sah mich mit zusammengekniffenen Augen an. »Was ist Ihre Meinung zum Recht auf Leben?«

Eigentlich neigte ich mehr zum Recht auf den Tod, aber ich gab eine diplomatische Antwort. »Man sollte keinem Menschen vorschreiben, was er mit seinem Körper machen darf und was nicht. Pro Abtreibung und pro Leben schließen sich nicht gegenseitig aus.«

»Und was ist mit den Rechten von Ungeborenen?«

»Wenn das Kind in der Lage ist, außerhalb des Mutterleibs zu leben, sollte es ein Recht auf Leben haben. Aber bis es so weit ist, ist das Kind nur ein Parasit.«

»Und was halten Sie von Abtreibungsgegnern?«

»Jeder, der mal auf einer Anti-Abtreibungs-Demo mitmarschiert ist, sollte mindestens zwei Kinder adoptieren oder ganz einfach die Klappe halten.«

Pasha schien mit meinen Antworten zufrieden zu sein und verschwand wieder in der Küche.

»Letzte Woche hat mich jemand hier zu Hause angerufen und mir fünfzigtausend Dollar dafür angeboten, dass ich die Klinik schließe. Ich habe abgelehnt. Der Mann meinte, ich solle das Angebot annehmen, ansonsten würde er die Klinik niederbrennen und mich erst vergewaltigen und dann töten.«

Pasha sprach in dem gleichmäßigen Ton eines Menschen, der seine Emotionen unter Kontrolle hat. Dafür respektierte ich sie. Sie brachte mir den Espresso, und ich dankte ihr und trank einen Schluck, während sie mir gegenüber Platz nahm und die Beine unter ihrem Körper anwinkelte.

»Sie haben recht. Die Polizei hat nichts unternommen. Nicht, weil sie sexistisch oder rassistisch oder Abtreibungsgegner sind, sondern weil man gegen Telefondrohungen nichts machen kann. Sie konnten nicht mehr tun, als mir zu raten, ich solle meine Telefonnummer ändern. Das geht aber nicht, weil viele meiner Patienten meine Nummer haben und anrufen, wenn sie Hilfe brauchen.«

Sie atmete tief ein und schloss die Augen.

»Am nächsten Tag hat mich jemand nach der Arbeit von hinten angegriffen, als ich zu meinem Auto ging. Ich glaube, er hat mich mit einem Betäubungsgewehr oder einer Elektroschockpistole erwischt. Es hat ziemlich wehgetan. Ich bin in Ohnmacht gefallen und später nackt in einer Gasse aufgewacht.«

Sie öffnete die Augen wieder.

»Man hat mich nicht vergewaltigt, und ich war überhaupt nicht verletzt. Meine Kleider lagen neben mir, zusammen mit einem Zettel, auf dem stand: ›Das ist eine Warnung.‹«

»Was hat die Polizei dieses Mal gemacht?«

»Was konnten sie schon groß machen? Ich wurde von jemandem überfallen, den ich nicht gesehen habe. Sie sagten, sie würden sich nach Zeugen umsehen. Bisher hat sich niemand gemeldet. Sie haben mich ein paar Tage lang bewacht. Aber als dann nichts mehr passierte, haben sie das eingestellt.«

»Haben Sie den Zettel noch?«

»Den hat die Polizei.«

Er würde wahrscheinlich ohnehin nichts nützen. Ich bezweifelte, dass ihr Entführer seinen Namen und seine Adresse auf die Rückseite geschrieben hatte.

»Haben Sie noch andere Autos auf dem Parkplatz gesehen, bevor Sie entführt wurden?«

»Da waren wohl ein paar. Aber ich kann mich nicht mehr erinnern.«

Ich trank mehr Espresso. »Haben die Kerle mit Ihnen noch mal Kontakt aufgenommen?«

»Ja. Vor drei Tagen. Sie haben gesagt, sie hätten das Geld und würden es mir vorbeibringen. Ich hab ihnen geantwortet, sie sollen sich zum Teufel scheren. Seitdem habe ich nichts mehr von ihnen gehört. Aber die letzten zwei Tage ist mir ein graues Auto gefolgt. Getönte Scheiben, keine Nummernschilder. Es parkt vor der Klinik und vor meinem Apartment. Wenn ich die Polizei rufe, verschwindet es, bevor sie kommen. Die Bullen reagieren nicht mehr auf meine Anrufe. Sie glauben, ich sei verrückt.«

Auf mich wirkte sie nicht verrückt, und ich sagte ihr das. Meine menschliche Wärme beeindruckte sie nicht.

Ich fragte: »Wann haben Sie sich die Pistole zugelegt?«

»Unmittelbar nach meiner Entführung. Das war auch zur gleichen Zeit, als ich Ihnen geschrieben habe. Eine meiner Sekretärinnen hat für Dr. Griffith gearbeitet, bevor die Klinik dichtmachte. Sie hatte noch Ihren Namen und Ihre Adresse in ihrer Rolodex.«

»Seine Klinik hat zugemacht?«

»Letzten Monat. Wir sind jetzt die einzige Klinik in Flutesburg, die Schwangerschaftsabbrüche durchführt.«

Ich dachte einen Moment darüber nach. Vor mir saß eine kluge und zähe Frau, die sich einer Bedrohung gegenübersah, auf die ihre bisherige Lebenserfahrung sie nicht vorbereitet hatte, und dennoch würde sie sich lieber umbringen lassen, als Schwäche zu zeigen. Wenn mir jemand fünfzig Riesen anbieten würde, damit ich meine Arbeit aufgebe – angenommen, ich hätte eine –, würde ich den Weg des geringsten Widerstandes gehen und nach Hawaii abhauen.

»Was wollen Sie von mir?«, fragte ich.

»Ich will, dass Sie diese Leute stoppen, wer auch immer sie sind.«

Ich hatte mit einer solchen Antwort gerechnet. Als ich meine Beine übereinanderschlug, sprang Groucho von meinem Schoß und sah mich irritiert an.

»Mein Honorar beträgt achttausend Dollar«, sagte ich.

»Dr. Griffith haben Sie fünftausend berechnet.«

»Ich hatte seitdem einige Ausgaben.«

Sie nickte. Offensichtlich dachte sie an die Kosten meiner Krebsbehandlung.

Ich dachte an den höheren Straßenpreis für Kokain.

»In Ordnung. Das Wichtigste ist, dass die Klinik offen bleibt.«

»Und dass Sie am Leben bleiben«, sagte ich. »Ich nehme den Auftrag an.«

Sie schlang nicht die Arme um mich und küsste mich nicht am Hals.

Sie lächelte nicht einmal und sagte auch nicht Danke.

»Wann wollen Sie das Geld?«, war ihre einzige Reaktion.

Ich wollte die volle Summe, und zwar sofort. Aber das würde ihr wahrscheinlich nicht gefallen.

»Die Hälfte jetzt, die andere Hälfte, wenn der Auftrag erledigt ist. Sollten Extrakosten anfallen, übernehmen Sie die. Wenn der Auftrag mehr als zwei Wochen in Anspruch nimmt, werde ich Sie um mehr Geld bitten. Vielleicht muss ich zusätzliche Hilfe anheuern, aber das ist in meinem Honorar inbegriffen.«

»Ich kann Ihnen morgen einen Bankscheck geben. Oder ist Ihnen Bares lieber?«

»Bargeld. Ich habe mit Banken nichts am Hut.«

»Gut. Sie können gleich anfangen.«

Ich lächelte. »Kann ich erst meinen Espresso austrinken?«

»Das graue Auto parkt seit zwei Stunden hinter dem Haus.«

Ich trank die Tasse leer und beschloss nachzusehen.

* * *

Ich spähte durch die Jalousien in Pashas Schlafzimmer und sah das Auto. Es parkte in hundert Metern Entfernung.

Es sah aus, wie sie es mir beschrieben hatte: grau, getönte Scheiben, keine Nummernschilder. Ich glaube, es war ein Buick, aber heutzutage haben alle Autos diesen Abgerundete-Kanten-Look. Der Motor lief nicht, was ich wegen der nicht vorhandenen Auspuffgase erkennen konnte. Aber aus dem Fenster auf der Fahrerseite, das einen Spalt weit offen war, wehte Zigarettenrauch.

»Steht Ihr Auto auf dem Parkplatz?«, fragte ich.

»Ja. Es ist der blaue VW Käfer.«

Ich sah ihn drei Autos von dem Buick entfernt. »Wie oft haben Sie die Polizei gerufen?«

»Sieben- oder achtmal.«

»Immer von hier?«

»Von hier oder von der Klinik. Das Auto folgt mir auch dorthin.«

»Und es verschwindet jedes Mal, bevor die Bullen auftauchen?«

»Ja.«

Meines Erachtens konnte das mehrere Gründe haben. Vielleicht waren Pashas Telefone verwanzt. Oder die Typen benutzten einen Scanner, mit dem sie den Polizeifunk abhören konnten. Oder sie hatten einen oder mehrere Maulwürfe bei der Polizei. Ich wandte mich zu ihr um. Im Schlafzimmer hatte sie ebenfalls keinen Fernseher.

Ich fragte: »Steht Ihr Fernseher im Bad?«

»Wie bitte?«

»Sie haben weder in Ihrem Wohnzimmer noch im Schlafzimmer einen Fernseher.«

»Ich sehe nicht fern.«

Ich nickte. »Ich auch nicht. Zu viel Gewalt. Warten Sie hier.«

»Wohin gehen Sie?«, rief sie mir nach.

»Meine Pistole und einen Baseballschläger holen.«

Für eine Frau, die so gut ihre Emotionen verbarg, kam der Alarm in ihrem Gesicht für mich überraschend.

»Sie haben mich nicht engagiert, damit ich mich mit denen anfreunde«, sagte ich.

»Das ist mir schon klar. Aber ich mache mir Sorgen …«

»Mir wird schon nichts passieren.«

»… dass Ihre Aktionen illegal sind.«

Oh. »Keine Angst. Sie müssen nicht ins Gefängnis für etwas, das ich tue. Was die Strafverfolgungsbehörden angeht, so bin ich Ihr Personenschützer.«

Sie wollte etwas sagen, hielt dann jedoch inne. Ich hatte diese Reaktion schon öfter erlebt. Die Leute heuern mich als Mann fürs Grobe an und wundern sich dann, wenn ich tatsächlich grob werde.

»Die haben damit angefangen, nicht Sie.«

»Ich weiß. Aber das verstößt gegen meine Glaubensgrundsätze.« Sie wandte ihren Blick von mir ab und konzentrierte sich ganz auf ihre eigenen Gedanken. »Meine Eltern kamen aus Panaji im indischen Bundesstaat Goa. Ich bin in Chicago geboren, war noch nie in Indien und wurde nicht hinduistisch erzogen. Aber meine Eltern, meine Tante und mein Onkel waren Anhänger der Lehre von Bapu.«

»Bapu?«

»Gandhi. Er legte Wert auf *Ahimsa*. Gewaltlosigkeit. Aktivisten, die Gewaltlosigkeit praktizieren, akzeptieren Gewalt gegen sich selbst, wenden sie aber nicht gegen andere an.«

Passiver Widerstand gegen gewaltsame Unterdrückung führt dazu, dass man verletzt und getötet wird. Bei Gandhi lagen die Dinge anders: Die ganze Welt schaute zu und reagierte ungehalten, als ausgemergelte Typen, die sich im Hungerstreik befanden, verprügelt wurden. Diesen Luxus hatte Pasha nicht. Aber anstatt dies zu erwähnen, sagte ich nur: »Passiver Widerstand, stimmt's?«

»Bapu lehrte *Satyagraha*. Das bedeutet so viel wie: sich strikt an die Wahrheit halten. Über zivilen Ungehorsam hinausgehen und bedingungslos der Kraft der Liebe folgen.«

»Also, soll ich jetzt diesen Kerlen die Scheiße aus dem Leib prügeln, oder was?«

»Ich … befinde mich in einem Gewissenskonflikt.«

»Was, wenn ich sie zusammenschlage, es jedoch liebevoll tue?«

»Sie machen sich über mich lustig.«

»Wollen Sie sich moralisch überlegen fühlen und sterben? Oder wollen Sie, dass die Drohungen aufhören?«

»Ich will, dass sie aufhören. Aber mir wäre es lieber, wenn es ohne Gewalt ginge.«

»Sie kaufen sich doch auch nicht einen Wachhund und legen ihm einen Maulkorb an.«

»Betrachten Sie sich als das? Ich meine, als einen Hund?«

»Nein«, sagte ich. »Hunde sind gutmütig.«

»Versprechen Sie mir, dass Sie Ihr Bestes tun, damit niemand zu Schaden kommt?«

»Ist das Ihr Ernst?«

»Ja.«

»Sicher«, log ich.

Sie glaubte mir, weil sie mir glauben wollte. Für einen Augenblick fragte ich mich, wie es wohl gewesen wäre, in einer Familie aufzuwachsen, die Gewaltlosigkeit statt natürlicher Auslese praktizierte.

»Ich gehe jetzt«, sagte ich. »Wenn ich erschossen werde …«

»Dann rufe ich die Polizei.«

Ich wollte schon sagen: Kommen Sie schnell und machen Sie bei mir Mund-zu-Mund-Beatmung. Aber das hätte womöglich wie eine plumpe Anmache geklungen. Wahrscheinlich *war* es eine plumpe Anmache. Meine letzte Begegnung mit einer attraktiven Frau, die keine Prostituierte war, lag schon ziemlich lange zurück, und ich hatte vergessen, wie man flirtet. Und gepflegte Konversation betreibt. Und sich ganz allgemein wie ein anständiger Mensch benimmt. Außerdem war sie eine Ärztin, die mich für einen Auftrag engagiert hatte, und ich war nur ein schmieriger Kleinkrimineller, der an Krebs starb. Ich spielte nicht in ihrer Liga, und sie hatte in ihrem Leben bereits mit zu vielen männlichen Raubtieren zu tun.

Da war es besser, wenn ich meine Hormone außen vor ließ.

Auf dem Weg zu meinem Bronco schüttelte ich die Trägheit ab, die von dem Oxycodon herrührte, konzentrierte mich auf das Koffein, das durch meine Adern pumpte, und hoffte, dass es ausreichte, um mich für die bevorstehende Konfrontation fit zu halten. Ich hatte schon immer ein seltsames Verhältnis zur Angst gehabt. Ich spürte die körperlichen Symptome der Angst, darunter Herzklopfen, einen trockenen Mund, schweißnasse Handflächen, einen flauen Magen und all die anderen Klischees, war aber gleichzeitig in der Lage, mich von der Situation loszulösen. Wie ein gemäßigt neugieriger Beobachter, der die Ereignisse um ihn herum genauso emotionslos kontrolliert wie in einem Videospiel.

In ein paar Minuten würde jemand verletzt werden. Vielleicht ich. Und irgendwie konnte ich damit leben.

Aus dem Laderaum meines Broncos holte ich ein Kapuzensweatshirt mit Reißverschluss. Ich öffnete die Snoopy-Brotzeitdose, steckte die Hardballer ins Holster und zog das Sweatshirt darüber an. Dann nahm ich den Baseballschläger und einen Softball heraus.

Mit einem Baseballschläger herumzulaufen, ist verdächtig. Aber wenn man einen Schläger und einen Ball hat, geht man einfach nur zu einem Spiel.

Ich schloss meinen Truck ab und ging zu dem Parkplatz an der Seite des Hauses hinüber. Unterwegs ließ ich den Ball ein paar Mal aufprallen und kam an einer Schar desinteressierter Kanadagänse vorbei, die ihr Bestes taten, jeden Quadratzentimeter Asphalt mit grüner Vogelscheiße zu beklecken. Die Insassen des Wagens schliefen oder waren einfach nur unaufmerksam, denn ich spazierte mit dem Baseballschläger in der Hand direkt zu ihrem Heckfenster, ohne dass sie wegfuhren oder auf mich schossen.

Mach dich zum Schlag bereit …

Ich ließ den Ball fallen, nahm breitbeinig Aufstellung, holte weit aus und traf das Fenster in der Mitte mit solcher Wucht, dass die gesamte Scheibe aus der Halterung flog und auf den Rücksitz fiel.

Die zwei Männer auf dem Vordersitz drehten sich zu mir um und starrten in die Mündung meiner Hardballer. Der Fahrer war um die vierzig und fett, mit Ohren, die wie Schweinekoteletts aussahen und aus denen graue, geringelte Haare sprießten, und einem dicken Hals, der die Krawatte zu sprengen drohte. Sein Partner war jünger, dünn, hatte kaum Haare auf dem Kopf und die Andeutung eines Schnurrbarts über der Oberlippe. Ihre anfängliche Überraschung verwandelte sich in weniger als einer Sekunde in blankes Entsetzen.

Ich zielte mit der Hardballer durch das offene Heckfenster und spannte den Hahn. Auf dem Armaturenbrett befand sich ein Scanner, der vermutlich auf die Frequenz des Polizeifunks von Flutesburg eingestellt war.

»Gentlemen«, sagte ich. »Werft mit den linken Händen die Waffen auf den Rücksitz.«

Die Hardballer erzielte die gewünschte psychologische Wirkung, den beiden eine Heidenangst einzujagen. Die Augen des Fettwanstes traten so weit aus den Höhlen, dass er aussah wie eine Zeichentrickfigur. Der Kahlköpfige wurde so weiß im Gesicht, dass selbst die Lippen ihre Farbe verloren.

Ich zielte auf den Glatzkopf. »Wenn ich euch ein zweites Mal bitten muss, blase ich euch das Hirn aus dem Schädel.«

Er sagte etwas, aber ich konnte ihn nicht verstehen, weil es sich wie ein Keuchen anhörte.

»Also gut, dann muss ich euch beide wohl umbringen.«

Der Fettwanst ließ einen Furz. Er war so laut, dass die Kanadagänse, denen mein Zerschmettern des Autofensters nichts ausgemacht hatte, sich schnatternd in alle Winde zerstreuten.

»Wir haben keine Waffen«, keuchte der Glatzkopf.

Ich ließ mir seine Antwort durch den Kopf gehen. Sie passte nicht zu dem vorgefassten Bild, das ich von gefährlichen Bösewichten hatte. Aber als ich die Kerle zittern sah wie Parkinson-Kranke, fragte ich mich, wie gefährlich sie wirklich waren.

»Gebt mir eure Führerscheine«, befahl ich ihnen. Sie schafften es trotz ihres Zitteranfalls, ihre Brieftaschen hervorzuholen, ohne dabei übermäßig lächerlich und tollpatschig zu wirken.

Sie hielten sie mir mit ausgestreckten Armen entgegen, wahrscheinlich aus Angst, ich könnte sie beißen, falls sie mir zu nahe kamen. Der Fettwanst hieß Nick Rialta, der Glatzkopf – welche Ironie – Phillip Toupet. Beide wohnten in Milwaukee. Ich prägte mir die Adressen ein und warf die Ausweisdokumente auf den Rücksitz.

»Bitte bring uns nicht um. Wir sind ihr nur gefolgt«, sagte der Fettwanst. Er hatte eine hohe, weinerliche Stimme, wie Lou Costello.

»Warum?«, fragte ich. Das schien mir eine gute Frage.

»Um unsere Schulden abzuzahlen«, keuchte der Glatzkopf.

»Wir wissen nicht mal, wie sie heißt«, sagte der Fettwanst.

»Was für Schulden?«, fragte ich. Wieder eine gute Frage. Vielleicht sollte ich mir damit meinen Lebensunterhalt verdienen.

»Spielschulden«, antwortete der mit der keuchenden Stimme. Klang nicht einer der sieben Zwerge so? Der mit dem Lungenemphysem und dem Loch im Hals?

»Wo habt ihr gespielt?«, fragte ich.

»Auf der Delta Queen, dem Flussboot-Casino in Oldridge. Letzten Freitag. Wir haben eine Menge Geld verloren und konnten es nicht zurückzahlen.«

»Sie wollten uns die Arme brechen«, sagte der Fettwanst.

»Und dann hat Mr Mulrooni gesagt, wenn wir ihm einen Gefallen tun, gibt er uns Aufschub.«

»Wir sollten ihr einfach nur folgen.«

»Wir wollten ihr nichts tun.«

»Wir wissen nicht mal, wie sie heißt.«

»Bitte bring mich nicht um.«

»Ich habe eine Familie.«

»Bitte bring mich nicht um.«

Sie flehten und bettelten weiter, bis sie mir irgendwie leidtaten.

»Wer ist dieser Mr Mulrooni?«, fragte ich.

»Jimmy Mulrooni. Ihm gehört die Delta Queen.«

Und schon hatte ich ohne großen Aufwand eine erste Spur.

»Und wo hält Jimmy sich zurzeit auf?«

»In Oldridge. Er hat jeden Freitag auf dem Boot ein Pokerturnier mit hohen Einsätzen laufen. Man braucht fünf Riesen, um einzusteigen.«

»Ich hab zwanzigtausend verloren.«

»Ich fünfundzwanzigtausend.«

»Bitte bring mich nicht um.«

»Ich habe eine Familie.«

Ich atmete durch die Nase ein und musste beinahe würgen.

»Hast du … in die Hose geschissen?«

»Ich leide unter chronischem Durchfall.«

Ich wedelte mit der freien Hand vor meiner Nase herum. »Das ist echt übel, Mann. Kommt das öfter vor?«

»Ich trage Windeln.«

»Du musst dir eine bessere Marke kaufen. Deine ist undicht.«

»Mach ich. Das verspreche ich. Bitte erschieß mich nicht. Ich habe eine Familie.«

»Wie jetzt? Du hast immer noch eine Familie? Mit chronischem Durchfall und Spielsucht? Was hast du deiner Frau und den Kindern überhaupt zu bieten?«

»Ich kann gut zuhören.«

Ich rümpfte die Nase. »Wer bleibt mit dir lange genug in einem Zimmer, dass du ihm zuhören kannst?«

Plötzlich ging die Heulerei los. Der Fettwanst fing damit an, und der Glatzkopf stimmte sofort mit ein. Zwei armselige Loser, die über ihr Pech und die missliche Lage jammerten, in die sie sich hineinmanövriert hatten. Sie bettelten um Verständnis und um ihr Leben.

Wenigstens hatten sie jemanden, der ihnen beim Betteln zuhörte.

»Gebt mir den Polizeifunk-Scanner«, befahl ich ihnen.

Sie griffen beide danach und händigten mir das Gerät aus.

»Und jetzt verpisst euch. Wenn ich euch noch einmal sehe, vor allem dich …«, sagte ich und zeigte auf den Typen, der in seiner eigenen Scheiße saß. Ich sprach meine Drohung nicht zu Ende, sondern überließ es ihrer Fantasie, sich auszumalen, was ich mit ihnen anstellen würde.

Der Fettwanst guckte erst einen Augenblick dumm aus der Wäsche. Dann drehte er den Zündschlüssel um und machte sich schneller vom Acker, als ich ihm zugetraut hätte.

Ich steckte die Hardballer in das Holster, hob den Baseballschläger und den Ball auf und sah ihnen zu, wie sie davonfuhren. Dann vergewisserte ich mich, dass sich ein geparkter SUV zwischen mir und dem Fenster von Pashas Apartment befand, beugte mich vor und übergab mich.

Vielleicht waren es meine Nerven. Oder der Krebs. Oder die Drogen. Oder die Bananenbrötchen, die nicht mehr wie Bananen aussahen, nachdem ich sie auf die Straße gekotzt hatte.

Ich wischte mir mit dem Ärmel über den Mund, warf mir ein Pfefferminzdragee ein und ging zum Foyer des Apartmenthauses zurück, wo Pasha mit verschränkten Armen auf mich wartete.

»Sie haben die Kerle einfach laufen lassen?«, lautete ihre liebevolle Begrüßung, die nur so strotzte vor Sorge um mein Wohlergehen.

»Die waren harmlos.«

»Sie haben mich belästigt.«

»Aber jetzt sind sie weg. Und ich möchte mein Geld.«

Sie kniff die Augen zusammen, aber anstatt grimmig sah sie einfach nur süß aus.

»Ich muss zur Bank.«

»Ich gehe mit.«

»Ich glaube, ich schaffe es alleine zur Bank.«

»Die Typen, die ich gerade vertrieben habe, waren Amateure, die ihre Spielschulden abarbeiten mussten. Sie werden jetzt zu ihrem Boss rennen und darüber jammern, dass ein großer böser Mann sie mit der Pistole bedroht hat. Die Männer, die er als Nächstes auf Sie ansetzt, werden keine Amateure sein. Wollen Sie es alleine mit denen aufnehmen? Oder überlassen Sie das mir?«

Wir starrten uns eine Weile an, ehe sie abrupt auf dem Absatz kehrtmachte und wegging. Ich ließ den Blick über den Parkplatz wandern. Nichts Verdächtiges. Das Einzige, was ich sah, waren die Gänse, die zu der Stelle gewatschelt waren, wo ich mich übergeben hatte, und mit ihren Schnäbeln in meinem Erbrochenen herumpickten.

Der Anblick erinnerte mich daran, dass ich meine Pillen ausgekotzt hatte. Ich fischte meine letzten zwei Oxycodon-Tabletten aus der Tasche und schluckte sie.

Die Zeit verging. Ich blickte mit zusammengekniffenen Augen zur Sonne hoch. Sie war ungefähr viereinhalb Milliarden

Jahre alt und hatte die Hälfte ihres Lebens hinter sich. War älter als die Menschheit und würde sie überdauern.

»Bei deinem Anblick fühle ich mich klein und unbedeutend«, sagte ich zur Sonne.

Die Sonne antwortete nicht. So was Überhebliches.

Mehr Zeit verging.

Auf dem Parkplatz schrie eine Gans, als würde ihr jemand den Hals umdrehen. Ich schaute in die Richtung und sah, wie sie torkelnd ein paar Schritte watschelte und plötzlich umkippte.

Anscheinend wirkte Codein bei Wasservögeln.

»Was ist mit dieser Gans passiert?«, fragte Pasha.

Sie trug immer noch dasselbe Outfit, hatte aber die Haare hochgesteckt und etwas Make-up aufgetragen, was ihre indischen Gesichtszüge irgendwie hervorhob.

»Hat wohl 'nen harten Tag gehabt und macht jetzt ein Nickerchen«, sagte ich.

»Liegen Gänse immer so ausgespreizt da, wenn sie schlafen?«

»Natürlich.«

Eine weitere Gans kippte um und reckte die kleinen schwarzen Füße in die Luft.

»Seltsam«, sagte sie und runzelte die Stirn.

»Zuerst zur Bank und dann zur Klinik?«, fragte ich.

»Ja.«

»Ich fahre hinter Ihnen her. Ich bin in dem Bronco.«

Wir stiegen in unsere Autos und machten uns auf den Weg.

* * *

Ich hatte eigentlich nicht vor, die viertausend Dollar Bargeld sofort auszugeben, aber ich spürte das dicke Bündel Scheine in meiner Tasche bei jedem Schritt und musste gegen den Drang ankämpfen, auf schnellstem Wege zu meinem Drogendealer zu fahren. Das Einzige, was mich davon abhielt, war die Aussicht auf weitere vier Riesen, wenn dieser Auftrag beendet war. Belohnungsaufschub ist klüger.

»Ich will nicht, dass Sie mit den Frauen reden, die hier hereinkommen«, gab mir Pasha klar und deutlich zu verstehen.

»Ich kümmere mich um meine eigenen Angelegenheiten und verhalte mich unauffällig. Sie werden nicht einmal merken, dass ich überhaupt da bin, es sei denn, es passiert etwas.«

Ich wollte sie fragen, wo die Klinik war, aber das erwies sich als unnötig, da ungefähr fünfzig Menschen davorstanden und Schilder hochhielten.

Jetzt verstand ich, warum wir eine Straße weiter geparkt hatten.

»Die sehen nicht gerade freundlich aus«, sagte ich.

Ich blieb stehen, Pasha nicht. Meine Reaktion war langsam, und anstatt sie an der Schulter zu packen, verhedderten sich meine Finger in ihren Haaren, wodurch sie ruckartig nach hinten gerissen wurde. Sie schrie auf. Ich entschuldigte mich.

»Es ist keine gute Idee, in diese Menge zu laufen.«

»Heute kommen zwei junge Frauen zur Beratung in meine Sprechstunde und eine, die eine Abtreibung vornehmen lässt. Und sieben Mitarbeiter, die Todesangst ausstehen werden. Ich lasse mich doch nicht von einem Haufen Protestlern von meiner Arbeit abhalten.«

Ihr stahlharter Blick machte mir klar, dass meine Chance, sie von ihrem Vorhaben abzubringen, ungefähr so groß war wie die, das nächste Weihnachtsfest zu erleben.

Das Problem war, dass einige der Protestierenden Schilder mit Aufschriften wie »Mörderschlampe!« und »Man sollte dich abtreiben!« hochhielten. Wenn Pasha der Gruppe zu nahe kam, würden sie sich auf sie stürzen. Ich konnte mit nur zwei Augen nicht alle potenziellen Gefahren abschätzen und mit nur zwei Händen nicht alle Angreifer stoppen.

»Waren das jedes Mal so viele?«

Sie schüttelte den Kopf. »Nie mehr als eine Handvoll.«

Ich fragte mich, ob dieser Protest von demselben Mann bezahlt wurde, der auch diese beiden Trottel auf Pasha angesetzt hatte.

»Können Sie sich nicht einfach heute freinehmen und morgen wiederkommen?« Ich kannte bereits die Antwort.

»Natürlich nicht.«

»Gibt es einen Hintereingang?«

»Wenn ich die Klinik nicht durch den Haupteingang betrete, wie soll ich es dann von meinen Patienten erwarten? Ich lasse mich nicht einschüchtern.«

Sie vielleicht nicht, aber ich war verdammt eingeschüchtert. Kaum etwas war so gefährlich wie eine aufgebrachte Menge. Jemand war bereit, Pasha fünfzig Riesen zu bezahlen, damit sie ihre Klinik zumachte. Ein paar Schläger anzuheuern und Pasha aufmischen zu lassen, wäre viel billiger.

»Okay«, sagte ich. »Wir gehen mitten durch sie hindurch. Sie tun genau das, was ich Ihnen sage. Kapiert?«

»Ja.«

»Nehmen Sie Ihr Handy und wählen Sie die 911. Sagen Sie, Sie sind an der Klinik, und da ist ein Mann mit einer Pistole.«

»Ist da wirklich ein Mann mit einer Pistole?«

»Ja«, sagte ich und klopfte auf mein Holster. »Ein ganz übler Bursche. Rufen Sie an, sagen Sie es ihnen und legen Sie auf.«

Sie rief an.

»Okay, gehen Sie vor mir her, direkt auf den Eingang zu, und bleiben Sie nicht stehen.«

Wir näherten uns der Gruppe bis auf zehn Schritte, ohne dass uns jemand bemerkte. Plötzlich schrie ein Typ mit scharfen Augen, der ein Megafon in der Hand hielt: »Das ist sie!«, und wir waren innerhalb von zehn Sekunden von den hässlichsten Fratzen umzingelt, die ich je gesehen hatte.

In ihnen stand purer Hass geschrieben, anders konnte man es nicht beschreiben. Männer und Frauen, alt und jung, mit gefletschten Zähnen und geballten Fäusten, die Schilder wie Gewehre hin und her schwenkten und uns Worte entgegenschrien, für die man sie in der Schule bestraft hätte. Sie schwirrten um uns wie Drohnen um die Bienenkönigin. Ein Mann, auf dessen Schild stand: »Lasst Gott richten«, wünschte Pasha zur Hölle. Eine Frau spuckte sie an. Mehrere alte Frauen in ihren besten Sonntagskleidern drängten sich durch die Menge und zeigten uns den Stinkefinger.

Pasha blieb ruhig, was den Mob noch mehr aufzubringen schien. Die Zielperson, an die ihre freundliche Demonstration gerichtet war, ließ sich von ihrer unfehlbaren Logik nicht beeindrucken.

Ich stand total unter Strom, und meine Auffassungsgabe war außerdem durch das Oxycodon, das ich vorher eingenommen hatte, beeinträchtigt. Ich sah etwas auf Pasha zufliegen, stieß sie zur Seite und schaute geschockt zu, wie ein blutiges, totes Baby auf den Gehsteig klatschte.

Nein, kein Baby. Eine Puppe, die mit nasser roter Farbe beschmiert war.

Das reichte! Ich griff unter mein Kapuzensweatshirt und riss die Hardballer aus dem Holster.

»Schusswaffe!«, schrie ich.

Niemand beachtete mich, also schoss ich in einem Augenblick mangelnden Urteilsvermögens in die Luft.

Die Leute stoben so schnell auseinander, dass man es mit bloßem Auge kaum wahrnehmen konnte. Fünf Sekunden später erinnerten nur noch ein paar weggeworfene Protestschilder, die blutdurchtränkte Puppe und ein eingewickeltes Sandwich daran, dass hier eine Versammlung stattgefunden hatte.

Ich wies Pasha an, ins Gebäude zu gehen, steckte die Pistole wieder ins Holster, hob das Sandwich auf und nahm es mit in die Klinik.

»Alles in Ordnung mit Ihnen?«, fragte ich sie.

Pasha nickte. Sie wirkte angespannt, hatte sich aber unter Kontrolle.

»Wo ist die Toilette?«

Sie deutete in die Richtung. Ich ging hinein, holte das Tütchen mit dem Hydro und meinen letzten Vorrat Xanax hervor und versteckte beides zusammen mit dem Hardballer-Holster und der Seecamp in meinem Stiefelabsatz oberhalb der Leuchtstoffröhrenhalterung über dem Waschbecken. Dann riss ich die Verpackung des Sandwiches auf.

Meatball Marinara. Noch warm.

Ich kehrte ins Foyer zurück.

»Was nun?«, fragte Pasha.

»Sie gehen Ihrer Arbeit nach. Ich brauche ein Telefon.«

Sie führte mich zum Empfangstresen. Ich rief die Auskunft an und ließ mich mit der gewünschten Nummer verbinden.

»McGlade. Schießen Sie los, es sind Ihre zehn Cent.«

»Ich bin's, Phineas Troutt. Und das letzte Mal, wo Telefongespräche zehn Cent gekostet haben, war in den Siebzigerjahren.«

»Hey Phin. Ich dachte, du bist schon tot. Und dass ich mich vor deiner Beerdigung drücken konnte.«

»Du kannst dich immer noch davor drücken. Ich brauche deine Hilfe. Bist du gerade beschäftigt?«

»Ja. Ich schaue mir gerade die neueste Ausgabe des Magazins *Gefesselte Motorradschlampen* an. Ich habe ein Abo, hauptsächlich wegen der interessanten Artikel.«

»Klar doch.«

»Du solltest mich deswegen nicht verurteilen. Die menschliche Sexualität ist eine mysteriöse Angelegenheit, Phin. Kann ich was dafür, dass ich beim Anblick von Ballknebeln und Twin-Cam-Motoren einen Ständer bekomme?«

»Du bekommst von allem einen Ständer.«

»Das tut weh, wenn du so was sagst, Phin. Und ich bekomme davon auch einen Ständer.«

Ich rieb mir die Augen und wünschte, ich hätte nicht praktisch alle meine Freunde und Bekannten verprellt. Dann hätte ich nämlich jemand anderes um Hilfe bitten können. »Es geht um einen Job im Bereich Schadenverhütung.«

»Wir verteilen Kondome?«

»Wir beschützen eine Ärztin. Was hältst du von zivilem Ungehorsam?«

»Ich bin nicht besonders zivilisiert, dafür aber sehr ungehorsam. Was hast du am Laufen?«

Ich gab ihm eine Zusammenfassung. Zwischendurch hörte ich am anderen Ende Schnüffelgeräusche.

»Was zum Teufel machst du da?«, fragte ich. »Ziehst du dir Koks durch die Nase?«

»Das Magazin hat eine neue Funktion. Rubbel und riech.«

»Du riechst an deiner Zeitschrift?«

»Ziemlich realistisch. Riecht nach Motoröl und feuchten Mösen.«

»Hast du auch nur ein Wort von dem gehört, was ich dir über Dr. Kapoor erzählt habe?«

»Nicht wirklich. Willst du wissen, wann ich aufgehört habe, dir zuzuhören?«

Ich war mir nicht sicher, ob McGlade sich einfach nur einen Spaß daraus machte, auszutesten, wie weit er gehen konnte, bevor sein Gegenüber die Geduld verlor und ausrastete, oder ob er an einer schweren Form von ADHS litt.

»Bist du dabei oder muss ich mich nach einem kompetenteren Kandidaten umsehen?«

»Autsch! Typen wie du, die nicht mehr lange zu leben haben, sind einfach überempfindlich. Was ist die Risikostufe?«

»Gelb. Könnte auf Rot eskalieren.«

»Woher weiß ich, dass du nicht abkratzt, wenn es handfest wird?«

»Das sagt ausgerechnet der Typ, der nur noch eine Hand hat.«

»Meine Prothese ist bionisch. Ich kann damit eine Weinflasche zerdrücken. Ob du es glaubst oder nicht, das törnt die Damenwelt leider nicht so an, wie man denkt.« Er brummte. »Könnte etwas damit zu tun haben, dass sie keine Glasscherben auf dem Körper mögen.«

»Stellst du die Leute nur auf die Probe oder leidest du an einer Persönlichkeitsstörung?«

»Beides. Willst du mehr darüber hören?«

»Nein. Bist du dabei oder nicht?«

Ich hörte ein übertriebenes Schnüffeln, bevor er sagte: »Bin dabei. Es macht mir jedes Mal Spaß, Protestler zu ärgern. Selbstgerechte Menschen amüsieren mich. Ich habe diese Super-Soaker-Wasserpistole, die ich mit …«

»Komm zur Hearst-Klinik in der Salem Street in Flutesburg«, fiel ich ihm ins Wort. Ich hatte keine Lust, mir McGlades Dummejungenstreiche anzuhören. »In einer Stunde.«

»Sagen wir in zwei. Ich bin noch nicht mit meiner Zeitschrift fertig.«

»In einer Stunde, McGlade. Ich brauche jemanden, der auf Dr. Kapoor aufpasst.«

»Und wo bist du dann?«

Ich konnte durch das Fenster, das zur Straße hinausging, bereits die Polizeisirenen hören.

»Im Knast«, sagte ich.

Ich legte auf, sagte Pasha Bescheid und probierte das Sandwich. Normalerweise würde ich davon abraten, etwas zu essen, das man bei einer Anti-Abtreibungs-Demo auf der Straße gefunden hat, aber was konnte mir schon Schlimmes passieren? Dass ich krank wurde?

Auf der Liste der Dinge, über die ich mir Sorgen machte, waren Salmonellen nicht einmal unter den Top 40.

Ich hatte gerade den dritten Bissen geschluckt, als die Bullen mich abführten.

* * *

Meine erkennungsdienstliche Behandlung durch das Flutesburg Police Department dauerte weniger als eine halbe Stunde. Die Kriminalitätsrate in diesem Ort war nicht gerade hoch. Außer mir gab es nur noch einen weiteren Gefangenen, einen heulenden Teenager, den die Polizei wegen Ladendiebstahls festgenommen hatte.

Die Polizisten, mit denen ich es zu tun hatte, verhielten sich höflich und korrekt, das Gebäude war modern und sauber, und das Einzige, was ich bemängelte, war ein penetranter Geruch, den der Zitronenreiniger nicht richtig übertünchen konnte.

Ich machte von meinem Aussageverweigerungsrecht Gebrauch und durfte den mir zustehenden Anruf tätigen, nachdem man ein digitales Foto von mir gemacht und meine Fingerabdrücke abgenommen hatte. Sie nahm beim zweiten Läuten ab.

»Lieutenant Daniels, Morddezernat.«

»Hi Jack. Ich bin's, Phin.«

Nach einer Pause, die wahrscheinlich kurz war, mir jedoch wie eine Ewigkeit vorkam, sagte sie: »Ich vermute mal, du rufst nicht einfach nur so an.«

»Ich wurde festgenommen. In Flutesburg.«

Ich erzählte ihr, was vorgefallen war.

»Was wirft man dir vor?«

»Mehrere Dinge. Die zwei wichtigsten sind schwerer Verstoß gegen das Waffengesetz und fahrlässiger Gebrauch einer Schusswaffe.«

Wieder eine lange Pause, die mir ganz und gar nicht gefiel. »Das sind schwere Straftaten, Phin.«

»Der Mob hätte sie in Stücke gerissen, Jack. Sie haben sie mit einer Puppe beworfen, die mit roter Farbe beschmiert war.«

»Hat man deine Aussage zu Protokoll genommen?«

»Ich habe kein Wort gesagt. Und zum Zeitpunkt meiner Festnahme war ich unbewaffnet.«

»Wo ist die Pistole?«

Ich antwortete nicht.

»Hast du dir einen Anwalt genommen?«, fragte Jack.

»Noch nicht. Ich wollte erst mal abwarten und schauen, was meine einflussreiche und berühmte Freundin bei der Polizei für mich tun kann.«

»Mein Ruhm und Einfluss sind auf Chicago beschränkt. Du bist in Flutesburg.«

»Die Protestveranstaltung war groß. Und die Polizei war nicht da. Wenn jemand daran schuld ist, dass die Lage außer Kontrolle geriet, dann die Bullen. Vielleicht sollte ich sie verklagen.«

»Wer hat Anzeige gegen dich erstattet?«

»Keine Ahnung. Aber ich würde es gerne herausfinden.«

»Ich füge es zu meiner Liste hinzu.«

Ich sagte nichts. Ich brauchte nicht extra zu erwähnen, dass ich wegen einer Sache, in die Jack mich hineingezogen hatte, zweimal angeschossen worden war. Wir wussten beide, dass sie in meiner Schuld stand.

»Ich werde ein paar Anrufe tätigen«, sagte sie. »Alles in Ordnung mit dir?«

»Auf dem Polizeirevier riecht es nach Scheiße, und ich durfte mein Sandwich nicht fertig essen.«

»Du weißt, was ich meine.« Sie senkte ihre Stimme. »Deine Krebserkrankung.«

»Ich … bin nicht mehr in Remission.«

»Bist du dir sicher, dass das nicht nur ein Vorwand ist, um mir aus dem Weg zu gehen, weil ich zwei Spiele im Vorsprung bin?«

Jack und ich trafen uns hin und wieder zum Billardspielen in einer Bar in Chicago. In letzter Zeit hatte ich sie gemieden, aber nicht, weil ich Angst vor ihrer überlegenen Spielfähigkeit hatte. Ich mochte Jack und wollte ihr nicht zumuten, mich in meinem derzeitigen Zustand zu sehen – krank, zugedröhnt, voller Selbstmitleid. Außerdem hatte ich keine Lust, ihr zu erklären, warum ich mit der Chemotherapie und der Bestrahlung aufgehört hatte. Jacqueline Daniels war eine Kämpfernatur. Aufgeben kam in ihrem Wortschatz nicht vor, und sie würde bestimmt kein Verständnis für mich haben.

Als ich nicht antwortete, sagte Jack: »Also gut, dann telefoniere ich mal ein bisschen herum. Gib mir eine halbe Stunde.«

»Danke.«

Sie legte auf.

Exakt achtundzwanzig Minuten später ließen die Bullen mich laufen. Man ließ sämtliche Anklagepunkte fallen. Ich musste nicht einmal Zeit in einer Zelle verbringen, was mich ein wenig nervte, weil das Codein mich total schläfrig machte und ich ein Nickerchen hätte vertragen können.

Während man mir meine persönlichen Gegenstände aushändigte, warnte mich der Polizist, der mich festgenommen hatte: »Ich will Sie nicht noch mal hier in Flutesburg sehen.«

»Dann machen Sie die Augen zu«, sagte ich zu ihm.

Ich benutzte das Münztelefon im Foyer und rief Pasha in der Klinik an.

»Sind die Protestler wieder da?«, fragte ich.

»Nein.«

»Ist Harry schon erschienen?«

»Noch nicht.«

»Wenn er vor mir kommt, erschießen Sie ihn bitte nicht.«

Ich fuhr mit dem Taxi zur Klinik, holte meine Waffen und Drogen aus dem Versteck in der Herrentoilette und setzte mich ins Wartezimmer, wo ich in einem Modemagazin blätterte. Darin entdeckte ich allerhand Interessantes, zum Beispiel zehn einfache Schritte zu einem besseren Orgasmus, vier BHs, die die Brüste einer Frau größer wirken ließen, und sechs wichtige Hinweise, dass der Ehemann eine Affäre hatte. Ich musste an Harry und seine S/M-Motorradzeitschrift denken. Frauen waren genauso sexbesessen wie Männer. Sie waren nur nicht so vulgär.

Ein Mädchen, das bestimmt nicht älter war als achtzehn, kam herein und ging direkt zum Empfangstresen, wo sie mit gedämpfter Stimme ihren Namen nannte und dabei den Kopf senkte wie ein Kinderschänder in der Gegenwart von Fernsehkameras.

Als sie mir gegenüber Platz nahm, wich sie meinem Blick aus.

Ich musterte sie. Sie trug Designerklamotten und hatte eine schicke Frisur. Ich konnte mich nicht mehr erinnern, ob die Mädchen zu meiner Highschool-Zeit so gestylt aussahen. Vielleicht hier in Flutesburg, wo die Leute finanziell etwas bessergestellt waren als in dem Viertel, in dem ich aufgewachsen war. Handtasche von Gucci. Hundert Dollar teure Tennisschuhe. Fingernägel, die zu lang und gepflegt waren, um echt zu sein. Aber ihr Gesichtsausdruck und ihre Haltung ließen erahnen, dass sie ein psychisches Wrack war und an emotionalen Schmerzen und Schuldgefühlen litt. Außerdem strahlte sie eine Bitterkeit aus, für die sie eigentlich noch zu jung war.

Pasha kam ins Wartezimmer. Sie trug einen weißen Arztkittel.

Sie lächelte nicht, doch ihr Blick und ihre Körpersprache verrieten Anteilnahme. Sie verhielt sich dem Mädchen gegenüber wie eine Vertrauensperson, nicht wie eine Ärztin, und legte ihr eine Hand auf die Schulter. Das Mädchen stand auf und folgte Pasha.

Ich stand ebenfalls auf und sagte: »Ich muss mal kurz mit Ihnen reden.«

Pasha warf mir einen Blick zu, der Wasser zu Eis gefrieren lassen könnte.

»Ich kümmere mich gerade um eine Patientin«, zischte sie.

»Ich brauche nur eine Minute.«

Sie wandte sich dem Mädchen mit beruhigender Miene zu und bat sie, in ihrem Sprechzimmer zu warten. Das Mädchen schlich mit hängenden Schultern davon.

»Ich fahre nach Oldridge, um einem Hinweis nachzugehen. McGlade wird solange auf Sie aufpassen. Wir werden uns abwechseln, sodass einer von uns immer bei Ihnen ist.«

»Schön«, sagte sie. Ihrer Körpersprache nach zu urteilen betrachtete sie mich als einen Störenfried, der nur ihre Zeit verschwendete.

Mach gute Miene zum bösen Spiel, Phin. Als Belohnung winkt dir Kokain.

»Ich kann Ihnen gleich sagen, dass Sie den Kerl nicht mögen werden«, fuhr ich fort. »Er ist rüpelhaft und provokant, also machen Sie sich auf etwas gefasst.«

»Das haben Sie mir bereits gesagt.«

»Ich tue nur meine Arbeit.«

»Und ich versuche, meine zu tun.«

Sie machte auf dem Absatz kehrt und verschwand. Ein perverser Teil von mir freute sich auf die Begegnung der beiden. Ich musste nur dafür sorgen, dass Harry nicht total ins Fettnäpfchen trat, bevor ich meine Restzahlung erhielt.

Ich setzte mich wieder hin, nahm eine Frauenzeitschrift zur Hand und las etwas über zwanzig einfache Möglichkeiten, um Orangenhaut an den Oberschenkeln loszuwerden, und die fünf Mahlzeiten, die man in Restaurants meiden sollte. Gleichzeitig behielt ich die Eingangstür im Auge. Mehrere Frauen unterschiedlichen Alters kamen und gingen, während ich Wache hielt. Manche begaben sich sofort in andere Bereiche der Klinik, andere warteten im Foyer, bis ein Arzt oder Therapeut sie abholte. Eine kam herein, warf einen schnellen Blick auf mich und verschwand sofort wieder. Die Altersspanne reichte von vierzehn bis vierzig, aber die Frauen hatten eines gemeinsam: Sie wirkten bestenfalls niedergeschlagen und schlimmstenfalls selbstmordgefährdet.

Mein Vorrat an Empathie war zwar aufgebraucht, aber man musste keine tiefen Gefühle für seine Mitmenschen hegen, um zu begreifen, dass Männer in einer Frauenklinik fehl am Platz waren. Was Vertreter des anderen Geschlechts mit ihren Körpern machten, ging mich oder andere Männer nichts an.

Harry traf ein. Noch bevor ich sein Gesicht sah, wusste ich, dass er es war, weil ihm ein penetranter Geruch nach Aftershave vorausging. Er hatte so viel von dem Zeug aufgetragen, dass ich es schmecken konnte.

»Mensch, du siehst ja aus wie Scheiße«, sagte er. »Wie lange hast du noch? Zwei Wochen?«

»Freut mich ebenfalls, dich zu sehen, Harry.«

Ich streckte ihm die linke Hand entgegen, und er schlug ein. Harry McGlade war fast so groß wie ich und hatte einen beachtlichen Bierbauch und stämmige Beine. Er trug einen grauen Anzug, der bestimmt ein Vermögen gekostet hatte, aber so zerknittert war, als hätte er darin geschlafen. Was wohl auch der Fall war. Mit seinem Trenchcoat und dem Dreitagebart sah McGlade aus wie die perverse Parodie eines Privatdetektivs aus den Vierzigerjahren.

»Mal im Ernst, du siehst echt furchtbar aus. Und ich rede nicht nur von deiner unheilbaren Krankheit. Bist du auf Drogen?«

Ich ging nicht auf die Frage ein. »Zeig mir mal deine Hand.«

Er hielt den rechten Arm hoch. Dort, wo früher mal seine Hand gewesen war, befand sich jetzt eine einigermaßen realistisch wirkende Gummiprothese. Ich vernahm ein leises Summen, worauf die Finger sich öffneten.

»Myoelektrisch«, sagte Harry. »Sie reagiert auf meine Muskelimpulse. Und sie vibriert.«

»Wegen des Phantomschmerzes?«

»Häh? Nein, wegen der Frauen. Aber ich muss sagen, es fühlt sich auch toll an, wenn man es sich selbst macht. Und die Reinigung ist wirklich ein Klacks. Willst du es mal ausprobieren? Ich habe eine Packung feuchte Tücher dabei.«

»Da sage ich nein danke.«

»Ich bin deswegen noch lange keine Schwuchtel, ich habe schließlich kein Gefühl in der Hand. Es wäre, als würde jemand anderes dir einen runterholen, während ich zuschaue.«

»Das ist immer noch ziemlich schwul.«

»Nichts, wofür man sich schämen muss. Alle Männer durchlaufen eine neugierige Phase, vom Teenageralter bis etwa siebzig.«

»Vielleicht ein anderes Mal. Hast du deine Streikbrecherausrüstung dabei?«

Er deutete mit dem Daumen über die Schulter. »Ist alles in meinem Auto. Wer sind diese Leute? Fehlgeleitete Bürger oder welche, die dafür bezahlt werden?«

»Das weiß ich noch nicht. Hast du schon mal von einem Jimmy Mulrooni gehört?«

»Klingt italienisch. Mafioso?«

»Keine Ahnung.«

»Schauen wir mal bei Google nach.«

»Google? Du meinst auf einem Computer?«

»Mensch, Phin, geh endlich mit der Zeit.« McGlade griff in seine Jackentasche und holte etwas hervor. Etwas Dünnes, Rechteckiges und Schwarzes.

»Was ist das denn?«, fragte ich.

»Mein neues iPhone 2G.«

»Wo sind die Tasten?«

Er verdrehte die Augen. »Das ist ein Touchscreen, du Anfänger. Das Ding hier ist ein Smartphone.« Harry drückte mit dem Daumen darauf, worauf das Gerät aufleuchtete wie ein winziger Monitor. »Es hat vier Gigabytes. Weißt du, wie viel Pornos ich damit speichern kann?«

»Viele?« Ich hatte kaum Ahnung von Computern.

»Wie gefällt dir die Vorstellung, dir für den Rest deines Lebens jeden Tag Fotos von verschiedenen Genitalien anzugucken?«

»Auf diesem winzigen Bildschirm?«

»Er ist nicht klein. Du kannst die Bilder mit den Fingerspitzen größer zoomen.«

»Was hältst du von richtigen Frauen? Im richtigen Leben?«

»Sehr viel. Ich finde es geil, zusammen mit Frauen Pornos zu gucken.«

Ich wechselte das Thema. »Dein Handy hat also Internetverbindung?«

»Wann hattest du zuletzt ein Handy, Phin? Lass mich raten … war es eins mit Wählscheibe?«

»Nicht jeder von uns ist im Fernsehen so groß rausgekommen wie du, McGlade.«

Aus irgendeinem unerklärlichen Grund gab es eine Fernsehserie namens *Tödliche Begegnung*, die auf Harrys Eskapaden basierte. Ein Beweis, dass der amerikanische Fernsehzuschauer sich so ziemlich alles ansah, was man ihm vorsetzte.

»Hab ihn gefunden«, sagte Harry und starrte mit zusammengekniffenen Augen auf das Display. »Jimmy Mulrooni, der Nachname wird am Ende mit *i* geschrieben. Saß in den Achtzigerjahren ein paar Jahre wegen organisierter Kriminalität. Hatte Verbindungen zum Verbrechersyndikat von Marty ›dem Irren‹ Martowski. Zurzeit ist er der Chef von Queen Anne Casino, Inc.«

»Also ein Mafioso?«

»Zumindest laut Wikipedia.«

Ich wusste nicht, was Wikipedia war, hütete mich jedoch davor, Harry zu fragen. Er hätte sich nur noch mehr über mich lustig gemacht. Die weitaus wichtigere Frage war, warum die Mafia sich für Pasha interessierte.

Plötzlich vernahm ich ein Stöhnen. Es kam von Harrys Handy.

»Die moderne Technologie ist wirklich unglaublich«, sagte er mit Bewunderung in der Stimme und starrte eine Weile auf das Gerät, bevor er es ausschaltete. »Dann erzähl mir doch ein bisschen von dieser Ärztin.«

»Sie hat Angst, ist aber zäh. Die Eltern kamen aus Indien, sind gestorben, als sie noch klein war …«

»Nein, ich meine … ist sie eine heiße Nummer?«

»Sie ist attraktiv.«

»Beanspruchst du sie für dich allein? Oder können wir sie zwischen uns herumreichen wie einen Joint?«

»Wen wie einen Joint herumreichen?«, fragte Pasha. Sie war gerade hereingekommen.

Harry sah sie an und grinste. »Wow! Phin hat mir nichts davon gesagt, dass Sie dermaßen attraktiv sind. Und noch dazu eine Ärztin. Intelligent und schön. Ich bin Harry McGlade und stehe zu Ihren Diensten.«

Pasha reichte ihm die Hand und Harry schlug mit seiner falschen ein. Ich hörte ein summendes Geräusch.

»Ihre Prothese vibriert«, sagte Pasha.

»Fasziniert?« Er wackelte mit den Augenbrauen. »Erregt?«

»Tolerant«, sagte sie.

»Damit kann ich leben. Möchten Sie eine Freikarte für einen Stangentanz?«

Pasha zog die Hand zurück. »Ich vermute, das ist ein kreativer Euphemismus für Sex.«

»Für Sie wären es die tollsten acht Sekunden Ihres Lebens.«

»Ihr Süßholzgeraspel klingt verlockend.«

»Wirklich?«

»Nein.«

»Ich möchte mich bei Ihnen entschuldigen. Wir sind uns gerade erst begegnet. Da ist es noch zu früh für Sex. Wie wär's stattdessen, wenn Sie mir einen blasen?«

Jetzt setzt es bestimmt eine Ohrfeige.

»Ich habe zehn Dollar bei mir«, sagte Harry und griff nach seiner Brieftasche.

Die Ohrfeige kam nicht. Stattdessen tat Pasha etwas, das mich überraschte.

Sie kicherte.

Es war Musik in meinen Ohren und hellte das Foyer auf. Leider war es viel zu schnell vorbei.

»Danke, dass Sie mir so kurzfristig helfen wollen«, sagte sie augenzwinkernd. »Aber ich finde, unsere Beziehung sollte strikt professionell bleiben.«

»Sie wissen gar nicht, was Sie verpassen.«

»Bestimmt haben Sie recht, Mr McGlade.«

»Sagen Sie Harry zu mir.«

»Und Sie zu mir Pasha.«

»Du hast gesagt, sie wäre ein Eisschrank, Phin. Den Eindruck habe ich nicht.«

Danke, Harry.

»Ich fahre nach Oldridge. Heute Abend oder morgen früh müsste ich wieder zurück sein. Arbeiten Sie morgen?«, fragte ich Pasha. Morgen war Samstag.

»Ich arbeite jeden Tag, Phin.«

Sie hatte immer noch Lachfalten um die Augen. Für einen Moment bewunderte ich den Anblick, obwohl ihr Lächeln nicht mir galt. Ich verabschiedete mich mit einem Kopfnicken von Pasha und McGlade und machte mich auf den Weg.

* * *

Ich fuhr nicht nach Oldridge, sondern nach Chicago zu Manny.

Außerhalb der Hauptverkehrszeit brauchte ich zur Gold Coast nur fünfzig Minuten. Manny besaß ein dreistöckiges Haus im Tudorstil in der Goethe Street, eines der wenigen Häuser in der Straße mit Garage. Ich parkte in der schmalen Einfahrt, sodass mein Bronco den Gehsteig blockierte, befestigte das Klebeband an der Tür und drückte den Klingelknopf. Dabei schaute ich in die Überwachungskamera.

Der Summer ertönte, und man ließ mich durch die Sicherheitstür herein. Drinnen lief mir ein junger Mann im Dreiteiler über den Weg, der es eilig hatte, an seinen Arbeitsplatz an der Chicago Stock Exchange oder einer ähnlich wichtigen Institution zurückzukehren. Sein heldenhafter Versuch, Blickkontakt zu vermeiden, amüsierte mich. Ich ging an ihm vorbei und trat durch eine gewölbte Türöffnung in die Lounge, wo ich mich bei einer Empfangsdame meldete. Die Frau hätte ein Laufstegmodel sein können, wenn sie zehn Kilo weniger gewogen hätte. Mit anderen Worten: Sie hatte das perfekte Gewicht. Sie lächelte mich an und fragte, ob ich einen Kaffee wollte. Ich bat um einen Espresso. Während sie eine Maschine aus Edelstahl bediente, die Pashas Kaffeemaschine wie ein Spielzeug aussehen ließ, schlenderte ich zu dem Billardtisch und fragte mich, ob dort jemals jemand spielte. Ich konnte mir nicht vorstellen, dass zwei Menschen, die sich nicht kannten, miteinander eine Runde spielten, während sie warteten.

Ich ließ meinen Blick in die Ecke des Raums wandern und nahm Augenkontakt mit einem dunkelhäutigen Typen auf, dessen Blazer nicht weit genug geschnitten war, um die Pistole darunter zu verbergen.

»Lust auf ein Spiel?«, fragte ich und deutete mit dem Kinn auf den Billardtisch.

»Nein.«

»Spielt hier überhaupt hin und wieder jemand?«

Er zuckte mit den Schultern. Ich bekam meinen Espresso und trank ihn, ohne vorher eine Geschmacksprobe zu machen. Dann ging ich hinüber zu einem unsignierten Gemälde, das eine Winterlandschaft zeigte.

»Bob Ross?«, fragte ich.

»Ja«, sagte die Empfangsdame. »Manny ist ein großer Unterstützer des öffentlich-rechtlichen Fernsehens.«

Gut zu wissen. Ich hatte schon befürchtet, dass er mein Geld für sinnlose Dinge vergeudete.

Ich trank den Espresso aus und täuschte Interesse an einer modernen Skulptur vor, die wie ein Haufen polierte Hundescheiße aus Aluminium aussah. Schließlich teilte mir die Empfangsdame mit, dass Manny jetzt Zeit für mich hätte. Der Dunkelhäutige begleitete mich aus der Lounge und bugsierte mich in einen Fahrstuhl.

»Wie haben die Cubs gespielt?«, fragte ich.

»Ich habe keine Lust auf Small Talk.«

Ich musterte ihn, überlegte, ob ich es mit ihm aufnehmen könnte, und gelangte zu dem Schluss, dass die Antwort Ja lautete. Wir fuhren in den zweiten Stock, wo er mich zu einem Zimmer führte, vor dessen Stahltür ein Typ mit noch dunklerer Haut stand.

»Wie haben die Cubs gespielt?«, fragte ich ihn.

»Hände an die Wand, Beine auseinander!«

Ich tat, wie mir geheißen. Er tastete mich ab und nahm die Hardballer und mein Bündel Bargeld an sich. Er gab mir das Geld zurück und öffnete die Tür.

Meine Vorfreude war nicht sexueller Natur, aber so ähnlich und in vieler Hinsicht sogar besser. Ich trat ein und spürte ein Prickeln am ganzen Körper, als stünde ich kurz davor, einen Preis zu gewinnen.

Das Zimmer roch nach Orangenölpoliermittel und war der feuchte Traum eines jeden Antiquitätenliebhabers. Die Gemälde an der Wand, die Vorhänge an den Fenstern, die Möbel, der Nippes – alles war alt, selten und wertvoll.

Manny war ein scharfsichtiger Afroamerikaner mit einem Bart, der aussah, als hätte ihm jemand eine Afrolook-Frisur aus den Siebzigerjahren an den Hals geklebt. Er war stets tadellos gekleidet, hinkte stark und ging am Stock. Heute trug er einen grauen Anzug, eine schwarze Weste, einen dazu passenden Porkpie-Hut und eine Krawatte in schreiendem Lila, die breit genug war, um als Lätzchen herzuhalten. Er war über und über mit Goldschmuck behangen – Manschettenknöpfe, Krawattennadel, Taschenuhr, Ohrringe. Obwohl sein Unterkörper hinter einem riesigen Mahagoni-Schreibtisch verborgen war, wäre ich jede Wette eingegangen, dass seine Gürtelschnalle ebenfalls aus Gold war.

Die einzigen Gegenstände auf seinem Schreibtisch waren eine Balkenwaage aus poliertem Silber und eine Schachtel mit Grammgewichten.

Der Gorilla, der mich zum Fahrstuhl gebracht hatte, betrat hinter mir das Zimmer und schloss die Tür.

Manny lächelte mich an und entblößte dabei einen Goldzahn. »Phineas. Es ist mir stets ein Vergnügen.« Er erhob sich und reichte mir die Hand. An seinen Fingern steckten so viele Diamantringe, dass man ihn aus dem Weltall sehen könnte. Ich schlug ein. Sein Händedruck war fest und kalt.

»Du siehst gut aus, Manny.«

»Und du siehst … müde aus.«

»Deswegen bin ich hier.«

»Was kann ich dir heute anbieten?«

Endlich kam er zur Sache.

»Kokain«, sagte ich.

Wenn Sie noch nie Drogen gekauft haben, sollten Sie ein paar Dinge wissen. Erstens, kaufen Sie nie von einem Fremden. Man kann niemandem trauen, vor allem nicht einem zugedröhnten Arschloch. Zweitens, probieren Sie immer zuerst von dem Zeug, bevor Sie es kaufen. Bloß weil ein Dealer sagt, sein Produkt sei von höchster Qualität, muss das noch lange nicht stimmen. Glauben Sie wirklich, er würde von sich aus sagen »Ja, ich habe das Zeug, aber es ist beschissen«? Drittens, kaufen Sie keine Drogen, wenn Sie unter Druck stehen und glauben, dringend welche zu brauchen. Dealer riechen einen Süchtigen fünfzig Kilometer gegen den Wind und werden nicht nur einen höheren Preis verlangen, sondern auch versuchen, Ihre Verzweiflung auszunützen und Sie nach Strich und Faden auszunehmen. Und ein letzter Tipp: Achten Sie auf die Kleidung des Dealers. Je besser ein Dealer angezogen ist, umso besser sind in der Regel die Drogen, die er vertickt. Ein schmieriger, heruntergekommener Typ, der um drei Uhr morgens in zwei nicht zusammenpassenden Schuhen und einer Jacke aus dem Secondhandladen an der Ecke abhängt, wird Ihnen wohl kaum das beste Gras verkaufen, das Sie jemals geraucht haben. Glauben Sie mir.

Bevor Earl angefangen hatte, mir das Leben zur Hölle zu machen, hatte ich Drogen gelegentlich und in Maßen konsumiert. Nach Psychedelika stand mir nicht der Sinn; ich wollte einen Dopaminschub, keinen bewusstseinserweiternden Trip.

Opiumhaltige Präparate in Form von Pillen waren okay, aber bei Heroin hörte für mich der Spaß auf. Heroin zu spritzen ist magisch, fast wie ein Ganzkörperorgasmus, aber die Nachwirkungen sind es nicht wert. Am Tag danach hatte ich Schüttelkrämpfe, Schweißausbrüche und Magenkrämpfe, gegen die Earl vergleichsweise harmlos war. Ecstasy und Ketamin sind gute Partydrogen, aber man stumpft davon ab. Crystal Meth dreht mich zu sehr auf. Vor ein paar Monaten ging ich, nachdem ich das Zeug geraucht hatte, in einer Tankstellentoilette auf mein Spiegelbild los und brach mir dabei die Hand. Nicht gerade einer meiner besten Momente.

Die Kombination, die bei mir Wunder wirkt, ist Kokain und Alkohol. Kokain ist eine wunderbare Droge. Man fühlt sich furchtlos und ist davon überzeugt, dass einen nichts aufhalten kann.

Und man fühlt sich lebendig.

Als könnte man die ganze Welt mit den Händen packen und ein großes Stück von ihr abbeißen.

Das Runterkommen ist nicht annähernd so schlimm wie bei Heroin, vor allem, wenn man gleichzeitig Alkohol trinkt. Alkohol mildert auch die Nervosität. Crack habe ich einmal ausprobiert. Es machte mich furchtlos wie Kokain, aber die Wirkung hielt nicht so lange an, und es war unmöglich, die korrekte Dosis zu finden. Wenn ich mir gutes Koks reinziehe, bleibe ich stundenlang high.

»Wie viel brauchst du?«, fragte Manny.

»Was kostet zurzeit ein Eightball?«

»Zweihundert.«

Der Schmerz in meiner Seite wurde schlimmer, als ob Earl sein hungriges Maul aufriss und darauf lauerte, die Leckereien zu verschlingen, die ich kaufen wollte.

»Reinheitsgehalt?«

»Vierzig Prozent. Mit Laktose gestreckt.«

Ich mochte Laktose. Sie schmeckte süß. Manche Dealer streckten ihr Kokain mit Aspirin oder Backpulver oder schlimmerem Zeug, was sich unangenehm anfühlte, wenn man sich viel davon in die Nase zog.

Manny griff in eine der vielen Schubladen in seinem Schreibtisch und holte einen großen Plastikbehälter mit weißem Pulver hervor. Mindestens ein paar Kilo. Für einen Augenblick dachte ich an die Seecamp in meinem Stiefelabsatz. Ich könnte die Beine übereinanderschlagen, die Pistole grabschen, den Kerl hinter mir abknallen, seine Waffe an mich nehmen, Manny erschießen …

Andere Männer fantasierten darüber, sechs Richtige im Lotto zu tippen oder die absolute Traumfrau zu kriegen. Meine Gedanken kreisten darum, einen Drogendealer auszurauben.

Jeder anständige Mensch sollte sich deswegen schämen. Aber ich hatte mein Schamgefühl verloren, lange bevor mir wegen der Chemo die Haare ausgefallen waren.

Manny nahm einen kleinen Plastiklöffel von der Art, wie ihn Eisdielen für Kostproben verwendeten, tauchte ihn in den Plastikbehälter und gab mir ein Häufchen Koks. Ich befeuchtete die Fingerspitze, steckte sie hinein und rieb mir das Zeug aufs Zahnfleisch.

Erst spürte ich ein Kribbeln, dann ein Taubheitsgefühl.

Ich zog mir die Probe in die Nase.

Es brannte ein bisschen und schmeckte süßlich.

»Wie gefällt dir mein Palmer Hayden?« Manny deutete auf das Gemälde an der nahe gelegenen Wand. Es zeigte ein afroamerikanisches Paar beim Tanz. Die Gesichtszüge waren übertrieben und bedienten rassistische Klischees.

»Harlem-Renaissance?«, riet ich.

Manny nickte. »Hayden hat Farbige oft so dargestellt, wie es zu der Zeit die weißen Teufel getan haben. Eine frühe Version schwarzer Selbstwertsteigerung. Er hat den Rassismus des Gegners in eine Quelle des Stolzes verwandelt. Wie andere einen sehen, kann einen entweder herabziehen oder erheben. Siehst du das auch so?«

Ich zuckte mit den Schultern. »Mir ist es scheißegal, wie andere Leute mich sehen.«

»Wir alle legen Wert darauf, Phineas. Manche von uns kaschieren es nur besser als andere.«

Wie dem auch sei. Der Bob Ross gefiel mir besser. Landschaften verlangten nicht von einem, dass man über gesellschaftliche Themen nachdachte.

Plötzlich setzte der Rausch ein. Meine Pupillen weiteten sich, und ich sah laserscharf. Ein Gefühl von Stärke, Wärme und Wonne durchströmte mich. Earl stopfte sich die Fresse voll und verschwand von der Bildfläche, und ich unterdrückte nur mit Mühe ein Lächeln.

»Das Zeug ist gut«, sagte ich. »Gib mir vier.«

Achthundert Dollar für vierzehn Gramm Koks. Wenn ich es mir gut einteilte, würde es bis zum Wochenende reichen.

Aber das hatte ich nicht vor.

Manny legte Gewichte in die eine Waagschale und dosierte vorsichtig vierzehn Gramm Pulver, plus ein bisschen extra zu meinem Vorteil. Ich sah ihm dabei zu und zwang mich dazu, geduldig stillzusitzen, während er das Pulver vorsichtig in ein Tütchen schüttete und dieses auf den Tisch stellte. Ich zählte acht Hundertdollarscheine ab, und wir besiegelten die Transaktion mit Handschlag. Ich hätte schwören können, dass seine Hand sich wärmer anfühlte.

»Es ist mir stets ein Vergnügen, Phineas.«

Ich stand auf, zögerte einen Augenblick und fragte: »Kennst du Jimmy Mulrooni?« Das Koks machte mir Mut.

Mannys Gesicht war unergründlich. »Wieso fragst du?«

»Sein Name ist aufgetaucht.«

»In welchem Zusammenhang?«

Ich konnte nicht erkennen, ob er vorsichtig war oder mir einfach nur auswich.

»Im Zusammenhang mit einem Auftrag.«

»Phineas, du weißt doch, dass Diskretion in meiner Branche das A und O ist.«

»Wie wäre es mit einem diskreten Leumundszeugnis? Ganz im Vertrauen?«

»Ich kann dir nicht helfen.«

»Weil du ihn nicht kennst? Oder gerade weil du ihn kennst?«

Mein kultivierter Drogendealerkumpel verlor für einen Sekundenbruchteil die Beherrschung, und seine Augen blitzten wütend auf. Aber er fing sich so schnell wieder, dass ich mir nicht sicher war, ob ich es mir im Kokainrausch nur eingebildet hatte.

»Es ist mir stets ein Vergnügen, Phineas«, wiederholte er ruhig.

»Ich weiß deine Diskretion zu schätzen, Manny. Mir würde es ja auch nicht gefallen, wenn du anderen Leuten was über mich erzählst.«

Er lächelte, aber seine Augen waren tot. Wie die eines Hais.

Man brachte mich zurück ins Erdgeschoss, und ich fragte mich, ob ich ein ungeschriebenes Gesetz verletzt hatte, das die Beziehung zwischen Dealer und Kunden regelte. Nicht dass es eine Rolle spielte. Benimmregeln beeinflussten mein Handeln ungefähr so viel wie Scham- und Schuldgefühle, Angst und Bedauern – nämlich gar nicht. Und jegliche Restzweifel lösten sich in Luft auf, als ich in meinem Bronco saß und mir noch eine Line reinzog. Ich hatte keinen Löffel oder Koksnagel, aber der Bart meines Autoschlüssels bot genug Platz für ein perfektes kleines Häufchen.

Mehr Lebensqualität dank Chemie und Technologie.

Ich fuhr in Richtung Goldküste, parkte in der Parkgarage des Water Tower Place, verstaute das Holster mitsamt der Hardballer im Handschuhfach, sicherte die Tür mit dem Klebeband und betrat das protzige und überteuerte Einkaufszentrum. In der Macy's-Filiale nahm ich die Hilfe eines schwulen Verkäufers in Anspruch und blätterte siebenhundert Dollar für einen Anzug, ein Hemd und eine Krawatte hin. In dem Outfit sah ich aus wie ein Bankangestellter.

Die stündliche Parkhausgebühr kostete mehr als manche Huren, die ich kannte, aber ich hatte mir in der Umkleidekabine eine weitere Line reingezogen, und finanzielle Verantwortung war das Letzte, woran ich dachte.

Ich fühlte mich einfach nur großartig.

Auf der Fahrt nach Oldridge drehte ich das Autoradio voll auf und schaute alle paar Minuten in den Rückspiegel. Mich in Anzug und Krawatte zu sehen, war komisch, aber irgendwie befriedigte mich der Anblick auch.

Plötzlich hörte ich hinter mir eine Sirene und schaute auf den Tacho.

Hundertvierzig.

Ich verlangsamte augenblicklich meine Fahrt. Ein Krankenwagen überholte mich.

Reiß dich zusammen, Phin. Das Letzte, was du jetzt brauchst, ist eine Verkehrskontrolle. Schließlich hast du zwölf Gramm Koks und zwei Schusswaffen im Auto.

Ich bemühte mich, nicht schneller als hundertfünf zu fahren, was nahezu unmöglich war, wenn im Radio ein Song von *Three Dog Night* lief. Schließlich stellte ich den Tempomat ein und klemmte den rechten Fuß unter das linke Bein. Der Trick schien zu funktionieren.

Plötzlich spürte ich Schweiß im Nacken. Ich sehnte mich nach ein paar Gläschen Tequila, um dem Kokainrausch die Intensität zu nehmen, aber entlang der Stadtautobahn gab es keine Schnapsläden.

War das schon wieder eine Sirene? Ich schaute auf den Tacho.

Immer noch hundertfünf. Der Tempomat funktionierte einwandfrei. Ich warf einen Blick in den Rückspiegel, sah aber keine Einsatzfahrzeuge.

Du wirst paranoid, Phin. Entspann dich.

Ich stellte den Sitz ein bisschen zurück und bemerkte, dass ich das Lenkrad so fest umkrampft hielt, dass die Knöchel weiß hervortraten. Ich ließ mit einer Hand los und wischte mir damit über den Nacken. Glaubte, eine weitere Sirene zu hören. Da war aber keine. Stellte den Tempomat auf hundert runter. Sicher ist sicher. Atmete zur Entspannung tief und gleichmäßig aus dem Bauch heraus. Ich hörte mein Herz gegen die Rippen hämmern, aber vielleicht bildete ich mir das nur ein, weil die Musik in voller Lautstärke dröhnte. Wischte mir über den Nacken. Hielt den Blick auf die Fahrbahn gerichtet.

Achtzig Minuten später war ich in Oldridge.

* * *

Die Bezeichnung »Vorort« passte nicht ganz zu Oldridge, denn es war zu weit von Chicago entfernt und zu groß. Aber der Definition einer Großstadt wurde der Ort ebenfalls nicht gerecht. Oldridge hatte über hunderttausend Einwohner, aber die waren über ihre Stadt wahrscheinlich nicht glücklich. Billige, heruntergekommene Häuser und Wohnungen, leer stehende Fabrikhallen, marode Straßen, deren Reparatur seit mindestens einem Jahrzehnt überfällig war. Eine Stadt, in die arme Leute kamen, um zu sterben.

Oder um dem Glücksspiel zu frönen.

Ich verließ die I-90, stellte das Radio leiser und öffnete das Fenster. Vom Westen wehte der dreckige Geruch des Fox River herein. Ich war mir nicht sicher, wohin ich fahren sollte. Ich wusste nur, dass ich ein Flussboot-Casino in Oldridge suchte, also war der Fluss nicht ganz verkehrt. Zum Glück machte man in dieser Stadt Touristen wie mir die Suche leicht, indem man überall Wegweiser mit der Aufschrift CASINO aufstellte. Ich fuhr kreuz und quer durch den Ort, vorbei an Tattoo-Studios, Bars, Billigfriseuren, Secondhandläden und – aus welchen Gründen auch immer – Steuerberaterkanzleien. Nicht dass ich deren Dienste benötigte. Ich war noch nie ein guter Bürger gewesen, aber wenn man noch dazu an Krebs erkrankt war, scherte man sich nicht um die jährliche Einkommenssteuererklärung.

Der faulige Algengeruch aus dem Fluss drang in meine Nase, als ich dem neunzehnten Casino-Wegweiser zu dem Boot folgte, einem Koloss, der wie ein Hotel aussah, abgesehen von dem großen Schaufelrad am Heck und der Reling um das Dach herum. Ich stellte mein Auto auf dem Parkplatz ab, blickte mich in der typischen paranoiden Manier eines Drogenkonsumenten nach allen Seiten nach Polizisten um und zog mir noch eine Line in die Nase. Meinem rechten Nasenloch gefiel das, also zog ich mir noch eine in das linke. Ich rückte die Krawatte zurecht und ging mit forschem Gang auf das Hauptgebäude zu. Auf halbem Weg machte ich auf dem Absatz kehrt und ging zurück zu meinem Bronco, weil ich vergessen hatte, Klebeband an der Tür anzubringen. Schließlich ging ich zu dem Gebäude und betrat das Foyer.

Drinnen sah es aus wie in einem Einkaufszentrum. Wahrscheinlich, weil es eins war. Klamottenläden, Schnellimbisse, Schmuckgeschäfte und Kruschtläden auf zwei Etagen, bereit, den Zockern noch mehr Geld aus der Tasche zu ziehen.

Ich überlegte, zwölf Dollar für eine Tasse Kaffee hinzublättern, aber da ich bereits so aufgedreht war, dass ich praktisch vibrierte, verzichtete ich darauf und auf andere teure Verlockungen und steuerte direkt auf das Boot zu. Als mir die

Wachmänner und eine Durchgangsvorrichtung ins Auge fielen, die wie ein Metalldetektor aussah, blieb ich stehen und sah zu, wie ein Typ mit einer Aluminiumdose durchging.

Kein Alarm.

Und die Leute, die nach ihm an Bord gingen, legten ihre Schlüssel und Brieftaschen nicht auf das Röntgenfließband, weil es nämlich kein Röntgenfließband gab. Ich kapierte schnell, dass der Durchgang keinen Metalldetektor hatte.

Ermutigt von der Erkenntnis, dass ich meine Seecamp unkontrolliert mit an Bord nehmen konnte, schlenderte ich zu dem nächsten Wachmann – der Typ sah aus, als könne ein starker Windstoß ihn wegfegen – und beschloss, ihn zu fragen. Normalerweise war es in meinem Beruf unklug, Aufmerksamkeit auf sich zu ziehen, aber ich fühlte mich redselig und unzerstörbar und so verdammt aufgedreht, dass mir der Sinn nach einer Unterhaltung mit anderen Menschen stand.

»Hey Fred.« Laut Namensschild hieß der Typ so. »Für was sind diese elektronischen Drehkreuze da?«

»Personenzähler.«

Ich schnaubte verächtlich. Den Casino-Betreibern war es anscheinend egal, ob Besucher Waffen trugen. Sie interessierten sich nur dafür, wie viele Zocker pro Stunde kamen und gingen, sodass sie ihre Einnahmen schätzen konnten.

»Brauche ich eine Fahrkarte, um an Bord zu gehen?«

»Das Boot fährt schon seit Jahren nicht mehr über den Fluss, jedenfalls nicht, seitdem es nicht mehr gesetzlich vorgeschrieben ist.«

»Ich habe mich schon immer gefragt, warum es in Illinois nur auf dem Wasser Casinos gibt.«

Eigentlich hatte ich mich das nie gefragt. Aber im Augenblick machte Reden so viel Spaß, dass ich am liebsten gekichert hätte.

»Dafür gibt es zwei Gründe«, sagte Fred. »Pferderennen und Iowa.«

»Erklären Sie mir das so ausführlich, wie Sie Lust haben, Fred.«

Er schaute mich komisch an, fuhr aber fort. »Pferderennen waren früher in Illinois ein großes Geschäft. Sie warfen Riesenprofite ab und bescherten dem Staat hohe Steuereinnahmen. Man hatte Angst, dass Casinos dieses Geschäft ruinieren würden, und viele Leute wollten das nicht. Dann ließ Iowa Flussboot-Casinos auf dem Mississippi zu, und Illinois hatte Angst, dass die Leute zum Spielen über die Grenze gehen würden. Also stellte man Lizenzen für zehn Flussboote aus, aber laut Gesetz mussten sie auf dem Wasser unterwegs sein. Auf diese Weise gab es an Land keine Versuchung für Spieler. Das dachte man jedenfalls. Nach einer Weile hat sich niemand mehr dafür interessiert, und das Gesetz wurde geändert. Seitdem darf das Boot an Land liegen.«

»Faszinierend«, sagte ich und meinte es auch so. Aber so zugedröhnt, wie ich war, hätte es mich auch fasziniert, Bäumen beim Wachsen zuzusehen. »Hat die Mafia immer noch ein Interesse an Pferderennen?«

Fred kniff die Augen zusammen. »Wie bitte?«

»Sie haben richtig gehört. Die Mafia. Sie haben doch bestimmt *Der Pate* gesehen. Die Mafia kontrolliert das Glücksspiel in Chicago. Man müsste meinen, dass sie überallhin expandieren will.«

»Darüber weiß ich nichts.«

»Was glauben Sie, wer Ihr Gehalt bezahlt? Der Weihnachtsmann?«

»Ich arbeite für die Firma Queen Anne Riverboat Incorporated.«

»Und die gehört … lassen Sie mich raten … dem Osterhasen? Der Zahnfee?«

Fred starrte mich verdutzt an. Sein Konversationsvermögen ließ rapide nach.

»Ist Jimmy Mulrooni an Bord?«, fragte ich.

»Wer?«

Und damit war ich an den Punkt gelangt, wo ich jegliches Interesse an Fred verlor. Ich drängte mich an ihm vorbei und ging durch die automatische Tür an Bord der Queen Anne.

Es war, als hätte mir jemand einen Aschenbecher ins Gesicht gedrückt.

Das gesetzliche Rauchverbot trat in Illinois erst ab Januar nächsten Jahres in Kraft, und im Inneren des Bootes roch es, als ob sämtliche Spieler im Staat noch schnell ihre letzten Züge inhalieren wollten, bevor es zu spät war. Der blaue Dunst hing buchstäblich mehrere Zentimeter unter der Decke, wie eine graue Wolke, aus der es gleich Lungenkrebs regnen würde.

Was das Casino anging … nun ja, es war eben ein Casino. Hat man eines von innen gesehen, kennt man alle. Ich bahnte mir einen Weg durch die Menschenmenge, die aus typischen Durchschnittsbürgern aus dem Mittleren Westen bestand: mittleren Alters oder älter, übergewichtig und von plumper Statur, gekleidet in Jeans, Jogginghosen, T-Shirts und Baseballkäppis. Smokings und hochhackige Schuhe? Fehlanzeige! Aber ich war hier nicht in Monaco oder Las Vegas, sondern in Oldridge. James Bond kam nicht hierher, um Baccara zu spielen. Hier sah man nur Otto Normalverbraucher, wie er lustlos eine Münze nach der anderen in Spielautomaten warf.

Die Betonung lag auf *lustlos*. Die Leute blickten alle mürrisch drein. Ich stürzte mich mitten ins Gewühl und hielt vergebens nach einem einzigen Lächeln Ausschau. Selbst an den Würfeltischen, die ich aus Las Vegas in lustiger Erinnerung hatte, ging es zu wie bei der Beerdigung eines Lieblingsonkels.

Es war so deprimierend, dass das Koks aufhörte zu wirken.

Ich ging auf die Herrentoilette, schloss mich in einer Kabine ein und behob das Problem mit drei weiteren Lines.

Frisch gestärkt und in optimistischer Stimmung begab ich mich wieder in den Spielsalon und plante meinen nächsten Schritt. Spielautomaten machten neunzig Prozent des Inventars aus, und zum ersten Mal fiel mir auf, dass es nicht die altmodischen einarmigen Banditen waren, die ich von früher kannte. Sie wissen schon, diese Dinger mit drei mechanischen Walzen, die man mit einem Hebel in Bewegung setzt. Die Geräte, die ich hier sah, waren auf dem neuesten Stand der Technik, wie Harrys neues Handy. Sie hatten große Monitore, wie bei Videospielen, und die Leute spielten, indem sie den Bildschirm berührten. Ich machte eine schnelle Besichtigungsrunde, merkte mir, wo sich die Ausgänge befanden, und hielt inne, um einer älteren Frau beim Videopoker zuzusehen. Sie gewann ein Spiel, und als sie auf die Gewinnauszahlungstaste drückte, spuckte die Maschine keine klingelnden Münzen aus, sondern druckte einen Beleg und gab dabei ein elektronisches Rasseln von sich.

McGlade hatte recht. Die moderne Technologie war wirklich unglaublich. Falls das Smartphone-Konzept sich durchsetzte, würde es nicht mehr lange dauern, bis die Leute ihre gesamten Ersparnisse verzockten, indem sie auf der Couch saßen und mit den Fingern über den Touchscreen fuhren.

Aber das würde ich wohl nicht mehr erleben.

Ich erblickte das vierte Schild mit der Aufschrift AUSGANG und trat durch die Stahltür, um zu sehen, wohin es dort ging.

Wie nicht anders erwartet, ging es aufs Deck. Ich trat hinaus, lehnte mich an die Reling und starrte auf das braune Wasser des Fox River. Statt nach Zigarettenqualm roch es jetzt nach Abwasser.

In Oldridge war es überall beschissen.

Von der Reling bis runter ins Wasser waren es etwa vier Meter und zum anderen Ufer etwa zwanzig. Wenn ich von Bord springen und hinüberschwimmen müsste, würde ich es schaffen. Aber ich würde mich schmutzig machen und mir wahrscheinlich eine üble Infektionskrankheit holen.

Ich ging zurück in den Tabakdunst, rückte die Krawatte zurecht, bis ich den Windsorknoten an meinem Kehlkopf spürte, und steuerte auf die Bar zu, um meinen Kokainrausch herunterzufahren.

Der Barkeeper war Anfang bis Mitte dreißig, groß und sah in seinem frisch gebügelten Smoking äußerst gepflegt aus. Mit den gestylten blonden Haaren und markanten Gesichtszügen passte er locker in das Beuteschema junger Damen. Auf seinem Namensschild stand »Chip«, was ich witzig fand.

Ich bestellte einen doppelten Tequila Martini.

»Tequila und trockener Vermouth?«

Ich nickte.

»Klingt nicht besonders gut.«

»Es ist nicht so schlimm, wie es schmeckt.«

Er mixte den Drink wie ein Profi in weniger als dreißig Sekunden. Ich nippte daran.

Schrecklich. Genau, wie ich es mochte.

Ich klatschte einen Fünfziger auf den Tresen.

Chip strich das Geld ein. »Ich hole nur mal Wechselgeld. Bin gleich wieder da.«

»Stimmt so, Chip. Ich will zu Jimmy Mulrooni.«

Ich fokussierte seine Augen. Im Gegensatz zu Fred dem Superwachmann verriet Chips Gesichtsausdruck, dass er den Mann kannte.

»Äh, Mr Mulrooni ist im Moment beschäftigt, Sir. Wenn Sie ihm eine Nachricht zukommen lassen wollen, werde ich sie ihm ausrichten.«

Ich zog das dicke Bündel Scheine aus der Tasche und legte es vor ihn auf den Tresen.

»Sagen Sie ihm, ich habe einen Batzen Geld und bin heiß auf eine Runde Poker, obwohl ich eigentlich verdammt schlecht spiele und ständig Pech habe.«

Er überlegte, nickte, verließ seinen Platz hinter dem Tresen und verschwand durch eine Personaltür, die sich hinter ein paar Spielautomaten befand. Ich steckte das Geld wieder ein, nippte an meinem scheußlichen Drink und plante meine Strategie. Als mir nach einer Minute noch keine eingefallen war, nahm ich mir vor, einfach zu improvisieren.

Auf diese Weise würde ich mehr Spaß haben.

Chip kam nicht wieder, dafür trat durch die Tür, hinter der er verschwunden war, ein riesiger Kerl, wie er mir noch nie über den Weg gelaufen war. Ich hatte schon einige Profi-Gewichtheber aus nächster Nähe gesehen, doch der Typ sah aus, als würde er diese Jungs locker zum Frühstück verspeisen. Ungefähr so groß wie ich, aber mit Schultern, die doppelt so breit waren wie meine. Und seine Arme …

Ich übertreibe keineswegs, wenn ich sage, dass die Muckis, die seine Ärmel zu sprengen drohten, mindestens so groß wie Bowlingkugeln waren, mit einem Gesamtumfang von mindestens fünfundsechzig Zentimetern. Ungelogen.

Er trug einen Blazer, oder vielmehr drei zusammengenähte Blazer von der Größe XL. Mein gesamter Körper hätte in einem seiner Hosenbeine Platz gehabt. Mit der mickrigen .22er Seecamp in meinem Stiefelabsatz brauchte ich gegen den Typen gar nicht erst anzutreten. Wenn ich damit auf ihn schoss, würden die Kugeln vor Angst in die Hose machen und schreiend davonlaufen.

Ich behielt ihn im Blick, als er auf mich zukam, und nahm eine neutrale Körperhaltung ein. Er hatte eine Glatze, und als ich die Stoppel auf seiner Kopfhaut sah, wusste ich, dass er nicht unter unfreiwilligem Haarausfall litt, sondern sich den Schädel rasiert hatte, weil es gerade in Mode war. Ein teigiges Gesicht mit kleinen dunklen Augen und einem Tattoo mit einer blauen Träne auf der linken Wange rundeten seine Erscheinung ab.

»Sie wollen zu Mr Mulrooni?«, fragte er.

Seine Stimme klang genauso tief, wie ich erwartet hatte. Als würde er jeden Morgen mit Testosteron gurgeln.

»Und wer sind Sie?«

»Ich bin Brecher.« Er grinste bösartig. »Wie in Knochenbrecher.«

Ich lächelte. Wahrscheinlich war ich damit der Einzige in diesem Casino. »Im Ernst? Ihre Eltern haben Sie wirklich Brecher genannt?«

»Sie wollen zu Mr Mulrooni?«, wiederholte er.

Ich war noch nicht damit fertig, ihn zu sticheln. »Soso …«, sagte ich und musterte ihn langsam von Kopf bis Fuß, »Sie stemmen wohl Gewichte?«

Er reckte die Brust heraus, und plötzlich hatte ich Angst, dass sein oberster Hemdenknopf platzen und mir mit der Wucht eines Geschosses das Hirn aus dem Schädel blasen würde.

»Sie kommen mir irgendwie bekannt vor«, sagte Brecher.

Damit hatte ich nicht gerechnet, aber ich spielte das Spiel mit. »Ich komme viel herum.«

»Sind Sie mit 'nem Typen namens Hugo verwandt?«

Hugo.

Das traf mich unvorbereitet. Ich hatte jahrelang nicht mehr an Hugo gedacht. Mit Absicht. Hugo im Kopf zu haben, tat mir nicht gut.

Ich dachte kurz über die passende Antwort nach. Persönliche Informationen preiszugeben, war noch dümmer als unnützer Small Talk. Aber bei meinem Versuch, zu Mulrooni vorzudringen, hatte ich die unauffällige Vorgehensweise bereits versemmelt, und mit Gewalt kam ich bei dem Gorilla nicht weiter.

Also versuchte ich es mit einer anderen Masche. Mit der Wahrheit.

»Hugo ist mein Bruder«, gab ich zu.

Er warf einen Blick auf meinen Kopf. »Sind Sie ein Skinhead?«

Ich antwortete nicht. Stattdessen sagte ich: »Ich habe gehört, Mulrooni hat gerade ein Spiel am Laufen. Ich möchte gerne mitspielen.«

Brecher zögerte. Ich konnte sehen, dass er darüber nachdachte. Ich beschloss, ein wenig nachzuhelfen.

»Waren Sie mit Hugo im Knast?«, fragte ich.

Ein kaum sichtbares Nicken. »Fünf Jahre. Statesville. Von 'nem Bruder hat er nie was gesagt.«

»Na, Sie kennen doch Hugo. Redet nicht gern über private Dinge.«

Wieder ein kaum sichtbares Nicken.

»Ich bin Phineas. Sie können Phin zu mir sagen.«

Ich hielt ihm die Hand hin. Er schlug ein und drückte sie gerade fest genug, um mir zu zeigen, dass er sie abbrechen konnte, wenn er wollte.

»Ich schulde deinem Bruder was. Er hat auf mich aufgepasst.«

Hugo hatte auf diesen Gorilla aufgepasst? Mein Bruder war schon immer groß und kräftig gewesen. Aber hatte er muckimäßig noch zugelegt?

Ich schwieg. Ein alter Trick. Wenn man jemanden überreden will, etwas für einen zu tun, sollte man sein Anliegen vortragen und dann den Mund halten. Und warten, bis der andere von sich aus aktiv wird.

»Wenn ich dich reinlasse und du da drinnen Scheiß baust, fällt das auf mich zurück.«

»Verstehe.«

»Fünfhundert Einsatz. Hast du das?«

»Sicher.«

Meiner Berechnung zufolge hatte ich genug für vier Spiele.

»Trägst du eine Schusswaffe?«

»Nein.«

Brecher schlug mir auf die Schulter, und wenn ich nicht darauf vorbereitet gewesen wäre, wäre ich umgefallen. »Noch was. Wenn du dich danebenbenimmst, reiße ich dir die Arme ab und stecke sie dir in den Arsch. Du weißt doch sicher, was diese Träne bedeutet.«

Ich nickte. Die blaue Träne war ein Knasttattoo und bedeutete, dass er jemanden umgebracht hatte.

»Ich hab mir überlegt, ob ich mir noch so 'n Tattoo machen lassen soll«, sagte Brecher. »Gib mir keinen Grund dazu.«

Er ließ mich los, und ich folgte ihm durch die streng geheime Tür und einen mit Teppich belegten, gedämpft beleuchteten Flur bis zu einer Doppeltür, vor der ein Leibwächter stand. Er war nicht so riesig wie Brecher, sah aber aus wie jemand, der bei einer Schlägerei ordentlich austeilen konnte.

Ich rechnete mit einer Leibesvisite, aber anscheinend sah Mr Mulrooni das gegenüber seinen Gästen als unhöflich an. Stattdessen untersuchte man mich mit einem schwarzen Metalldetektorstab.

Der Typ fuhr mit dem Ding über meinen Körper, und es piepste bei meiner Hosentasche.

»Autoschlüssel«, sagte ich, langte langsam hinein und holte sie heraus.

Der Leibwächter setzte seine Untersuchung fort, und als der Metalldetektor sich meinen Stiefeln näherte, brachte das Kokain mich ins Schwitzen. Ich hatte Brecher gesagt, dass ich keine Schusswaffe bei mir trug. Wenn sie die Seecamp entdeckten, wäre er womöglich sauer. Ich wollte meine Arme behalten und mochte es nicht, wenn man mir etwas in den Arsch steckte.

Aber der Leibwächter vergaß, den Absatz zu kontrollieren, legte den Stab weg und öffnete uns die Tür.

Schon wieder Qualm, dieses Mal von Zigarren. Um einen achteckigen Pokertisch saßen fünf Männer, alle weiß und über fünfzig, die Sorte von Leuten, die Taschenuhren trugen, weil sie bereits sämtliche teure Armbanduhren besaßen. Ich wusste aus Erfahrung, dass man Kriminelle nicht an ihrem Äußeren erkannte. Der Jugendliche, der wie ein Bandenmitglied aussah, war vielleicht nur ein stinknormaler Teenager aus einem Vorort. Der eigenartige Nachbar, bei dem man schwören könnte, er sei ein Serienmörder, entpuppt sich als promovierter Chemiker mit Asperger-Syndrom. Und der unheimliche Typ mit der Aura eines Pädophilen …

Nun ja, wahrscheinlich ist er ein Pädophiler. Diese Arschlöcher erkennt man sofort.

Mafiosi erkennt man auch. Und die Männer an diesem Tisch waren welche, von Kopf bis Fuß. Alle hatten manikürte Fingernägel und trugen Krawatten, die mehr gekostet hatten als mein Anzug. Und alle hatten diesen leeren, ausdruckslosen Blick, der immer gleich blieb, egal, ob sie mit dir ein Geschäft abschlossen oder dir mit Zangen die Haut vom Leib zogen.

Ich war ein kleiner Fisch, der soeben in einen Schwarm Piranhas geraten war. Und das aus freiem Willen.

Danke, Kokain, dass du mich jegliche Vorsicht über Bord werfen lässt.

Der Typ, der der Tür zugewandt saß, warf Brecher einen Blick zu. Das musste Mulrooni sein.

»Ein Freund von einem Freund von mir«, sagte Brecher zu ihm. »Er möchte ein paar Runden spielen.«

»Und Sie sind?« Er hatte eine kratzige Stimme, als wäre sein Speichelfluss versiegt.

»Phineas Troutt. Ich habe gehört, Sie spielen gerne, und wollte mein Glück versuchen.«

Mulrooni starrte mich lange an, wie ein Blutegel, der die beste Stelle zum Anbeißen sucht.

»Sind Sie sicher, dass Sie nicht besser bei diesen Videopoker-Automaten aufgehoben wären? Das ist der neueste Trend. Gute Chancen, hohe Limits.«

»Ich spiele lieber gegen Menschen als gegen Automaten.«

»Unseren Profiten nach zu urteilen, sind Sie in der Minderheit. Die Vorteile von Automaten liegen auf der Hand. Keine Gehälter und Sozialabgaben für Dealer. Kein Schummeln. Der Digitalisierung gehört die Zukunft.«

Ich sagte nichts. Manchmal erreicht man mehr, wenn man einfach den Mund hält.

Nach ein paar Sekunden Schweigen sagte Mulrooni: »Sie haben recht, Mr Troutt. Ich spiele gern. Wie haben Sie von unserer kleinen Runde erfahren?«

»Von dem Freund eines Freundes.«

»Hat dieser … Freund eines Freundes einen Namen?«

Ich warf einen Blick auf die anderen Mafiosi. Sie interessierten sich mehr für ihre Karten als für mich.

»Marty Martowski«, sagte ich. Das war der Name, den McGlade erwähnt hatte.

Mulrooni schob die Unterlippe vor und nickte. »Marty Martowski. Der gute alte Marty. Hatte er nicht erst neulich eine Bypassoperation? Wie geht's ihm?«

»Er hört nicht auf seinen Arzt und ernährt sich ungesund.«

»Typisch Marty.«

Es war typisch für jeden, der Probleme mit dem Herzen hatte. Dafür brauchte man kein Hellseher zu sein. Horoskope funktionierten genauso. Sie waren so allgemein formuliert, dass sie auf fast jeden zutrafen, und deshalb glaubten die Leute den Scheiß. Solange ich ausreichend vage blieb, konnte ich diesen Trottel davon überzeugen, dass Marty Martowski mein bester Kumpel war.

Ich zuckte mit den Schultern und lächelte. »Ja, Sie kennen ihn ja.«

»Ich hab ihn gekannt«, sagte Mulrooni. »Marty Martowski ist seit vierzehn Jahren tot.«

Scheiße!

»Hören Sie«, sagte ich, »ich habe gelogen, weil ich unbedingt mitspielen will. Das nötige Geld habe ich. Wenn Sie nichts dagegen haben, möchte ich einfach nur spielen. Sie würden mir damit einen großen Gefallen tun.«

Wieder ein Trick, den ich meiner beschränkten Kenntnis der Psychologie verdanke. Wenn man jemanden fragt, ob er nichts dagegen hat, ist er eher bereit zu tun, was man von ihm will. Das Gleiche gilt, wenn man um einen Gefallen bittet. Aus irgendeinem bizarren Grund sind die Leute einem dann wohlgesonnen.

»Wenn ich nichts dagegen habe?«, fragte Mulrooni.

»Natürlich. Sie sind der Boss. Das weiß doch jeder.«

Mulrooni blickte in die Runde und suchte Bestätigung bei seinen Mafia-Kollegen.

»Und Sie würden es als einen großen Gefallen betrachten, wenn ich Sie spielen lasse?«

»Ja.«

»Weil Sie hierhergekommen sind, um zu spielen.«

Es lief nicht, wie es sollte.

»Ich bin gekommen, um zu spielen. Und wenn Sie mich lassen, würden Sie mir einen Gefallen tun.«

»Einen Gefallen für einen Toten.«

Ich war mir nicht sicher, ob er mich einen Toten nannte, weil er erkannte, dass ich Krebs hatte, oder weil er vorhatte, mich zu töten. So oder so lief die Situation aus dem Ruder. Vielleicht kam das daher, weil ich keinen Plan hatte oder weil ich total zugedröhnt war.

Ich versuchte es erneut mit der Halt-einfach-nur-den-Mund-Masche und hoffte, dass er mir von sich aus anbot, an dem Spiel teilzunehmen.

Das Schweigen zog sich eine gefühlte Ewigkeit hin. Sämtliche Poren meines Körpers schienen sich gleichzeitig zu öffnen und Schweiß abzusondern.

»Erzählen Sie mir doch mal, Phineas Troutt, wohnhaft in der Abbotsford Lane 1995, Apartment 301 …«

Es wurde immer schlimmer. Er kannte meine alte Adresse.

Als Mulrooni die rechte Hand in die Tasche seines Blazers steckte, machte ich mich bereit. Wenn er eine Pistole zog, blieb mir nichts anderes übrig, als mich auf ihn zu stürzen, koste es, was es wolle.

Aber er zog keine Pistole hervor, sondern ein …

Scheiße. Eins von diesen neuen iPhones.

»Das sind Sie, stimmt's?«, fragte Mulrooni und zeigte mir das Display.

Es war das Foto von meiner erkennungsdienstlichen Behandlung im Flutesburg Police Department, aufgenommen mit einer Digitalkamera.

Mehr Lebensqualität dank Chemie und Technologie?

Nicht für mich.

»Was zahlt Ihnen diese indische Babykillerschlampe?«

Okay. Das wäre ein möglicher Ausweg. Er gibt mir Geld und lässt mich gehen. Im Gegenzug belästige ich ihn nie wieder.

»Sie hat mir acht Riesen versprochen, wenn ich dafür sorge, dass die Drohungen gegen sie aufhören.«

»Und wie ist sie auf Sie gekommen?« Mulrooni schnippte mit den Fingern und machte ein Gesicht, als hätte er soeben einen Aha-Effekt erlebt. »Griffith. Sie sind der Wichser, den Griffith angeheuert hat?«

Ich nickte.

»Sie haben zwei von meinen Jungs verletzt. Ziemlich schlimm. Tony hinkt immer noch.«

»Richten Sie ihnen aus, dass es mir aufrichtig leidtut.« Das tat es mir wirklich.

»Sind Sie drogensüchtig, Phineas Troutt? Sie wirken so hibbelig. Was nehmen Sie? Crystal Meth? Koks?«

Es war zwecklos, weiterhin zu lügen. »Koks.«

Mulrooni lachte, machte eine weit ausholende Handbewegung und blickte dabei in die Runde. »Da haben wir ja einen ganz harten Burschen. Will sich für ein bisschen Nasenpuder mit mir anlegen.«

Ich warf Brecher einen verstohlenen Blick zu. Er starrte missbilligend zurück. Sogar das Personal wusste, dass ich eine absolute Niete war.

»Mit wem arbeiten Sie zusammen?«, fragte Mulrooni.

Ich dachte an McGlade. Würde es mir helfen oder schaden, wenn ich ihn ans Messer lieferte? Harry McGlade war nicht gerade mein bester Freund. Wir hatten zusammen einiges durchgemacht, aber Harry machte auf mich den Eindruck, dass er sich aus dem Staub machen würde, wenn die Kacke am Dampfen war.

Ich wollte schon seinen Namen preisgeben, hielt jedoch inne.

Obwohl ich sämtliche Tugenden über Bord geworfen hatte, hatte ich noch ein winziges Stückchen Loyalität in mir. Man verpfeift seine Freunde nicht.

»Ich bin allein«, sagte ich.

»Dann weiß also niemand, dass Sie hier sind?«

Verdammt! Der Schuss ging nach hinten los. Ich blickte mich nach Ausgängen um – das hätte ich als Erstes tun sollen, als ich den Raum betreten hatte. Aber es gab nur eine Tür: die, durch die ich hereingekommen war. Und davor stand Brecher.

»So wie ich das sehe«, fuhr Mulrooni fort, »haben Sie mir mehrere Optionen gegeben. Nummer eins: Sie arbeiten für mich und helfen mir, die Schlampe zu vertreiben.«

Ich nickte. »Der Vorschlag gefällt mir.«

»Aber da gibt es ein Problem. Wenn die Polizei Sie schnappt, sagen Sie, ich hätte Sie angestiftet.«

»Nein, das würde ich nicht tun.«

»Sie sind bereit, Ihre Auftraggeberin zu verraten. Also würden Sie auch mich verraten.«

Der Typ hatte nicht ganz unrecht.

»Sie hatten doch bestimmt schon öfter mit Feiglingen zu tun«, sagte ich und überlegte schnell. »Bieten Sie mir Geld dafür, dass ich verschwinde. Sie sehen mich nie wieder.«

Mulrooni breitete die Arme aus. »Vielleicht. Aber dann bleibt immer noch das Problem mit dieser Kameltreiberin.«

Ich war mir ziemlich sicher, dass *Kameltreiberin* eine rassistische Bezeichnung für Menschen arabischer, nicht indischer Herkunft war, behielt es jedoch für mich.

»Ich habe eine bessere«, fuhr Mulrooni fort. Er hielt Hof und gefiel sich offensichtlich in dieser Rolle. »Ich sage Brecher, er soll seinem Namen alle Ehre machen und Ihnen die Beine brechen. Damit sende ich der Ärztin eine Botschaft und appelliere gleichzeitig an ihr Schuldgefühl. Vielleicht heuert sie dann niemanden mehr an und verschwindet, wie ich es ihr gesagt habe.«

»Wie Sie vorhin selbst sagten, könnte ich Sie bei den Bullen anschwärzen.«

»Die Bullen und ich, wir sind wie eine Familie. Was glauben Sie, warum ich Ihr erkennungsdienstliches Foto so schnell bekommen habe?«

»Und was ist mit dem FBI? Wollen Sie Gegenstand einer RICO-Ermittlung werden?«

Ich wusste nicht genau, was RICO war. Nur dass es dem FBI erweiterte Befugnisse gab, gegen das organisierte Verbrechen zu ermitteln.

»Sie haben recht. Das will ich nicht.«

»Das führt uns zurück zu Option Nummer eins«, sagte ich. »Sie zahlen mir eine Bestechungssumme, und ich lasse mich nicht erwischen. Darin bin ich ziemlich gut.«

»Ja. Wirklich gut. Sie stellen es gerade unter Beweis.«

»Ich hab heute einen schlechten Tag«, sagte ich.

»Was uns wiederum zu unserer letzten Option führt.« Er grinste. Kein aufgesetztes Grinsen, um mir Angst einzujagen, sondern das echte Grinsen eines Menschen, der sich gerade köstlich amüsierte. »Ich werde Sie töten.«

»Da gefällt mir die erste Option schon besser«, sagte ich wahrheitsgemäß.

»Das glaube ich Ihnen gerne. Aber ich mag Geld. Sehr sogar, Mr Troutt. Und ich will keinen müden Cent von meinem Geld an einen koksenden Loser und Feigling wie Sie verschwenden. Brecher, schaff mir den Penner vom Hals.«

Ich saß in einem außer Kontrolle geratenen Zug, der immer schneller wurde und soeben auf der Brücke entgleiste und in den Abgrund stürzte. Für einen Mann seiner Größe bewegte Brecher sich schnell, und mir blieb nicht genügend Zeit, um mich zu bücken und die Seecamp aus meinem Absatz zu ziehen. Also breitete ich die Arme aus, wich einen Schritt zurück und unternahm einen letzten Versuch.

»Ich habe doch einen Partner«, sagte ich schnell. »Wenn er in den nächsten zwei Minuten nichts von mir hört, folgt er dem Plan.«

Mulrooni bedeutete Brecher mit einer Handbewegung, stehen zu bleiben. Brecher tat, wie ihm geheißen.

»Und was für ein Plan ist das?«, fragte Mulrooni mich.

Scheiße, Phin! Was ist der Plan? »Er befindet sich an Bord. Wenn er nicht von mir hört, dann …« Was zum Teufel wird er tun? Die Tür eintreten und drauflosballern? Die Polizei rufen?

»… legt er ein Feuer«, sagte ich.

Mulrooni schüttelt den Kopf. »Wir halten uns an die Brandschutzvorschriften, Mr Troutt. Auf dem Boot sind überall Rauchmelder und Sprinkleranlagen. Wie viel Schaden kann er anrichten? Ein paar hundert Dollar?«

Aber ich dachte nicht an Brandschäden. Ich dachte an diese elektronischen Personenzähler.

»Was passiert, wenn die Sprinkler und der Alarm ausgelöst werden? Wie viele Spieler werden das Boot verlassen? Und wie lange? Zwei Stunden? Drei? Vielleicht den ganzen Tag? Sie haben doch Personenzähler installiert. Ich wette, Sie können vorausberechnen, wie viel Sie pro Minute verdienen, je nachdem, wie viele Deppen sich an Bord befinden. Wie viel Geld sind Sie bereit zu verlieren?«

Das Grinsen verschwand. »Sie bluffen.«

»Wollen Sie wetten?«

Mulrooni lehnte sich zurück und formte mit seinen Fingerspitzen ein Dreieck. »Wie wollen Sie diesem angeblichen Partner Bescheid geben?« Er sah Brecher an. »Hat er ein Handy?«

Brecher schüttelte den Kopf.

»Wir haben vereinbart, uns alle zehn Minuten zu treffen«, sagte ich.

»Wir sind hier in einem Casino, Mr Troutt. Die Leute sollen kein Zeitgefühl haben. Deshalb gibt es hier nirgendwo Uhren. Und Sie tragen keine Armbanduhr.«

Scheiße! Ich *hatte* mal eine Armbanduhr. Eine teure sogar. Eine Nutte hat sie mir geklaut.

»Schaff mir das Arschloch vom Hals«, befahl Mulrooni und deutete mit dem Daumen zur Tür.

Brecher packte mich so fest am Oberarm, dass ich befürchtete, er würde ihn in zwei Teile brechen.

»Leben Sie wohl, Mr Troutt«, sagte Mulrooni. »Schade, dass wir nicht miteinander Poker spielen konnten. Es hätte mir

Spaß gemacht, Sie um Ihr Geld zu erleichtern. Das hätte ich auf jeden Fall, denn Sie sind eine Null. Eine Null in Spieltheorie, eine Null im Lügen und eine Null im Leben.«

Brecher zerrte mich hinaus in den Flur, und mir kam die Erkenntnis, dass Mulrooni recht hatte.

Ich war tatsächlich eine Null im Leben. Aber nicht mehr lange.

Nicht, weil ich plötzlich einen Plan hatte, wie ich meine Lage verbessern konnte. Sondern weil mein Leben in wenigen Minuten enden würde.

* * *

Sobald wir draußen im Flur und an dem Wachmann vor der Tür vorbei waren, trat ich in Aktion.

Ich machte mich vollkommen schlaff.

Die Grundregel bei einer Entführung lautet: Wenn jemand dich irgendwohin verschleppen und dir Schlimmes antun möchte, leiste Widerstand. In manchen Situationen mag es sinnvoll sein zu kämpfen, aber es ist viel leichter, jemanden zu schieben oder zu ziehen, der auf beiden Beinen steht, als totes Gewicht zu schleppen oder hinter sich her zu schleifen.

Oder zumindest dachte ich das, bis Brecher mich eines Besseren belehrte. Der Typ war stark genug, um ein kleines Gebäude zu heben. Meine achtzig Kilo Körpergewicht einen Flur entlangzuschleifen, war eine Kleinigkeit.

»Ist das dein Ernst?«, sagte er und sah mich an. »Zeig doch mal ein bisschen Würde, Mann.«

Würde? Einmal habe ich in der Flitterwochen-Suite im Hotel Vier Jahreszeiten im Schlaf ins Bett geschissen, weil ich von einem Straßendealer mit Abführmittel gestrecktes Koks gekauft hatte. Nach so einem Vorfall denkt man nicht mehr an Würde.

Er zerrte mich durch eine Tür am Ende des Flurs, die auf ein Treppenhaus hinausging.

Mich eine Treppe hinunterschleifen zu lassen, stand nicht auf meiner Liste zu erledigender Aufgaben. Die Schlittenpartie war vorbei. Höchste Zeit zu handeln.

Ich hob das Knie, bis es meine Brust berührte, fasste an den Stiefelabsatz, drehte ihn zur Seite und nahm die Seecamp heraus.

Der Slangausdruck für kleine Handfeuerwaffen war *Erbsenpistole*, aus naheliegenden Gründen. Die Seecamp verschoss Patronen vom Kaliber .25, die nicht länger als zwei Zentimeter lang waren. Das Geschossgewicht betrug nur drei Gramm, ein Witz im Vergleich zu meiner .45er, deren Patronen das Fünffache wogen.

Da die Seecamp weder Kimme noch Korn hatte, konnte ich damit nur bis auf einen Meter Entfernung treffen, aber sie war die beste Nahkampfwaffe, die ich auf dem Schwarzmarkt finden und in meinem Stiefelabsatz verstecken konnte. So winzig das Ding auch war, reichte die Schlagkraft, um einen Schädel zu durchdringen. Ich zielte auf Brechers Hinterkopf und drückte ab.

Daneben!

Er duckte sich sofort und riss mich gleichzeitig mit nach vorne. Ich stürzte mit dem Gesicht voran auf die Treppe zu, die ich gefürchtet hatte. Beim Fallen gelang es mir, auf seine Körpermitte zu zielen und einen zweiten Schuss abzufeuern. Ich war mir nicht sicher, ob ich getroffen hatte, da er überhaupt nicht reagierte. Bei einem normalen Menschen hatte die Seecamp die Mannstoppwirkung einer Steinschleuder. Brecher spürte wahrscheinlich nicht mehr als bei einem Bienenstich.

Ich schoss ein drittes Mal, aber da ich inzwischen Hals über Kopf die Treppe hinunterpurzelte, verfehlte der Schuss das Ziel um ein Weites. Dann verwandelte meine Welt sich in eine wilde

Karussellfahrt, wie in einer Walzerbahn, in der Ziegelsteine umherwirbelten. Ich purzelte ein halbes Dutzend Stufen hinunter, schlitterte ein weiteres halbes Dutzend auf meinem Gesicht und kam schließlich auf einer Zwischenplattform zum Liegen, wo ich mich bemühte, meine Orientierung wiederzuerlangen.

Ein schneller, bruchstückhafter Gedanke schoss mir durch den Kopf – *er wird davonrennen, weil ich eine Pistole habe* –, bevor ich über meinem Kopf verschwommen einen Schuh von der Größe 50 sah.

Irgendwie hatte ich es bei meinem Treppensturz geschafft, die Pistole festzuhalten. Ich gab in schneller Abfolge drei Schüsse auf die riesige Gummisohle ab.

Da die Schüsse in meinen Ohren klingelten, war ich mir nicht sicher, aber ich glaubte, einen Baritonschrei zu hören. Anstatt mein Gesicht zu zerdrücken, verschwand der Fuß aus meinem Blickfeld, und ich schoss weitere zwei Mal auf den taumelnden Riesen. Ein Schuss traf ihn an der Schulter, dann war das Magazin leer.

Ohne die Orientierung wiederzufinden, stieß ich mich mit den Füßen ab und schlitterte einen weiteren Treppenlauf hinunter, die ersten paar Stufen auf dem Rücken, bis ich mit der Schulter hängen blieb und einen Rückwärtssalto schlug.

Schließlich landete ich hart auf meinem Arsch und schlug mit dem Kopf gegen eine Wand.

Einen Treppenlauf über mir humpelte Brecher, den ich in meiner Benommenheit doppelt sah, auf mich zu. Ich zog einen Fuß unter meinen Körper, versuchte, mich aufzuraffen, und fiel gleich wieder hin. Bei meinem zweiten Versuch kam ich auf die Beine und schaffte es bis zu einer Stahltür am unteren Ende des Treppenhauses.

Ich stieß sie auf. Dahinter befand sich ein Wartungsflur mit Betonboden und unverputzter Decke, von der alle paar

Meter Leuchtstoffröhren lose an Kabeln hingen. Ich machte einen Schritt nach vorne und fiel auf Hände und Knie. Blut spritzte auf den Betonboden und es schmerzte überall: Nase, Ellenbogen, Rippen, Kinn. Die Nase tat am meisten weh. Ich betastete mein Gesicht und spürte warmes Blut.

Ich vernahm Lärm hinter mir. Ein Riese kam die Treppe hinunter. Ich stieß die Tür zu und suchte nach einem nicht vorhandenen Schloss. Aber zwischen Fußboden und Türschwelle befand sich eine Ritze. Ich verwandelte die Seecamp, deren Lauf noch heiß war, in einen provisorischen Türstopper, indem ich sie in den Spalt rammte – gerade noch rechtzeitig, als Brecher sich mit vollem Gewicht gegen die Tür warf.

Die Tür schepperte und bewegte sich um fünfzehn Zentimeter, aber die Seecamp war eine robuste kleine Waffe, und der Metallrahmen hielt der Wucht des Aufpralls stand.

Leider konnte man nicht dasselbe über den Betonboden sagen, denn als Brecher sich das zweite Mal mit der Schulter gegen die Tür warf, ging sie einen halben Meter weit auf, und die Seecamp hinterließ eine Kerbe im Beton.

Ich kam auf die Beine und flüchtete den Flur entlang. Unterwegs stolperte ich, weil ich den Stiefelabsatz offen gelassen hatte. Ich klappte ihn zu und stand just in dem Moment auf, als Brecher in den Flur stürmte.

Er hatte zwei winzige Blutflecke auf seinem Hemd, einen an der Schulter, den anderen am Bauch. Außerdem blutete er am Fuß.

Er sah dementsprechend wütend aus.

»Du bist kein Skinhead«, sagte er. »Du bist ein kleiner Hosenscheißer. Eigentlich wollte ich dich aus Respekt vor deinem Bruder schnell töten. Aber jetzt reiße ich dir das Gesicht ab und stopfe dir damit das Maul, bis du daran erstickst. Wie gefällt dir das?«

»Überhaupt nicht«, antwortete ich wahrheitsgemäß.

Er humpelte auf mich zu. Ich blickte zu der Lampe über meinem Kopf empor und schätzte die Entfernung ungefähr einen halben Meter außerhalb meiner Reichweite. Ich sprang hoch – die Angst verlieh mir die Sprungkraft eines Michael Jordan – und bekam das eine Ende zu fassen. Mein Gewicht zog die Lampe nach unten, und ich ließ sie auf Brechers Kopf fallen.

Dann trat ich ihm in die eine Stelle, wo ein Mann keine Muskeln hat.

Als er nach vorne kippte, verpasste ich ihm einen Kinnhaken. Ich hatte schon einigen Typen eins in die Fresse gehauen, aber bei diesem hier fühlte es sich an, als hätte ich gegen einen Müllcontainer aus Metall geboxt.

Er schlug mir mit dem Handrücken ins Gesicht, ohne sich dabei groß anzustrengen, aber es reichte, um mich gegen die Wand zu schleudern. Mich hatte noch nie ein Auto angefahren, aber ich konnte mir vorstellen, dass es sich so anfühlte. Ich fiel mit dem Gesicht nach unten auf den Boden und landete in einem Haufen Glasscherben, die von der zerbrochenen Neonröhre stammten.

In meinem Inneren wurde irgendein Schalter umgelegt, und jegliche menschliche Regung verschwand. Plötzlich war ich ein leeres Gefäß.

Und dann füllte sich das Gefäß wieder. Mit unbändiger Wut.

Die Kombination aus Kokain, Adrenalin und totaler Gleichgültigkeit gegenüber meinem Körper brachte mich dazu, die Fäuste zu ballen und in das zerbrochene Glas zu schlagen. Scherben bohrten sich in meine Knöchel. Dann sprang ich auf und hob die Fäuste.

»Willst du dich mit mir schlagen?!«, brüllte ich, und Speichel spritzte aus meinem Mund. »Na komm schon!«

Ich traf ihn mit der Rechten an der Wange und riss die Haut mit den Scherben auf. Dann machte ich einen Schritt zur

Seite und setzte mit einem linken Haken nach, der ebenfalls traf.

Wumm. Schritt zur Seite. Wumm wumm. Schritt zur Seite.

Er schlug zu. Ich duckte mich und konterte mit ein paar Kinnhaken.

Wumm.

Wumm wumm.

Volltreffer ins linke Auge.

Dann traf er mich wieder mit der Wucht eines heranfahrenden Autos, und ehe ich mich versah, lag ich auf dem Rücken und zählte die Sterne, die vor meinen Augen tanzten.

Ich setzte mich mit einem Ruck auf und betrachtete meine Hände.

Sie waren zerschrammt und blutig, als hätte ich sie in einen Küchenhäcksler gesteckt. Aber Brechers Gesicht sah noch schlimmer aus. Wie halb gare Lasagne.

Das Blut in seinen Augen machte ihn blind, und er schlug ins Leere. Ich hätte ihn töten sollen, während er vorübergehend außer Gefecht war. Aber einem Kerl wie ihm mit bloßen Händen den Garaus zu machen, war nicht leicht. Also tat ich, was jede Figur in einem Horrorfilm tut, die bis zum Ende überlebt: Ich rannte davon.

Der Flur bog um die Ecke und endete schließlich an einer Tür zu einem weiteren Treppenhaus. Ich sprintete nach oben und nahm dabei zwei Stufen auf einmal. Erst jetzt spürte ich richtig die Schmerzen in meinen Händen. Ich stieß eine Tür auf und fand mich draußen auf dem Bootsdeck wieder.

Eine Bewegung zu meiner Linken.

Ein Mann mit einer Pistole?

Nein, es war nur ein Mann, der in sein Handy sprach, aber ich hatte bereits zum Sprung angesetzt und hechtete mich über die Reling in die stinkenden, trüben Fluten des Fox River.

Mein Körper schmerzte, als er auf die Wasseroberfläche klatschte. Ich kämpfte mich durch das bräunliche Wasser, meine Augen brannten, und Strudel zerrten an mir, während sie mir gleichzeitig Körperwärme entzogen. Als ich auftauchte, war ich bereits mehrere Meter vom Boot entfernt und wurde schnell von der Strömung mitgerissen.

Gegen die Strömung anzukämpfen, war sinnlos. Anstatt Energie zu verschwenden, ließ ich mich flussabwärts treiben und schwamm schräg auf das Ufer zu, welches ich nach ein paar Minuten Anstrengung erreichte. Ich hielt mich an den Felsen fest, die auf der Uferböschung herumlagen, und zitterte unkontrolliert vor Kälte, Schmerzen, Angst, Erschöpfung und so ziemlich allem, was einen zum Zittern bringen kann.

Ich schaffte es, die schlammige Böschung hochzukriechen, bis ich trockenes Land unter den Füßen hatte. Von dort humpelte ich weiter zu dem leeren Parkplatz einer stillgelegten Fabrik. Ich kam mir vor wie ein Sumpfmonster, das aus dem schlammigen Morast eines Tümpels aufgetaucht war. Als ich über meine Situation reflektierte, kam mir die Dreierregel in den Sinn.

Ein Mensch konnte drei Minuten ohne Luft, drei Stunden ohne Schutz vor den Elementen, drei Tage ohne Wasser und drei Wochen ohne Nahrung überleben.

Luft, Nahrung und Wasser waren kein Problem, aber wenn ich mich nicht schnell aufwärmte, würde ich wegen Unterkühlung zusammenbrechen. Wenn mich niemand fand, würde ich sterben. Fand mich jemand, würde er mich ins nächste Krankenhaus bringen. Mulrooni und seine Gorillas würden dort als Erstes nach mir suchen, was wiederum meinen schnellen Tod bedeutete.

Die Temperatur im Freien betrug etwa fünfzehn Grad, und der Wind kühlte mich rapide aus. Ich humpelte an dem heruntergekommenen Fabrikgebäude vorbei, dessen Fenster in den unteren zwei Geschossen mit Brettern zugenagelt und in den oberen Stockwerken mutwilliger Zerstörung oder der Zeit oder beidem zum Opfer gefallen waren. Den Parkplatz hatte sich die Natur weitgehend zurückerobert; selbst durch die kleinsten Risse im Asphalt spross Unkraut.

Ich humpelte auf die Straße und zitterte so heftig, dass ich meine Zähne klappern hörte. Ein Auto kam näher und beschleunigte, um von mir wegzukommen. Ich war mir nicht sicher, wie weit es bis zu meinem Truck war. Außerdem hielt ich mich auf der anderen Seite des Flusses auf und hatte keine Ahnung, wo sich die nächste Brücke befand. Vielleicht fand ich ein Motel, aber ich bezweifelte, dass man mir ein Zimmer geben würde. Schließlich sah ich aus wie das Ungeheuer aus dem Horrorfilm *Der Schrecken vom Amazonas*.

Ich hielt mich in die Richtung, in die der unbarmherzige Samariter davongefahren war, und erblickte in der Ferne ein Kreuz.

Ein Kreuz auf einer Kirchturmspitze.

Genau das, was ich brauchte. Damit meine ich nicht Religion; Gott und ich waren schon lange vor meiner Krebserkrankung getrennte Wege gegangen. Aber Kirchen waren Magnete für Menschen mit Schuldgefühlen, und eine altbewährte Methode, Schuldgefühle zu beruhigen, war die Spendentätigkeit.

Als ich auf dem Parkplatz der Kirche ankam, erblickte ich wie erwartet einen Altkleidercontainer in der Ecke. Ich öffnete die Klappe und durchwühlte die Klamotten, die niemand mehr wollte. Nach kurzer Zeit fand ich eine alte Wolldecke. Ich wickelte mich darin ein und suchte weiter. Etwa zehn Minuten später hatte ich ein Ensemble zusammengestellt: eine Nylonbadehose mit weißem Innennetzfutter, ein großes Paar Jeans, ein Backstreet-Boys-T-Shirt, ein Kapuzensweatshirt mit einem zerrissenen Ärmel, vier nicht zusammenpassende Socken, eine Baseballkappe und eine Seemannswolljacke, die roch, als wäre jemand darin gestorben.

Ich entledigte mich unter dem Schutz der Decke meiner nassen Klamotten, setzte mich hin, streifte mit dem einen Stiefel den anderen ab und dann mit den Zehen den zweiten. Mein Anzug, den ich bei Macy's gekauft hatte, war kaputt, und ich warf ihn auf den nassen Haufen. Dann zog ich mich so gut es ging an, benutzte die Badehose als Unterwäsche und schlüpfte in das T-Shirt, das Kapuzensweatshirt, die Jeans und die Jacke. Mit meinen zerschnittenen und fast erfrorenen Händen konnte ich den Reißverschluss nicht zumachen, sodass der Hosenschlitz offen blieb.

Ich zitterte immer noch, als ich mir mit einem alten Hauskleid den Schlamm aus dem Gesicht wischte, was sich ohne Spiegel als äußerst schwierig erwies. Dann setzte ich die Kappe auf. Da ich es nicht schaffte, Socken und Stiefel anzuziehen, steckte ich sie in einen leeren Kissenbezug.

Mit schwindenden Kraftreserven humpelte ich vom Parkplatz auf die Straße. Die Decke, die ich mir um den Hals gebunden hatte, wehte hinter mir im Wind und ließ mich aussehen wie ein schlechter Superman-Abklatsch. Ich folgte der Straße, bis ich eine Brücke über den Fox River fand.

Als ich endlich zurück zu meinem Bronco gelangte, waren meine Füße so taub, dass ich mehrmals hinfiel. Ich blieb am Rand des Parkplatzes stehen und hielt nach Mulroonis Männern Ausschau. Es erforderte ein gewisses Maß an Selbstbeherrschung, nicht sofort in das Fahrzeug zu springen.

Meine Geduld dauerte gerade mal dreißig Sekunden. Ich rannte schnurstracks zu meinem Truck, startete ihn unter erheblichen Schwierigkeiten, drehte die Heizung voll auf und versuchte verzweifelt, das Handschuhfach zu öffnen, um das Tütchen Kokain herauszunehmen. Mit meinen klammen Fingern bekam ich die Verriegelung nicht auf. Da ich mein

Glück nicht weiter strapazieren wollte, sah ich zu, dass ich so schnell wie möglich aus Oldridge verschwand.

Während der Fahrt auf der Stadtautobahn gelang es mir, meine Körpertemperatur zu regulieren, aber ich fühlte mich auf einmal äußerst schläfrig. Ein schlechtes Zeichen. Mein Körper fuhr seine Leistung herunter. Ich hielt mich munter, indem ich meine dreckigen Knöchel in den Mund steckte und versuchte, die Glasscherben herauszubeißen. Der Schmerz und der üble Geschmack hielten mich lange genug wach, um es bis in den Vorort Schaumburg zu schaffen. Dort fand ich ein Krankenhaus, begab mich in die Notaufnahme, wo Hochbetrieb herrschte, und gab mich als Unfallopfer aus. Dann tat ich so, als fiele ich in Ohnmacht. Dieser Trick sorgte dafür, dass man sich sofort um mich kümmerte.

Als ich wieder »zu mir kam«, fand ich mich in einem Zimmer auf der Station wieder. Eigentlich war es kein richtiges Zimmer, sondern vielmehr ein mittels eines Vorhangs abgeschirmter Bereich. Aber ich bekam ein Bett, eine Infusion und eine pummelige ältere Krankenschwester, die aussah, als hätte sie in eine Zitrone gebissen. Sie half mir in ein Krankenhaushemd, hüllte mich in Decken ein und säuberte meine Hände. Ich stöhnte dabei so laut, als befände ich mich im siebten Kreis der Hölle aus Dantes Inferno. Mein Stöhnen dauerte an, was in einer Notaufnahme nicht gern gesehen wird, weil es die anderen Patienten nervös macht. Schließlich kam ein Arzt, verabreichte meinen Händen ein paar Lidocain-Spritzen und gab mir eine Infusion mit synthetischem Morphin, das meine Schmerzen erheblich linderte.

Außerdem tamponierte man meine gebrochene Nase, entfernte achtzehn Glasscherben, nähte neunundzwanzig Wunden, verband meine Hände und injizierte ein breites Spektrum von Antibiotika in meinen Infusionsbeutel. Sobald alle diese Maßnahmen beendet waren, belästigte man mich ernsthaft mit Fragen nach meinen Personalien und meiner Krankenversicherung.

Ich stellte mich schlafend. Sobald ich allein war und wieder Gefühl in meinen Fingern spürte, zog ich mich schnell an, steckte ein paar Extrakompressen und das Fläschchen Lidocain ein und fischte meine gebrauchte Spritze aus dem Plastikbehälter für medizinische Abfälle. Ich klemmte mir den Infusionsbeutel unter den Arm, schlich mich aus der Notaufnahme zu meinem Bronco, schlüpfte in meine Socken (die Stiefel konnte ich immer noch nicht anziehen), hängte den Infusionsbeutel an den Rückspiegel und durchwühlte das Handschuhfach nach Kokain.

Und dann fiel mir ein, dass meine Nase tamponiert war.

Ich hatte zwar die Lidocain-Spritze, aber Kokain zu spritzen, erforderte einiges an Vorbereitung. Da ich bereits von dem synthetischen Morphin zugedröhnt war und der ständige Nachschub aus dem Infusionsbeutel weiterhin Wunder wirkte, verzichtete ich auf das Kokain und machte mich auf den Weg nach Flutesburg. Während der Fahrt überlegte ich, was ich als Nächstes tun sollte.

Mulrooni hatte Pasha bisher mit Samthandschuhen angefasst, aber ich hatte das Gefühl, dass meine Aktionen die Situation verschlimmerten. Mord gehörte für diesen Kerl zum Geschäft.

Für mich ergab das Ganze keinen Sinn. Wenn Mulrooni keine Hemmungen gezeigt hatte, mich aus dem Weg zu räumen, wieso beschränkte er sich bei Dr. Kapoor auf Erpressung? Wenn er sie wirklich aus Flutesburg vertreiben wollte, wieso heuerte er dann diese inkompetenten Hosenscheißer an, um sie zu beschatten, anstatt ihr von Brecher das Genick brechen zu lassen?

Anscheinend hatte ich etwas übersehen.

Mulrooni hatte Dr. Griffith erwähnt, den Arzt, der mich vor einiger Zeit engagiert hatte. Es war um dasselbe Problem gegangen, das Pasha jetzt hatte. Aber er hatte unsere Geschäftsbeziehung ohne Erklärung beendet.

Vielleicht sollte ich mich mit dem guten Doktor unterhalten.

Es war dunkel, und ich ertappte mich dabei, am Steuer einzuschlafen. Ich hielt auf einem Walmart-Parkplatz und inspizierte meine Wunden. Ich zog die Infusionsnadel heraus, band einen Knoten in den Schlauch und verstaute ihn unter dem Sitz. Entfernte die Tampons aus den Nasenlöchern und zog mir Koks rein. Dann schlurfte ich in die Herrentoilette des Warenhauses und säuberte vor dem Spiegel Gesicht und Haare mit ein paar Dutzend Papiertüchern. Ich hatte nach wie vor dringend eine Dusche und neue Klamotten nötig, sah aber zumindest nicht mehr wie ein Sumpfungeheuer aus. Eher wie ein halbwegs vorzeigbarer Zombie.

Ich kaufte eine Jeans, ein T-Shirt, Socken, ein Paar billige Turnschuhe mit Klettverschluss, drei Rollen medizinisches Klebeband und einen Kanister Trinkwasser. Dann fand ich ein Hotel im mittleren Preissegment und hielt mich gerade lange genug im Flur auf, um eine Handvoll Jugendliche abzupassen, die mit ihrer elektronischen Karte den Schwimmbereich betraten. Ein Hotel mit Schwimmbad hatte auch Duschen. Ich legte meine Sachen in ein leeres Schließfach, schnappte mir ein Handtuch und drehte das Wasser brühheiß auf.

Das heiße Wasser, das auf mich herabprasselte, fühlte sich fast so gut an wie Drogen.

Es dauerte zwanzig Minuten, bis ich Blut und Dreck weggespült hatte und das Wasser wieder klar wurde. Meine Handverbände fielen ab und gaben den Blick auf hässliche schwarze Nähte frei, die im Zickzackmuster entlang geschwollener Schnittwunden verliefen. Ich ballte die Hände zu Fäusten, worauf Blut zwischen ihnen hervorquoll. Die Schmerzen waren erträglich.

Im Umkleideraum zog ich meine Prollklamotten an und verbrachte ein paar Minuten damit, meine Hände mit medizinischem Klebeband zu umwickeln, extra dick zwischen den Fingerknöcheln, wie ein Boxer vor einem Kampf. Ich betrachtete mich im Spiegel. Um meine Augen bildeten sich Veilchen, eine Nebenwirkung der gebrochenen Nase. Aber wenn man bedachte, was passiert war, sah ich ziemlich gut aus.

Das war auch meine Absicht. Manchmal kümmerte ich mich tagelang nicht um mein Äußeres. Aber jetzt, wo ich arbeitete, schuldete ich es meiner Auftraggeberin, einen guten Eindruck zu machen.

Okay, das war Quatsch.

Der wahre Grund, warum ich so viel Zeit auf meine Reinlichkeit verwendete, war Pasha.

Warum? Stolz? Das Bedürfnis, von ihr akzeptiert zu werden?

Ich hatte gerade im Rahmen meiner Arbeit für sie eine gewaltige Tracht Prügel einstecken müssen. Wieso sollte ich mich darum scheren, dass ich wie ein geprügelter Hund aussah, wenn ich bei ihr auftauchte?

Du magst sie.

Ich dachte darüber nach. Ich hatte schon so lange keinen Menschen mehr gemocht, dass ich nicht mehr wusste, wie es sich anfühlte.

Das sind die Drogen. Sie ist für dich eine Nummer zu groß. Du bist ein Loser.

Ich wusste, dass diese Stimme in meinem Kopf meine eigene war. Aber sie meldete sich erst, seit es Earl gab. Natürlich war es nicht der Krebs, der zu mir sprach. Es mussten also die Drogen sein. Oder vielleicht ein Hirntumor. Vielleicht war Earl inzwischen bis in meinen Kopf vorgedrungen und hatte sich dort breitgemacht.

Worauf machst du dir Hoffnungen, Phin? Dass du dich verliebst? Dass du sesshaft wirst?

Du weißt, dass du das nicht haben kannst.

Du willst mit dieser Frau eine Familie gründen? Bis das Kind auf die Welt kommt, bist du doch längst tot.

»Nein, das will ich nicht«, sagte ich, als ich wieder in meinen Bronco stieg.

Es gab eine Zeit, da wolltest du das. Damals mit Annie.

Annie Bloomcamp war eine kleine Blondine mit hellgrünen Augen, einem runden Gesicht und einer Figur, die für eine Karriere als Model zu rundlich war, aber einen Bikini gut ausfüllte. Ich hatte sie in einem Nachtclub kennengelernt, in dem ich ab und zu als Türsteher arbeitete, wenn ich nicht gerade die Probleme anderer Leute löste.

Du glaubst, Annie hatte einen normalisierenden Einfluss auf dich?

In gewisser Hinsicht schon. Ein Großteil meines Lebens hatte sich um Gewalt gedreht. Erst war ich ihr entkommen, später hatte ich sie gesucht.

Du magst Gewalt.

Ich schüttelte den Kopf und startete den Truck. »Nein, das stimmt nicht. Ich bin nur gut darin.«

Ich hatte keine sadistische Ader, verspürte aber auch keine Empathie. Wahrscheinlich hätte ich zum Militär gehen sollen. Da hätte man mich vielleicht auf passende Ziele angesetzt. Aber ich hatte ein Problem mit Autorität. Und damit, andere entscheiden zu lassen, wofür es sich zu kämpfen lohnte. Das konnte ich selbst.

Du bist ein Schlägertyp.

»Ja«, sagte ich und fuhr vom Parkplatz. »Ich bin ein Schlägertyp.«

Du fühlst dich nicht schlecht dabei, wenn du Leute zusammenschlägst? Oder ausraubst? Oder tötest?

»Die Leute, die ich zusammenschlage, ausraube und töte, sind böse Menschen«, sagte ich zu Earl. »Niemand weint ihnen eine Träne nach.«

Klar. Du bist mir vielleicht ein Held. Wir beide wissen, warum du es auf andere Kriminelle abgesehen hast. Mit deinem Gewissen hat das nichts zu tun.

»Ich weiß.«

Statistisch gesehen müsste ich längst im Knast sitzen. Wie mein Bruder. Aber gemessen an den Delikten, die ich begangen hatte, war ich relativ selten verhaftet worden. Das lag nicht daran, dass ich ein Musterknabe war oder die Polizei austrickste.

Es lag daran, dass die Kriminellen, die ich als Opfer auswählte, nicht zur Polizei gingen.

Du bist genauso schlimm wie sie.

»Ich habe noch nie einem wehrlosen Menschen etwas getan.«

Stimmt nicht. Du hast Annie wehgetan.

»Ich habe nie Hand an Annie gelegt.«

Du hast sie auf andere Weise verletzt.

Bei Annie hatte ich mich gefühlt wie … ein normaler Mensch. So, als müsste ich nicht automatisch nach Gefahren und Fluchtwegen Ausschau halten, wenn ich einen Raum betrat. In ihrer Gegenwart hatte ich nicht ständig das Gefühl gehabt, dass die Welt nur aus Raubtieren und Opfern bestand.

Sie hat dir Hoffnung gegeben.

Ich nickte. »Ja.«

Und du bist davongelaufen.

»Das war deine Schuld. Du bist aufgetaucht und hast alles kaputtgemacht.«

Willst du mir die Schuld in die Schuhe schieben?

»Wir hätten glücklich sein können«, murmelte ich.

Du bist ein Dreckskerl. Du hast es nicht verdient, glücklich zu sein. Deshalb hast du dich aus dem Staub gemacht.

Ich hatte Annie erzählt, dass die Laparotomie eine Blinddarmoperation war. Zu dem Zeitpunkt erfuhr ich, dass Earl metastasiert hatte.

Sie hat dich besucht, und du hast ihr gesagt, du liebst sie nicht.

»Ich musste es tun.«

Du hast sie angelogen. Hast gesagt, da wäre eine andere Frau.

»Es war besser so.«

Ich werde wohl nie erfahren, wie sie es geschafft hatte, mich aufzuspüren, nachdem ich ausgezogen war. Vielleicht war sie einfach der Kokainspur gefolgt. Als sie zum Michigan-Motel kam und mich dabei erwischte, wie ich mir Koks von den Titten einer Hure in die Nase zog, drehte sie sich auf der Stelle um und verschwand ohne ein Wort. Ich dachte, damit wäre die Sache beendet.

Aber dann fing sie an, mir zu schreiben.

Jeden Monat erhielt ich einen Brief von ihr. Und jedes Mal steckte ich ihn ungelesen in die Schublade.

Was Annie betrifft, bin ich schwach. Wenn ich ihre Briefe lesen würde, hätte ich den Wunsch, sie zu sehen. Dann würde sie herausfinden, dass ich Krebs habe. Und der einzige Grund, warum ich sie überhaupt verlassen hatte, war, dass ich sie so sehr liebte, dass sie mich lieber hassen soll, anstatt mir beim Sterben zuzusehen.

Du glaubst, du ersparst ihr den Schmerz.

»Es ist das einzig Richtige.«

Du bist total bescheuert.

»Ich bin stark genug, um da durchzukommen. Sie nicht.«

Um da durchzukommen? Glaubst du, das ist eine Lehrveranstaltung an der Uni? Du stehst kurz vor dem Abnippeln, du Idiot. Die Wochen, die dir noch bleiben, kannst du an den Fingern abzählen. Da ist nichts mit durchkommen. Und du hättest diese Zeit mit der Frau verbringen können, die du geliebt hast, anstatt mit Huren und Drogen und deinem ständigen Selbstmitleid.

Du willst immer der Held sein. Aber du bist davongelaufen. Nur zur Erinnerung, du harter Bursche: So etwas machen nur Feiglinge.

Die einzige Methode, um Earl zum Schweigen zu bringen, wenn er derart drauflospöbelte, waren Drogen. Ich hielt am Straßenrand, zog mir eine Line vom Armaturenbrett rein und hoffte, dass er mich endlich in Ruhe ließ.

Earl lag mit seiner Behauptung richtig, dass ich nicht mehr lange zu leben hatte. Und vielleicht hatte er auch recht damit, dass ich ein Feigling war.

Ich war mir ziemlich sicher, dass ich mit dem Tod umgehen konnte. Und Annie war wahrscheinlich ebenfalls stark genug dafür.

Aber ich war nicht stark genug, um sie leiden zu sehen. Nicht, wenn ich es verhindern konnte. Nicht, wenn ich die Ursache war.

Sollte sie doch denken, ich sei ein Dreckskerl. Ich war ja auch einer. Es war besser für uns beide.

Warum schreibt sie dir dann immer noch?, flüsterte Earl.

»Es sind Hassbriefe«, sagte ich. »Sie erinnert mich daran, was für ein Arschloch ich bin.«

Willst du das wirklich? Dass sie dich hasst?

»Ich hoffe es.« Ich sah die Straße nur noch verschwommen, und als ich mir über die Augen wischte, war meine Hand feucht. »Ich hoffe, dass sie mich hasst. Ich komme damit klar.«

Wenn es nämlich so weit ist, dass der Sarg mich ruft und mir nur noch ein paar Stunden bleiben, werde ich alle ihre Briefe öffnen und das, was sie geschrieben hat, wie guten Wein genießen, selbst wenn sie mich zur Hölle wünscht.

Was, wenn in den Briefen steht, dass sie dich nicht hasst?

»Das tut sie aber.«

Was, wenn sie dich immer noch liebt?

»Es ist mir egal, was in den Briefen steht. Sie sind von ihr.«

Earl antwortete nicht. Vielleicht hatte das Kokain ihn endlich zum Schweigen gebracht.

Mir lief die Nase. Ich wischte mit der Hand darüber und erwartete Blut.

Aber es war nur Rotz.

Vielleicht stand in den Briefen wirklich, dass sie mich immer noch liebte.

Ich könnte damit leben. Mit Liebe oder Hass. Mit Wut oder Vergebung.

Von mir aus könnten sie auf Suaheli verfasst sein. Denn wenn ich sie schließlich las, wäre Annie wieder bei mir, wenn auch nur für eine kurze Zeit. Und ich würde nicht alleine sterben.

* * *

Der Zeiger kroch an acht Uhr vorbei, und ich war mir nicht sicher, ob ich Pasha in der Klinik oder in ihrem Apartment suchen sollte. Es war wirklich höchste Zeit, dass ich mir ein Handy anschaffte.

Da die Klinik näher lag, fuhr ich dorthin. Auf dem Parkplatz erblickte ich eine Corvette mit einem personalisierten Kennzeichen, auf dem die Buchstaben BIGDIK prangten – großer Pimmel. Das musste McGlade sein. Ich parkte daneben.

Der Klinik-Vorplatz war mit nassem Müll übersät, der übel, aber vertraut roch.

Die Eingangstür war verschlossen und mit einem Schild mit der Aufschrift GESCHLOSSEN versehen. Ich klopfte mehrmals, bis Harry mir aufmachte. Er war mit einem riesigen Wasserspritzgewehr vom Typ Super Soaker bewaffnet.

»Was hast du mit dem Ding vor? Willst du mich abkühlen?«, fragte ich.

»Die Protestler waren wieder da. Das Gewehr ist mit meinem Urin gefüllt.«

»Im Ernst?«

»Nichts bringt die Leute dermaßen aus der Fassung wie eine Pissdusche.«

Ich schnüffelte die Luft. »Ist es das, was so furchtbar stinkt?«

»Ich bin auf Antibiotika. Mein Kondom ist gerissen. Keine Angst, es sind bloß Chlamydien. Außerdem habe ich eine Riesenportion Spargel gegessen. Diese Kombination sorgt für einen ungewöhnlich starken Geruch.«

»Kann man sich Chlamydien über Urin einfangen?«

»Das wäre zum Totlachen.« Er sah mich mit zusammengekniffenen Augen an. »Phin, um Himmels willen … was zum Teufel ist mit dir passiert? Du siehst ja ganz schön ramponiert aus.«

»Ich war nicht schlau genug, eine Wasserpistole voller Pisse mitzunehmen.«

McGlade ließ mich eintreten, sicherte kurz die Straße, indem er mit seinem Spritzgewehr einen Bogen beschrieb, und schloss die Tür hinter mir. Das Innere der Klinik wirkte verlassen. McGlade nahm einen riesigen Becher von dem Tisch, auf dem Zeitschriften auslagen, und trank laut schlürfend einen Schluck.

»Volltanken«, sagte er und deutete mit dem Daumen auf einen dieser Zwanzig-Liter-Kühlbehälter mit Zapfhahn.

»Ist der voll?«, fragte ich.

Harry nickte grinsend und nippte weiter an seinem Getränk.

»Das ist nur von heute?«

»Nein, was denkst du denn? Ich habe meinen Urin aufbewahrt.«

»Will ich wissen, warum?«

»Das willst du nicht.«

Ich wechselte das Thema. »Gehört die Corvette da draußen dir?«

»Ja. Musste den Mustang loswerden. Eine Handprothese und ein Handschaltgetriebe passen nicht zusammen.«

»Wie hast du das personalisierte Kennzeichen bekommen?«

»BIGDIK? Ich hab'nen Freund bei der Kraftfahrzeugbehörde. Übrigens, wie lief dein Besuch bei Mulrooni? Abgesehen davon, dass du ordentlich auf die Fresse bekommen hast.«

»Ich hab ihn verärgert. Er wird es uns heimzahlen. Und zwar gewaltig.«

»Brauchen wir Verstärkung?«, fragte McGlade.

Ich antwortete nicht.

»Nimm's mir nicht übel, Phin, aber einige von uns würden gerne ihren nächsten Geburtstag erleben. Wie schlimm wird es?«

Ich ließ mir sämtliche Szenarien durch den Kopf gehen. »Es könnte tatsächlich schlimm werden.«

»Ich rufe ein paar Leute an. Hast du inzwischen ein Handy?«

»Nein.«

»Du musst mir vorher Bescheid sagen, wenn es brenzlig wird. Besorg dir ein Handy.«

Ich nickte. Harry verschwand, um zu telefonieren. Ich fand Pasha in ihrem Büro. Sie saß bei ausgeschaltetem Licht an ihrem Schreibtisch, den Kopf auf beide Hände gestützt.

»Ich habe Sie hereinkommen gehört«, sagte sie. »Ihr Freund Harry hat eine ziemlich provokante Art.«

»Das können Sie laut sagen.«

Sie rieb sich mit den Handflächen die Augen. »Eigentlich sollte ich heute siebenundzwanzig Sprechstundentermine haben. An einem normalen Tag kommen über vierzig Frauen zu mir, inklusive Laufkundschaft. Heute waren es nur fünf.«

»Verlorenes Geschäft ist ärgerlich.«

»Das verlorene Geschäft interessiert mich weniger. Was mich ärgert, ist, dass die Frauen, die Hilfe brauchen, keine bekommen.«

Sie lehnte sich in ihren Stuhl zurück und rieb sich die Schläfen. Anscheinend war sie von dem Neandertaler enttäuscht, der die Problematik nicht verstand.

Sie irrte sich. Ich verstand sie sehr wohl. Ich scherte mich nur einen feuchten Dreck darum.

»Ich werde heute Abend einer Fährte nachgehen. Harry bleibt bei Ihnen. Er holt außerdem Verstärkung.«

Pasha seufzte. »Noch mehr Männer.«

»Es kostet Sie keinen Cent mehr. Das ist in meinem Honorar inbegriffen.«

»Es geht mir nicht ums Geld. Welches Recht haben Männer, einer Frau vorzuschreiben, was sie mit ihrem Körper tun oder nicht tun darf?«

»Ist das eine rhetorische Frage, oder wollen Sie es wirklich wissen?«

»Ich will es wirklich wissen.«

»Wir haben kein Recht«, sagte ich. »Aber wir tun es aus zwei Gründen. Erstens, weil wir größer und stärker sind. Mit anderen Worten, wir kommen damit ungestraft davon. Je mehr Macht jemand hat, umso mehr missbraucht er sie. So läuft es im Tierreich, und glauben Sie mir, wir alle sind Tiere. Zweitens, weil Frauen etwas haben, was wir Männer wollen.«

»Sex«, sagte sie.

»Alle Männer wollen Sex, und zwar ständig. Aber das setzt das Einvernehmen der Frau voraus, also bekommen Männer nicht ständig Sex. Die meisten Frauen dagegen können sich ihre Partner aussuchen und Sex haben, wann sie wollen. Die meisten Männer können das nicht.«

»Es gibt Sexarbeiterinnen.«

»Prostitution ist in den meisten Bundesstaaten verboten. Die gleichen religiösen Spinner, die gegen Abtreibung protestieren, sind auch gegen käuflichen Sex. Und solange dieses Land das Motto ›Wir vertrauen auf Gott‹ auf seinen Geldscheinen hat, besitzen die Machthaber eine religiöse Rechtfertigung, anderen vorzuschreiben, was sie mit ihren Körpern tun können. Männer wollen Sex, kriegen keinen und werden wütend. Deshalb versuchen sie, Frauen zu kontrollieren, so gut sie können. Können Sie mir ein Land oder eine Kultur nennen, wo Männer Frauen nicht unterdrücken? Es ist scheußlich und ungerecht, aber leider allgegenwärtig.«

»Diese Männer haben Mütter. Sie wurden von Frauen großgezogen.«

»Nicht alle Männer behandeln Frauen schlecht.«

»Das spielt keine Rolle. Alle Frauen werden davon in Mitleidenschaft gezogen und geschädigt. Alle Frauen, Phin. Und unter den Protestierenden waren auch Frauen. Erklären Sie mir das. Wie sollen wir vereint gegen Sexismus und Frauenfeindlichkeit kämpfen, wenn manche Frauen sich schlechte Behandlung nicht nur gefallen lassen, sondern auch auf der Seite derer stehen, die sie schlecht behandeln?«

»Die Menschen sind nun mal scheiße.«

»Es ist angelerntes Verhalten. Kinder verstehen Dinge wie Teilen und Gleichheit.«

»Nicht alle Kinder«, sagte ich und dachte dabei an meinen Bruder.

»Ich bin erschöpft und habe im Moment keine Lust auf eine Milieu-oder-Erbgut-Debatte. Ich …« Sie schaltete ihre Schreibtischlampe an und ihre Augen weiteten sich erschrocken. »Um Himmels willen, was ist mit Ihnen passiert?«

»Wie ich vorhin sagte: Die Menschen sind scheiße.«

Sie stand auf und eilte zu mir. »Was ist mit Ihren Händen? Lassen Sie mich mal Ihre Hände anschauen.«

Ich hielt sie ihr hin. Ihre Berührung war sanft.

»Sind sie gebrochen?«

»Genäht.«

»Sie waren in einem Krankenhaus? Das ist der schlimmste Verband, den ich je gesehen habe.«

»Mir geht es okay.«

»Und Ihre Nase? Die ist doch gebrochen, oder?«

»Mit mir ist alles in Ordnung, Pasha. Das ist mein Job. Ich bin das gewöhnt.«

»Was für ein Leben haben Sie bisher geführt, dass Sie so etwas gewöhnt sein können?«

Wir starrten uns einen Moment an, und ich zog meine Hände zurück.

»Wie gut kennen Sie Dr. Griffith?«, fragte ich.

»Nicht besonders gut. Wir sind uns ein paar Mal begegnet.«

»Wann hat er Ihnen von mir erzählt?«

»Ich wusste, dass er mit Protesten zu tun hatte. Ich rief ihn an und fragte ihn, was passiert war. Er sagte, er hätte Ihr Angebot angenommen. Gleichzeitig hat er mir Ihren Namen genannt.«

»Waren Sie und Griffith Rivalen?«

Sie zögerte. »Nein.«

»Ist er ein guter Arzt?«

»Ich sagte Ihnen doch, dass ich ihn nicht gut kenne.«

»Was war Ihr oberflächlicher Eindruck?«

»Einige meiner Patienten haben sich über die Behandlung beschwert, die sie bei ihm bekommen haben. Es ging nicht um irgendwelche Ethikverstöße, sondern darum, dass ihm die Patienten egal waren. Angeblich war er mehr daran interessiert, den Versicherungen Rechnungen zu stellen, als daran, Frauen zu helfen.«

»Wissen Sie, wo er jetzt ist?«

Pasha schüttelte den Kopf. »Phin ... mir hängt das alles mit zu viel Gewalt zusammen. Vielleicht sollte ich ...«

»Flutesburg verlassen?«

Sie nickte.

»Das wäre eine Möglichkeit. Aber ich glaube nicht, dass der Ärger damit aufhört.«

»Warum nicht?«

»Ich erzähl Ihnen mal was über Menschen, die andere drangsalieren. Wenn man denen nachgibt, auch nur ein einziges Mal, hören sie nicht auf. Da können Sie genauso gut ein T-Shirt tragen, auf dem ›Willkommen‹ steht, wie auf einer Fußmatte, denn für den Rest Ihres Lebens werden die Leute auf Ihnen herumtrampeln. Typen wie Mulrooni reagieren auf Angst wie Kinder auf Süßigkeiten – sie riechen sie und können nicht genug davon bekommen. Und sie hören nicht auf. Die Mächtigen suchen sich die Schwachen als Beute aus. Wenn Sie sich einmal wie ein Opfer benehmen, bleiben Sie immer ein Opfer.«

Sie schnaubte. »Für Sie ist es wohl liebevolle Strenge, dem Opfer die Schuld zu geben.«

»Ich habe Ihnen meine Philosophie bereits zweimal erklärt, aber ich tue es gerne noch mal. Die Menschen sind scheiße. Wir leben nun mal nicht in einer Welt, in der alle fair behandelt werden. Es mag ja sein, dass wir alle Schutz verdient haben, aber nicht alle erhalten Schutz. Das Leben ist ein Dschungel. Je stärker, schneller und schlauer man ist, desto geringer die Chance, dass man gefressen wird. Die Raubtiere suchen sich leichtere Beute aus.«

»Was hat Sie so zynisch gemacht?«

»Wie kann man nicht zynisch sein? Wenn Wölfe jagen, machen sie sich nicht über das stärkste Tier in der Herde her, sondern über die Kranken, die Jungen und die Schwachen.«

»Wir sind aber keine Wölfe, sondern Menschen. Die Kranken, die Jungen und die Schwachen … genau die brauchen am meisten Schutz.«

Ich verschränkte die Arme vor der Brust. »Und wer soll sie schützen? Die Mächtigen? Die bleiben nur mächtig, wenn sie andere unterdrücken. Wir alle wachsen mit der Vorstellung auf, etwas Besonderes zu sein. Das ist eine Lüge, Pasha. Wir sind nichts Besonderes. Der Mensch ist nichts weiter als ein Klumpen Kohlenstoff, der sich reproduziert und glaubt, dass sein Bewusstsein ihn von anderen Lebewesen unterscheidet. Aber im Endeffekt läuft es auf das Überleben des Stärkeren hinaus.«

Pasha stemmte die Hände in die Hüften. »Das nehme ich Ihnen nicht ab. Der einzige Grund, warum wir eine Zivilisation haben, ist unsere Fähigkeit, Mitgefühl zu empfinden. Wir tun Dinge gemeinsam. Als Familien. Als Gemeinden. Als Länder. Wir schaffen. Wir bauen auf. Wir heilen. Und das Leben wird für alle besser. Ich sehe die Welt nicht wie Sie, Phineas Troutt. Ich mag Ihre Welt nicht.«

»Das ist schade«, sagte ich. »Sie leben nämlich in ihr.«

»Nein, das tue ich nicht. Ich lebe in einer Welt, die ich verbessern will, indem …«

»BRANDBOMBE!«, schrie McGlade aus dem Foyer.

Plötzlich gab es einen ohrenbetäubenden Knall, und die Welt um uns herum explodierte.

* * *

Laut Harrys Version hatte das Auto ihn mit heruntergelassenen Hosen erwischt. Im wahrsten Sinn des Wortes. Es fuhr heran, als Harry gerade den Kühlbehälter mit seinem Urin auffüllte. Ein Typ mit Sturmhaube stieg aus und schleuderte einen Molotow-Cocktail durchs Fenster.

Die Sprinkleranlage ging sofort an, löschte den Großteil der Flammen und hinterließ einen größeren Wasser- als Brandschaden.

Aber das Wasser reichte nicht aus, um den Gestank wegzuwaschen, den McGlade absonderte.

»Ich hatte gerade mal eine Millisekunde Reaktionszeit.« Er war bis auf die Knochen durchnässt.

»Du hast dich also mit zwanzig Litern deiner eigenen Pisse begossen.«

»Hat mir wahrscheinlich das Leben gerettet.«

»Die Brandbombe ist dort drüben gelandet«, sagte ich und deutete auf die andere Seite des Foyers. »Sie hat dich um fünf Meter verfehlt.«

»Mein Training hat sofort gewirkt. Es war automatisch. Muskelgedächtnis.«

»Training? Du hast trainiert, wie man sich selbst mit Urin begießt?«

»Ich habe schon einiges hinter mir«, sagte Harry. »Schlimme und schreckliche Dinge.«

Ich musste auf Abstand zu ihm gehen, da der Geruch in mir einen Brechreiz auslöste. Pasha war in ihrem zweiten Büro und stopfte hektisch Papiere in einen Müllbeutel.

»Sind Sie versichert?«, fragte ich.

»Natürlich bin ich versichert«, sagte sie. »Das hier sind Patientenakten. Die älteren sind noch nicht elektronisch erfasst. Wo bleibt nur die verdammte Feuerwehr?«

»Das Feuer ist gelöscht.«

»Nur die Feuerwehr kann diese verdammte Sprinkleranlage abschalten. Die Klinik wird tagelang überflutet. Vielleicht sogar wochenlang.«

»Tut mir leid«, sagte ich.

»Ich versuche doch nur, dieser Stadt zu helfen und meinen Beitrag zu leisten, dass die Welt ein besserer Ort wird. Was ist daran falsch?«

»Nichts«, sagte ich.

»Was stinkt da so entsetzlich?«

»McGlade hat zwanzig Liter Spargelpisse verschüttet. Kann man von Urin Chlamydien bekommen?«

»Was? Nein. Urin ist steril. Außerdem können die Bakterien nicht lange außerhalb des Körpers überleben.«

In der Ferne erklang eine Sirene.

Pasha widmete sich wieder hektisch ihrer Mission, den Inhalt von sechs Aktenschränken in einen einzigen Plastikbeutel zu stopfen.

Ich dachte an das Kokain in meinem Bronco.

Irgendwann trafen Feuerwehr und Polizei ein und schalteten die Sprinkleranlage ab. Pasha rief ihre Versicherung und eine Firma an, die sich auf die Beseitigung von Wasserschäden spezialisiert und rund um die Uhr geöffnet hatte. McGlade verschwand, um sich umzuziehen und Nachschub zu holen.

Ich blieb in meinem Truck. Beobachtete Autos. Zog mir Koks rein. Trank aus meinem Wasserkanister. Dachte nach.

Eine Brandbombe. Pashas Klinik war Ziel eines Brandanschlags geworden. Jemand wollte, dass sie die Klinik schloss und verschwand.

Bei Dr. Griffith hatte es funktioniert.

Warum Abtreibungskliniken schließen? Was brachte einem Mafioso das? Falls das organisierte Verbrechen in diesem Bereich geschäftliche Interessen hatte, wusste ich nichts davon.

Es war noch nicht ganz Mitternacht, aber ich konnte Pasha nicht alleine lassen, ehe Harry wiederkam. McGlade hatte recht. Ich brauchte ein Handy, um mit ihm in Verbindung zu bleiben. Und mit ihr.

Mein Magen machte unglückliche Geräusche und erinnerte mich daran, dass ich nichts gegessen hatte. Ich beschloss, einen kurzen Abstecher zu dem Tankstellenshop eine Straße weiter zu riskieren und Pasha in der Obhut der Aufräummannschaft zu lassen. Dort kaufte ich Schokoriegel, Chips und einen Hotdog, der schmeckte, als wäre er eine ganze Woche auf dem Grill gelegen.

»Habt ihr Handys?«, fragte ich den zugedröhnten Typen hinter dem Verkaufstresen. Er war ein Weißer mit Dreadlocks und einem Baja-Pullover aus Hanf, der einen womöglich high machen konnte, wenn man ihm zu nahe kam.

»Nee, Alter.«

»Gibt's hier in der Nähe einen Laden, wo man welche bekommt?«

»Klar, Alter.«

Ich wartete. Er sagte nichts weiter.

»Kannst du mir sagen, welcher Laden?«

»Viele Läden. Aber die haben jetzt alle zu, Alter. Wie ist der Hotdog?«

»Furchtbar. Wie alt ist er?«

»Alle unsere Hotdogs sind frisch, Alter.«

»Wann war der hier frisch?«

»Irgendwann.«

Harry hatte bereits mein tägliches Limit an dummen Antworten ausgereizt, also ging ich zur Tür.

»Hast du ein Handy verloren?«, fragte er, bevor ich hinausging.

»Ich habe keins verloren. Ich brauche eins.«

»Schade, Alter. Die Leute verlieren hier ständig was.«

Ich hielt inne. »Ach, ich habe wohl doch ein Handy verloren. Hier. Vor ein paar Tagen. Danke, dass du mich daran erinnerst.«

»Ich kann dir unsere Fundsachen zeigen, Alter.«

Ich ging zum Verkaufstresen zurück. Der Typ starrte mich an.

»Du solltest was spenden«, sagte er mit Blick auf eine Dose neben der Kasse. »Das ist für kranke Kinder, Alter.«

Dieser Möchtegern-Hippie war wohl doch nicht so dumm, wie ich dachte. Ich kramte in meinen Taschen herum und spendete einen Zehner für kranke Kinder.

»Die sind ganz schön krank, Alter. Sterbenskrank, wenn du's genau wissen willst.«

»Ich wette, die könnten was zu rauchen vertragen.«

»Marihuana hilft gegen Schmerzen, Übelkeit, Schlafstörungen, Asthma, Glaukom, Appetitlosigkeit, Übergewicht, Arthritis und posttraumatische Belastungsstörung.«

Ich legte noch einen Zwanziger nach, worauf der Typ mit den Rastalocken die Schachtel mit den Fundsachen hervorholte. Sie enthielt ein paar Haarbürsten, Sonnenbrillen, vier Paar Handschuhe und drei aufklappbare Handys. Ich entschied mich für ein silbernes.

»Habt ihr auch Ladegeräte?«

»Klar, Alter.«

Das Ladegerät machte mich um weitere dreißig Dollar ärmer.

»Willst du das Handy im Auto aufladen, Alter?«

Ich nickte.

»Dann solltest du dir auch ein Autoladegerät zulegen.«

Nach einem kurzen Wutausbruch sagte ich: »Ich wette, dein Chef mag dich.«

»Ich bin der Chef, Alter. Hab den Laden 2005 gekauft.«

»Deine Hotdogs sind scheiße«, sagte ich und legte weitere dreißig Dollar auf den Tresen.

»Ja. Sie haben nur einen Fleischanteil von zwölf Prozent. Aber ich verlange so viel dafür, als hätten sie tausend. Es ist wie Gelddrucken. Schau mal wieder vorbei, Alter.«

Ich ging zurück zu meinem Bronco und rief Harry auf meinem neuen oder vielmehr gebrauchten Handy an.

»McGlade. Schießen Sie los, es sind Ihre zehn Cent.«

»Eher meine neunzig Dollar.«

»Hey Phin. Willkommen im einundzwanzigsten Jahrhundert.«

»Ich rufe an, weil ich dir meine neue Nummer geben will.«

»Hab sie schon.«

»Häh?«

»Sie wurde auf meinem Display angezeigt, als du mich angerufen hast.«

Ich bekam Kopfschmerzen und rieb mir die Augen. »Ich muss noch etwas erledigen. Wann bist du wieder zurück?«

»Nicht vor morgen früh. Ich muss mich erst mit meinem Waffenmeister treffen.«

»Du hast einen Waffenmeister?«

»Du tust gerade so, als wäre es verrückt, einen Waffenmeister zu haben. Ich ruf dich morgen früh an.«

Harry legte auf.

Ich überlegte, mir eine Prise Koks in die Nase zu ziehen.

Eigentlich hatte ich heute schon genug gehabt.

Aber dann tat ich es doch.

Als ich zurück zur Klinik kam, war das Fenster mit Brettern zugenagelt. Pasha kam gerade zur Tür heraus.

»Willkommen zurück.« Es klang nicht, als ob sie es wirklich so meinte.

»Ich wollte mir was zu essen holen.«

»Und? Haben Sie was gegessen?«

»Ja.«

»Sie haben noch Essensreste an der Nase.«

Ich wischte mit dem Handrücken darüber und sah Kokainstaub. Ich begleitete sie zum Parkplatz und fuhr bis zu ihrer Wohnung hinter ihr her. Es war gut, dass ich das tat, denn mein Orientierungssinn war genauso schlecht wie beim ersten Mal, als ich dort gewesen war. Allein hätte ich nie dorthin gefunden.

Ich parkte neben ihrem Auto, sicherte meine Tür mit Klebeband und wurde von einer Schar Kanadagänse begrüßt, die mich umringten und anstarrten.

»Hey Jungs«, sagte ich.

Sie schnatterten.

Komisch.

Als ich zu Pashas blauem VW Käfer ging, watschelten die Gänse hinter mir her.

»Folgen Ihnen diese Gänse?«, fragte sie.

»Nein. Wahrscheinlich gehen sie zufällig in die gleiche Richtung.«

Wir gingen diagonal über den Parkplatz und überquerten einen Grünstreifen, auf dem eine Ulme stand.

Die Gänse hüpften auf den Bordstein und holten auf. Ich drehte mich zu ihnen um.

Sie schnatterten mich an. Und ich ahnte auf einmal, was los war.

Die verdammten Viecher wollten mehr Codein.

»Haben Sie die Gänse vorhin gefüttert, oder was?«, fragte Pasha.

»Vielleicht wollen sie uns verjagen. Gänse schützen ihre Nester.«

Die Vögel hatten ihre Schnäbel geöffnet und bewegten die Köpfe auf und ab.

»Sie wirken nicht aggressiv. Eher wie Hunde, die um ein Leckerli betteln.«

»Ist das nicht seltsam?«

»Haben Sie was zu essen dabei?«

»Eine halbe Tüte Chips.«

Ich holte sie hervor und leerte den Inhalt auf den Boden vor meinen Füßen. Eine Gans schnappte nach einem Chip und starrte mich böse an.

»Jetzt wirken sie aggressiv«, sagte Pasha.

»Vielleicht sollten wir uns beeilen.«

Wir legten einen Zahn zu. Die Gänse folgten unserem Beispiel und watschelten so schnell, dass sie mit den Flügeln schlugen. Als wir drinnen im Foyer waren, trippelten sie bis an die Glasscheibe und starrten mich an.

»Sollten wir jemanden rufen?«, fragte Pasha.

»Wen? Alfred Hitchcock?«

»Leute vom Tierheim. Glauben Sie …« Sie sprach den Satz nicht zu Ende.

Ich wandte mich zu ihr um. »Was?«

»Es ist lächerlich.«

»Wir wurden soeben von Gänsen nach drinnen gejagt. Das allein ist schon lächerlich.«

»Ich habe mir nur gedacht, dass sie vielleicht jemand … geschickt hat.«

»Was meinen Sie damit, jemand hat sie geschickt?«

»Die Männer, die mich dazu drängen wollen, die Klinik zu verkaufen.«

»Jetzt hab ich's kapiert«, sagte ich grinsend. »Es sind Killergänse.«

Sie boxte mich auf die Schulter. Es war ein leichter, verspielter Schlag, aber nach der Tracht Prügel, die Brecher mir verpasst hatte, tat selbst das weh.

»Sie machen sich über mich lustig«, sagte sie.

»Nein, das stimmt nicht. Viele dieser Gänse sind verzweifelt. Sie übernehmen riskante Jobs.«

»Was ich vorhin gesagt habe, war albern, ich weiß.«

»Und sie sind billig. Wenn man diese Vögel anheuert, nehmen sie einen nicht gleich aus wie eine Weihnachtsgans.«

»Hören Sie auf«, sagte sie und grinste breit.

»Ich meine es ernst. Schauen Sie sich doch nur den Gänserich da hinten an. Man sieht es ihm an.«

»Inwiefern sieht man es ihm an?«

»So wie der uns anstarrt? Da schwant einem nichts Gutes.«

Es dauerte eine Weile, bis sie den Wortwitz kapierte, aber als sie lachte, klang es melodisch.

Plötzlich verklang das Lachen, und wir starrten uns gegenseitig an.

Pasha war eine schöne Frau, unabhängig davon, wie man Schönheit definierte. Aber Schönheit allein riss mich nicht vom Hocker. Was ich an Frauen am attraktivsten fand, war ihr Interesse an mir. Bei Prostituierten gehörte das zum Beruf. Von einer Frau begehrt zu werden, und zwar leidenschaftlich, war für mich der entscheidende Faktor.

Ich sah Begehren in Pashas Augen. Oder zumindest dachte ich das. Es war schon eine ganze Weile her, dass ich bei einer Frau Begeisterung gesehen hatte, die nicht mit Geld verbunden war. Vielleicht sagte ihr Gesichtsausdruck: Küss mich. Aber vielleicht interpretierte ich ihn falsch.

Sie hatte Angst und fühlte sich verletzlich. Ich war ihr Beschützer, bei dem sie sich sicher fühlte.

Vielleicht sah ich einfach nur Dankbarkeit.

Ich hatte für sie Prügel eingesteckt. Außerdem starb ich an Krebs.

Vielleicht sah ich einfach nur Mitleid.

»Haben Sie irgendwelche Regeln, die Ihnen verbieten, mit Kunden zu schlafen?«

Okay, vielleicht hatte ich ihren Blick doch richtig verstanden und überanalysierte die Situation.

»Ja«, sagte ich. »Ich schlafe nie mit den Männern, für die ich arbeite.«

Sie hob das Kinn, öffnete die Lippen, und ich senkte meinen Mund zu ihrem …

… und genau in diesem Moment rannte eine Gans mit dem Kopf voraus gegen die Glasscheibe und kippte um.

Mit ihrer typisch weiblichen Fürsorge gegenüber allem Leben dieser Welt sah Pasha es als wichtiger an, den Vogel zu retten, als mich zu küssen, denn sie ging sofort neben dem Fenster in die Hocke.

»Ist sie tot?«

Ich hoffte es. Aber ich hoffte auch, mit Pasha in die Kiste zu hüpfen, und behielt daher den Kommentar für mich. Stattdessen kniete ich mich neben sie und klopfte gegen die Scheibe, wo der Kopf der Gans ruhte.

Sie reagierte nicht, aber ihr Schnabel ging auf, und eine rosa Zunge, die der eines Menschen überaus ähnlich sah, hing seitlich heraus.

»Wir sollten ihr helfen«, sagte Pasha.

»Wie? Mund-zu-Schnabel-Beatmung?«

Vorhin hatte sie zusammen mit mir gelacht, aber jetzt entlockte mein Witz ihr nicht einmal ein Lächeln. Schlechtes Zeichen.

»Bringen Sie sie in meine Wohnung.«

Eine schmutzige Wildgans aufzuheben, stand nicht gerade auf der Liste der Dinge, die ich vor meinem Ableben noch dringend erledigen wollte. »Wird Ihr Kater nicht wütend?«

»Ich sperre Groucho ins Schlafzimmer.«

Ich ging hinaus und hob die dumme Gans auf, die mit dem Kopf gegen die Scheibe gerannt war. Die anderen Vögel machten mir Platz. Das Federvieh war leichter, als es aussah, und stank wie eine schmutzige Wildgans, aber damit hatte ich gerechnet. Der Hals hing schlaff herab wie ein durchhängendes Seil.

»Oh, stützen Sie ihren armen kleinen Kopf!«

Also packte ich die Gans an ihrem armen kleinen Kopf und warf sie mir über die Schulter.

Als ich mein Spiegelbild im Fenster sah und registrierte, wie bescheuert ich aussah, gab ich diesem Augenblick den zweiten Platz auf meiner Liste der dümmsten Dinge, die ich jemals getan hatte, um eine Frau ins Bett zu kriegen. Nummer eins lag schon eine Weile zurück, in meinen Teenagerjahren, als ich mit der Sprühdose den Namen eines Mädchens an eine Hauswand gemalt hatte. Dies hatte zu meiner Festnahme, einer Geldstrafe und anschließend einer Tracht Prügel von meinem Vater geführt, aber nicht zu Sex.

Wir stiegen in den Fahrstuhl und hielten die Gans in unseren Armen, als wäre sie unser verletztes Baby. Als wir zu ihrer Wohnung kamen, ging sie als Erste hinein, um den Kater einzusperren. Sobald die Luft rein war, sah ich mich nach einem Platz um, wo ich den Vogel hinlegen konnte. Ich dachte dabei an die Badewanne oder das Waschbecken.

»Legen Sie sie aufs Sofa. Ich hole den Verbandskasten.«

Ich legte die Gans auf ein Kissen. Ihr Kopf hing über die Sofakante, und die Zunge berührte den Teppich.

»Wenigstens einer von uns bekommt etwas zu lecken«, sagte ich.

»Wie bitte?«, fragte Pasha und näherte sich mir von hinten.

»Ach nichts, nur ein dreckiger Witz über Oralsex.«

Pasha schenkte mir nicht die geringste Aufmerksamkeit und widmete sich vollständig der Gans. Sie wühlte in ihrem Verbandskasten herum und zerbrach eine Kapsel mit Riechsalz unter dem Schnabel des Vogels.

Ich brauchte dringend Koks, und zwar eine Menge. Als ich mir einen Vorwand überlegte, zu meinem Truck zu gehen, erwachte die Gans zum Leben, biss mich ins Ohr und ließ nicht los.

Pasha hielt sich beide Hände vor den Mund. »Oh mein Gott, der Vogel küsst Sie!«

»Es fühlt sich mehr nach Beißen als Küssen an.«

»Das ist das Süßeste, was ich je gesehen habe. Ich muss ein Foto machen.«

Die Liste der Dinge, die ich über Frauen nicht wusste, könnte eine ganze Bibliothek füllen. Aber eines wusste ich: Wenn eine Frau ein Foto von einem macht, auf dem eine Gans einen küsst, kriegt man sie nicht ins Bett. Niemals. Also packte ich die Gans unsanft am Hals und zerrte den Schnabel von meinem Kopf.

Die Gans richtete sich auf Pashas Couch auf, streckte die Flügel und legte ein riesiges goldenes Ei.

Das war nur ein Scherz. Sie setzte einen riesigen Haufen Gänsescheiße hin.

Was mir sogar zum Vorteil gereichte. Auf der Fahrt hierher hatte ich geplant, auf der Couch zu pennen. Hätten wir uns unten geküsst, wären wir miteinander ins Bett gegangen. Jetzt, wo das Sofa vollgeschissen war, hatte ich vielleicht doch noch eine Chance.

Aber erst musste ich mir etwas einfallen lassen, was ich mit einer fünf Kilo schweren Gans anstellen sollte, die mich mit geöffnetem Schnabel anglotzte und um Codein bettelte.

»Vielleicht hat sie Hunger.«

Ich betrachtete die grüne Scheiße. »Sieht so aus, als hätte sie genug zu fressen gehabt.«

»Ich hole etwas Brot.«

Pasha ging in die Küche. Ich durchwühlte meine Jackentaschen nach dem Pillenfläschchen, von dem ich sicher war, dass ich es beim Umziehen eingesteckt hatte. Ich fand es und schüttelte schnell eine Xanax in meine Handfläche. Die

Gans schnappte so schnell danach, dass ich es mit bloßem Auge kaum wahrnahm.

Pasha kam mit einem Brötchen und einer Schale Wasser zurück. Während sie die Gans damit fütterte, zählte ich die Sekunden und wartete darauf, dass die Tablette wirkte. Nach ungefähr drei Minuten schwankte der Vogel hin und her.

»Vielleicht hat sie eine Kopfverletzung«, sagte Pasha.

Oder einen Benzo-Rausch. Ich behielt den Gedanken jedoch für mich.

Zwei Minuten später war die Gans ausgezonkt.

»Ich muss unter die Dusche.«

»Ich auch«, sagte ich. »Ich stinke gans fürchterlich.«

Der Wortwitz kam nicht bei ihr an. Und sie ließ in keinster Weise durchblicken, dass sie mit mir zusammen duschen wollte.

Die idiotische Gans und der Idiot, der sie hinauf in die Wohnung getragen hatte, saßen da wie die Idioten, die wir auch waren, und warteten, bis Pasha fertig geduscht hatte. Als es so weit war, kam sie nicht nackt aus dem Bad, wie ich gehofft hatte. Sie war auch nicht in ein Handtuch gehüllt, das sie auf den Boden fallen ließ. Und sie trug keine sexy Unterwäsche.

Stattdessen trug sie einen schäbigen Bademantel und hatte den Gürtel fest um die Hüfte geschlungen.

»Ich bin platt«, sagte sie. »Ich gehe schlafen.«

Schlafen. Nicht: Ich gehe ins Bett.

»Im Schrank sind Decken. Ist es okay, wenn ihr beide euch die Couch teilt?«

Die Couch, auf die die Gans soeben geschissen hatte? War das ihr Ernst?

Stattdessen sagte ich nur: »Sicher.«

Pasha wünschte mir eine gute Nacht, ging ins Schlafzimmer und zog hinter sich die Tür zu. Ich hörte auch, wie das Schloss einrastete.

»Ich hasse dich«, sagte ich zu der Gans.

Dann setzte ich sie auf den Boden, wischte die Scheiße mit ein paar Papiertüchern weg, fand eine Decke und legte mich hin. Ich war total müde und hatte überall Schmerzen. Und ich hatte soeben wegen eines blöden Vogels einen Fick verpasst.

Aber da das Kokain immer noch wirkte und ich immer noch geil wegen Pasha war, konnte ich überhaupt nicht schlafen.

Dachtest du wirklich, du hättest bei ihr eine Chance?

Na toll! Earl war wieder mal redselig.

Earl war vor ein paar Jahren in mein Leben getreten. Die ersten Hinweise auf seine Präsenz waren unbedeutend gewesen.

Es fing damit an, dass ich plötzlich an Rückenschmerzen litt, die von keiner Verletzung oder sportlichen Betätigung herrührten. Nach ein paar Wochen kam eine gelbe Blässe auf der Haut hinzu, die wie verrückt juckte. Als ich feststellte, dass mein Stuhlgang weiß war, ging ich schließlich zum Arzt. Er machte Röntgenaufnahmen und fand Tumore in meiner Bauchspeicheldrüse. Man nahm an mir eine Laparotomie vor, das ist ein chirurgischer Eingriff zur Öffnung der Bauchhöhle, und entfernte ein paar Tumore. Gleichzeitig führte man einen Drainageschlauch in den Dünndarm ein, um die Gelbsucht zu stoppen.

Bei der Biopsie erwies sich der Tumor als bösartig. Die Diagnose lautete auf Bauchspeicheldrüsenkrebs im vierten Stadium. Ich ließ eine Chordotomie durchführen, eine Nervenblockade des Bauchhöhlenganglions, aber da die Schmerzen wiederkamen, bedeutet dies, dass der Krebs sich auf benachbarte Organe ausgebreitet hatte.

Earl und ich führen schon lange diesen kleinen Tanz auf. Er erobert jedes Mal ein klein bisschen mehr von mir, und ich wehre mich mit Chemotherapie und Bestrahlung. Er zieht sich für eine Weile zurück, breitet sich dann aber wieder aus.

Eine Endlosschleife.

Inzwischen hatte ich jedoch gründlich die Schnauze voll. Ich befand mich mitten in der neuesten Therapierunde und hatte einfach keine Lust mehr, weiterzukämpfen.

Ich sah keinen Sinn darin.

Glauben Sie nicht diesen Spruch, dass Aufgeben etwas für Loser ist. Manchmal ist Aufgeben das Beste, was man tun kann.

Wir müssen alle irgendwann sterben. Man kann dagegen ankämpfen und dabei unnötige Schmerzen erleiden. Oder man kann es akzeptieren und das Beste aus der Zeit machen, die einem noch bleibt.

Ich habe es satt, mich darüber aufzuregen, dass mein Lebenslicht erlischt. Stattdessen nutze ich das verbleibende Lebenslicht dazu, mir noch ein paar Lines reinzuziehen.

Das redest du dir immer wieder ein. Aber ich kenne dich. Du wirst dich nie davon überzeugen, dass Feigheit Stärke ist.

»Schsch«, sagte ich zu Earl.

Du hast heute so hart gekämpft. Nicht wie ein Mann, der seinen Tod akzeptiert hat.

»Ich hab gesagt, du sollst dein Maul halten.«

Du hast deine Fäuste in Glasscherben gesteckt. Wieso hast du eine solche Angst vor einer neuen Chemotherapie-Runde?

»Ich habe keine Angst vor Chemotherapie.«

Du hasst dich selbst, und dein Selbsthass nimmt verschiedene Formen an. Du lässt dich zugrunde gehen. Aber du bist geschwommen wie ein Verrückter, um ans Flussufer zu gelangen. Weißt du, warum?

Er hatte recht. Aber ich hatte heute so viel Prügel eingesteckt, dass ich mich nicht auch noch selbst geißeln musste. Ich überlegte, die paar Xanax-Pillen zu nehmen, die ich noch übrig hatte. Aber sie verlangsamten meine Reaktion, und ich war hier, um Pasha zu beschützen. Falls jemand einbrach, konnte ich es mir nicht leisten, zugedröhnt zu sein.

Es gab noch etwas, was mich entspannte. Sex. Die Gelegenheit war vorbei, aber ich konnte es mir immer noch selbst machen. Ich dachte an Pasha und an den Kuss, zu dem es beinahe gekommen wäre, langte in meine Boxershorts …

… und sah, wie die Gans mich anstarrte.

»Geh schlafen!«, sagte ich zu ihr.

Sie starrte mich weiterhin an.

Ich überlegte, womit ich eine kleine Augenklappe für Gänse basteln konnte. Vielleicht mit ein paar Papiertüchern?

Plötzlich erklang ein schrecklicher Piepton, und ich fuhr in eine sitzende Haltung hoch.

Mein neues oder vielmehr gebrauchtes Handy. Ich klappte es auf und hielt es ans Ohr.

»Hallo Bill?«

Eine Frauenstimme. Sexy noch dazu. Ich überlegte, mich für Bill auszugeben und zu sehen, wohin das führte, wusste aber nicht, ob das Handy die Anklopffunktion hatte. Schließlich musste ich für Harry erreichbar sein.

»Falsch verbunden«, sagte ich und klappte das Handy zu.

Das war die falsche Antwort, denn es klingelte erneut, bevor ich dahinterkam, wie man es leiser stellte.

»Bill?«

»Hier ist kein Bill, Sie haben sich verwählt.«

»Wissen Sie, wo ich Bill erreichen kann?«

»Ich kenne keinen Bill.«

Ich klappte das Handy zu.

Die Gans starrte mich immer noch an.

»War der Anruf für dich? Heißt du zufällig Bill?«

Noch mehr zugedröhntes Starren.

»Jetzt bist du glücklich«, sagte ich. »Aber das Runterkommen ist der Horror.«

Die Gans antwortete nicht. Ich stand kurz davor, eine Xanax-Pille zu schlucken, widerstand jedoch der Versuchung.

Irgendwann zwischen diesem Zeitpunkt und den frühen Morgenstunden schlief ich ein.

* * *

Ich hatte ein böses Erwachen.

Alles tat weh. Der Kopf, der Magen, die Seite, die Hände, die Nase, die Arme, das Ohr …

Diese verfluchte Gans biss mir schon wieder ins Ohr.

Ich stieß sie weg, stand auf und quälte mich durch eine Runde Yoga, um meine steifen Muskeln zu dehnen. Dann tapste ich ins Bad, verrichtete mein Geschäft und begab mich anschließend in die Küche.

Da ich mich mit der Espressomaschine nicht auskannte, vermurkste ich meine erste Tasse.

Die zweite gelang mir einigermaßen. Ich trank sie und teilte ein bisschen trockenes Weizentoastbrot mit der Gans.

Sie schnappte mit dem Schnabel immer wieder danach, und als sie endlich einen Bissen erhascht hatte, warf sie ihn zur Seite.

Sie wollte kein Toastbrot. Sie wollte Pillen.

»Sag Nein zu Drogen«, sagte ich zu ihr.

Laut der Uhr über dem Mikrowellenherd war es fast sieben. Ich überlegte gerade, ob ich zu meinem Truck gehen und das Kokain holen sollte, als Pasha aufwachte. Sie trug wieder den Bademantel und hatte den Gürtel enger zugezogen.

»Espresso?«, fragte ich.

Sie gähnte und nickte. Ich machte ihr eine Tasse und einen Toast.

»Im Kühlschrank sind Chutney und Ziegenkäse«, sagte sie.

Ich holte es ihr. Als sie es sich aufs Brot schmierte, sah es viel besser aus als mein trockenes Toastbrot, also probierte ich auch etwas davon.

Nicht schlecht.

»Sie hatten recht«, sagte Pasha und biss in ihren Toast.

»Wird auch Zeit, dass Sie das einsehen«, erwiderte ich. »Womit?«

»Sie sagten, Männer wollen ständig Sex und Frauen können sich aussuchen, wann und mit wem sie es machen wollen. Gestern Nacht … wollte ich, dann aber auf einmal nicht mehr. Und Sie haben mich nicht dazu gedrängt.«

»Das wäre unangemessen gewesen«, sagte ich. »Nicht vor dem Baby.«

Die Gans starrte mich an, als wollte sie sagen: Halt's Maul und gib mir Pillen.

»Haben Sie eine Freundin?«, fragte Pasha.

»Ich hatte eine. Ist schon eine Weile her.«

»Was ist passiert?«

Beinahe hätte ich »Earl« gesagt. Stattdessen sagte ich: »Ich habe mit ihr Schluss gemacht.«

»Haben Sie sie geliebt? Entschuldigen Sie, das ist eine sehr persönliche Frage.«

»Ich liebe sie immer noch. Aber ich wollte nicht, dass sie mich in diesem Zustand sieht, also habe ich mich aus dem Staub gemacht. Haben Sie eine feste Beziehung?«

»Ich war verlobt. Er war Hindu und stellte an seine zukünftige Frau Erwartungen. Ich war nicht bereit, sie zu erfüllen. Wir haben uns vor drei Monaten getrennt. Seitdem war ich mit keinem Mann zusammen. Und Sie?«

»Dasselbe«, sagte ich. »Ich war mit keinem Mann zusammen, seit Sie sich von Ihrem Verlobten getrennt haben.«

Sie lächelte. »Warum versucht ihr Männer immer, witzig zu sein?«

»Gegenüber anderen Männern ist es eine Abwehrhaltung, damit wir uns nicht gegenseitig umbringen. Gegenüber Frauen ist es ein Versuch, ihnen die Scheu vor uns zu nehmen.«

»Damit sie mit euch ins Bett gehen?«

Ich nickte. »Und damit sie uns nicht umbringen.«

Sie schien darüber nachzudenken. »Ich war mit Davesh zwei Monate zusammen, bevor ich mit ihm geschlafen habe. Er hat mich nie unter Druck gesetzt. Der Sex war nicht besonders gut. Ihm hat es anscheinend gefallen, mir dagegen nicht so sehr.«

»Dann war er nicht gut«, sagte ich. »Guter Sex heißt, dass beide dabei Spaß haben.«

»Und … mit Ihrer Freundin?«

»*Sehr* gut«, sagte ich.

Die Gans schnatterte und schiss auf den Küchenboden.

»Ich kann immer noch nicht glauben, dass Sie die Gans in meine Wohnung gebracht haben«, sagte Pasha und blickte ernst drein.

»Sie wollten das doch.«

Plötzlich grinste sie schelmisch.

»Sie haben mich nur verarscht«, sagte ich.

Sie nickte. Ich beugte mich näher zu ihr heran.

»Haben Sie Angst, ich könnte Sie umbringen?«

Sie schüttelte den Kopf und hielt den Blickkontakt aufrecht.

»Sie versuchen, mir die Scheu zu nehmen?«

Sie nickte.

Ich legte die Hand auf ihr Knie. Sie legte ihre Hand auf meine.

Plötzlich klingelte mein verfluchtes Handy.

»Ja?«, sagte ich.

»Bill? Ich bin's, Frieda.« Eine andere Frau als gestern Abend.

»Ich bin nicht Bill. Sie haben sich verwählt.«

»Verarsch mich nicht, Bill. Ich muss dich unbedingt sehen. Ich bin so geil.«

Nicht nur du, Mädchen, dachte ich und klappte das Handy zu.

»Sie haben jetzt ein Handy?«

»Ja. Und anscheinend hat die Nummer mal einem Typen namens Bill gehört.«

Streng genommen gehörte sie immer noch einem Typen namens Bill.

Pasha stand auf und wischte die Gänsescheiße mit Papiertüchern weg. Die knisternde Spannung, die sich eben zwischen uns angebahnt hatte, war verflogen.

Es war lächerlich. Die ganze Situation war lächerlich. Ich war ein krimineller Proll auf der Loserschiene, der an Krebs starb und süchtig nach Kokain, Tabletten und Alkohol war. Ich legte mich mit einem psychopathischen Mafioso an, um eine Ärztin indischer Herkunft zu schützen, die attraktiver, klüger und mir in jeder Hinsicht überlegen war. Und um dem Ganzen die Krone aufzusetzen, hatte mir eine Kanadagans soeben eine heiße Nummer versaut und schnorrte mich um Pillen an.

Pasha warf die Papiertücher in den Mülleimer. »Ich konnte das nicht vorausahnen«, sagte sie.

Ich zuckte mit den Schultern. »Es ist halt eine Gans. Die haben eine schnelle Verdauung. Kaum gebissen, schon geschissen.«

»Sie wissen, was ich meine. Letzte Woche bestand mein größtes Problem darin, ein neues Kleid für die Hochzeit meiner Cousine zu kaufen.«

Ich wusste genau, was sie meinte. Dem Leben ist es scheißegal, was der Mensch will. Manche Leute gewinnen im Lotto. Anderen läuft eine zugedröhnte Gans über den Weg. Wenn der Mensch in die Zukunft blicken könnte, wären wir alle Millionäre und müssten uns nicht mit Gänsen herumschlagen.

»Das Leben nimmt seinen Lauf«, sagte ich. »Sie haben die Wahl, ob Sie immer nur reagieren oder lieber handeln.«

Ich nahm ihre Hände. »Sie müssen entscheiden, was Sie wollen, und es dann auch tun. Lassen Sie sich nicht aus der Bahn werfen.«

»Das Schicksal kontrollieren zu können, ist eine Illusion, Phin. Ohne ein ganzes Bündel von komplizierten Ereignissen, auf die Sie keinen Einfluss hatten, wären Sie jetzt nicht hier.«

»Sie haben die Entscheidung getroffen, mich anzurufen. Und ich habe mich dazu entschieden zu kommen.«

»Weil irgendein Arschloch will, dass ich meine Klinik schließe. Wir reagieren beide, anstatt zu handeln.«

»Dann sollten wir vielleicht damit beginnen«, sagte ich und nahm sie in die Arme. Ich berührte ihre Wange und strich ihr eine Haarsträhne hinters Ohr, als plötzlich jemand an die Tür pochte.

Das Pochen erschreckte die Gans. Sie schnatterte wie verrückt, rannte mit dem Kopf gegen den Kühlschrank und kippte bewusstlos um.

Ich hielt den Finger auf die Lippen – das auf der ganzen Welt gültige Signal für »still sein« –, eilte ins Wohnzimmer und griff zu meiner Hardballer. Ich näherte mich der Tür von der Seite her, damit mich keine Kugel traf, falls jemand durch die Tür schoss. Was ich als Nächstes tun würde, wusste ich allerdings noch nicht. Ich könnte fragen, wer da war, und würde damit die Person auf meine Anwesenheit hinweisen. Oder ich könnte die Tür aufreißen und die Waffe auf sie richten.

Ich entschied mich für Letzteres, entriegelte vorsichtig das Bolzenschloss, damit es kein Geräusch machte, drehte den Türknauf und zog schnell daran. Ich schob den Lauf meiner .45er durch den Spalt …

… und zielte direkt auf ein bekanntes Gesicht.

»Schlechter Zug, Harry. Du bist tot.«

Er senkte den Blick. Ich folgte seinen Augen und sah ein langes Stahlrohr, das auf meinen Bauch gerichtet war.

»Einigen wir uns auf unentschieden«, sagte McGlade. Er stieß die Tür ganz auf und glitt mit einer geschmeidigen Bewegung, die ich ihm nicht zugetraut hätte, in die Wohnung.

»Du hättest nur zu sagen brauchen, dass du es bist.«

Harry lächelte in sich hinein, und ich verstand die unausgesprochene Botschaft. Er hatte sich nicht angekündigt, weil er mich testen wollte. Anscheinend hatte er nicht viel Vertrauen zu einem Kokser, der an Krebs starb.

»Wie bist du durch die Sicherheitstür gekommen, ohne dass jemand auf den Türöffner gedrückt hat?«, fragte ich.

»Pasha hat mir einen Schlüssel gegeben. Dir etwa nicht?«

Sie hatte mir keinen gegeben.

»'ne hübsche kleine Knarre hast du da.«

Ich folgte Harrys Blick. Er schaute auf meine Pistole.

»Vergleichen wir die Größen.« Harry hielt einen riesigen Revolver hoch, der aussah, als würde man sich die Schulter ausrenken, wenn man damit einhändig schoss. »Gestatten, Smith & Wesson .44 Magnum, bevorzugte Waffe von Clint Eastwood in den Dirty-Harry-Filmen und von Nashornjägern, die gern nahe rangehen.«

»Willst du damit für Mängel an anderer Stelle kompensieren?«

»Logo. Außerdem weiß man nie. Was, wenn ein Bär bei dir einbricht und eine schusssichere Weste trägt? Und dann hinter dem Motorblock eines Dodge Challenger Baujahr 1977 in Deckung geht? Glaubst du, du kannst ihn mit dieser .45er umnieten? Lass die Schwuchtelknarre mal sehen.«

Ich hielt die Hardballer neben seinen Revolver.

»Ich kann mich des Eindrucks nicht erwehren, dass meiner länger ist.«

»Ja, aber du schießt zu schnell.«

Harry steckte die Waffe in das riesige Holster unter seiner Jacke. Mir fiel auf, dass sein Hemd enger war als sonst.

»Schusssichere Weste?«

»Ich gehe kein unnötiges Risiko ein. Mit Mafiosi ist nicht zu spaßen. Hey … willst du was Cooles sehen? Tritt mir in die Eier.«

»Was ist los mit dir?«

»Maaach schon«, sagte er und zog das Wort in die Länge.

Als ich seiner Aufforderung nicht nachkam, verdrehte Harry die Augen und verpasste sich selbst mit seiner Prothese einen kräftigen Klaps zwischen die Beine. Ein dumpfes Geräusch ertönte.

»Ein schusssicherer Hodenschutz«, sagte ich.

»Besser. Eine Windel aus Kevlar.«

Was war nur los mit all diesen Kerlen, die Windeln trugen? »Ich wusste nicht, dass du so was brauchst, McGlade.«

»Bei Observierungen trage ich immer Windeln. Man weiß nie, wann man eine Gelegenheit bekommt, auf die Toilette zu gehen.«

»Ist das der wirkliche Grund, warum du eine trägst?«

»Soweit du weißt. Mein Waffenmeister hat sie für mich angefertigt. Sie kann eine 9mm-Patrone aus kürzester Distanz aushalten. Und vier Burritos mit extra viel Bohnen.«

»Du hast echt 'ne Schraube locker.«

»Siehst du, Phin, deshalb hast du keine Freunde. Du bist ein Arschloch.«

Dem konnte ich nicht widersprechen. »Ich muss mal weg. Pass solange auf Pasha auf. Ruf mich an, falls etwas passiert.«

Ich ging in die Küche, wo Pasha auf mich wartete und die Deringer an der Seite hielt.

»Bin gleich wieder da.«

Sie antwortete nicht. Als ich gehen wollte, sagte sie: »Haben Sie nicht was vergessen?«

Ich drehte mich um und rechnete mit einem Kuss. Stattdessen deutete Pasha auf die bewusstlose Gans.

Ich hob sie auf und ging an McGlade vorbei, der sich gerade in den Schritt boxte. Als er mich sah, zog er eine Augenbraue hoch.

»Das ist doch wohl nicht dein Ernst?«

»Es ist nicht, wonach es aussieht.«

»Es sieht aus wie eine bewusstlose Gans. Was hast du gemacht, ihr Rohypnol gegeben?«

»Mach mir die Tür auf.«

»Willst du dich an dem Viech sexuell vergehen? Soll ich die Polizei rufen? Oder den Tierschutzverein?«

»Sie hat sich den Kopf angestoßen.«

»Klar doch. Und wenn die Küken aus den Eiern schlüpfen, haben sie Glatzen und schauen die ganze Zeit grimmig drein.«

»Ich schaue nicht die ganze Zeit grimmig drein.«

»Du tust es gerade.«

»Mach einfach die verdammte Tür auf!«

Er machte die verdammte Tür auf. »Ich sag's ja nur«, rief Harry mir nach, als ich hinaus in den Flur trat, »du bist mit deinem Urteil schnell bei der Hand, weil ich Windeln trage, aber du selbst schleppst eine bewusstlose Gans mit dir herum und stellst mit ihr gegen ihren Willen weiß Gott was an.«

Da ich beide Hände voll hatte, konnte ich die Tür zum Treppenhaus nicht öffnen, also drückte ich auf die Fahrstuhltaste.

»Wo geht ihr beide hin?«, fragte Harry. »Zum Überwintern in den Süden?«

Ich beachtete ihn nicht.

»Oder machst du dich still und leise auf Gänsefüßchen davon?« Während er es sagte, malte er zur Unterstreichung Anführungszeichen in die Luft.

»Du bist nicht witzig.«

»Bin ich schon. Und an deiner Stelle wäre ich vorsichtig, sonst musst du Federn lassen.«

»Bist du fertig mit deinen kindischen Wortspielchen?«

»Nein.« Er zögerte. »Doch, mir fällt gerade keins mehr ein.« Dann schloss er die Tür.

Die Fahrstuhltür glitt auf, und gerade als ich die Kabine betrat, steckte McGlade noch einmal den Kopf hinaus in den Flur und rief mir nach: »Wenn du zurückkommst, habe ich noch ein Hühnchen mit dir zu rupfen!«

Haha, sehr witzig.

Draußen auf dem Parkplatz legte ich die Gans auf ein Stück Rasen und begab mich zu meinem Bronco. Das Klebeband an der Tür war unbeschädigt. Ich zog es ab, warf es auf den Parkplatz – der Trick dabei war, es stets vollständig abzuziehen, damit kein abgerissenes Klebeband übrig blieb, das die Bösewichte sehen konnten – und stieg ein.

Als ich den Schlüssel im Zündschloss umdrehte, passierte nichts.

Ich sah nach, ob ich vielleicht die Scheinwerfer angelassen hatte. Sie waren aus.

Als Nächstes versuchte ich es mit dem Radio. Nichts. Entweder war die Batterie leer, oder ein Kabel war lose. Ich überlegte, wann ich zuletzt irgendwelche Wartungsarbeiten an dem Bronco vorgenommen hatte, und kam zu dem Schluss, dass es schon eine ganze Weile her war. Man neigt nun mal dazu, den Ölwechsel zu vernachlässigen, wenn man nicht weiß, ob man den nächsten noch erleben wird.

Ich langte in den Fußraum und wollte an dem Hebel zum Öffnen der Motorhaube ziehen. Der Entriegelungsmechanismus bestand aus einem Stahlkabel, das mit einem federbelasteten Hebel verbunden war. Wenn ich an dem Kabel zog, rastete die Verriegelung aus und ließ die Haube ein paar Zentimeter weit aufspringen. Dabei zerriss das Klebeband, das ich dort zur Sicherheit angebracht hatte, für den Fall, dass jemand eine Bombe im Motorraum anbringen wollte.

Aber wie groß war die Wahrscheinlichkeit dafür? War es die Mühe wert, nachzusehen, wenn ich mir zu neunundneunzig Prozent sicher war, dass das Problem an der Batterie lag?

Ich dachte nach. Earl fing wieder an, mir Ärger zu machen, indem er den Schmerz in meiner Seite aufflammen ließ. Meine Hände waren steif und taten fast so weh wie Earl. Ich überlegte, mir etwas von dem Koks im Handschuhfach reinzuziehen.

Regeln sind dazu da, dass man sie bricht.

Das war natürlich Schwachsinn. Wenn Regeln dazu da waren, um gebrochen zu werden, wieso stellte man sie überhaupt auf? Ich forderte Earl lautlos auf, mich in Ruhe zu lassen, stieg aus und sah mir die Motorhaube an.

Das Klebeband war zerrissen.

Ich konnte mich nicht mehr erinnern, wann ich es an der Haube befestigt hatte. Oder ob ich es überhaupt getan hatte. Bei meinem Drogen- und Alkoholkonsum war es kein Wunder, dass ich regelmäßig Blackouts erlebte.

Ich war paranoid wegen nichts weiter als einer leeren Batterie. Ich ließ den Blick über den Parkplatz schweifen und hielt Ausschau nach irgendwelchen Mafiosi, sah aber keine.

Ich langte wieder in den Fußraum und entriegelte die Motorhaube. Dann ging ich nach hinten, öffnete die Heckklappe und holte die Mini-Taschenlampe aus dem Werkzeugkasten. Mit dieser Lichtquelle bewaffnet, begab ich mich wieder nach vorne, ging in die Hocke und spähte in den Spalt zwischen Motorhaube und Verriegelung. Dabei kam ich mir ziemlich bescheuert vor, war mir allerdings zu hundert Prozent sicher, dass die Handgranate, die am Kühlerverschlussdeckel befestigt war, nicht von mir stammte.

Ich stand auf und atmete tief durch. Zu meiner Rechten war mein zugedröhnter Gänsekumpel wieder zu sich gekommen und watschelte im Kreis herum. Ich kniete mich hin und schaute noch einmal unter die Haube.

Ich hatte noch nie eine Handgranate gesehen, aber diese hier sah echt aus. Armeegrün, rund, mit einem ringförmigen Splint, der den Hebel sichert. Das Ding war mit einem Kabelbinder am Kühler befestigt. Ein etwa sechzig Zentimeter langer Draht verlief vom Splint der Granate zur Motorhaubenverriegelung.

Basierend auf meiner laienhaften Kenntnis von Handgranaten vermutete ich, dass der Draht den Splint herausziehen würde, falls ich die Motorhaube ganz öffnete. Und dann würde es »Bumm« machen.

Mit einem Gefühl unvernünftiger Gelassenheit ging ich zurück zum Werkzeugkasten, fand eine Drahtschere und starrte zwei Minuten lang auf die improvisierte Sprengfalle, um mich zu vergewissern, dass ich nichts übersehen hatte.

Dann schnitt ich den Draht durch und öffnete langsam die Motorhaube.

QUAK!

Ich schrie vor Schreck auf, erkannte jedoch sofort, dass das Geräusch von der Gans und nicht von der Bombe kam.

»Jetzt verstehe ich, warum Harry Windeln trägt«, sagte ich zu mir selbst. Ich hätte mir nämlich um ein Haar in die Hose geschissen.

Die Gans stupste mein Bein mit dem Schnabel an. Ich ignorierte sie, hielt die Motorhaube mit der Feststellstange offen und sah mir den Motor genauer an.

Abgesehen von der Handgranate war die Batterie der einzige Gegenstand, bei dem etwas nicht stimmte. Jemand hatte eines der Kabel abgeklemmt.

Ich klemmte es wieder an, schnitt den Kabelbinder durch, der die Granate fixierte, und nahm sie in die Hand. Sie war schwerer, als sie aussah. Ich steckte sie in die Jackentasche, machte die Motorhaube zu und klebte neues Isolierband auf sie, die Fahrertür und die Heckklappe. Dann rief ich McGlade an.

»McGlade. Schießen Sie los, es sind Ihre zehn Cent.«

»Schnapp dir Pashas Autoschlüssel und komm zu mir runter.«

»Was ist los? Du willst doch nicht etwa mit mir eine Nummer in Pashas Auto schieben?«

»In meinem Bronco war eine Granate befestigt.«

»Bist du tot? Wie sieht's im Himmel aus? Ist Marilyn Monroe immer noch 'ne heiße Braut?«

Ich legte auf. Die Gans pickte an meinem Knie.

»Sucht ist das einzige Gefängnis, bei dem die Schlösser sich innen befinden«, sagte ich zu ihr. Ich hatte den Spruch mal auf einem Poster gesehen.

Sie pickte mich wieder am Knie. Ich holte mein Pillenfläschchen aus der Tasche.

»Das ist meine letzte Xanax. Willst du einem Mann, der im Sterben liegt, seine letzte Pille abluchsen?«

Sie schnatterte, was ich als ja auffasste. Ich schüttelte die Pille in meine Handfläche, worauf die Gans sie sich schnappte und davonwatschelte.

Eine Minute später tauchte McGlade auf.

»Wo ist dein kleiner gefiederter Freund? Hat ihn etwa der Fuchs gestohlen?«

»Wieso hast du diesen Wortwitz nicht schon vorhin gebracht?«

»Ist mir gerade erst eingefallen. Zeig mir mal die Granate.«

Ich gab sie ihm. McGlade stieß einen Pfiff aus.

»'ne M67 Splitterhandgranate. Hast du die Sicherungsklemme?«

»Ist das nicht der Splint, der da drinsteckt?«

»Das ist der Zugring. Die Klemme ist eine zusätzliche Sicherungsvorkehrung. So wie wenn du dir bei 'ner besonders versifften Braut zwei Kondome überziehst.«

»Da war keine Klemme. Das Ding war am Kühler befestigt.«

»Das reicht voll aus, bei einem Sprengradius von fünfzehn Metern. Wiegt vierhundert Gramm. Du ziehst am Ring, und in fünf Sekunden macht es KABUMM!«

»Du weißt ja ziemlich viel über Handgranaten.«

»Hab ich bei Wikipedia nachgelesen, als ich mit dem Fahrstuhl nach unten gefahren bin. Überprüfen wir Pashas Auto?«

Ich nickte. Wir gingen hin, ließen die Verriegelung der Motorhaube ausrasten und schauten in den Spalt.

»Das gehört nicht zum Standardzubehör«, sagte Harry, als wir auf eine weitere Granate starrten.

Ich schnitt vorsichtig den Draht durch. Als ich die Haube ganz öffnen wollte, stellte ich fest, dass McGlade verschwunden war. Schließlich sah ich ihn in fünfzehn Metern Entfernung. Er grinste und reckte einen Daumen nach oben.

Er kam erst wieder, als ich die Granate entfernt hatte.

»Das ist nicht gut, Phin. Wenn sie einen von euch in die Luft gesprengt hätten, könnte man es für einen Unfall halten. Defekter Motor oder so was. Aber ihr beide, das wäre eindeutig Mord. Eine große, laute und schmutzige Angelegenheit, die landesweit für Schlagzeilen und öffentliche Empörung gesorgt hätte.«

»Mulrooni steckt mit jemandem beim Flutesburg Police Department unter einer Decke.«

»Vielleicht könnten die es vertuschen. Vielleicht auch nicht. Wenn es erst mal in den Nachrichten wäre, würde das FBI die Nase da reinstecken. Das hier ist ziemlich leichtsinnig.«

»Sie werden also schlampig.«

»Nicht schlampig. Verzweifelt. Mulrooni will dich und Pasha aus dem Weg räumen, selbst wenn er sich damit massiven Ärger einhandelt.«

Meine bisherige Erfahrung hatte mich auf so etwas nicht vorbereitet, und ich hatte keine Ahnung, wie ich damit umgehen sollte. McGlade war früher mal ein Bulle gewesen. Vielleicht hatte er eine Idee, was wir tun konnten.

»Ich habe keine Idee, was wir tun können«, sagte Harry.

»Erinnere mich daran, warum ich dich angeheuert habe.«

»Wie ich schon sagte: weil du ein Arschloch bist und keine Freunde hast.«

»Und warum bist du hier? Du hast das Geld doch nicht nötig.«

»Weil ich ebenfalls ein Arschloch bin, das keine Freunde hat.« Er starrte auf die Granate in meiner Hand. »Vielleicht solltest du die Dinger wegtun.«

»Aber sie explodieren doch nur, wenn man am Ring zieht, stimmt's?«

»Wahrscheinlich. Aber ich möchte nicht über eine Bodenwelle fahren, wenn ich die Teile im Handschuhfach habe.«

Ich steckte die Granaten ein. »Ich werde daran denken.«

Harry schwieg einen Augenblick, bevor er sagte: »Pasha will heute zur Arbeit gehen.«

»Kannst du für ihre Sicherheit sorgen?«

»Nicht vollständig. Es sei denn, sie ändert ihren Namen und geht ins Ausland. Die besten Scharfschützen können aus einer Entfernung von einem Kilometer einen tödlichen Treffer landen. Und dann gibt es noch andere Methoden, mit denen man jemanden um die Ecke bringen kann: Brandstiftung, Gift, Unfall mit Fahrerflucht, Bomben, Blaspfeile, Strahlung, Tiere ...«

»Tiere?«

»Hunde. Schlangen. Oder jemand füllt deinen Gänsekumpel mit C4 und Dachnägeln ...«

»Was ist C4?«

»Was ich damit sagen will: Wenn die Mafia dich aus dem Weg räumen will, kannst du nicht viel dagegen machen. Das

Klügste für alle Beteiligten wäre, dass Pasha das Angebot annimmt und die Klinik verkauft.«

»Das wird sie nicht.«

McGlade nickte. »Okay. Dann werden wir wohl herausfinden müssen, wie gut wir sind.«

»Pass auf Pasha auf. Ich bin gleich wieder da.«

»Mache ich. Willst du eine Kevlar-Windel?«

»Hast du noch eine dabei?«

»Nein. Aber ich kann meine ausziehen und sie dir leihen.«

»Ein verlockendes Angebot. Aber ich verzichte.«

»Dein Pech. Ach ja, da wäre noch meine Bezahlung.«

»Die kann ich dir garantieren.«

»Als der Ehrenmann, der du bist, schon. Aber als ein Mann, der diesen Tag vielleicht nicht überleben wird? Da ist mir Vorkasse lieber.«

Da hatte er nicht ganz unrecht. Ich griff nach dem Geld, das Pasha mir gegeben hatte, aber McGlade hob die Handprothese.

»Ich möchte es in Kokain«, sagte er.

Ich zögerte und versuchte abzuschätzen, wie ernst es ihm damit war. McGlade ließ es bestimmt krachen wie ein Rockstar und hatte wahrscheinlich einen Drogendealer rund um die Uhr auf Abruf.

Das bedeutete, dass er nicht einfach nur Drogen wollte. Er wollte *meine* Drogen.

»Wie viel?«, fragte ich.

»Alles, was du hast.«

»Und wenn ich dir sage, verpiss dich?«

»Das ist keine Suchtprävention, Phin.«

»Was dann?«

»Ich arbeite mit niemandem zusammen, der sich die Nase pudert, wenn die Kacke am Dampfen ist. Du erlebst vielleicht die nächste Silvesterparty nicht mehr, aber ich habe Reservierungen im Pump Room. Das will ich nicht verpassen.«

Die Tatsache, dass ich daran dachte, ihm eine Abfuhr zu erteilen, war ein Indiz dafür, dass meine Drogensucht außer Kontrolle geriet. Und die Tatsache, dass ich mir bereits überlegte, wie ich neuen Stoff bekommen konnte, falls ich McGlade meinen Vorrat gab, war der untrügliche und eindeutige Beweis.

»Es ist im Handschuhfach.«

Er nickte und folgte mir zu dem Bronco, wo er mit Adleraugen darüber wachte, wie ich den Beutel mit dem weißen Pulver herausnahm und ihm aushändigte. Er hielt weiterhin die Hand auf.

»Ich brauche auch noch Geld, um die Helfer zu bezahlen, die heute Abend kommen. Ein paar Tausend müssten reichen.«

Anscheinend hatte er meinen Plan, mehr Koks zu kaufen, durchschaut. In meinem Kopf jagte eine wilde Fantasie die andere – wie ich Harry mit großer Genugtuung die Zähne ausschlug, wie ich mir vom Waschbecken eines Luxushotels eine Line in die Nase zog, wie Pasha die Lippen öffnete, um mich zu küssen.

Ich war kein guter Mensch. Sie schon. Und was sollte das Ganze überhaupt, wenn niemand für die Guten kämpfte?

Ich zog das Bündel Scheine aus der Tasche und gab es ihm. »Ich kann nur hoffen, dass deine Helfer gut sind.«

»Bessere gibt es nicht.« Er zwinkerte mir zu. »Brauchst du ein paar Kröten für Essen und Benzin?«

»Ich habe mich schon lange nicht mehr für etwas geschämt, McGlade. Aber vielleicht haue ich dir gleich in die Fresse. Nur so aus Prinzip.«

»Ich bin kein Kämpfer. Ich bin ein Liebhaber. Und ich schäme mich auch nicht, aber das geht nicht auf meine Rechnung. Wenn wir die Sache heil überstehen, können wir uns von mir aus gegenseitig Heroin in den Sack spritzen. Aber bringen wir es erst hinter uns.«

Ich atmete geräuschvoll aus. »Gib mir zwanzig fürs Mittagessen, Daddy.«

»Hier sind dreißig«, sagte er. »Aber spül das Geschirr, wenn du von der Schule nach Hause kommst.«

Wir tauschten einen verlegenen Blick aus, und ich fantasierte darüber, ihm die Zähne so heftig auszuschlagen, dass sie ihm im Hals stecken blieben. Dann setzte ich mich in meinen Truck.

»Was zum Teufel ist mit dieser Gans los?«, sagte McGlade.

Ich folgte seinem Blick und sah meinen tablettensüchtigen Gänsekumpel auf dem Rücken liegen. Er trat mit den Beinen in die Luft, als würde er Fahrrad fahren.

»Ein weiser Ratschlag, McGlade: Vögel und Drogen passen nicht zusammen.«

»Das werde ich mir merken.«

(Anmerkung des Autors: Harry merkt es sich nicht, wie sich in *Der Nagelkiller* herausstellt.)

Der Truck sprang problemlos an, und ich machte mich auf den Weg zu Dr. Karl Griffith. Es wurde höchste Zeit, dass ich mehr darüber herausfand, was Jimmy Mulrooni wollte und warum.

* * *

Als ich noch Haare hatte, waren sie hellbraun oder dunkelblond – je nachdem, wie das Licht auf sie fiel –, und sie waren dicht und gewellt, fast lockig.

Wohin ich auch ging, machten Frauen mir deswegen Komplimente und erzählten mir, wie toll es wäre, wenn sie selbst von Natur aus solche Haare hätten, anstatt dafür viel Geld beim Friseur zu lassen.

Ich dagegen hatte meine Haare immer gehasst, weil sie widerspenstig waren. Die Moral von dieser Geschichte lautet, dass jeder das haben möchte, was er nicht hat, und das, was er hat, als selbstverständlich erachtet.

Als ich meinen kahlen Schädel im Rückspiegel betrachtete, bezweifelte ich, diese volle, braun-blonde, gewellte und lockige Haarpracht jemals wiederzusehen. Komisch, wie man etwas vermissen konnte, das man nie gemocht hatte.

Die Fahrt nach Chinatown dauerte vierzig Minuten. Unterwegs achtete ich auf Bodenwellen. Beim Michigan-Motel angekommen, parkte ich und pochte an das Fenster aus Panzerglas, bis Kenny Jen Bang Ko angewatschelt kam.

»Irgendwelche Nachrichten für mich?«

»Männer waren da. Haben gesagt, ich soll sie anrufen, wenn ich dich sehe. Freunde von dem Schwarzen, den du verprügelt hast.«

»Wollten sie sich bei mir bedanken, weil ich ihrem Kumpel eine Lektion erteilt und ihn auf den rechten Weg der Gesetzestreue geführt habe?«

Kenny schüttelte den Kopf. »Sie wollen dich umlegen.«

»Haben sie dir Geld angeboten, dafür dass du sie anrufst?«

Er nickte. »Hundert Dollar.«

Im Klartext hieß das, dass sie ihm nicht mehr als fünfzig versprochen hatten. »Dann schulde ich dir zweihundert. Du hast mich nicht gesehen.«

»Wen habe ich nicht gesehen?«

Ich mochte den Burschen und hatte deshalb ein schlechtes Gewissen, als ich die zwei Granaten unter den Holzdielen in meinem Zimmer versteckte, zusammen mit dem Hydro von dem Kerl, den ich verprügelt hatte, und der Morphin-Infusion, die ich aus dem Krankenhaus hatte mitgehen lassen. Dann packte ich einen Rucksack mit Werkzeugen und Klamotten voll und machte mich auf den Rückweg in die Vororte.

Nach einer Fahrt von fünfzig Minuten gelangte ich in den Holmes Way, die Straße in Flutesburg, wo sich das Haus von Dr. Griffith befand. Es lag nicht allzu weit von Pashas Wohnung entfernt in einer typischen Vorortsiedlung mit drei verschiedenen Typen von zweistöckigen Häusern, die sich durch Wandverkleidungen und Dächer in unterschiedlichen Farben voneinander abhoben. Sie reihten sich fein säuberlich entlang von Straßen und Sackgassen, und die Vorgärten waren gerade groß genug, dass man einen Rasenmäher dafür brauchte.

Nachdem ich Dr. Griffiths Haus gefunden hatte, fuhr ich viermal um den Block, ehe ich dem Polizeiwagen begegnete, der in dieser Gegend Streife fuhr. Darin saß ein einzelner männlicher Fahrer. An der Kopfstütze des Beifahrersitzes war eine hochklappbare Kopfattrappe befestigt.

Die Vorrichtung sollte den Eindruck vermitteln, als säßen zwei Polizisten im Auto.

Das funktionierte jedoch nur von Weitem. Betrachtete man den Wagen aus der Nähe, fragte man sich, wieso der Polizist auf dem Beifahrersitz so einen flachen Kopf hat.

Ich verließ den Holmes Way, parkte auf dem Parkplatz eines nahe gelegenen Supermarkts und verstaute das Holster mit der Hardballer wieder unter dem Sitz. Dann nahm ich Bills Handy und wählte Dr. Griffiths Nummer. Nach dem vierten Läuten sprang eine Mailbox an und behauptete, der Doktor sei nicht zu Hause. Vielleicht war er bei der Arbeit oder hatte einfach keine Lust, ans Telefon zu gehen. Mit einem Fitzelchen Optimismus hoffte ich auf Letzteres, denn ich wollte mich mit dem guten Doktor ein wenig unterhalten.

Ich holte einen Werkzeuggürtel, einen Schutzhelm und ein schmutziges Flanellhemd aus dem Rucksack, befestigte diverse Gegenstände an dem Gürtel, darunter ein Schiebemesser, eine Rolle Klebeband, eine Maglite-Taschenlampe mit vier D-Batterien, ein klappbares Teppichmesser, ein vierzig Zentimeter langes Halligan-Tool und eine Kombizange.

Ich parkte vorschriftsmäßig am Straßenrand nicht weit von der Wohnsiedlung und verkleidete mich als Bauarbeiter. Über das Flanellhemd zog ich eine gelbe Neonweste, auf deren Rückseite STADTWERKE stand. Es war mit schwarzem Filzstift geschrieben und noch dazu nicht besonders gut, was meiner Meinung nach den Tarneffekt erhöhte. Für den oberflächlichen Betrachter musste es einfach echt wirken, weil es so beschissen aussah.

Als ich zu Fuß zu Griffiths Haus ging, fuhr der Streifenwagen an mir vorbei und verlangsamte nicht einmal das Tempo – wieder mal ein Beweis dafür, dass die beste Tarnung darin bestand, erbärmlich auszusehen. Ich näherte mich dem Haus und stellte fest, dass die Vorhänge zugezogen waren, der Rasen dringend gemäht werden musste und der Briefkasten neben der Tür vor lauter Umschlägen und Werbeprospekten überquoll.

Ich klopfte laut an die Tür und drückte anschließend auf den Klingelknopf.

Niemand machte auf.

Ich sog Luft in die Nase ein, nahm aber keine ungewöhnlichen Gerüche wahr. Dann klopfte ich erneut, diesmal fester. Es war eine solide Tür mit Bolzenschloss. Mit dem Halligan-Tool, einer Art Brechstange, wie sie Feuerwehrleute verwenden, bräuchte ich nicht einmal eine Minute, um ins Haus zu gelangen, aber am helllichten Tag und noch dazu an der Straßenseite des Hauses war das keine gute Idee.

Ich ging also seitlich um das Haus herum, als hätte ich dort zu tun – was genau genommen auch der Fall war –, und gelangte zur Hintertür, die in die Garage führte. Sie war aus Stahl, wie der Haupteingang, hatte aber kein Bolzenschloss. Und das Beste war, dass sie nach außen aufging.

Ich nahm mein Schiebemesser zur Hand, ein Werkzeug von fast zwanzig Zentimeter Länge und etwa so dick wie eine Kreditkarte. Der Griff war aus dünnem Gummi, und die Spitze hatte die Form eines gekurvten L. Bei einer Schnellinspektion des Schlosses fand ich heraus, dass die Schlossfalle mit einem Sperrstift versehen war, damit Taugenichtse wie ich das Schloss nicht mit einem dünnen Gegenstand, wie zum Beispiel einer Kreditkarte, öffnen konnten.

Aber wenn eine Tür nach außen aufging, konnte man Sperrstifte leicht umgehen. Ich drückte mit einer Hand gegen die Tür, sodass sie sich ein bisschen nach innen bewegte, schob das Schiebemesser in den Rahmen und wackelte und zog ein wenig daran.

Das Fünf-Dollar-Werkzeug knackte das Schloss in ein paar Sekunden.

Ich öffnete die Tür einen Spaltbreit und wartete. Die meisten Hunde bellten Eindringlinge an, aber manche waren darauf trainiert, still zu bleiben und dem Einbrecher an die Kehle zu springen. Im Garten hatte ich zwar keine Hundescheiße entdeckt, wartete aber trotzdem ein paar Sekunden, um zu sehen, ob Cujo mich angreifen würde. Als keine feuchte, knurrende Schnauze erschien, trat ich vorsichtig in die Garage und schloss die Tür hinter mir.

Ich brauchte einen Moment, bis meine Augen sich an die Dunkelheit gewöhnten. In der Garage parkte ein Cadillac XLR, dessen rote Farbe glänzte wie der Lippenstift einer Hure. Der Schlitten war so neu, dass er noch Händlerkennzeichen hatte. Ich schnüffelte, roch nichts Ungewöhnliches und fand schließlich die Tür, die ins Haus führte.

Auch dieses Mal ließ ich mir mit dem Eintreten Zeit und machte mich auf Dobermänner gefasst. Als keiner auftauchte, ging ich hinein und landete in der Küche. Die Lichter waren an, die Jalousien geschlossen. Keine ungewöhnlichen Gerüche, keine menschlichen Geräusche.

Jedes Mal, wenn ich nach längerer Abwesenheit – in der Regel bedingt durch Drogen- und Alkoholexzesse – ins Michigan-Motel zurückkehrte, fühlte sich mein Zimmer irgendwie leer an. Dieses Haus wirkte genauso. Hier war niemand zu Hause, und zwar schon seit einer ganzen Weile.

Soweit ich mich an Dr. Griffith erinnern konnte, war er ungefähr in meinem Alter, unsportlich, alleinstehend, extrem zurückgezogen und wohnte mit seiner Mutter zusammen. Er war über eine Bar, in der ich mal als Türsteher und Rausschmeißer gearbeitet hatte, auf mich aufmerksam geworden. Zwei Schlägertypen hatten ihn dort verprügelt, worauf der Barkeeper ihm meine Telefonnummer gab. Bei unserer ersten Begegnung schätzte ich ihn als leicht autistisch ein – vielleicht litt er unter dem Asperger-Syndrom. Überdurchschnittlich intelligent, hochfunktional, sozial ungeschickt.

Gemessen an der Bezahlung war die Arbeit, die ich für ihn verrichtet hatte, minimal gewesen. Ich mischte die Kerle auf, die ihn aufgemischt hatten. Sie erzählten niemandem etwas davon, und meine Dienste wurden nicht mehr benötigt. Ich ging davon aus, dass ich die Erpresser abgeschreckt oder dass Griffith ihr Angebot angenommen hatte.

Als ich jetzt in dem leeren Haus stand, überlegte ich, wo die Bewohner wohl sein könnten.

Die Hier-war-nichts-faul-Hypothese war, dass Griffith und seine Mutter in den Urlaub gefahren waren und vergessen hatten, die Zustellung der Post vorübergehend stoppen zu lassen. Das Auto parkte noch in der Garage, weil sie ein Taxi zum Flughafen genommen hatten. Sie könnten jeden Moment wieder nach Hause kommen, die Koffer vollgepackt mit Souvenirs, die Nasen sonnenverbrannt und mit sich schälender Haut.

Im Schrank unter der Spüle fand ich ein Paar Gummihandschuhe und streifte sie mir über. Dann machte ich mich daran, im Haus herumzuschnüffeln. Aus dem Kühlschrank schlug mir ein muffiger Geruch entgegen; wahrscheinlich war verdorbenes Essen drin. Ich nahm mir eine

Flasche Wasser und durchwühlte Schränke und Schubladen, fand aber nichts Interessantes bis auf eine Flasche Tequila der Sorte Patron Platinum. Ich stellte sie neben die Spüle und begab mich ins Wohnzimmer.

Das einzig Auffällige dort war eine gerahmte Zeichnung über dem offenen Kamin. Ich besaß kein Auge für Kunst, war aber schon mit vielen Frauen im Art Institute von Chicago gewesen. Solche Dates waren preiswert, ließen mich kultiviert wirken und boten mir eine stressfreie Möglichkeit, mehr über die Frauen zu erfahren. Auf diese Weise hatte ich viele Dinge über viele Frauen und ein bisschen was über Surrealismus, Dadaismus, Jugendstil und andere kunstgeschichtliche Epochen und Kunstrichtungen gelernt. Die Zeichnung an der Wand zeigte eine Frau mit Hakennase und ungleichen Augen. Der Stil war offensichtlich von Picasso beeinflusst. Was mich daran faszinierte, war, wie schludrig der Künstler gearbeitet hatte. Er hatte bestimmt nur ein paar Minuten für sein Werk benötigt. Aber der Rahmen war elegant und bildete den Mittelpunkt des Raums.

Schönheit liegt wohl im Auge des Betrachters.

Im Esszimmer gab es nichts außer einer dünnen Staubschicht auf dem Tisch. Nachdem ich schnell im Bad nachgesehen hatte, ging ich nach oben. Im ersten Schlafzimmer, in das ich kam, war das Bett nicht gemacht, und eine Damenhandtasche stand auf dem Nachttisch. Ich wühlte darin herum und fand einen Geldbeutel, in dem sich ein Führerschein und sechsundzwanzig Dollar befanden. Ich behielt das Geld.

Im Kleiderschrank lag ein Koffer auf einem Regal.

Im Kleiderschrank im Hauptschlafzimmer war noch ein Koffer. Auf einem Schreibtisch in der Ecke sah ich einen Stapel Papiere. Ich überflog sie schnell und fand:

Eine Rechnung für ein Bankschließfach.

Kaufunterlagen für den Cadillac. Er hatte bar bezahlt.

Eine Gebrauchsanweisung für ein Videopokergerät.

Einen Rentenscheck für Griffiths Mutter. Sie bekam elfhundert Dollar im Monat.

Einen Umschlag von Dennis LaBeck, dem Bürgermeister von Flutesburg. Der Brief darin war ein Empfehlungsschreiben und lobte Griffith für sein ehrenamtliches Engagement in der Gemeinde.

Ein Echtheitszertifikat für die hässliche Zeichnung im Wohnzimmer. Es war ein Originalwerk von Picasso, und Griffith hatte fast hundert Riesen dafür hingeblättert.

Einen Kaufvertrag über eine Geschäftsveräußerung. Griffith hatte seine Klinik in Flutesburg an eine Firma namens Slobeco Marketing LTD verkauft.

Und dann war da noch ein Computermonitor auf dem Schreibtisch. Ich schaltete ihn ein und suchte nach dem dazugehörigen Rechner, aber der war verschwunden.

Eine Durchsuchung des Hauptschlafzimmers brachte keine Hinweise, dafür fand ich ein fast volles Fläschchen mit dem verschreibungspflichtigen Medikament Tramadol. Es war für Griffiths Mutter. Ich steckte es ein und ließ außerdem ein Fläschchen Aspirin, ein Fläschchen Säureblocker und einen gut ausgestatteten Verbandskasten mitgehen.

Ich zog zwei Kissenbezüge ab und verstaute die Ausbeute zusammen mit den Papieren auf dem Schreibtisch in einem davon. Nachdem meine Durchsuchung des Obergeschosses beendet war, ging ich die Treppe hinunter und warf noch einmal einen Blick auf den Picasso. Jetzt, wo ich den Wert kannte, kam er mir auf einmal nicht mehr so hässlich vor.

Ich nahm ihn von der Wand, steckte ihn in den zweiten Kissenbezug und ging zurück in die Garage. Als ich auf dem Weg dorthin kurz in der Küche stehen blieb, um die Flasche Tequila mitzunehmen, fiel mir etwas ins Auge, was ich zuvor übersehen hatte. In einer Schale auf dem Tresen, die Kleingeld und Stifte enthielt, befand sich ein Ring mit einem Schlüssel und einem gelben Anhängeschildchen, auf dem XLR geschrieben stand.

Ich zögerte vielleicht eine halbe Sekunde und nahm den Schlüssel an mich. Dann verließ ich Dr. Griffiths Haus mit meinem Diebesgut, darunter ein echter Picasso und ein neuer Cadillac.

* * *

Ich habe noch nie ein neues Auto besessen oder mich auch nur nach einem neuen umgesehen. Meine wirtschaftliche Situation schwankte seit meiner Geburt zwischen Unterschichtenarmut und unterer Mittelschicht.

Daher kam es, dass ich von dem legendären Geruch eines neuen Autos zwar gehört, ihn aber bisher nicht aus eigener Erfahrung kennengelernt hatte.

Da hatte ich etwas versäumt. Neue Autos rochen einfach großartig.

Sie fuhren sich auch großartig. Der Wagen war so bequem, dass ich das Gefühl hatte, General Motors hätte einen Abguss von meinem Körper angefertigt und ein Auto drumherum gebaut. Und er war voll ausgestattet. Alles aus Leder, alles elektrisch. Navigationssystem nach dem neuesten Stand der Technik. Eine Stereoanlage, die das Pendant in meinem Bronco wie einen Radiowecker aus den frühen Achtzigerjahren klingen ließ.

Mein erster Impuls war, mit dem Caddy auf direktem Weg zu Manny zu fahren, den Picasso gegen eine Menge Drogen einzutauschen, das Auto in eine Werkstatt zu bringen, wo gestohlene Fahrzeuge ausgeschlachtet wurden, und danach einen draufzumachen, bis ich im Koma lag oder tot war.

Earl gefiel der Plan. Wir feierten, indem wir vier Tramadol nahmen, ein Opiat, mit dem ich bisher noch nie das Vergnügen gehabt hatte. Ich spülte es mit einem Schluck Patron Platinum hinunter, einem unglaublich weichen Tequila, den ich sofort als das Beste einstufte, was ich mir jemals hinter die Binde gegossen hatte.

Ich fuhr kreuz und quer durch die Vororte, um ein Gefühl für die Karre zu bekommen. Spielte mit dem Navi herum und fand heraus, wie man Koordinaten über den Touchscreen eingab. Ließ das Radio automatisch nach Sendern suchen, bis ich einen Oldie fand, der mir gefiel. Trank noch mehr Tequila.

An einer roten Ampel hielt ein Polizist neben mir. Ich zwinkerte ihm zu. Er fuhr seines Weges, ich meines.

Das Tramadol fühlt sich gut an.

»Ja, wirklich.«

Der Opiumnebel hüllte mich ein wie eine weiche Decke und sandte ein wohliges Prickeln durch meinen Körper. Der Rausch kam nicht so wellenförmig wie bei Oxycodon. Ob Manny auch Tramadol verkaufte?

Natürlich. Der Typ hatte alles.

Ein Drogenhändler sollte genau wie eine Sexarbeiterin nicht nur seine Waren und Dienstleistungen verkaufen dürfen, ohne dass ihn unzeitgemäße, puritanische Gesetze daran hindern, sondern auch gesellschaftliches Ansehen genießen. Regeln, die darauf abzielen, Menschen vor sich selbst zu schützen und ihnen vorzuschreiben, was sie mit ihrem Körper anstellen dürfen, sind Quatsch. Die Leute werden immer tun, was sie wollen. Staatliche Verbote schaffen es nicht, Drogen zu stoppen oder den Zugang zu ihnen zu erschweren. Sie bewirken lediglich, dass die Gefängnisse von gewaltlosen Delinquenten überquellen und dass die armen Kerle stigmatisiert werden, deren einziges Verbrechen darin besteht, für kurze Zeit ihrem tristen Alltag entfliehen zu wollen.

Ich verstehe Sucht vollkommen, da ich selbst süchtig bin. Aber lassen Sie sich nicht von der medizinischen Fachwelt weismachen, dass Sucht eine Krankheit ist. Sie ist schlicht und einfach eine freie Entscheidung – etwas, das man von Krebs nicht sagen kann.

Nicht mit Drogen aufhören zu wollen, ist nicht dasselbe, wie nicht aufhören zu können. Wenn Sie an Ihrer Sucht zugrunde gehen, haben Sie ganz einfach eine schlechte Wahl getroffen. Da ist es wahrscheinlich gut, wenn Sie aus dem Genpool verschwinden, bevor Sie noch mehr süchtige Loser zur Weltbevölkerung hinzufügen.

Aus diesem Grund benutze ich Kondome. Nicht, weil ich Angst habe, mir eine Geschlechtskrankheit einzufangen, sondern weil ich der Menschheit einen Gefallen tue, indem ich mich nicht fortpflanze.

Du solltest dich mit dem Tramadol ein bisschen zurückhalten.

Earls Warnung erinnerte mich daran, dass ich zwei weitere geschluckt hatte, ohne dass es mir bewusst war. »Seit wann bist du mein Gewissen?«, fragte ich ihn.

Wo ist der Bronco?

»Wen interessiert's?«

Du bist unbewaffnet.

Ich trank einen großen Schluck Tequila. »Unbewaffnet, zugedröhnt und bald auch besoffen. Ich bin eine echte Stütze der Gesellschaft.«

Ich spielte mit dem Navi herum, bis ich eine bestimmte Adresse in Chicago eingegeben hatte. Manny würde mir ein gutes Angebot für den Picasso machen. Was den gestohlenen Cadillac anging, so kannte ich zwei Typen in Bronzeville, die mir ein Viertel des offiziellen Listenpreises zahlen würden.

Was ist mit Pasha?

»Um die kann McGlade sich kümmern.«

Ich dachte, du magst sie.

»Ich mag, wie ich mich in ihrer Gegenwart fühle.«

Und wie fühlst du dich in ihrer Gegenwart?

Ich dachte einen Augenblick nach und sagte: »Normal.«

Ich weiß nicht, ob ich jemals richtig normal war. Die Normalität wurde mir in jungen Jahren entrissen. Aber als ich mit Annie zusammen war, fühlte ich mich als ein Teil der Menschheit. Ein Durchschnittstyp mit einer durchschnittlichen Freundin und einem quasi durchschnittlichen Job, der sich in die Gesellschaft einfügte, anstatt hervorzustehen wie ein Haarwirbel.

Das ist nicht normal.

Earl wurde ruhiger. Das Tramadol verpasste seiner Redseligkeit einen Dämpfer.

Normale Menschen haben eine Familie.

Ich versuchte, Earl nicht zu beachten und mich auf das Fahren zu konzentrieren. Das hatte ich bitter nötig, denn ich sah die Straße nur noch verschwommen.

Normale Menschen haben Freunde.

Der XLS war ein interessantes Auto, ein als Luxuslimousine verkleideter Sportwagen. Das Gaspedal war fett und schrie förmlich danach, dass man es bis zum Anschlag durchtrat.

Normale Menschen vermisst man, wenn sie tot sind.

Ich gelangte auf ein langes Stück Landstraße, die neben einem Waldschutzgebiet verlief, und gab Vollgas.

Die Reaktion des Wagens erfolgte automatisch: sofortige Beschleunigung. Mit einer Hand am Lenkrad und der anderen an der Flasche jagte ich die Karre mit quietschenden Reifen in vier Sekunden von sechzig auf hundertsechzig hoch.

Die Geschwindigkeit weckte mich auf. Mein Schließmuskel zog sich zusammen, die Härchen auf meinen Armen richteten sich auf, meine Hände zitterten vor lauter Adrenalin.

Der Adrenalinrausch erreichte seinen Höhepunkt, als der Reifen platzte.

Der Caddy geriet ins Schleudern. Der Bordcomputer reagierte sofort auf den Verlust der Bodenhaftung, aber nicht schnell genug, um mich auf der Straße zu halten. Ich scherte nach rechts aus, pflügte durch eine Wiese, raste eine Böschung hoch in ein Gewirr von schulterhohen Büschen und kam schließlich mit einem dumpfen Geräusch zum Stehen, als der Wagen gegen einen Baum prallte.

Der Airbag explodierte mit lautem Knall und traf mich mit der Wucht eines gegnerischen Angriffsspielers beim Football. Dann wurde alles um mich herum schwarz.

* * *

»Isser tot?«

Ich erkannte die Stimme nicht. Sie gehörte einem Mann, klang barsch und weit weg. Ich glaubte zu schlafen und zu träumen, aber meine Augen waren offen und ich sah nur weiß.

Airbag. Autounfall. Prallte gegen einen Baum.

War ich verletzt?

Ich wusste es nicht. Das Tramadol unterdrückte die Schmerzen. Schließlich war es ja auch ein Schmerzmittel.

Jemand packte mich mit einer Hand an der Kehle und tastete mich mit der anderen ab. Ein Bulle? Ein Rettungssanitäter? Ich war noch immer nicht voll bei Bewusstsein.

Wer auch immer es war, fasste mich grob an. Hatten die Rettungsdienste in diesem Kaff keine Ahnung von Wirbelsäulenverletzungen? Oder davon, dass ich sie verklagen konnte?

Plötzlich verschwand das Weiße vor meinen Augen – jemand zerschnitt den Airbag mit einem Springmesser.

Ein Springmesser?

Mir kam auf einmal der Verdacht, dass ich es nicht mit Rettungspersonal zu tun hatte. Als ich meinen verschwommenen Blick auf die beiden Männer fokussierte, die neben meiner offenen Autotür standen, bestätigte sich meine Vermutung.

Der eine war so kahlköpfig wie ich und trug den Arm in einem Gipsverband. Der andere war älter, korpulent und ging auf Krücken.

Keiner der beiden schien sich für mein Wohlbefinden zu interessieren.

»Wir hatten gehofft, dich wieder in die Finger zu kriegen, du Arschloch«, sagte der mit den Krücken.

Ich grinste. Teils lag es daran, dass ich unter Drogeneinfluss stand. Vielleicht hatte ich auch eine milde Gehirnerschütterung. Aber der Hauptgrund für meine Heiterkeit war, dass ich über mich selbst lachte. Erstens war ich nicht so übervorsichtig wie sonst immer gewesen und hatte nicht bemerkt, dass mir jemand folgte. Zweitens handelte es sich bei den Typen, die vor mir standen, um die Kerle, die ich mit dem Baseballschläger verprügelt hatte, weil sie versucht hatten, Dr. Griffith einzuschüchtern. Drittens war ich vollkommen zugedröhnt und zu allem Überfluss auch noch unbewaffnet.

»Ihr habt meinen Reifen zerschossen.« Meine Stimme hörte sich irgendwie falsch an. Wie ein lallendes Echo.

»Einen Scheißdreck haben wir! Du bist gefahren wie 'ne gesengte Sau. Bist über 'ne Bierflasche gefahren. Hast uns praktisch die Arbeit abgenommen.«

Diese Bemerkung entlockte mir ein glucksendes Lachen. Die Scheiße, in der ich steckte, wäre vollkommen vermeidbar gewesen und war einzig und allein meine Schuld. Wenn ich jetzt sterben musste, lag das weder an Earl noch an meinem Drogenkonsum. Fast mein ganzes Leben lang war ich mir sämtlicher potenzieller Gefahren in höchstem Maße bewusst gewesen. Kaum passte ich mal ein paar Minuten nicht auf, baute ich einen Autounfall, während zwei üble Typen hinter mir her waren.

Das Ganze war wirklich zum Brüllen komisch.

»Du findest das witzig?«, fragte der mit dem Gips. »Ich zeig dir gleich mal, was witzig ist.«

Das ergab keinen Sinn, denn was er mir zeigte, war ein Schlag auf die Seite meines Kopfes. Ich fand das überhaupt nicht witzig.

Vielleicht versuchte er, sarkastisch zu sein.

»Leg die Hand aufs Lenkrad.«

»Was?«

Er verpasste mir noch einen Schlag. Ich fand es immer noch nicht witzig.

»Hand aufs Lenkrad!«

Ich gehorchte und griff mit der Linken danach. Er befestigte mein Handgelenk mit einem Kabelbinder und zog ihn so fest, dass der Plastikstreifen in meine Haut schnitt.

»Ich schütte jetzt das Benzin aus«, sagte der mit dem Gips.

Er trottete davon. Wahrscheinlich, um das Benzin zu holen.

Ich tastete nach dem Sicherheitsgurt und bekam dafür einen Fausthieb ins Gesicht. »Zehn Metallstifte in meinem Bein, du Arschloch. Weißt du, wie viel Stunden ich in der Reha verbracht habe?«

»Ja«, sagte ich. »Weil ich jedes Mal, wenn du in die Reha gehst, bei dir zu Hause bin und deine Frau ficke.«

Sehen Sie? *Das* war witzig.

Der Typ mit den Krücken war offenbar anderer Meinung, denn er bohrte mir das Springmesser so tief in die Wange, dass die Spitze an meine Backenzähne stieß. Wenn ich nicht so viel Tramadol geschluckt hätte, hätte es höllisch wehgetan.

»Vorsicht!«, schrie der mit dem Gips. Er hielt einen roten Benzinkanister in der Hand. »Wir müssen das Ganze wie einen Unfall aussehen lassen.«

»Vielleicht hatte er einen Unfall mit dem Messer.«

»Sei doch nicht blöd!«

»Du sagst mir, ich soll nicht blöd sein? Du hast mir gesagt, ich soll seine Hand ans Lenkrad binden. Sieht das etwa nach einem Unfall aus?«

»Das Plastik wird im Feuer schmelzen.«

»Ach so. Stimmt.«

Krücke nahm die Klinge von meinem Gesicht. Ich hielt den Blickkontakt mit ihm aufrecht und tastete gleichzeitig mit der freien Hand auf dem Beifahrersitz herum.

»Wo hast du Griffith entsorgt?«, fragte ich.

»An einem Ort, wo man ihn nicht findet. Aber mach dir keine Sorgen. Dich wird man finden. Man muss nur dem Rauch folgen.«

Er grinste mich bösartig an. Ich schaffte es nicht, die Tequilaflasche zu ertasten. Wahrscheinlich lag sie auf dem Boden. Ich riskierte einen Blick und stellte fest, dass sie sich außer Reichweite befand.

Schade. Sie war schwer und hätte eine gute Waffe abgegeben. Wie durch ein Wunder war sie aufrecht auf dem Boden gelandet. Ein Schluck oder zwei wären nicht schlecht gewesen.

»Ich habe Geld«, sagte ich.

Krücke hielt meine Brieftasche hoch. »Du hast dreißig miese Kröten.«

»Wie wär's mit hundert Riesen?«

»Ein Penner wie du hat keine hundert Riesen.«

Ich überlegte, wie ich ihm beibringen könnte, dass der Picasso im Kofferraum so viel wert war, ohne ihm von dem Picasso im Kofferraum zu erzählen, weil er dann die Zeichnung einfach an sich reißen und mich umbringen würde. Plötzlich fühlte sich mein Schoß kalt an, und der Benzingeruch ließ mich die Nase rümpfen. Der Typ mit dem Gips schüttelte die letzten Tropfen auf meine Hose.

Ich streckte die freie Hand nach dem Kanister aus, aber er zog ihn weg. Als ich nach dem Sicherheitsgurt tastete, ließ

Krücke ein Streichholz aufflammen und hielt es mir vor die weit aufgerissenen Augen.

»Ich hoffe, es tut weh«, sagte er.

Dann ließ er es auf meine Knie fallen.

Er knallte die Tür zu, während ich mit der freien Hand auf die Oberschenkel schlug und versuchte, die Flammen zu ersticken. Aber Benzin ist ein guter Brandbeschleuniger, und das Feuer breitete sich schneller aus, als ich es löschen konnte. Ich schaffte es, den Sicherheitsgurt zu öffnen, und zerrte am Handgelenk in dem Versuch, es freizubekommen.

Es hatte keinen Zweck. Diese Kabelbinder waren stabil. Deswegen benutzte die Polizei sie ja auch als Handschellen.

Seit die Kerle begonnen hatten, mich zu flambieren, waren nur ein paar Sekunden verstrichen, aber ich spürte langsam, wie es verdammt heiß wurde. Gegen die Höllenqualen, die ein Mensch erleiden musste, wenn er bei lebendigem Leibe verbrannte, konnten auch alle Opiate der Welt nichts ausrichten. Ich konnte mich nicht vom Lenkrad losreißen und mich auf den Bauch wälzen, um die Flammen zu ersticken, die an meinem Hemd hochzüngelten, aber inmitten der schieren Panik war ich für den Bruchteil einer Sekunde klar im Kopf und dachte an McGlade. Der hatte sich vor dem Feuertod gerettet, indem er spargelgetränkte Pisse auf sich schüttete.

Meine Blase war leider leer, aber ich erinnerte mich an meinen letzten Job als Türsteher und Rausschmeißer in einer Bar. Einer der Barkeeper dort – der elitäre Schönling bestand auf die Berufsbezeichnung »Mixologe« – pflegte seine Kunden häufig mit flambierten Drinks zu beeindrucken. Um ein Getränk in Flammen zu setzen, goss er ein wenig Bacardi 151 oder Chartreuse darauf. Diese Liköre besaßen einen höheren Alkoholgehalt als die regulären Drinks.

Die regulären Drinks enthielten nicht genug Alkohol, um zu brennen.

Zumindest erinnerte ich mich daran, dass er das einmal gesagt hatte. Der Typ war ein Arschloch und ich beachtete ihn kaum.

In der Hoffnung, dass mein von der Panik hervorgerufener Erinnerungsfetzen richtig war, streckte ich die freie Hand nach der Tequilaflasche aus, die immer noch halb voll war.

Leider befand sie sich außer Reichweite.

Ich dachte an meinen Werkzeuggürtel, doch dann fiel mir ein, dass ich ihn zusammen mit dem Picasso im Kofferraum verstaut hatte. Beinahe musste ich darüber lachen.

Das Leben ist manchmal wirklich zum Schreien.

Ich drehte das Lenkrad und gewann etwa zwei Zentimeter, bevor die Sperre einrastete. Leider reichte das nicht aus, um an die Flasche zu kommen.

Na ja, wenigstens würde ich in einer Luxuslimousine sterben.

In einer Luxuslimousine …

Ich tastete an der Lenksäule herum, bis ich die Höhenverstellung fand.

Ich zog daran, worauf das Lenkrad nach unten kippte und mir weitere zwei Zentimeter verschaffte – gerade ausreichend, um einen Finger in den Flaschenhals zu stecken und die Flasche an mich heranzuziehen. Dann nahm ich eine Tequiladusche.

Der schöne Mixologen-Schnösel hatte recht gehabt. Anstatt eine menschliche Fackel aus mir zu machen, durchnässte der Tequila mein Hemd und meine Hose und löschte den Großteil der Flammen. Ein paar gezielte Schläge mit der Handfläche erledigten den Rest. Aber obwohl ich nicht mehr brannte, saß ich immer noch ganz schön in der Scheiße. Der Wagen brannte außen lichterloh, und der Rauch füllte das Innere so schnell, dass ich kaum noch etwas sehen konnte.

Ich streckte die Hand nach dem Zündschlüssel aus und drehte ihn. Das Armaturenbrett leuchtete auf, aber der Motor sprang nicht an. Ich tastete nach den elektrischen Fensterhebern und öffnete alle vier Fenster, worauf der Rauch wie ein Schwall Wasser ins Innere drang. Er gelangte in meine Lunge, und ich bekam einen Hustenanfall.

Ich zog und zerrte an meinem Arm, renkte mir dabei fast die Schulter aus, schaffte es aber nicht, den Kabelbinder zu zerreißen. Er würde sich weiterhin fest um mein Handgelenk schließen, bis das Plastik schmolz. Wie der Typ mit dem Gips gesagt hatte.

Keine schlechte Idee. Vielleicht konnte ich den Vorgang beschleunigen.

Ich tastete am Armaturenbrett-Panel entlang, fand den Zigarettenanzünder und drückte ihn in die Halterung. Ich zählte bis fünf, während ich pausenlos hustete und mir die Augen brannten, obwohl ich sie geschlossen hatte. Dann zog ich den Zigarettenanzünder heraus und drückte ihn blindlings auf mein Handgelenk.

Das Tramadol war nicht stark genug, um den Schmerz zu stoppen, aber ich hielt den Anzünder fest auf das Plastik gedrückt, bis es schmolz. Dann kroch ich über den Beifahrersitz, stieß die Tür auf und fiel zu Boden, wo ich hustete und spuckte und hoffte, dass mich niemand in all dem Rauch sehen konnte.

Ich entfernte mich halb kriechend, halb wälzend von dem brennenden Fahrzeug. Meine Lunge fühlte sich an, als hätte sie jemand mit Stahlwolle geschrubbt. Als ich mich in dichtes Gestrüpp schleppte, tropften Tränen, Rotze und Blut von meinem Gesicht.

Zum Glück explodierte der Wagen nicht. Aber er brannte ziemlich gut. Vielleicht war es der teuerste Autobrand in der Geschichte des Staates Illinois.

Lebe wohl, Picasso. War schön, dich kennengelernt zu haben.

In der Ferne ertönten Sirenen, und sosehr ich auch einen erneuten Besuch in der Notaufnahme nötig hatte, konnte ich auf einen erneuten Besuch auf dem Polizeirevier verzichten. Also rappelte ich mich auf und verschwand im Wald.

Krücke hatte mir die Brieftasche weggenommen, das Handy jedoch übersehen.

»McGlade. Schießen Sie los, es sind Ihre zehn Cent.«

»Du musst mich abholen.«

»Bestell dir ein Taxi. Du hast dreißig Dollar.«

»Meine Brieftasche ist weg«, erklärte ich ihm. »Zwei Kerle haben versucht, mich umzubringen.«

»Und haben es anscheinend verbockt. Wo steckst du?«

»Irgendwo bei 'nem Waldschutzgebiet.«

»Kein Problem. Ich gebe einfach ›irgendwo bei 'nem Waldschutzgebiet‹ in mein iPhone ein und bin in fünf Minuten bei dir.«

»Das funktioniert?«

Harry seufzte übertrieben dramatisch. »Nein, Phin, das funktioniert nicht. Geh zur nächsten Straßenkreuzung und ruf mich wieder an. Ich bin bei Pasha in der Klinik. Sie ist geschlossen, aber die Handwerker sind hier.«

Ich beendete das Gespräch und wanderte in gerader Richtung, zumindest dem Gefühl nach. Irgendwann stieß ich auf eine Seitenstraße, folgte ihr bis zu einer Hauptstraße und weiter bis zu einer Kreuzung.

An der Kreuzung gab es keine Straßenschilder.

Ich lief ein paar Straßen weiter bis zu einer Tankstelle. Viele Autos fuhren an mir vorbei. Als die Fahrer mich sahen, drosselten sie das Tempo, um auf den blutüberströmten Typen mit verbrannten Klamotten zu starren. Keiner bot mir eine Mitfahrgelegenheit an.

An der Tankstelle rief ich McGlade an.

»Schießen Sie los, es sind …«

»Hör endlich auf mit deinen blöden zehn Cent. Das wird langsam alt.«

»Das sagt ausgerechnet jemand, der von mir abgeholt werden möchte.«

»Ich bin an einer Tankstelle an der Higgins Road Ecke Remington Heights Road.«

»Ich kann in drei Stunden dort sein«, sagte Harry. »Pasha und ich haben gerade Sex.«

»Nein, das stimmt nicht!«, rief Pasha im Hintergrund. »Warten Sie, haben Sie drei Stunden gesagt?«

»Ich meinte drei Minuten. Und wenn ich drei Minuten sage, meine ich in Wirklichkeit fünfzehn Sekunden. Ich verspreche Ihnen, es wird so schnell gehen, dass Sie es nicht einmal spüren.«

»Tut mir leid, Harry. Aber für einen Orgasmus brauche ich länger als fünfzehn Sekunden.«

»Frauen haben einen Orgasmus?«

»Würde es vielleicht schneller gehen, wenn ich dir sage, dass ich blute und Brandwunden habe?«, fragte ich.

»Wahrscheinlich nicht. Aber wenigstens weiß ich jetzt, dass ich Handtücher mitbringen muss, damit du mir mein Auto nicht dreckig machst. Ich bin unterwegs.«

Ich fasste mir an die Wange. Sie tat höllisch weh. Während des etwa drei Kilometer langen Fußmarsches durch das Waldschutzgebiet und entlang der Straße hatte ich meinen Tramadol-Rausch weitgehend abgebaut.

Ich stand an der Ecke, ein Stück weit weg von der Tankstelle, damit das Personal nicht die Polizei rief. Während ich auf McGlade wartete, sah ich, wie ein SUV vor einer Zapfsäule hielt. Das totale Klischee einer Vorstadtfamilie: junges Ehepaar, zwei kleine Kinder, großer Hund mit dickem Fell. Dad startete den Zapfhahn, ging in den Tankstellenshop und kam mit zwei

Eis am Stiel zurück. Alle lächelten und sahen so aus, als hätten sie eine schöne Zeit miteinander.

Das war also kein optimistischer Bullshit. Es gab tatsächlich Familien, in denen es harmonisch zuging.

Ich wette, so etwas ist eine tolle Sache.

Ich musste an Pasha denken. Vielleicht würde es ihr eines Tages ähnlich gehen. Mir jedoch nicht. Der einzige Grund, warum ich mir nie ein Tattoo mit dem Slogan *Born To Lose* hatte machen lassen, war, dass ich wahrscheinlich an einer allergischen Reaktion wegen der Tinte sterben würde.

Suhlst du dich schon wieder im Selbstmitleid?

Jetzt, wo die Wirkung des Tramadol nachgelassen hatte, kehrte Earl zurück.

»Ich hatte einen harten Tag.«

Woher weißt du das? Du warst doch total neben der Spur.

»Ich habe keine Lust auf diese Unterhaltung.«

Was für eine Unterhaltung? Du glaubst doch nicht im Ernst, dass du mit einem Krebsgeschwür redest, oder?

»Halt die Fresse!«

Was, glaubst du, ist wahrscheinlicher? Dass dein Krebs zu einem fühlenden Wesen mutiert ist? Oder dass du halluzinierst, weil du nicht länger als ein paar Stunden nüchtern sein kannst?

»Sei. Endlich. Still.«

Hier ist die große Preisfrage: Glaubst du, dein Todesurteil ist die Ursache für deinen Drogenkonsum? Oder nur eine bequeme Ausrede dafür?

»HALT! DIE! FRESSE!«

Der Vorstadt-Daddy starrte mich an, und sein Lächeln verschwand, als er diesen verrückten, blutenden Drecksack in Rufweite seiner tollen Familie sah.

Du drehst langsam durch, Mann. Du weißt schon, dass du Selbstgespräche führst, oder?

Ich antwortete nicht.

Der SUV fuhr davon.

Ich betastete eine Verbrennung ersten Grades an meinem Bauch, um zu sehen, ob ich etwas spürte.

Manche Schmerzen saßen tiefer als nur unter der Haut.

McGlade tauchte schließlich auf und hielt mit seiner Corvette neben mir.

»Mein Gott, du siehst aus, als hätte dich ein Waldbrand in den Arsch gefickt. Ich hätte mehr Handtücher mitbringen sollen.«

Ich stieg ein und nahm auf dem Beifahrersitz Platz. Harry hatte überall Badetücher ausgelegt. Der Typ besaß wirklich Mitgefühl.

»Und wie sehen die anderen Kerle aus?«

Ich antwortete wahrheitsgemäß. »Der eine hat einen gebrochenen Arm, der andere ein gebrochenes Bein.«

»Hatten sie das schon, bevor sie dich aufgemischt haben?«

»Macht es dir Spaß, dem Ganzen noch die Krone aufzusetzen?«

»Ist eins von meinen Hobbys. Du sprichst übrigens undeutlich.«

»War ein harter Tag. Wo ist Pasha?«

»Die Verstärkung ist eingetroffen.« Harry schnüffelte übertrieben. »Wow, du riechst … lecker. Da kriege ich direkt Lust auf einen Bacon Cheeseburger.«

»Mein Bronco steht auf dem Parkplatz von einem Supermarkt.« Ich gab ihm die Adresse.

»Ist das dein Ernst? Das ist ungefähr drei Straßen von hier.«

Ich dachte zunächst, er wolle mich nur verarschen, aber vierzig Sekunden später waren wir bei meinem Truck.

»Ich will mein Geld«, sagte ich. »Und mein Koks.«

»Was machst du, wenn ich es dir nicht gebe? Blutest du mir dann den Wagen voll?«

Ich ballte die Rechte zur Faust, bereit, ihm in seine schnippische Fresse zu schlagen. »Willst du wirklich sehen, was ich mache?«

Harry schaltete in den Parkmodus und bedachte mich mit einem Blick, den er wahrscheinlich für ernst hielt. »Willst du das wirklich tun?«

»Wir können aussteigen, dann zeige ich es dir.«

»Wieso aussteigen? Wir können es gleich hier im Auto machen.«

Harry öffnete seinen Hosenschlitz.

»Was zum Teufel machst du da, McGlade?«

»Darum geht's dir doch, oder? Du willst sehen, wer von uns den größeren Schwanz hat.«

Ich atmete heftig aus. Er hatte recht. Ich benahm mich wie ein Arschloch. Ich öffnete die Faust. Kaum hatte ich das getan, wich die Anspannung aus meinem Körper.

»Du musst dich entscheiden, Phin. Hier und jetzt. Ich kann dir helfen, Pasha zu schützen. Oder *ich* beschütze sie. Ohne dich.«

Er sagte nicht mehr, weil es nicht nötig war. Ich wusste, worauf er hinauswollte. Ich musste auf Entzug gehen oder verschwinden.

Meine Entscheidung fiel pragmatisch aus. Ich wollte das Geld. Das ganze Geld, nicht nur die Hälfte, die ich bereits erhalten hatte.

»Kann ich Kaffee haben?«, fragte ich. »Oder muss ich auf Koffein auch verzichten?«

»Koffein ist keine Droge, sondern ein Lebensstil.«

Ich nickte und schluckte meinen Stolz hinunter. »Hör zu, Harry … es tut mir …«

»Sag mir nicht, dass es dir leidtut, wenn du zugedröhnt bist. Eine solche Entschuldigung ist wertlos.«

Ich öffnete die Wagentür, und McGlade machte keine Anstalten, mich aufzuhalten. »Du lässt mich fahren? Ich dachte immer, man lässt seine Freunde nicht besoffen oder zugedröhnt Auto fahren.«

»Schon gut«, sagte Harry. »Wir sind ja keine Freunde.«

Autsch! Und als wäre das nicht genug, folgte gleich die nächste Erniedrigung.

»Ich brauche Geld«, sagte ich.

Harry griff in die Tasche, gab mir ein Bündel Scheine und sah mich streng an.

Ich stieg aus. Er fuhr davon.

Der unausstehlichste Mensch der Welt kann deine Gegenwart nicht ausstehen.

»Halt einfach nur die Schnauze, Earl.«

Der Typ mit den Krücken hatte mir die Autoschlüssel für den Bronco abgenommen, als er mich durchsucht hatte, aber ich hatte einen Zweitschlüssel in einem Kästchen mit Magnet unter der vorderen Stoßstange. Ich stieg ein und sah nicht einmal nach, ob das Klebeband intakt war.

Falls sich noch eine Bombe im Truck befand, wäre es kein großer Verlust für die Welt.

* * *

Nachdem ich nicht in die Luft geflogen war, fuhr ich zu einem Fastfood-Restaurant mit Autoschalter, würgte einen widerlichen Burger und einen großen Becher Kaffee hinunter und säuberte mich so gut es ging mit ein paar feuchten Tüchern und Servietten. Meine Brandwunden waren nicht schlimm; ich hatte schon schlimmere Sonnenbrände gehabt. Aber die Wunde an der Wange sah böse aus und schmerzte höllisch. Ich holte die Medizinvorräte, die ich aus dem Krankenhaus hatte mitgehen lassen, unter dem Sitz hervor und verpasste mir ein paar

Lidocain-Injektionen ins Gesicht und die Hände, die wieder zu pochen angefangen hatten.

Das Oxycodon und Xanax waren mir ausgegangen, Harry hatte mein Kokain, das Hydro und Morphin lagen unter den Holzdielen in meinem Motelzimmer in Chinatown, und das Tramadol war im Auto zusammen mit dem Picasso und dem Werkzeuggürtel verbrannt. Ich behalf mir mit den aus dem Krankenhaus gestohlenen Mullbinden und dem medizinischen Klebeband und machte mir einen improvisierten Verband, der mich weniger wie einen Zombie und mehr wie das Opfer eines schrecklichen Unfalls aussehen ließ.

Anschließend fand ich eine Walmart-Filiale – die gab es anscheinend überall – und kaufte mir neue Klamotten, diesmal in größeren Mengen. Drei Hosen, sechs T-Shirts, einen Beutel Socken, zwei Flanellhemden sowie ein paar von den Werkzeugen, die ich verloren hatte. Halligan-Tools und Schiebemesser hatten sie leider nicht. Danach begab ich mich in die Apothekenabteilung und deckte mich mit sämtlichen rezeptfreien Schmerzmitteln ein, die ich kriegen konnte. Ibuprofen. Aspirin. Acetaminophen. Naproxen. Aloe-Vera-Brandsalbe mit Lidocain. Etwas Dimenhydrinat und Cimetidin, um die Entzugserscheinungen zu bekämpfen. Und außerdem Pseudoephedrin, Hydrochloride und Koffeintabletten, damit ich wach und munter blieb.

Als ich wieder im Auto saß, würgte ich von allem ein bisschen mit einer halben Flasche Wasser hinunter. Dann machte ich mich auf den Rückweg zur Klinik.

Dieses Mal achtete ich auf meine Umgebung. Bevor ich parkte, fuhr ich zweimal um den Block und hielt nach Verfolgern und Spähern Ausschau. Vor der Klinik standen fünf Protestler herum, schwenkten Schilder und schrien McGlade an, der seine ernsthafte Haltung abgelegt hatte und wieder genauso neben der Spur wie immer war. Während ich parkte, sah ich ihm zu, wie er etwas aus der Tasche zog und damit auf die kleine Gruppe zielte. Binnen dreißig Sekunden waren sie alle verschwunden.

Ich ging zu ihm. »Pfefferspray?«

»Liquid Ass.«

»Sag das noch mal.«

»Ich habe die Munition für mein Wasserspritzgewehr verschüttet. Also habe ich einfach eine kleine Sprühflasche mit Liquid Ass gefüllt.«

Ich musste einfach fragen. »Was ist Liquid Ass?«

»Eine Flüssigkeit«, sagte McGlade, »die nach Arsch riecht.«

»Und das kann man kaufen?«

»In Scherzartikelläden. Willst du mal dran riechen?«

Ich wollte nicht daran riechen. Aber mal ganz ehrlich, wären Sie nicht auch neugierig?

McGlade hielt mir die Sprühflasche unter die Nase. Sie roch tatsächlich nach Arsch. Nach verschwitzter, verschissener, fauliger Arschritze. Ich musste würgen.

»Das ist ja ekelhaft.«

»Und teuer. Aber bei kleinen Gruppen von Protestlern funktioniert es genauso gut wie Spargelpisse.« McGlade musterte mich auf die Schnelle. »Du siehst besser aus, aber du hast geweitete Pupillen.«

»Koffein und Pseudoephedrin«, sagte ich. »Das Zeug ist legal. Ist in Nasenspray enthalten.«

Er nickte. »Ist es nicht herrlich, dass unsere Regierung weiß, was für uns am besten ist?«

»Ja, wirklich toll.«

»Komm mit. Ich habe eine alte Freundin dabei, die dich gerne sehen möchte.«

Ich folgte McGlade in die Klinik und sah eine mir bekannte Person am Empfangstresen sitzen. Sie reinigte den Lauf ihres .38 Colt Detective Special mit einer Bürste.

»Hallo Jack. Lange nicht gesehen.«

Jacqueline Daniels war eine Polizistin im Dienstrang eines Lieutenants beim Morddezernat des Chicago Police Departments. Etwa zehn Jahre älter als ich, schlank, fit, brünett, nicht hübsch im klassischen Sinn, aber durchaus attraktiv.

Sie schaute mit neutraler Miene zu mir auf. »Hallo Phin. Du siehst … furchtbar aus.«

»Man hat mir ins Gesicht gestochen«, sagte ich. »Und mich in Brand gesteckt.«

Sie wirkte nicht beeindruckt. »Der Krebs ist wieder da«, stellte sie nüchtern fest.

»Wir haben versucht, uns zu trennen. Es hat nicht funktioniert.«

»Ist das der Grund, warum ich dich eine Weile nicht mehr im Joe's gesehen habe?«

Joe's war eine Billardkneipe, in der es gutes Bier gab. Jack und ich spielten dort schon ein paar Jahre mehr oder weniger regelmäßig zusammen Billard.

»Es wurde langsam peinlich«, sagte ich, »dich ständig beim Nine Ball zu schlagen.«

»Ich bin zwei Spiele im Vorsprung.«

»Ich habe diese Spiele absichtlich verloren. Aus Mitleid.«

Unsere Beziehung war nie über freundschaftliche Rivalität und harmloses Flirten hinausgegangen. Trotz des Altersunterschieds und der Tatsache, dass wir auf verschiedenen Seiten des Gesetzes standen, stimmte die Chemie zwischen uns. Aber sie spielte genau wie Pasha in einer für mich unerreichbaren Liga. Jack Daniels war ein anständiger Mensch, was ich von mir nicht behaupten konnte. Außerdem hatte sie einen festen Freund, einen stinknormalen Typen namens Latham. Bei einer Prügelei konnte der Bursche wahrscheinlich nicht seinen Mann stehen, aber manche Frauen fahren auf sensible Typen ab.

»Bist du in Behandlung? Abgesehen von deiner Selbstbehandlung mit Drogen.«

Ich warf Harry einen Blick zu. Er zuckte mit den Schultern. »Ich teile alles mit meinen Freunden. Auch vertrauliche Informationen.«

»Wer hat schon Zeit für eine Behandlung«, gab ich Jack als Antwort.

»Bist du gerade zugedröhnt?«

»Nur ein bisschen.«

Sie kniff die Augen zusammen. »Ich hätte dich nicht als jemanden eingeschätzt, der aufgibt.«

»Dann ist deine Menschenkenntnis vielleicht nicht so gut, wie du denkst.«

Jack klappte die Trommel ihres Revolvers zu und steckte die Waffe in das Schulterholster unter ihrem Blazer. »Ich bin weder Motivationscoach noch Psychoanalytikerin, und mit liebevoller Strenge hab ich's auch nicht so«, sagte sie. »Deshalb sage ich dir nur, lass dich behandeln. Ich würde dich gerne noch ein paar Jahre auf dieser Welt sehen. Du gehörst zu den wenigen Menschen, in deren Gegenwart ich es aushalten kann.«

»Ich werde es mir überlegen.«

»Nein, das wirst du nicht«, sagte Jack. »Du bist nämlich genauso ein Riesenidiot wie der Idiot neben dir.«

»So viel Zuwendung ist wirklich rührend«, sagte Harry. »Mir kommen gleich die Tränen.«

»Was ist mit Ihrer Wange passiert?« Pasha kam herein, stürzte sich förmlich auf mich und betastete prüfend meine schlecht verbundene Wunde.

»Jemand hat mir ins Gesicht gestochen und mich angezündet.«

Sie wirkte genauso unbeeindruckt wie Jack. Total abgebrüht, diese Weiber.

»Ging der Stich voll durch?«

Ich wollte schon eine Show abziehen und die Zunge durch die Wunde herausstrecken, aber das wäre kindisch gewesen. Stattdessen nickte ich nur.

»Die Wunde muss genäht werden. Wir müssen mit Ihnen zu einem Arzt.«

»Sie sind doch Ärztin.«

»Ich bin aber keine plastische Chirurgin. Wenn ich es mache, bleibt Ihnen eine Narbe.«

»Ich bin nicht krankenversichert.«

»Wie können Sie nur nicht krankenversichert sein? Wie bezahlen Sie dann Ihre Krebsbehandlung?«

Ich warf Jack einen schnellen Blick zu und ertappte sie dabei, wie sie die Mundwinkel leicht nach unten zog.

»Würden Sie mir bitte die Ehre erweisen?«, fragte ich Pasha. »Wegen einer Narbe mache ich mir keine Sorgen.«

»Gehen wir in ein Untersuchungszimmer.«

Pasha nahm mich an der Hand. Falls Jack wegen Pashas Fürsorge eifersüchtig war, ließ sie es sich nicht anmerken.

»Danke für deine Hilfe«, sagte ich zu ihr, während Pasha mich an ihr vorbeizog.

»Ich schulde diesem Vollidioten hier einen Gefallen«, sagte Jack.

»Du schuldest mir fünf.« Harry hielt die Handprothese hoch. »Und ich bestehe darauf, dass du mich mit Mr Vollidiot anredest. Oder mit Daddy. So nennt mich dein fetter Partner, Herb. Wiegt er immer noch dreihundert Kilo?«

Harry und Jack waren vor langer Zeit Partner im Streifendienst gewesen. Aber er hatte es vermasselt, weil er Harry war.

Jack seufzte wie eine genervte Babysitterin, die von dem Problemkind, auf das sie aufpassen soll, die Schnauze voll hat. »Herb wiegt nicht dreihundert Kilo.«

Harry riss die Augen auf. »Er ist sogar noch fetter geworden? Vielleicht sollte ich ihn Jabba nennen. Weil er genauso schwabbelig ist wie Jabba der Hutte in *Die Rückkehr der Jedi-Ritter*.«

»Ich unterbreche nur ungern euer witziges Geplänkel«, sagte ich, »aber könntest du mal mit deinem Hightech-Handy eine Firma suchen? Slobeco.« Ich buchstabierte den Namen für McGlade.

»Und ich dachte schon, du hättest zweimal die Hucke vollgekriegt und keinerlei Hinweise gefunden.«

Während er sein iPhone aus der Tasche zog, brachte Pasha mich in Untersuchungsraum 1 und setzte mich auf den gepolsterten Tisch. Er hatte eine Papierunterlage, damit kein Patient dort sitzen musste, wo ein anderer gesessen hatte. Ihr Gesichtsausdruck war ernst.

»Wie sehr tut es weh?«

»Ich habe die Stelle mit Lidocain betäubt.«

Sie streifte sich ein Paar Latexhandschuhe über und drückte mit dem Finger auf die Wunde. »Spüren Sie etwas?«

»Nein.«

Ich war mir nicht sicher, was ich erwartete. Vielleicht, dass ihre Sorge um mein Wohlbefinden, kombiniert mit Schuldgefühlen, zu wildem Untersuchungszimmersex führen würde.

Fehlanzeige. Statt Sex bekam ich vier Nähte an meiner Wange und drei weitere in meinem Mund.

Die Prozedur tat nicht weh, erregte mich allerdings auch nicht.

»Woher kennen Sie eigentlich Lieutenant Daniels?«

In ihrem Ton schwang nicht die geringste Spur von Eifersucht mit. Ich schloss daraus, dass ich auf alle Frauen abstoßend wirkte.

»Sie hat mich festgenommen.«

»Im Ernst? Was war da los?«

Ich hatte ein paar Bandenmitglieder im Teenageralter, die versucht hatten, Schutzgeld zu erpressen, so fest verdroschen, dass sie selbst Schutz brauchten. Aber Pasha wollte wahrscheinlich nicht hören, dass ich jugendliche Straftäter verprügelte, also gab ich ihr eine Kurzversion. »Ich war in eine Schlägerei mit einer Straßengang verwickelt. Als es fast vorbei war, ist Jack aufgetaucht.«

»Mussten Sie deswegen ins Gefängnis?«

»Nein. Jack hat mich mit aufs Revier genommen, aber es wurde keine Anklage erhoben.«

»Sie macht einen sehr kompetenten Eindruck.«

»Das ist sie auch.«

»Als Polizistin hat man es in Chicago wahrscheinlich nicht leicht. Ich wette, dass sie ordentlich zuschlagen kann.«

»Ja, das kann sie.«

Ich hatte Jack in Aktion gesehen. Sie hatte einen schwarzen Gürtel in Taekwondo und wusste ihre Kampfkünste einzusetzen. Außerdem hatte sie ein paar Auszeichnungen im Pistolenschießen gewonnen.

»Was ist mit der Klinik?«, fragte ich.

Pasha seufzte. »Die Handwerker müssen die Teppichböden, die Sockelleisten und Trockenbauwände erneuern. Wir haben bis Montag geschlossen.«

»Das tut mir leid.«

»Vielleicht … sollte ich das Angebot annehmen.«

Ich starrte sie an. Wenn sie darauf wartete, dass ich ihr widersprach, würde sie lange warten müssen.

»Sie haben wieder angerufen«, fuhr Pasha fort. »Während Ihrer Abwesenheit. Harry hat ein Aufnahmegerät an mein Telefon angeschlossen. Wollen Sie es hören?«

»Klar.« Das gehörte schließlich zu meinem Job.

Pasha hob ein rechteckiges Elektrogerät auf, das für ein Aufnahmegerät zu klein aussah, aber dann fiel mir ein, dass wir uns im digitalen Zeitalter befanden. Sie drückte auf einen Knopf, und die Aufnahme wurde abgespielt.

Pashas Stimme: »Hearst-Klinik.«

Schurkenstimme: »Das ist Ihre letzte Chance. Nehmen Sie unser Angebot an. Sie wissen, was passiert, wenn Sie sich weigern.«

Der Typ klang wie mein alter Kumpel Brecher. Er war schlau genug gewesen, keine unverhohlenen Drohungen zu hinterlassen. Anscheinend hatte er richtig vermutet, dass man den Anruf aufzeichnen würde.

»Konnte McGlade mit seinem teuren Spielzeug herausfinden, woher der Anruf kam?«

Pasha nickte. »Sie haben ein Prepaidhandy ohne Vertrag benutzt.«

»Es ist also anonym?«

»Ja.«

»Haben diese Leute Ihnen jemals gesagt, wie sie sich die Bezahlung vorgestellt haben? Wollen sie sich irgendwo mit Ihnen treffen?«

»Nein, kein Treffen. Sie sagten, sie würden mir fünfzigtausend in bar geben.«

»Kein Treffen heißt, dass man Ihnen keinen Hinterhalt legen kann. Und Bargeld heißt, es gibt keine Papierspur.«

»Sie sind also clever?«

»Nicht übermäßig clever. Wenn sie clever wären …« Ich sprach den Satz nicht zu Ende.

»… würden sie mich töten«, ergänzte Pasha an meiner Stelle.

Ich nickte. Das Ganze ergab keinen Sinn. Was bezweckten sie mit ihrem Versuch, Pasha zu vertreiben? Es gab jede Menge Auftragsmörder, die Pasha für weit weniger als fünfzig Riesen aus dem Weg räumen würden.

Das war ein Hinweis. Und ich hatte bereits andere Hinweise erhalten. Von Mulrooni. In Griffiths Haus. Aber sie ergaben keinen Sinn. Die Kerle waren mehr als gewillt gewesen, mich in Oldridge und später in dem Waldschutzgebiet bei Flutesburg zu töten, solange es nach einem Unfall aussah. Aber Pasha wollten sie nicht umbringen, sondern versuchten lediglich, sie einzuschüchtern. Warum?

»Wir haben etwas übersehen. Ihre finanziellen Angelegenheiten gehen mich zwar nichts an, aber liege ich richtig mit der Vermutung, dass Sie als Ärztin in einer Frauenklinik in der Vorstadt nicht reich werden?«

»Sie haben richtig vermutet. Nach Abzug von Studiendarlehen, Versicherungen und Geschäftskosten geht es mir einigermaßen gut, aber für einen BMW reicht es nicht.«

Sie fuhr einen VW Käfer. Und ich war in ihrer Wohnung gewesen. An den Wänden hingen keine Picassos.

Aber Griffith besaß einen. Und einen neuen Cadillac.

Pasha schien mich abzuschätzen. »Und? Was ist Ihr Plan?«

Ich hatte keinen. Ich hatte die ganze Zeit improvisiert, und meine Bemühungen, herauszufinden, warum Pasha unter Druck gesetzt wurde, waren katastrophal gescheitert. Die Mafia steckte dahinter, und ich wusste nicht, warum. Wenn ich nicht in Jimmy Mulroonis Haus eindringen und die Antworten aus ihm herausprügeln wollte – keine gute Idee angesichts der Tatsache, dass Mafiabosse sich normalerweise gegen solche Maßnahmen wappneten –, konnte ich nichts weiter tun, als für Pashas Sicherheit zu sorgen.

Ich weiß … ich verhielt mich nicht gerade wie ein Problemlöser. Ich reagierte, anstatt zu handeln. Früher, bevor Earl in mein Leben trat, empfand ich für meine Arbeit gewissermaßen einen perversen Stolz. Ich half den Opfern und verringerte die Anzahl der Raubtiere. Ein Robin Hood mit Schlagring.

Aber jetzt arbeitete ich für Drogen, um mich vor einem Leben zu verstecken, das rapide dem Ende entgegenging.

Ich war nie ein Held gewesen. Aber irgendwo auf meinem Lebensweg war ich an den Punkt gekommen, wo ich einem Schurken viel ähnlicher war. Wobei ich noch nicht viele Schurken getroffen hatte, die derart zu Selbstmitleid und Nabelschau neigten wie ich in letzter Zeit.

»Gibt es in anderen Vororten hier in der Nähe noch weitere Abtreibungskliniken?«, fragte ich.

»Eine in Carlington, ein paar Kilometer südlich von hier. Zwei nördlich von hier, in Prairie Estates.«

»Können Sie dort anrufen und fragen, ob sie bedroht wurden? Wenn die Frage von Ihnen kommt, hat sie mehr Gewicht, als wenn ich anrufe.«

Sie nickte und griff zum Telefon. In diesem Augenblick klopfte es an der offenen Tür. Es war McGlade. Ich ging zu ihm und beugte mich zu ihm vor, um zu hören, was er herausgefunden hatte.

»*Slobeco Marketing* ist eine Strohfirma für *Mitchell Incorporated*, die einer Wohltätigkeitsorganisation namens *Feel Good* gehört. Sie beschäftigt sich mit Diabetesforschung. *Feel Good* wiederum ist Teil einer größeren Organisation namens *EcoFriends*, die irgendetwas mit dem Kampf gegen Umweltverschmutzung zu tun hat. Vielleicht hast du schon mal deren Spendenboxen in Tankstellenshops gesehen. Sie haben diese Bilder von Müllhalden drauf, mit der Aufschrift: ›Hinterlassen wir das nicht unseren Kindern.‹«

»Bis jetzt kann ich dir folgen.«

»*EcoFriends* tut etwas, das man als unethisch bezeichnen könnte. Sie vermieten ihre Boxen. Das heißt, jeder Trottel kann eine Spendenbox mieten und in einem Geschäft aufstellen. Er muss nur zwei Dollar im Monat an die Organisation abführen und behält den Rest.«

»Du willst auf etwas ganz Bestimmtes hinaus, richtig?«

»Und jetzt wird es interessant. Ich habe herausgefunden, dass *Mitchell Incorporated* eine große Anzahl *EcoFriends*-Boxen mietet, ungefähr zwanzigtausend. Die Firma vermietet also im Grunde genommen die Boxen an sich selbst und behält die Profite ein.«

Harry strahlte wie ein Jugendlicher nach seinem ersten Kuss.

»Das ist ja alles sehr interessant«, sagte ich, »aber was hat es mit dem Aufkauf von Abtreibungskliniken zu tun?«

»Keine Ahnung. Aber ich konnte den größten Anteilseigner an *Mitchell Inc.* ermitteln. Dem Mann gehören damit sowohl *EcoFriends* als auch *Slobeco Marketing.*«

»Und wer ist das?«

Harry grinste übers ganze Gesicht. »Dennis LaBeck.«

»Wieso kommt mir der Name bekannt vor?«, fragte ich.

»Dennis LaBeck ist der Bürgermeister von Flutesburg.«

Harrys Worte hingen in der Luft wie ein schiefes Bild.

Der Bürgermeister von Flutesburg drängte Pasha dazu, ihre Klinik zu schließen. Das konnte mehrere Dinge bedeuten.

Erstens: Die Mafia hatte ihn wahrscheinlich in der Tasche.

Zweitens: Deshalb hatte die Polizei nichts gegen die randalierenden Demonstranten vor der Klinik unternommen.

Drittens: Sollte Dr. Griffiths Leiche jemals auftauchen, könnte LaBeck womöglich mit dem Mord in Verbindung gebracht werden.

Aber wieso versuchte er, Flutesburgs Abtreibungskliniken loszuwerden?

»Können wir LaBeck Ärger machen, wenn wir mit diesem Spendenbetrug an die Öffentlichkeit gehen?«, schlug ich vor.

»Solange *EcoFriends* eine bestimmte Summe für seine Kampagne abführt, darf es einen Profit machen und nach wie vor als Wohltätigkeitsorganisation fungieren. Es gibt kein Gesetz gegen das Vermieten von Spendenboxen, selbst wenn man sie an sich selbst vermietet. Ich habe LaBecks Einkommenssteuererklärung nicht gesehen, aber ich wette, er hat sich nach allen Seiten hin abgesichert.«

»Du hast das alles mit deinem Hightech-Handy herausgefunden?«

»Damit, und mit ein paar Anrufen bei Freunden.«

»Nett.«

»Wie geht es jetzt weiter? Statten wir dem Bürgermeister einen Besuch ab?«

Ich nickte. »Ich gehe zusammen mit Jack zu ihm. Bleib hier und pass auf Pasha auf.«

McGlade stieß mich mit dem Ellenbogen an. »Hast du was mit ihr?«

»Mit Pasha?«

»Sie reagiert nicht auf meine Annäherungsversuche. Ich glaube, das kommt daher, weil sie auf dich abfährt.«

»Vielleicht findet sie dich einfach abstoßend.«

»Unmöglich«, sagte McGlade. Dann rülpste er und ging weg.

»Ihr Freund Harry McGlade ist ein faszinierender Mann«, sagte Pasha, die von hinten an mich herangetreten war.

Ich musste an Harrys Worte von vorhin auf dem Parkplatz denken. »Wir sind nicht gerade Freunde.«

»Wirklich? Er hilft Ihnen immerhin.«

»Ich bezahle ihn dafür.«

»Aber er hat das Geld nicht nötig. Er hat mir von *Tödliche Begegnung* erzählt.«

Tödliche Begegnung. Die Fernsehserie, die auf Harrys Eskapaden basierte. So unrealistisch, wie Fernsehen nur sein konnte. Die Figur, die Harry darstellte, war ein gut aussehendes Genie, während alle um ihn herum Idioten waren. Eine spiegelverkehrte Parodie des wirklichen Lebens.

»Wundern Sie sich nicht, wenn er Sie bittet, eine Einverständniserklärung zur Verwendung Ihrer Person zu unterschreiben. Die Darstellerin, die Sie spielt, ist dann wahrscheinlich eine blonde Schlagersängerin aus den Top-40-Charts.«

Pasha runzelte die Stirn. »Ich bin enttäuscht. Ich hatte schon gehofft, dass man mich als typische Klischee-Inderin porträtiert. Eine, die in einem Donut-Schnellrestaurant arbeitet, einen aufgemalten Punkt auf der Stirn trägt und heilige Kühe verehrt.«

Mein Leben war nicht leicht gewesen. Aber Rassismus oder Sexismus hatte ich nie am eigenen Leib erfahren müssen.

»Wahrscheinlich ist es nicht leicht«, sagte ich, »eine Ärztin indischer Herkunft in einer typischen amerikanischen Vorstadt zu sein.«

»Alles, was die Mühe wert ist, ist nicht leicht.«

»Da haben Sie recht. Was haben die anderen Kliniken gesagt?«

»Keine Drohanrufe. Auch keine Proteste in letzter Zeit.«

»Kennen Sie zufällig den Bürgermeister?«

»Welchen Bürgermeister? Den von Flutesburg? Nein.«

Einen Augenblick lang herrschte angenehmes Schweigen. Die Wirkung des Tramadol war abgeklungen, und der Pillencocktail in meinem Magen war nicht stark genug, um mich von der Verantwortung zu befreien, selbst mit meinen Schmerzen klarzukommen.

»Sie haben Schmerzen«, stellte sie fest.

»Ich komme damit klar.«

»Ich könnte Ihnen ein Schmerzmittel verschreiben. Aber Harry hat gesagt …«

»Dass ich drogenabhängig bin.«

Sie nickte.

»Er hat recht.«

»Waren Sie das schon vor Ihrer Krebserkrankung?«

Ich dachte über die Frage nach. »Da habe ich auch schon Drogen genommen. Aber ich war nicht abhängig.«

»Ist der Krebs also der Grund für Ihre Abhängigkeit? Oder dient er nur als Ausrede dafür?«

Das ist eine verdammt gute Frage, sagte Earl.

»Ich habe …«, ich suchte nach den passenden Worten, »ich habe oft Schmerzen gehabt. Sogar schon vor meiner Krebserkrankung. In letzter Zeit waren Drogen mein Bewältigungsmechanismus Nummer eins.«

»Und wie funktioniert das für Sie?«

Schon wieder eine verdammt gute Frage. Sie hat dich durchschaut, Sportsfreund.

»Wie es für mich funktioniert?«, wiederholte ich. »Funktioniert *überhaupt* etwas?«

»Wie meinen Sie das?«

»Ich habe oft versucht, mein Leben unter Kontrolle zu bekommen. Aber Kontrolle ist eine Illusion. Das Leben interessiert sich nicht für die Pläne des Einzelnen. Man kann hart daran arbeiten, sich gegen Unglücksfälle zu wappnen, aber sie passieren nach wie vor.«

»Also kann man die Kontrolle genauso gut in den Wind schießen?«

»So ungefähr.«

Sie wirkte, als bildete sie sich ein Urteil über mich. Ich tat so, als wäre mir das egal.

»Sie sind ein interessanter Mensch, Phineas Troutt. Ich weiß nicht, was ich in Ihrer Situation tun würde.«

»Dasselbe kann ich von Ihnen sagen.«

»Der Unterschied ist allerdings, dass ich Sie dafür bezahle, dass Sie sich um meine Situation kümmern.«

»Mit anderen Worten, ich muss mich wieder an die Arbeit machen. Harry bleibt hier bei Ihnen.«

»Wo wollen Sie hin?«, fragte Pasha.

Ich zwinkerte ihr zu. »Ich habe endlich einen Plan.«

* * *

Jack bestand darauf zu fahren. Wahrscheinlich dachte sie, ich wäre auf Drogen. Sie fuhr einen Chevy Nova aus den Achtzigerjahren. Die Karre war schon kein cooles Auto gewesen, als sie vom Fließband rollte, und hatte sich nicht gut gehalten. Abgesehen von den ästhetischen Mängeln war der Beifahrersitz extrem unbequem, als hätte ein über zweihundert Kilo schwerer Sack Zement darauf gelegen. Vielleicht lag Harry gar nicht so falsch mit seiner Behauptung, dass Jacks Partner Herb zugenommen hatte.

Ich war ihr für ihre Hilfe dankbar, also sagte ich nichts. Außerdem war es schön, sie zu sehen. Ich wusste nicht mehr, warum seit unserer letzten Begegnung so viel Zeit vergangen war.

»Du hast mich gemieden«, sagte sie.

Lieutenant Gedankenleserin.

»Ich hab dich doch erst gestern angerufen.«

»Du warst schon länger nicht mehr in der Billardhalle. Hattest wohl Angst, ich würde dir einen Anschiss verpassen, weil du mit der Chemotherapie aufgehört hast.«

Das stimmt, sagte Earl.

»Das stimmt nicht«, widersprach ich beiden. »Ich war beschäftigt.«

»Damit beschäftigt, nicht zur Chemotherapie zu gehen.«

»Ich dachte, du machst keine Psychoanalyse, hältst keine Motivationsreden und hast mit liebevoller Strenge nicht viel am Hut.«

»Ich mache dich gerade zur Schnecke«, sagte sie. »Darin bin ich gut.«

Diese Frau lässt sich von deiner Masche nicht beeindrucken, sagte Earl. *Sie gefällt mir.*

»Und wie geht's dir so?«, fragte ich und wechselte elegant das Thema.

»Wechsle nicht das Thema.«

Das gigantische Einkaufszentrum, das sich Flutesburg schimpfte, breitete sich vor uns aus. Ich kam mir vor, als würde ich auf einer nicht enden wollenden Welle kapitalistischen Vorstadtschwachsinns surfen.

Oder vielleicht kam ich von meinem Pillencocktail runter.

Geh einfach wieder mit ihr Billard spielen. Wovor hast du Angst?

»Also gut.« Ich traf selbst eine Entscheidung, ohne dass mich jemand dazu antreiben musste. »Ich gehe mit dir Billard spielen.«

»Wann?«

»Wenn diese Sache vorbei ist.«

»Versprichst du es mir?«

Ich musterte Jack. Sie war sonst nicht so direkt. »Ist das dein Ernst? Du willst, dass ich dir mein Wort gebe?«

»Wenn ich jemanden zur Schnecke mache, rede ich ihm auch Schuldgefühle ein. Das gehört dazu.«

»Ich dachte, es ginge dir nur darum, mich zu beleidigen.«

»Das auch.« Sie lächelte mich verschmitzt an. »Du hässlicher Dreckskerl.«

»Okay, du hast mein Wort«, sagte ich und fügte hinzu: »Zicke!«

»Mir kannst du nicht verbal in die Eier treten. Ich habe nämlich keine. ›Zicke‹ hört sich einfach nur frauenfeindlich an.«

»Echt?«

»Nein. Ich verarsche dich nur.«

Wir fuhren an einem Stripteaselokal namens *Bathing Beauties* vorbei. Ein Neondisplay zeigte die Silhouetten vollbusiger Frauen. Darunter hing ein Schild mit der Aufschrift WIR SCHLIESSEN IN KÜRZE.

»Mal im Ernst, Jack. Wie geht's dir so?«

Sie presste die Lippen zu einem Strich zusammen und trommelte mit den Fingern aufs Lenkrad. »Gut. Ich weiß nicht. Beschissen. Bei der Arbeit ist nicht viel los. Ich weiß nicht, ob das gut oder schlecht ist. Vielleicht beides. Dass es zurzeit nicht viele Morde gibt, ist gut. Aber das heißt, dass ich nur herumsitze und zuschaue, wie meine Oberschenkel immer fetter werden.«

»Deine Oberschenkel sehen gut aus.«

»Findest du?«

Mr Aalglatt flirtet mit der älteren Polizistin. Pech für dich, dass sie einen Freund hat, was?

»Wie geht's deinem Freund?«, fragte ich.

Sie runzelte die Stirn. »Er schaut mich mit diesem Blick an.«

»Was für ein Blick?«

»Dieser *Wann-heiraten-wir-endlich*-Blick.«

»Und wie stehst du dazu?«

»Ich bin gespalten. Menschen, die ich zu nahe an mich heranlasse …«, sie sah mich an, »… kommen oft zu Schaden.«

»Das ist ihre Entscheidung, oder nicht? Andere Menschen werden immer Teil deines Lebens sein, es sei denn, du ziehst auf eine einsame Insel. Du kannst das nicht kontrollieren.«

»Das sagt ausgerechnet einer, der sich in ein Pillenfläschchen verkrochen hat.«

»Ich kann ein Heuchler sein und trotzdem recht haben.«

»Na gut.«

Wir fuhren an derselben Einkaufszeile vorbei wie zuvor. Oder vielleicht war es eine andere. Ich hasse die Vorstädte.

»Was macht dein Liebesleben?«, fragte Jack. »Hast du zurzeit eine Frau?«

»Wann immer ich mir eine leisten kann.«

»Sexarbeiterinnen?«

»Sie bieten eine Dienstleistung an.«

»Findest du das nicht irgendwie leer?«

»Wie meinst du das?«

»Du betreibst Selbstmedikation mit Prostituierten und Drogen.«

»Du hast nur teilweise recht«, sagte ich. »Ich trinke auch zu viel Alkohol.«

»Ich meine Sex ohne emotionale Verbindung.«

Ich dachte an Annie. »Du bist nicht die Einzige, die Angst davor hat, Menschen zu verletzen, die du liebst.«

Wir hielten an einer Ampel. Im Fenster des Sexshops an der Ecke hing ein Schild mit der Aufschrift GESCHÄFTSAUFGABE. Die Zeiten waren überall hart. Ich fragte mich, ob dieser Laden ein weiteres Opfer der Digitalisierung war.

»Dr. Kapoor scheint dich zu mögen«, sagte Jack.

»Das hat McGlade auch gesagt. Ich glaube aber nicht, dass daraus etwas wird. Die Gelegenheit war bereits da, ist aber an mir vorübergezogen.«

»Das Schöne an Gelegenheiten ist«, sagte Jack, »dass sie nicht immer verschwinden. Manchmal warten sie so lange, bis die Zeit reif ist.«

»Das klingt wie irgend so ein schwachsinniger Spruch auf einem Glückskekszettel.«

»Timing ist nicht alles. Bis es so weit ist.«

»Und das klingt wie ein schwachsinniges Horoskop.«

»Das ist kein Schwachsinn. Wenn etwas geschehen soll, muss man zur richtigen Zeit am richtigen Ort sein. Aber es gibt auch so etwas wie zur falschen Zeit am richtigen Ort.«

»Du meinst also Schicksal.«

Jack verzog das Gesicht. »Ich glaube nicht an das Schicksal. Nichts ist vorbestimmt. Aber ich glaube, dass das Offensichtliche einem so oft eins überbraten kann, bis man es schließlich akzeptiert.«

»Denkst du so über Latham?«

»Ich weiß nicht.«

»Hast du jemals so über jemanden gedacht?«

Jack sah mich an. »Vielleicht. Aber ich bin mir nicht sicher, dass das Offensichtliche mir oft genug eins übergebraten hat.«

Die Ampel schaltete auf Grün. Wir starrten uns für ein paar Sekunden länger an, als angenehm war, ehe sie links abbog. Das Rathaus von Flutesburg sah wie der billige Abklatsch einer zweistöckigen Villa im Tudorstil aus, die stattlich sein wollte, aber in Wirklichkeit nur kitschig war.

Als wir parkten, humpelte ein Koloss, der mir bekannt vorkam, zur Tür hinaus. Sein Gesicht glich einem Flickenteppich aus Verbänden.

»Das ist Brecher«, sagte ich. »Ich habe ein paar Mal auf ihn geschossen.«

»Wann?«

»Gestern.«

»Hast du getroffen?«

»Wie kann man bei so jemandem danebenschießen?«

Jack glaubte mir anscheinend nicht. »Was für Munition hast du verwendet? Spuckekügelchen?«

»Die hätte ich genauso gut nehmen können. Kaliber .32. Ich glaube, die Kugeln sind von ihm abgeprallt.«

Wir stiegen aus. Als Brecher mich sah, riss er deutlich überrascht die Augen auf. Anscheinend hatte man ihm gesagt, ich sei tot.

»Hey Brecher«, sagte ich. »Witzig, dich hier zu sehen. Ich dachte, du wärst in der Gasse hinter der Highschool-Turnhalle, Steroide kaufen.«

»Du schnüffelst also immer noch herum. Wer ist die Fotze?«

»Die Fotze«, sagte Jack, »ist ein Lieutenant im Morddezernat. Haben Sie in letzter Zeit jemanden umgebracht?«

»Sie sind keine Polizistin.« Brecher grinste spöttisch und stieß sie an der Schulter.

Ein großer Fehler.

Jacks Bewegungen erfolgten so schnell, dass man sie mit bloßem Auge kaum wahrnehmen konnte. Ehe er begriff, was mit ihm geschah, lag Brecher auf dem Rücken. Jack drückte ihm ein Knie auf die breite Brust. In der einen Hand hielt sie ihre Polizeimarke, mit der anderen richtete sie ihre .38er auf sein Gesicht.

Ich machte mir im Hinterkopf eine Notiz, mich nie auf eine Prügelei mit Jack einzulassen.

»Ein Angriff auf einen Polizisten ist eine Straftat«, belehrte sie ihn mit bestimmtem Tonfall.

»Sie tun mir weh«, keuchte er.

»Da habe ich ihn getroffen«, sagte ich und deutete mit dem Finger. »In der Brust.«

Jack nahm ihr Knie nicht weg. Sie steckte die Polizeimarke wieder ein, tastete ihn ab und zog eine Brieftasche aus seiner Tasche.

Sie warf einen Blick auf seinen Führerschein, überflog das Dokument in einer halben Sekunde und sah ihn wieder an. »Ihre Eltern haben Sie wirklich Brecher genannt?«

»Ich habe meinen Vornamen ändern lassen.«

»Wie lautete Ihr ursprünglicher Name?«

Er murmelte etwas.

Jack verlagerte ihr Gewicht auf ihr Knie. »Lauter.«

»Sue«, sagte er. »Meine Eltern haben mich Sue genannt. Wie in dem Lied.«

Ein klassischer Country-Song, den Johnny Cash berühmt gemacht hatte. *A Boy Named Sue.* Das Lied handelte von einem pflichtvergessenen Vater, der seinem Sohn den Mädchennamen Sue gab, um ihn abzuhärten.

Anscheinend funktionierte so etwas im wirklichen Leben, wenn man bedachte, was für ein großer und aggressiver Kerl aus Sue geworden war.

»Möchten Sie ins Gefängnis, Brecher?«, fragte Jack.

Er schüttelte seinen wuchtigen Schädel. »Nein, Ma'am.«

»Ich habe einen Zeugen, der bestätigen kann, dass Sie Hand an mich gelegt haben. Ich kann jederzeit Anzeige gegen Sie erstatten. Haben Sie das verstanden?«

»Ja, Ma'am.«

»Finden Sie es angemessen, Frauen als *Fotzen* zu bezeichnen?«

»Nein, Ma'am.«

»Finden Sie, dass ich eine Fotze bin, Brecher?«

»Nein, Ma'am.«

»Wie lange habe ich gebraucht, um ihn flachzulegen?«, fragte Jack mich. »Eine Sekunde?«

»Ungefähr halb so viel«, sagte ich.

»Ich sage Ihnen mal, was Sie jetzt tun werden, Brecher. Sie stehen auf, gehen nach Hause und tun künftig Ihr Bestes, Frauen zu respektieren. Frauenfeindlichkeit ist in unserer Gesellschaft nämlich fehl am Platz. Kapiert?«

Aus seinen geröteten Augen quollen Tränen. »Ja, Ma'am.«

Jack ließ ihn los, behielt aber weiterhin die Waffe in der Hand, während er sich aufrappelte.

»Bis später, Susie«, sagte ich zu ihm.

Brecher schlich sich davon.

Wir sahen ihm noch einen Augenblick hinterher, bevor Jack die Waffe in das Holster steckte und wir zum Eingang des Rathauses gingen.

»Verdammt, der Kerl war riesig«, sagte Jack. »Glaubst du, er stemmt Gewichte?«

»Wieso hast du ihn nicht festgenommen?«

»Aus drei Gründen.« Jack zählte sie an den Fingern ab. »Ich habe hier keine Amtsbefugnis, also hätte ich extrem viel Papierkram ausfüllen müssen. Er kam gerade aus dem Rathaus, also hat er anscheinend Kontakte in der Stadtverwaltung, und das könnte Ärger geben. Aber der Hauptgrund war rein praktischer Natur.«

»Deine Handschellen hätten ihm nicht gepasst.«

»Volltreffer. Und jetzt gehen wir mal da rein und reden mit dem Bürgermeister von diesem Dreckskaff.«

* * *

Die Sekretärin von Bürgermeister LaBeck hatte derart riesige, der Schwerkraft trotzende Brüste, dass sie nur künstlich sein konnten. Ich bewegte mich mit Absicht ein bisschen schneller als Jack, um als Erster etwas sagen zu können.

»Jimmy Mulrooni. Ich möchte zu Dennis LaBeck«, sagte ich.

Falls sie wusste, dass ich nicht Mulrooni war, war sie zu klug, es sich anmerken zu lassen. So viel zu meinen Gedankentricks à la Sherlock Holmes.

Zum Glück hatte Jack bereits ihre Polizeimarke gezückt. »Ist Mr LaBeck hier?«

»Ich glaube, er ist in einer Besprechung«, erwiderte sie und ließ ihren Blick zwischen mir und Jack hin- und herwandern.

»Sagen Sie ihm, es ist dringend«, sagte meine Freundin, die Polizistin.

Sie betätigte die Sprechanlage. »Zwei Detectives sind hier und möchten Sie sprechen, Sir.«

»Ich bin gleich fertig, Eva. Sie können sie zu mir schicken.«

Eva erhob sich und führte uns zu einer doppelten Holztür. Als sie sie öffnete, kam uns eine Bohnenstange von einem Mann entgegen, der nach hinten über die Schulter sprach.

»Ich kann das Schild auswechseln, falls es anstößig wirkt«, sagte die Bohnenstange.

»Ich kann nichts machen, Mr Kahdem.« Der Bürgermeister war laut. Mit so einer Stimme brauchte er bei Ansprachen bestimmt kein Mikrofon.

»Aber die Mädels treten nicht oben ohne auf! Sie können mir doch nicht einfach die Schanklizenz verweigern!«

»Guten Tag, Mr Kahdem.«

»Lass mich mit ihm reden«, flüsterte Jack mir zu.

Mr Kahdem stürmte wütend an uns vorbei.

»Die Polizisten, die Sie sprechen möchten, Sir.«

»Danke, Eva. Sie können gehen.«

Eva schloss hinter uns die Tür, und wir standen dem ehrenwerten Bürgermeister von Flutesburg gegenüber. Er war ein gut aussehender, fitter Mann in den Fünfzigern mit grau melierten Haaren und gebleichten Zähnen, die so groß waren wie Scrabble-Buchstabensteine. LaBeck bleckte diese Zähne, als wir auf seinen riesigen Schreibtisch zugingen. An den Wänden hingen die Köpfe toter Tiere, darunter Rehe, Hirsche, Elche und ein Bison. Auf einigen Bücherregalen und Schränken befanden sich Trophäen kleinerer Wildtiere, darunter ein Biber, ein Rotfuchs, zwei Enten, ein Fasan und eine Kanadagans.

Auf dem Schreibtisch stand ein eingerahmtes Foto, das den Bürgermeister und eine korpulente Frau – offensichtlich seine Ehefrau – in künstlicher Pose vor einer amerikanischen Flagge zeigte. Ich fand es seltsam, dass das Foto nicht LaBeck, sondern Besuchern zugewendet war.

Hinter meinen Augen machten sich plötzlich Kopfschmerzen bemerkbar, und Schweißtropfen liefen mir den Nacken und die Wirbelsäule hinunter. Entzugserscheinungen.

»Sie sind Detectives?«, fragte LaBeck.

»Ich bin Lieutenant Daniels vom Morddezernat des Chicago Police Departments.«

»Sind Sie hier nicht außerhalb Ihres Zuständigkeitsbereichs, Lieutenant?«

»Haben Sie alle diese Tiere getötet?«, warf ich ein, bevor Jack etwas erwidern konnte.

»Ich bin Jäger. Das sind ein paar von meinen Trophäen.«

»Ich habe noch nie Rehe gejagt. Sind diese Tiere sehr gefährlich?«

Jack warf mir einen Blick zu, aber ich dachte nicht daran, aufzuhören. Meine Schmerzen kehrten zurück, begleitet von einer Portion Boshaftigkeit. Wenn man obendrein meine verminderte Impulskontrolle hinzurechnete, hätte ich eigentlich den Mund halten sollen.

»Sind Sie Veganer?«, fragte LaBeck.

»Ich bin Fleischfresser«, sagte ich. »Aber wenn ich mir Ihre Trophäen anschaue, fällt mir ein ausgeprägter Mangel an Fleischfressern auf. Wieso versuchen Sie es nicht mal mit einem Bären? Oder einem Berglöwen? Oder gefällt es Ihnen womöglich nicht, wenn Zielscheiben zum Gegenangriff übergehen?«

Er lächelte das einstudierte Lächeln eines Politikers. »Kommen Sie bitte zur Sache. Ich habe für den Rest des Tages einen vollen Terminkalender.«

»Haben Sie vor, nach dem Abendessen ein paar Eichhörnchenbabys zu erschießen?«

Er zog die Mundwinkel einen Millimeter nach unten, kaum merklich, es sei denn, man sah genau hin. »Was wollen Sie von mir?«

Jack ergriff das Wort, bevor ich etwas sagen konnte. »War Brecher Corrender gerade bei Ihnen?«

»Was geht Sie das an?«

An und für sich kein Schuldeingeständnis. Aber es hätte genauso gut eins sein können.

»Ich gehe Hinweisen in einem Fall nach. Er ist ein Verdächtiger. Wenn Sie mit ihm geschäftlich zu tun haben, würde ich Ihnen gerne ein paar Fragen stellen.«

»Ich fürchte, dazu kann ich nichts sagen.«

»Sie weigern sich, über Brecher Corrender zu reden?«

LaBeck lächelte immer noch, aber das Lächeln erreichte seine Augen nicht. Sein Gesichtsausdruck wirkte so tot wie die ausgestopften Tiere um ihn herum.

»Sie kennen anscheinend viele wichtige Leute«, fuhr Jack fort. Ich folgte ihrem Blick und stellte fest, dass sie die eingerahmten Fotos zwischen den Tierköpfen betrachtete. »Den Präsidenten. Den Vizepräsidenten. Den Gouverneur.«

»Den Bürgermeister von Chicago«, sagte LaBeck. »Wir beide spielen hin und wieder miteinander Golf. Kommen Sie mit dem Bürgermeister klar, Lieutenant?«

»Wir spielen nicht miteinander Golf. Ich finde, es mangelt ihm an … Ehrgeiz.«

Ich war mir nicht sicher, worauf Jack hinauswollte. Dafür fiel mir zwischen all den Fotos, auf denen LaBeck mit Politikern, Schauspielern und Profisportlern posierte, ein kleines Gemälde ins Auge, das einen Hund beim Videopoker zeigte. Anscheinend passte sich auch die Popkunst dem digitalen Zeitalter an.

»Ehrgeiz ist eine wichtige Eigenschaft.« LaBeck nickte und nahm einen offeneren Gesichtsausdruck an. »Sind Sie ehrgeizig, Lieutenant?«

»Ich hätte es als Frau nicht bis zum Lieutenant gebracht, wenn ich nicht wüsste, wie der Hase läuft, Herr Bürgermeister.« Sie stellte sich ein wenig vor mich. »Anders als mein Kollege hier habe ich begriffen, dass die Menschheit aus zwei Typen besteht: Raub- und Beutetiere. Ich habe mit sieben meinen ersten Maultierhirsch geschossen. Auf eine Entfernung von zweihundertachtundsechzig Metern, mit einem Gewehr vom Kaliber 30.06 Springfield. Mein Name stand in der Zeitung. Und es war nicht das letzte Mal, dass ich in der Zeitung erwähnt wurde.«

Mein Schädel pochte im Takt mit meinem Herzschlag.

»Beeindruckend. Und ich muss zugeben, Lieutenant, dass ich von Ihnen gehört habe. Sie waren hin und wieder in den Nachrichten.«

»Ein- oder zweimal. Ich bin schon zu lange Lieutenant. Ich fürchte, ich habe in meiner Polizeikarriere die gläserne Decke erreicht.«

»Ich kenne die Besoldungstabelle in Chicago.« LaBeck tat so, als zucke er zusammen. »Für das, was Sie leisten, sind Sie unterbezahlt. Aber mein Polizeichef hier in Flutesburg bekommt ausgezeichnete Sozialleistungen. Und in dieser Stadt laufen keine Serienkiller oder Psychopathen herum. Flutesburg steht für niedrige Kriminalität, Familienwerte … und sozialen Aufstieg. Wir könnten eine Polizistin Ihres Kalibers gebrauchen.«

Oberflächlich betrachtet ergab dies keinen Sinn. Jack jagte Mörder, und in Flutesburg gab es keine. Aber selbst in meinem eingeschränkten Zustand sprang mir der Bestechungsversuch so deutlich ins Auge wie der Fünfzigdollarschein, den man bei einer Verkehrskontrolle zwischen Führer- und Fahrzeugschein steckt.

»Ich habe mich entschieden, der Öffentlichkeit auf eine andere Art und Weise zu dienen.«

Der Bürgermeister nickte. »Sie wollen in die Politik gehen? Ich bin sicher, dass Sie darin ausgezeichnet wären. Darf ich fragen, welche Partei Sie unterstützen?«

»Die Republikaner«, sagte Jack. »Genau wie Sie. Was sind Ihre Ziele, Sir? Sind Sie hier in Flutesburg zufrieden? Ein Mann mit Ihrer … *Präsenz* … würde einen ausgezeichneten Gouverneur abgeben.«

Er plusterte sich auf wie ein Frosch. »Sie schmeicheln mir, Lieutenant. Illinois hat zurzeit einen Demokraten als Gouverneur. Aber ich habe das Gefühl, dass ein Machtwechsel bevorsteht. Dieser Bundesstaat und dieses Land sind auf dem besten Weg, konservativen moralischen Werten eine größere Bedeutung beizumessen. Und wenn dieser Wandel kommt, werden einige von uns in den Startlöchern sitzen.«

»Hier ist meine Visitenkarte«, sagte Jack und machte einen Schritt nach vorn. Mir fiel auf, dass ihre Finger die seinen streiften, als sie ihm die Karte gab. »Zögern Sie nicht, mich anzurufen, wenn Sie mit mir über irgendetwas reden wollen.«

»Das werde ich tun.« Er erhob sich und streckte ihr die Hand entgegen. »Es war mir ein Vergnügen.«

»Ganz meinerseits.«

Jack ergriff seine Hand, hielt sie etwas zu lange und ging schließlich an mir vorbei und zur Tür hinaus. Ich folgte ihr und sprach erst, als wir draußen im Flur waren.

»Was zum Teufel war das denn gerade?«, fragte ich irritiert. »Abgesehen davon, dass du mit ihm geflirtet und zu deiner Parteipräferenz gelogen hast.«

»Ich kann dir sagen, was das gerade war. Du hast die Selbstbeherrschung eines Kindes gezeigt, das an ADHS leidet und sich in einem Süßwarenladen austobt. Und ich hätte dich am liebsten erschossen.«

»Gut, dass wenigstens einer von uns Selbstbeherrschung gezeigt hat.« Ich zog eine Augenbraue hoch. »Übrigens, wählst du wirklich die Republikaner?«

»Ich wähle den Kandidaten, nicht die Partei. Ich vermute, dein staatsbürgerliches Bewusstsein ist nicht ausgeprägt genug, um zu wählen.«

Sie wollte mich damit niedermachen. Aber meine Meinung zu Wahlen war einfach. »Jeder, der über andere bestimmen will, ist ein Arschloch. Politiker sollten dem Volk dienen, anstatt sich wie Könige oder Diktatoren zu benehmen.«

»Das Problem ist, dass die Leute, die am besten für ein politisches Amt geeignet sind, niemals kandidieren. LaBeck ist wie die meisten Politiker ein ausgeprägter Narzisst mit soziopathischen Zügen. Er strebt nach Macht. Er hält sich für unwiderstehlich. Und er will Gouverneur werden.«

»Wie kommst du darauf?«

»War das nicht offensichtlich? Die Art, wie er geredet und wie er dagesessen hat.«

Ich verdrehte die Augen. »Wie er dagesessen hat?«

Jack grinste. »Okay, ich habe Blödsinn verzapft. Eva, seine Sekretärin, hat *Gouverneur Dennis LaBeck* auf ihren Notizblock gekritzelt. Ich habe ihn angestachelt, es zuzugeben.«

»Wie konnte ich das mit dem Notizblock übersehen?«

»Du hast auf ihre Titten geglotzt.«

»Sie hat Titten? Das ist mir gar nicht aufgefallen.«

»Was war ihre Augenfarbe?«

»Äh … haselnussbraun … oder so ähnlich?«

»Haarfarbe?«

»Sie hatte Haare?«

»Du würdest keinen besonders guten Polizisten abgeben.«

Du bist nirgendwo besonders gut, sagte Earl.

Ich rieb mir die Schläfen. Meine Medikamente waren im Auto, und ich brauchte Pillen, wie Pinocchio Nasenspray brauchte.

»Glaubst du, er vögelt seine Sekretärin?«, fragte ich.

»Natürlich.«

»Aber er ist doch verheiratet.«

Jack reagierte mit gespielter Überraschung. »Moment … verheiratete Männer gehen nie fremd? Ich nehme alles Negative zurück, das ich jemals über dein Geschlecht gesagt habe.«

»Hast du zufällig Aspirin dabei?«

»Es ist mir ausgegangen.«

Ich versuchte, mich zu konzentrieren. »Woher weißt du, dass die beiden etwas miteinander haben?«

»Als Eva uns in sein Büro gebracht hat, hatten die beiden keinen Augenkontakt.«

»Ist es nicht genau umgekehrt? Wenn sie miteinander vögeln, müssten sie sich doch anstarren.«

»Nicht, wenn sie es geheim halten wollen. Sie hat den Kopf gesenkt, als sie uns dem Bürgermeister vorstellte. Er ist ihrem Blick ausgewichen. Der entscheidende Hinweis kam, als ich ihm die Hand geschüttelt habe. Er roch nach ihrem Parfüm.«

Ich raffte überhaupt nichts mehr. »Ich habe nicht einmal bemerkt, dass sie ein Parfüm trug.«

»Du warst zu sehr damit beschäftigt, auf ihre Titten zu starren.« Jack beschleunigte ihre Schritte. »Wir wissen jetzt also, dass dieser Drecksack ehrgeizig ist und mit der Mafia unter einer Decke steckt. Und er will Dr. Kapoor vertreiben. Wie hängt das alles zusammen?«

Ich hatte keinen blassen Schimmer. Plötzlich fing ich an, ein wenig zu straucheln. Jack hielt mich am Ellenbogen fest.

»Alles in Ordnung mit dir?«

Ich atmete ein paar Mal tief durch. Krebs, Schmerzen, Drogen, Entzugserscheinungen, Erschöpfung – eines davon holte mich immer ein.

»Mir geht's gut«, sagte ich.

»Bist du dir sicher?«

»Ja.«

Dir geht's nicht gut. Du stehst mit einem Bein im Grab.

Dieser Earl. Nie um einen Wortwitz verlegen.

Wir verließen das Rathaus und gingen auf den Parkplatz. Plötzlich rief Jack: »Verdammt noch mal!«

Ihr Chevy Nova war umgekippt worden und lag mit der Fahrertür nach unten.

Sie stemmte die Hände in die Hüften. »Dieser verdammte Muskelprotz!«

»Bist du dir sicher, dass du die Karre nicht so geparkt hast?«

Falls sie meine Bemerkung witzig fand, ließ sie es sich nicht anmerken. »Was machen wir jetzt? Einen Abschleppdienst anrufen?«

»Wahrscheinlich können wir ihn wieder auf alle vier Räder aufrichten.«

»Machen wir ihn damit nicht kaputt?«

»Wie soll ich es dir schonend beibringen, Jack?« Ich rang nach höflichen Worten, aber mir fiel nichts anderes ein als: »Dein Auto ist eine Schrottkiste.«

Sie schob den Unterkiefer vor. »Es ist ein Klassiker.«

Ich ging zu dem Wagen und fuhr mit dem Finger am Unterboden entlang. Die Fingerkuppe verfärbte sich dunkelorange. »Da ist ja mehr Rost als Metall.«

»Den kann man wegbürsten.«

»Wenn du den ganzen Rost wegbürstest, bleibt von der Karre nichts mehr übrig.«

»Geh einfach auf die andere Seite und hilf mir beim Schieben.«

Wir mussten den ramponierten Klassiker ein paar Mal hin und her schaukeln, schafften es aber schließlich, ihn auf alle vier Räder zu kippen.

Jack runzelte die Stirn. »Meine Tür ist total zerkratzt und verbeult.«

»Man sieht es kaum«, log ich.

»Hast du gehört, ob etwas von dem Auto abgebrochen ist?«

»Ich glaube nicht.«

Sie ging auf alle viere und tastete den Unterboden ab. Als sie fertig war, hielt sie ein etwa dreißig Zentimeter langes verrostetes Stück Metall in der Hand.

»Was ist das hier?«

»Ich bin mir nicht sicher. Zu verrostet, um etwas zu erkennen.«

»Glaubst du, es ist wichtig?«

Ich runzelte die Stirn. »Wahrscheinlich war es nicht nur zur Dekoration da.«

»Verdammte Scheiße!«

Wir starrten auf das Teil. Nach einer Weile fragte ich sie: »Bist du wirklich konservativ?«

»Nein. Hast du auf ihre Titten geglotzt?«

»Ich bin ein hilfloses Opfer meines Y-Chromosoms.«

»Männer sind Schweine.«

»So ziemlich.«

Wir starrten weiterhin ihren Chevy Nova an.

»Meldest du den Schaden deiner Versicherung?«, fragte ich.

»Fünfhundert Dollar Selbstbeteiligung. Ich glaube, das übersteigt seinen Wert.«

»Vielleicht wird es Zeit, dass du dir was Neues anschaffst. Ich habe Gutes über SUVs gehört.«

»SUVs sind etwas für Vorstadtmütter.«

»Es gibt auch sportliche Modelle. Ich glaube, man nennt sie Crossover.«

»Kannst du dir vorstellen, jemals so einen verdammten Crossover zu fahren?«

»Nein«, gab ich zu.

»Ich auch nicht. Scheiß drauf. Steig ein.«

Ich stieg ein. Jack ebenfalls. Sie warf das rätselhafte Autoteil auf den Rücksitz.

Der Chevy Nova sprang sofort an. Vielleicht war klassische amerikanische Ingenieurskunst doch nicht so übel.

Doch dann blieb die Karre auf halber Strecke zu Pasha liegen.

* * *

Nachdem der Abschleppdienst Jacks Klassiker in die nächste Werkstatt gebracht hatte, war sie extrem schlecht gelaunt und nicht ansprechbar. Als wir schließlich Pasha und Harry in der Klinik trafen, hatten meine Kopfschmerzen Alarmstufe Rot erreicht.

Pasha benahm sich wie eine mitfühlende Freundin.

»Das ist ja furchtbar! Wie lange haben Sie dieses Auto schon?«

Und Harry benahm sich wie das Arschloch, das er schon immer war. »Sie hat das Auto seit ihrer Kindheit. Also seit dem amerikanischen Bürgerkrieg.«

Jack kochte innerlich. »Ich schwöre, McGlade, noch so eine dumme Bemerkung, und ich ziehe meine .38er und ballere dir eine Kugel in die Rübe.«

»Sie haben eine .38er?«, fragte Pasha.

Sie zeigten einander ihre Handfeuerwaffen, worauf Pasha vorschlug, zu einem Schießstand im nahe gelegenen Elgin zu fahren. Jacks Miene hellte sich auf, und sie stimmte dem Vorschlag zu.

»Möchten Sie mitkommen, Phin?«, fragte Pasha mich.

»Ja«, sagte Harry.

»Harry und ich gehen einem Hinweis nach«, erklärte ich den Damen. »Ich wünsche euch viel Vergnügen.«

Nachdem Pasha die Klinik geschlossen hatte, schaute McGlade mich grimmig an. »Was soll das, verdammt noch mal? Es macht einen Riesenspaß, mit Frauen zu schießen. Sie wackeln dabei mit den Ärschen und Titten.«

»Ob du es glaubst oder nicht, Frauen mögen es nicht, wenn man sie wie Sexobjekte behandelt.«

»Wieso nicht? Ich finde es toll, wenn man mich wie ein Sexobjekt behandelt. Komm, gib mir einen Klaps auf den Hintern und sag ›Baby‹ zu mir.«

Ich gab ihm keinen Klaps auf den Hintern und sagte auch nicht »Baby« zu ihm.

Als wir in Richtung Parkplatz gingen, fragte McGlade: »Wo fahren wir hin?«

»Zu einem Sexshop und einem Stripteaselokal.«

»Frauen mögen es nicht, wenn man sie wie Sexobjekte behandelt, was?«

»Es ist rein geschäftlich, McGlade. Wir müssen ein paar Fragen stellen.«

»Verstehe. Was wir da machen, ist Arbeit, keine sexuelle Objektifizierung. Aber zuerst müssen wir zu einem Geldautomaten, der Ein-Dollar-Scheine ausspuckt.«

Da ich mir mehr Pillen besorgen wollte, schlug ich vor zu fahren, aber McGlade bestand darauf, sein Auto zu nehmen. Wahrscheinlich ahnte er, was ich vorhatte.

Während der Fahrt bat ich ihn, seinen Freund bei der Kraftfahrzeugbehörde zu kontaktieren, um LaBecks und Mulroonis Adressen herauszufinden. Für alle Fälle. Er tat es und wiederholte sie laut. Ich notierte sie auf einer Serviette aus einem Fastfood-Restaurant.

Unsere erste Station war der Sexshop, der kurz vor der Geschäftsaufgabe stand. Beim Eintreten stellte ich fest, dass der Laden nicht nur Pornofilme verlieh, sondern ein volles Sortiment an Sexspielzeug führte. Sämtliche Artikel waren um fünfzig Prozent reduziert, worauf stolz hingewiesen wurde.

»Das ist ja das reinste Disneyland für Perverse«, sagte Harry und riss die Augen weit auf.

»Mach es nicht peinlicher, als es ohnehin schon ist.«

»Keine Angst, Phin. Du bist hier sicher. Man wird dich nicht festnehmen, nur weil du in der Öffentlichkeit einen Ständer hast.«

Wir schlenderten durch die mittlere Reihe, Harry voran. Das Innere des Ladens war hell erleuchtet und erstaunlich sauber. Es roch schwach nach Zitronenreiniger. Aus Lautsprechern an der Decke drang Fahrstuhlmusik von der Art, wie sie der Big-Band-Leader Lawrence Welk zu spielen pflegte. Wahrscheinlich, um das heftige Stöhnen aus den Wichskabinen zu übertönen.

Wir kamen an einer Wand vorbei, an der nichts weiter als Dildos und Vibratoren ausgestellt waren, der Größte davon einen Meter lang und so dick wie mein Bizeps. Er benötigte zwölf Batterien, die nicht inbegriffen waren.

Harry pfiff durch die Zähne und las die Namen auf den Verpackungen. »Schau dir mal all diese Sexspielzeuge an. King Dong. Der Zervixinator. Giganticock. Der Analbohrer. Vibratasaurus. Satans Presslufthammer. Sir Schwanzus Longus. Hey! So was habe ich noch nie gesehen! Des Teufels Dreizack.«

Er nahm einen Dildo mit drei realistisch geformten Penisköpfen an sich.

McGlade runzelte die Stirn. »Ich bin kein Experte für menschliche Anatomie, aber ich glaube nicht, dass das Ding irgendwelche praktischen Anwendungen hat.«

»Findest du es nicht seltsam, dass ein Laden, der ausschließlich für Männer da ist, die keine Frau abbekommen, eine große Auswahl an Artikeln im Angebot hat, die dazu da sind, um Frauen zu befriedigen?«

»Wach auf, Phin. Wir schreiben das Jahr 2007. Ich wette eine Menge Geld, dass hier ständig selbstbewusste Frauen reinkommen und ganze Wagenladungen Dildos kaufen. Hey, Sie da! Ja, Sie Schweinkramliebhaber!«, rief McGlade einem Typen zu, der verstohlen ein paar Lederpaddel betrachtete. »Wie oft kommen Frauen hier rein?«

»Hab noch nie welche gesehen«, erwiderte er.

»Wer kauft dann die ganzen Dildos?«

»Optimistische Ehemänner. Und Schwule.«

»Die Wette gilt nicht mehr«, sagte Harry zu mir.

Neben den Dildos gab es eine Reihe von mechanischen Geräten, mit denen man Männer zum Orgasmus bringen konnte. Vakuumpumpen, vibrierende Latexhüllen, Saugmassagegeräte, aufblasbare Sexpuppen. Harry nahm eine der Puppen, die zusammengefaltet in einem Karton lag.

»Alle einen Schritt zurück!«, rief er. »Lasst die Dame etwas Luft schnappen.«

»Du hast dein ganzes Leben darauf gewartet, diesen Witz loszuwerden, stimmt's?«

»Ja. Ich hätte auch sagen können, dass sie mich an Silvester in den Pump Room begleitet.«

»Sonst noch was?«

»Mir sind die Ideen ausgegangen.«

Eine Reihe weiter gab es Analstöpsel.

Für die Uneingeweihten: Ein Analstöpsel ist genau das – ein Gummistöpsel in der Form eines kleinen Footballs. Sinn und Zweck dieses Sexspielzeugs ist, es in den Anus einer Person zu stecken, der so etwas gefällt. Das größte Modell hatte die Größe einer Tischlampe.

»Was für ein Riesenarschloch verwendet so was?«, fragte Harry.

An dieser Stelle wäre Trommelwirbel angebracht gewesen.

Ich rieb mir die Schläfen. »Ich glaube, ich muss dir einen Knebel ins Maul stopfen.«

»Knebel sind an der hinteren Wand.«

Während ich mir den Kopf darüber zerbrach, wer um alles in der Welt einen Analstöpsel kaufen würde, gingen wir an weiteren Erwachsenenartikeln vorbei, darunter aromatisierte Körperöle und Gleitmittel, mit Fell gepolsterte Handschellen,

Halsbänder, Reitpeitschen und ein breites Sortiment an fragwürdigen Verhütungsmitteln. Ich nahm ein Dreierpack einer bekannten Kondommarke – es konnte nicht schaden, welche griffbereit zu haben. Als ich mich nach Harry umsah, war er vorhersehbarerweise verschwunden.

Ich schaute ein paar Reihen weiter und fand ihn schließlich an der Kasse. Er kaufte einen Analstöpsel.

»Das ist ein Geschenk«, sagte er zu mir.

Ich ging zu dem Typen an der Kasse. Er war fett und trug einen Abraham-Lincoln-Bart. Auf seinen Armen prangten Tattoos von Skeletten, die Menschen fraßen.

»Sind Sie der Geschäftsführer?«, fragte ich.

»Ja.«

»Mr Mulrooni möchte wissen, wann Sie hier raus sind.«

Im Gegensatz zu Eva, der Sekretärin des Bürgermeisters, wusste der Typ sofort, von wem die Rede war.

»Ihr habt mir gesagt, ich habe noch bis Ende nächster Woche. Ich brauche nur noch ein paar Tage, um das Inventar loszuwerden.«

Mein cleverer Sherlock-Holmes-Trick hatte funktioniert. McGlade sprang ohne zu zögern auf den Zug auf. »Was, wenn Mr Mulrooni Ihnen jetzt gleich ein Angebot für alles macht?«

»Für alles?«

»Von welcher Größenordnung reden wir?«

Er kratzte sich an seinem komischen Bart. »Alles? Na ja, da wären die DVDs, sämtliche Magazine, die Sexspielzeuge – wollen Sie auch die Batterien?«

»Was glauben Sie, was das Wort *alles* bedeutet, Sportsfreund?«

»Ich weiß nicht … ich glaube … dreißig Riesen?«

Harry schüttelte den Kopf. »Fünfundzwanzig. In bar.«

Der Geschäftsführer nickte so schnell, dass die menschenfressenden Skelette auf seinen Armen einen Wackeltanz hinlegten. »Ja. Ja, das geht in Ordnung. Das Internet ruiniert mir sowieso das Geschäft.« Er warf mir einen ernsten Blick zu. »Ich werde einen Laden mit diesen Fotokiosken eröffnen, wo man die Abzüge innerhalb einer Stunde bekommt. Diese Technologie wird uns noch eine Weile erhalten bleiben.«

»Schlaues Kerlchen.« McGlade tippte sich an die Stirn. »Und wenn das nicht läuft, eröffnen Sie ein Reisebüro. Da haben Sie einen Beruf, der nie verschwindet.«

»Okay«, sagte ich, »wie viel haben Sie insgesamt an meinem großzügigen Arbeitgeber verdient, zusammen mit dem Betrag, den wir Ihnen zahlen, damit Sie Ihren Laden schließen?«

»Fünfundzwanzigtausend plus die fünfzigtausend für den Laden, macht fünfundsiebzigtausend.«

»Gern geschehen«, sagte McGlade. »Meine Jungs kommen heute Abend mit einem Lastwagen vorbei. Fangen Sie an zu packen.«

Ich steckte die Kondome ein, und wir verließen den Laden.

»Jetzt wissen wir also, wie viel Mulrooni ihm gezahlt hat, damit er verschwindet«, sagte ich und stieg ins Auto. »Gut gemacht, McGlade.«

»Gut gemacht? Das ist der Deal meines Lebens!«

»Du hast doch nicht wirklich das gesamte Inventar aufgekauft, oder?«, sagte ich.

»Natürlich habe ich das.«

»Willst du deinen eigenen Sexshop aufmachen?«

»Um Gottes willen, nein! Das ist für meine private Sammlung.«

»Eigentlich müsste ich dich jetzt fragen, ob du das ernst meinst, aber ich weiß die Antwort bereits.«

»Klar meine ich es ernst. Und du schuldest mir sechs Dollar für die Gummis, die du eingesteckt hast.«

McGlade rief von seinem Handy aus ein paar Bekannte an und vereinbarte mit ihnen, dass sie gegen Bezahlung mit dem Bargeld und einem Umzugswagen erscheinen sollten.

»Bringt das Zeug in mein Lagerabteil und stellt es neben die Ente«, wies er sie an.

Was auch immer das hieß.

Als er sein Telefonat beendete, klingelte mein Handy. Ich erkannte die Nummer nicht und nahm den Anruf an.

»Ich vermisse dich, Bill. Ich möchte dich sehen.«

Schon wieder eine Frau, die etwas von Bill wollte, dem Besitzer des Handys. Der Verlust musste seinem Liebesleben einen ernsthaften Dämpfer verpasst haben.

»Das ist nicht Bills Nummer.«

»Wo ist Bill?«

»Das weiß ich nicht.«

»Weiß Bill, dass Sie sein Handy haben?«

Ich beendete das Gespräch.

»Geklautes Handy?«, fragte McGlade.

»Ja.«

»Das finde ich echt schäbig.«

»Das sagt einer, der gerade mittels Erpressung einen Sexshop gekauft hat.«

»Ich bin kein Erpresser. Ich habe lediglich die missliche Lage eines anderen Menschen ausgenützt, um einen meiner Lebensträume zu verwirklichen.«

»Den Besitz einer Analstöpselsammlung.«

Er zuckte mit den Schultern. »Manche Leute sammeln Baseballkarten. Ich mag es, wenn meine Prostata stimuliert wird.«

Ich widmete etwa eine Minute dem Versuch herauszufinden, wie man den Klingelton des gestohlenen Handys abstellte, und gab schließlich auf.

»Weißt du, wo *Bathing Beauties* ist?«, fragte ich.

»Für wen hältst du mich? Ich kenne jedes Stripteaselokal im Mittleren Westen.«

»Gibt es in Flutesburg mehrere davon?«

»Nein. Und streng genommen sind das keine Stripperinnen, sondern erotische Tänzerinnen. Illinois hat so ein bescheuertes Gesetz, das den Ausschank von Alkohol verbietet, wenn die Mädels nackt sind. Also müssen sie Bikinis oder Unterwäsche tragen.«

Jetzt wusste ich, was Kahdem in LaBecks Büro gemeint hatte. Die Stadtverwaltung konnte ihm nicht die Schankerlaubnis verweigern, da seine Tänzerinnen nicht oben ohne auftraten. Diese Bemerkung, die Sache mit der Videothek sowie die Tatsache, dass ich mit Jack an *Bathing Beauties* vorbeigefahren war, waren die Gründe, warum Harry und ich unterwegs waren. Es gab eine Verbindung. Wir mussten nur herausfinden, welche.

Der Parkplatz von *Bathing Beauties* war groß und an diesem Samstagnachmittag etwa halb voll. Das lange, rechteckige Gebäude mit der weißen Aluminiumverkleidung hatte weder Fenster noch Seiteneingänge.

Ich wollte sofort zu Mr Kahdem, aber Harry schlug vor, dass wir zuerst den Laden auskundschaften sollten, um zu sehen, ob uns etwas Ungewöhnliches auffiel.

Das konnte nicht schaden.

Wir parkten, zahlten zehn Dollar Eintritt und traten durch eine schwarz angestrichene Glastür. Drinnen schallte uns augenblicklich Tanzmusik aus den Neunzigerjahren entgegen, und zwar in einer Lautstärke knapp unterhalb der Schmerzgrenze. Möglicherweise nervte mich die Musikauswahl mehr als der Lärm. Ich hatte die Neunziger miterlebt und hegte für dieses Jahrzehnt keine nostalgischen Gefühle.

Harry atmete tief ein und grinste übers ganze Gesicht. »Riechst du das? Mein Lieblingsgeruch. Alleinerziehende Mütter und Silikon.«

»Reiß dich zusammen, damit sie uns nicht rausschmeißen, bevor wir Antworten bekommen.«

»Ich kann nichts versprechen. Ich gehe erst mal zum Geldautomaten.«

Das Innere des Schuppens wirkte kleiner, als er von draußen aussah, war gut beleuchtet und rund wie eine Zirkusmanege. In der Mitte befand sich eine etwa zwanzig Meter lange, zwei Meter breite und eineinhalb Meter hohe Bühne. An jedem Ende und in der Mitte der Bühne gab es Metallstangen, die bis zur Decke reichten. Drei Tänzerinnen – alle in Bikinis und Schuhen mit so hohen Absätzen, dass man davon Nasenbluten bekommen konnte – drehten und schwangen sich darum. Eine hing mit weit gespreizten Beinen und dem Kopf nach unten und erhielt für diese Darbietung lustlosen Beifall von ein paar Gästen, die um die Bühne herum saßen. Ein kleinwüchsiger Mann stand auf und steckte einen Dollarschein in das Strumpfband an ihrem ausgestreckten Oberschenkel.

Weiter hinten gab es eine kleinere Bühne, auf der gerade nichts los war. Rechts von uns erstreckte sich eine lange Bar. Mehrere Kellnerinnen in Netzstrümpfen und Smoking-Oberteilen schlängelten sich zwischen den Tischen hindurch und balancierten Tabletts mit Drinks.

Ich fand einen freien Tisch für zwei in der Nähe der Bar, dessen Oberfläche von unseren Vorgängern noch klebrig war. Eine Kellnerin kam herbei, wischte die Tischplatte ab und legte eine rechteckige Papiertischdecke darauf. Ich bestellte einen Tequila Martini und fragte, ob Mr Kahdem anwesend sei. Sie sagte, sie würde nachsehen.

Harry setzte sich neben mich und verzog das Gesicht.

»Der Geldautomat verlangt eine Gebühr von fünfzehn Dollar«, sagte er. »Diese Scheißbanker nehmen den Stripperinnen Geld weg. Das ist das Problem mit dieser Welt, Phin. Unsere Prioritäten sind völlig durcheinander. Wieso macht jemand, der nur auf seinem Arsch sitzt, mehr Kohle als eine Tussi, die mit ihrem Arsch wackelt?«

Zwei Damen kamen zu uns und stellten sich mit Namen vor, die so künstlich waren wie ihre Titten. Eine von ihnen setzte sich auf Harrys Schoß, und er war über diese Zuwendung sichtlich erfreut. Die andere legte mir eine Hand auf die Schulter und lächelte mich an. Sie war jung und hübsch, aber ich fühlte mich wie zehn Tage alte Hundescheiße, und mein Sexualtrieb war schwächer als mein Bedürfnis nach Drogen, egal, welche.

Die Dame, die McGlade Gesellschaft leistete, nahm ihn bei der Hand und zog ihn mit sich fort. »Privattanz«, sagte er zu mir. »Bis gleich.«

»Möchtest du auch einen Tanz?«, fragte mich die andere. »Zwanzig pro Lied.«

Ich kannte die Routine. Sie würde mit mir in ein Hinterzimmer gehen, sich auf meinen Schoß setzen und ihren Po an mir reiben, während ein Rausschmeißer ein paar Schritte weiter saß und aufpasste, dass ich sie nicht begrapschte.

»Gefällt dir dein Job?«, fragte ich. Vielleicht klang das barsch, aber ich wollte es wissen.

»So lala. Gefällt dir deiner?«

»Nicht wirklich. Ich glaube nicht, dass ich gut darin bin.«

»Was machst du beruflich?«, fragte sie.

»Ich löse die Probleme anderer Leute.«

Sie zwinkerte mir zu. »Ich auch. Möchtest du einen Tanz?«

»Vielleicht später. Aber ich habe eine Frage.« Ich gab ihr zwanzig Dollar. Anstatt den Schein zu nehmen, stellte sie einen

Fuß, der in einem Stiefel mit Stilettoabsatz steckte, auf meinen Stuhl und zog mit dem Finger das Strumpfband zurück. Ich steckte ihr den Schein an den Oberschenkel.

»Danke, Süßer.« Sie gab mir einen schnellen, sanften Kuss aufs Ohr.

»Ist Mr Kahdem hier?«, fragte ich.

»Ich schau mal nach.«

Sie entfernte sich hüftschwingend. Meine Kellnerin kam und stellte meinen Drink auf den Tisch. Er war rosa.

»Danke. Und Mr Kahdem?«

»Ich habe ihm Ihre Nachricht übermittelt. Der Drink macht fünf Dollar.«

Ich gab ihr zwanzig und winkte ab, als sie mir herausgeben wollte. Dann hob ich mein Glas. Der Barkeeper hatte süßen anstatt trockenen Vermouth verwendet und mir keinen Tequila Martini, sondern einen Tequila Manhattan gemixt.

Ich nippte daran.

Furchtbar.

Vielleicht solltest du in Zukunft Manhattans trinken.

Ich kräuselte die Oberlippe und schüttete den Alkohol die Kehle hinunter. Künftig würde ich Alkohol statt Drogen verwenden, um meine Schmerzen zu lindern und Earl zum Schweigen zu bringen.

Das Lied endete, und der DJ rief: »Applaus für Sherri, Devone und Roxy!« Vereinzeltes Klatschen ertönte, als die Mädchen von der Bühne herabstiegen und ein Rausschmeißer sie dabei an den Händen hielt. Sicherheit wurde hier großgeschrieben.

»Ist hier ein Andrew im Publikum?«, rief der DJ laut. Ein Mann, der neben der Bühne saß, erhob sich unter dem johlenden Beifall seiner Kumpels, die mit ihm am Tisch saßen.

»Kommen Sie hoch, Andrew!«

Zwei Tänzerinnen begleiteten ihn auf die Bühne und setzten ihn auf einen Stuhl.

»Der arme Andrew heiratet nächste Woche«, verkündete der DJ mit gespieltem Spott, worauf die Menge missbilligend stöhnte. »Aber Cherry und Sheila werden versuchen, ihm das auszureden!«

Die Menge jubelte. Cherry und Sheila zogen Andrew das Hemd aus. Der Rausschmeißer stellte sich hinter den Stuhl und hielt dem Noch-Junggesellen die Arme hinter dem Rücken fest. Ein weiterer schrecklicher Song aus den Neunzigern ertönte, worauf Cherry und Sheila ihre festen und sexy Körper an Andrew rieben und stießen und zwischendurch mit den Hinterteilen dicht vor seinem Gesicht wackelten.

Andrew johlte und grinste und genoss jede Minute. Als das Lied vorüber war, bekamen Cherry und Sheila wasserfeste Filzstifte ausgehändigt und schrieben sexuelle Anspielungen und witzige Zweideutigkeiten auf Andrews Brust. Anschließend bekam Andrew sein Hemd wieder, und die Mädels gaben ihm je ein Küsschen auf die Wange.

Als ich nach meiner Kellnerin Ausschau hielt, um noch einen schrecklichen Drink zu bestellen, sah ich einen Mann auf mich zukommen. Es war Kahdem, der Typ aus dem Büro des Bürgermeisters. Er trug Jeans, deren Hosenbeine in den Stiefeln steckten, ein Seidenhemd, bei dem zu viele Knöpfe offen waren, und genügend Goldkettchen, um einen Rap-Star vor Neid erblassen zu lassen. Ein Rausschmeißer folgte ihm mit ein paar Schritten Abstand, ließ seine Muskeln spielen und gab sich Mühe, böse dreinzublicken.

»Was kann ich für Sie tun?«, fragte Kahdem.

»Haben Sie Mulroonis Angebot angenommen?«

Kahdems dunkle Augen verengten sich zu Schlitzen. »Die Antwort lautet nach wie vor Nein. Sagen Sie Ihrem Boss …«

»Er ist nicht mein Boss.«

»Wer sind Sie?«

Ich wählte meine Worte mit Bedacht. »Eine interessierte dritte Partei.«

»Interessiert in welcher Hinsicht?«

»Sie sind nicht der Einzige in dieser Stadt, den Mulrooni und LaBeck vertreiben wollen.«

Er zuckte nicht zusammen und wirkte auch nicht verwirrt, als ich LaBeck erwähnte. So weit, so gut.

»Wie viel haben sie Ihnen angeboten?«, fragte ich weiter.

»Fünfzigtausend.« Er schnaubte verächtlich. »Das kann ich an einem Wochenende einnehmen. Aber dieser Dreckskerl von Bürgermeister versucht, mir die Schanklizenz zu entziehen. Seine korrupten Bullen schikanieren mich und meine Gäste. Dabei will ich doch nur auf ehrliche Weise mein Geld verdienen.«

»Zuhälterei ist nicht leicht«, sagte ich.

Kahdem wirkte sichtlich gekränkt und reckte die Brust heraus. »Ich bin kein mieser Zuhälter. Diese Damen verdienen über zweihundert die Stunde. Bar auf die Hand. Sie arbeiten gerne hier. Fragen Sie sie doch.«

»Wenn diese Arbeit so toll ist, warum sind Sie dann nicht auf der Bühne?«

»Weil ich zu sehr damit beschäftigt bin, den Laden am Laufen zu halten.«

»Klingt nach einem harten Job.«

»Harter Job? Für mich ist das der amerikanische Traum.« Er zeigte mit dem Daumen auf seinen Leibwächter. »Für Parviz ebenfalls. Für alle hier. Sie wollen jemanden bemitleiden? Gehen Sie zu einer Krankenschwester, die Zwanzig-Stunden-Schichten durchzieht.«

Es heißt, man bildet sich über Menschen binnen weniger Sekunden eine Meinung. Und meistens liegt man mit dem ersten Eindruck richtig.

Vielleicht lag es daran, dass ich auf leeren Magen Tequila getrunken hatte, aber Kahdem war mir sympathisch.

»Vielleicht kann ich Ihnen helfen«, sagte ich.

»Genauso wie Sie dem Kerl geholfen haben, der Ihnen das Gesicht und die Hände ramponiert hat? Ich brauche keinen bezahlten Schläger. Den habe ich bereits.« Er schnippte mit den Fingern, worauf der Rausschmeißer an den Tisch trat. »Parviz, wie viel schaffst du beim Bankdrücken?«

»Zweihundertvierzig Kilo.«

»Beeindruckend«, sagte ich. »Wie viel muss er für Sie stemmen, damit Sie Ihre Schanklizenz behalten?«

Kahdem verschränkte die Arme. »Das ist im Moment nur eins von meinen Problemen.«

»Was wäre es Ihnen wert, wenn Ihnen jemand das alles vom Hals schafft?«

»Alles?«

»LaBeck. Mulrooni. Alles.« Ich nannte einen Betrag, den er bereits als winzig bezeichnet hatte. »Wäre es Ihnen die Einnahmen eines Wochenendes wert?«

Er schien darüber nachzudenken. Dann fragte er: »Sind Sie verkabelt?«

»Wenn ich verkabelt wäre«, sagte ich laut, »würde man nur C+C Music Factory hören.«

Kahdem rieb sich das Kinn und nickte. »Es wäre mir so viel wert. Wie würden Sie diese Aufgabe bewältigen?«

»Das möchten Sie lieber nicht wissen.«

Er dachte weiter nach und sagte schließlich: »Möchten Sie einen Vorschuss?«

»Ich will das Geld, wenn es vorbei ist. Abgemacht?«

Kahdem streckte mir die Hand entgegen, und ich schlug ein. Sein Händedruck war ebenso hart wie der Blick, mit dem er mich anstarrte. »Wie heißen Sie, mein Freund?«

»Troutt. Phineas Troutt.«

»Ich habe für einen Schutzengel gebetet, Phineas Troutt, und Gott schickt Sie zu mir.« Er kniff die Augen zusammen. »Lassen Sie mich nicht meinen Glauben an Gott verlieren.«

»Ich komme vorbei, wenn die Angelegenheit erledigt ist.«

Kahdem ließ meine Hand los, nickte mir zu und entfernte sich mit seinem Leibwächter. Meine Kellnerin kam wieder, und ich bestellte noch einen Drink.

»Mr Kahdem sagt, das geht auf Kosten des Hauses.«

»Dann nehme ich zwei.«

Ich gab ihr noch einen Zwanziger für ihre Mühe.

»Harry heiratet nächste Woche!«, rief der DJ laut. »Was sagt ihr dazu, Jungs?«

Die Menge buhte. Ich blickte zur Bühne und sah McGlade ohne Hemd auf dem Stuhl sitzen, umgeben von vier Tänzerinnen.

»Aber Bambi, Lexxi, Wilona und Stevie werden versuchen, ihm das auszureden!«

Johlender Applaus ertönte und die Musik begann. Harry bekam tellergroße Augen, als die Mädchen ihn mit ihren wohlgeformten Ärschen und Titten anstießen. Die Kellnerin brachte meine Drinks. Ich schüttete beide in mich hinein und überlegte, wie ich mir Kahdems fünfzig Riesen verdienen würde und welche Verbindung zwischen Abtreibungskliniken und erotischer Unterhaltung bestand.

Vielleicht sollte ich mich noch einmal mit Bürgermeister LaBeck unterhalten. Aber ohne dass Polizisten anwesend waren.

Ich ging zur Bühne und rief Harry zu: »Wir gehen!«

»Ich bleibe!«, erwiderte er, während um ihn herum die Mädels mit den Titten schlenkerten. »Vielleicht für immer! Wir sehen uns später bei Pasha!«

Beim Hinausgehen ließ ich mir von einem der Rausschmeißer ein Taxi bestellen. Als es eintraf, bat ich den Fahrer, mich nach Chinatown zu bringen.

Bevor ich LaBeck aufsuchte, musste ich erst ein paar Sachen holen.

* * *

Auf halbem Weg nach Chicago setzte die Wirkung des Alkohols ein, und zwar so stark, dass Earl nur noch lallte. Noch ein Drink würde ihn völlig aus den Socken hauen und zum Schweigen bringen, aber auf der Stadtautobahn gab es nicht viele Gelegenheiten, an Tequila heranzukommen.

Der Taxifahrer war ein kleiner, dunkelhaariger Latino und trug den dichtesten und buschigsten Schnurrbart, den ich je gesehen hatte. Auf dem Armaturenbrett seines Wagens waren diverse Figuren und Symbole befestigt, sodass es aussah wie ein Altar in einer katholischen Kirche. Am Rückspiegel baumelte ein großes Kruzifix mit einem lebensecht dargestellten Jesus, aus dessen Mund stille Schmerzensschreie kamen.

Ich war nicht religiös erzogen worden und konnte nicht nachvollziehen, wie die Menschen an einen liebevollen, allmächtigen Gott glauben konnten, der es zuließ, dass kleinen Kindern schreckliche Dinge widerfuhren.

Wie die Dinge, die man mir angetan hatte.

Ich war beschwipst genug, um den Fahrer genau das zu fragen.

Er zuckte mit den Schultern. »Das ist Gott. Man muss es nicht verstehen. Man muss es einfach nur akzeptieren.«

»Beten Sie?«

»Sí. Ja.«

»Wofür beten Sie? Einen dickeren Schnurrbart?«

»Gefällt Ihnen mein Schnurrbart?«

»Er wirkt einschüchternd.«

»Als ich noch klein war, hatte mein Vater einen prächtigen Schnurrbart. Ich habe damals unaufhörlich gebetet, selbst mal so einen zu haben.«

Eigentlich hatte ich meine Frage sarkastisch gemeint, aber der Typ hatte tatsächlich für einen Schnurrbart gebetet. Und wenn man bedachte, wie groß seiner war, konnten Gebete vielleicht doch nicht schaden.

»Haben Sie Freunde, Kumpel?«

Die Frage traf mich unvorbereitet. »Nein, wieso?«

»Seit wir den Club verlassen haben, folgt uns ein schwarzer Buick Park Avenue.«

Ich wollte mich schon umdrehen, besann mich jedoch eines Besseren. Die Kerle durften nicht wissen, dass ich sie gesehen hatte.

»Sind Sie sicher, dass die nicht einfach nur in die Stadt fahren, so wie wir?«

»Das dachte ich zunächst auch. Aber jedes Mal, wenn ich die Spur wechsle, tun sie es ebenfalls. Und wenn ich langsamer fahre, fahren sie auch langsamer.«

»Zwei Gringos?«

»Sí.«

»Hat einer von ihnen einen gebrochenen Arm? Einen Gips?«

»Sí. Ja.«

Scheiße! Der mit dem Gips und der mit der Krücke. Und ich hatte meine Pistole schon wieder im Auto vergessen. Ich griff nach der Seecamp im Stiefelabsatz, doch dann fiel mir ein, dass ich keine Stiefel trug und außerdem die Seecamp verloren hatte. Wer so bescheuert ist, hat den Tod verdient, dachte ich mir.

»Soll ich die Polizei rufen?«, fragte der Fahrer.

Ich zögerte mit der Antwort und zerbrach mir den Kopf darüber, wie die letzten vier Ziffern der Telefonnummer des Michigan-Motels lauteten. Vier zwei acht fünf? Vier fünf acht zwei? Acht zwei vier fünf?

Du brauchst doch bloß 411 für die Auskunft zu wählen, du Idiot.

Richtig! Ich rief bei der Auskunft an und ließ mich für eine geringe Gebühr verbinden (danke, Bill!). Kenny Jen Bang Ko nahm beim fünften Läuten ab.

»Ich bin's, Phin«, sagte ich. »Hör gut zu.«

Ich erklärte ihm, was ich von ihm wollte. Vielleicht war die Sprachbarriere daran schuld, oder vielleicht war ich zu betrunken, oder vielleicht stand er gerade auf dem Schlauch. Auf jeden Fall tat Kenny sich schwer, meine Anweisungen zu verstehen.

»Du hast einen Gips?«, fragte er zum wiederholten Mal.

»Nein. Aber sag ihnen, ich hätte einen.«

»Ich dachte, du fährst einen Bronco.«

»Das tue ich auch. Sag ihnen, ich fahre einen schwarzen Buick Park Avenue und werde in zwanzig Minuten dort sein.«

»Moment, ich schreibe mir das lieber auf.«

Ich wiederholte meine Anweisungen zum dritten oder vierten Mal.

»Kein Problem«, sagte Kenny.

Ich war nicht richtig davon überzeugt.

Zwanzig Minuten später fuhren wir auf den Parkplatz des Michigan-Motels. Als wir zum Stehen kamen, fiel mir ein Lincoln Continental auf, der mit laufendem Motor auf dem Behindertenparkplatz stand. Drinnen saßen vier Afroamerikaner, von denen einer einen Augenverband trug.

Ich bezahlte den Fahrer, gab ihm fünfzig Dollar Trinkgeld und bat ihn, bei der Bäckerei um die Ecke zehn Minuten zu warten. Dann begab ich mich auf direktem Weg in mein Zimmer, machte mich über mein Geheimfach unter den Holzdielen her und bewaffnete mich mit einem großkalibrigen Revolver vom Typ .357 Taurus Modell 605. Ich spähte gerade rechtzeitig zum Fenster hinaus, um zu sehen, wie Gips und Krücke parkten, ausstiegen und auf meine Tür zugingen.

Die vier Typen in dem Lincoln stiegen ebenfalls aus und schnitten den beiden den Weg ab. Obwohl ich kein besonders gutes Gedächtnis habe, erkannte ich den Kerl mit der Augenbinde als den Riesen, der den besoffenen Penner angegriffen hatte. Der Gips an seinem Bein, der davon herrührte, dass ich ihm an jenem Tag das Knie zertrümmert hatte, bestätigte meine Vermutung.

Das Drama nahm schnell seinen Lauf.

Der Kumpel des Riesen: Stehen bleiben, ihr Arschlöcher!

Krücke: Was zum Teufel wollt ihr Nigger?

Riese: Ist er das? Weißes Arschloch mit kahlem Schädel?

Der Kumpel des Riesen: Der Typ ist auf jeden Fall ein weißes Arschloch mit kahlem Schädel. Hat 'nen Gips am Arm, wie der Chinese gesagt hat.

Gips: Haut bloß ab, ihr Wichser!

Riese: Du hast es nicht anders verdient, du weiße Drecksau!

Krücke und Gips zogen ihre Pistolen.

Der Riese und seine drei Kumpels zogen ebenfalls ihre Pistolen. Was den Riesen anging, war das ziemlich unverantwortlich, denn mit seinem Augenverband konnte er nichts sehen.

Dann geschah, womit ich gerechnet hatte: Die Kerle ballerten völlig hemmungslos drauflos und feuerten in weniger als sechs Sekunden über dreißig Schüsse ab.

Krücke und Gips brachen zusammen. Der Riese und zwei seiner Kumpels brachen zusammen. Der Einzige, der noch auf den Beinen war, humpelte zum Lincoln und fuhr mit quietschenden Reifen davon.

Danke, Kenny.

Ich ging zurück zu meinem Versteck und schnappte mir die anderen Dinge, die ich brauchte – mein Schlagschlüssel-Set, Reservemunition für die Hardballer und den Colt, ein Butterflymesser mit einer Speerspitze, ein Fernglas, eine Rolle Paracord und einen gefälschten Ausweis. Ich steckte sämtliche Gegenstände in einen Leinenbeutel. Da McGlade mir mein Kokain weggenommen hatte, fügte ich die Morphin-Infusion und das Hydro hinzu. Und weil ich schon dabei war, packte ich auch gleich eine Handgranate ein.

Ich war betrunken und meine Urteilskraft war eingeschränkt. Daran war der Tequila schuld.

Als das Sirenengeheul näher kam, verließ ich das Motel durch einen Hintereingang, rannte um die Ecke und fand dort mein Taxi.

»Flutesburg«, sagte ich.

Falls der Fahrer sich über die Schießerei wunderte, ließ er es sich nicht anmerken und stellte keine Fragen.

»Warten Sie! Fahren Sie dort rechts ran.«

Er hielt vor einem Spirituosenladen. Ich überlegte, mir eine Flasche Patron Platinum für zweihundert Dollar zu kaufen, kam zu dem Schluss, dass ich so etwas Gutes nicht verdiente, und gab stattdessen sechs Dollar für einen halben Liter Charco-Tequila aus. Ich trank einen Schluck im Laden. Er war so schlecht, dass ich nicht einmal Vermouth dazugeben musste.

Als ich bei Pashas Parkplatz ankam, war es Nacht, und mir war kotzübel. Irgendwie hatte ich es geschafft, die ganze Flasche zu leeren. Wahrscheinlich hatte ich das Zeug verschüttet. Ich gab dem Taxifahrer eine Handvoll Scheine, strich ihm zum Abschied über den Schnurrbart – was ihm anscheinend missfiel – und setzte mich auf die Bordsteinkante, wo ich darauf wartete, dass die Welt aufhörte, sich um mich zu drehen.

Als sie sich munter weiterdrehte, übergab ich mich.

Da ich mich total beschissen fühlte, holte ich den Infusionsbeutel hervor und versuchte, die Nadel in eine Vene in meinem Arm zu stechen.

Ich stach mehrmals daneben, bis ich schließlich traf. Aber diesmal stach ich die Nadel zu tief. Sie ging durch die Vene hindurch.

Inzwischen hatte ich eine blutige Sauerei angerichtet. Die Bandagen an meinen Händen waren von Blut durchtränkt. Ich fragte mich, ob ich die gleiche Wirkung erzielt hätte, wenn ich das Morphin getrunken statt intravenös gespritzt hätte. Doch dann musste ich bei dem Gedanken, etwas zu trinken, erneut kotzen.

Ich brauchte Medikamente gegen Übelkeit.

Moment … ich hatte welche. In meinem Bronco.

Ich rappelte mich auf, torkelte auf dem Parkplatz umher und suchte meinen Truck. Keine Ahnung, wo ich ihn geparkt hatte.

Ach ja, bei der Klinik! Das hier war Pashas Apartmentkomplex.

Wo war dann mein kleiner Gänsekumpel?

Ich wollte schon Gänsegeschrei imitieren, ließ es aber bleiben, da es total bescheuert war. Dann suchte ich zehn Minuten lang nach meinem Leinenbeutel. Wahrscheinlich war es keine gute Idee, einen geladenen Revolver, Drogen und eine

Handgranate an einem Ort liegen zu lassen, wo Kinder sie entdecken konnten.

Schließlich fand ich den Beutel auf einem Bordstein, durchwühlte den Inhalt, um mich zu vergewissern, dass nichts fehlte, und fand das Tütchen mit dem Hydro.

Ja, das Zeug konnte einen umbringen. Aber meine Tage waren ohnehin gezählt.

Ich wischte mir das Blut von den Fingern, nahm eine winzige Prise aus dem Tütchen und zog sie mir zur Probe rein.

In den ersten drei Sekunden geschah nichts.

Dann fühlte es sich an wie Koks, aber schärfer und härter.

Und dann ging es richtig böse zur Sache.

Der Schmerz und die Übelkeit verschwanden nicht, sondern ich dissoziierte mich von ihnen. Ich verspürte sie immer noch, aber es kam mir vor, als wären es nicht meine eigenen Empfindungen. Vielmehr schien es, als gehöre mein Körper jemand anderem und als wäre mein Selbstempfinden verschwunden.

Dazu kam eine unbändige Wut, die so stark war, dass ich den unwiderstehlichen Drang verspürte, den Kopf gegen den Asphalt zu schlagen, bis mir der Schädel platzte und mein Gehirn herausspritzte.

Ich hatte keine Ahnung, wie lange diese Wirkung anhielt. Der unbedeutenden Menge nach zu urteilen, wahrscheinlich nicht mehr als ein paar Sekunden. Aber als ich mein Selbstempfinden wiedererlangte, sprintete ich in vollem Tempo die Straße entlang, und zwar so schnell, dass die Tränen in meinen Augen nach hinten flogen. Außerdem kam es mir vor, als hätte ich vergessen, wie man atmet, obwohl ich Atemgeräusche hörte, die von mir stammen mussten.

Irgendwie schaffte ich es, langsamer zu laufen, und blieb schließlich stehen. Wieder einmal hatte ich den Leinenbeutel verloren. Und ich hatte keinen blassen Schimmer, wo zum Teufel ich mich befand. Ich drehte mich um und lief in die entgegengesetzte Richtung.

Vor mir in der Ferne lag der Peach-Grove-Apartmentkomplex. Ich war einen halben Kilometer von Pashas Parkplatz gesprintet, konnte mich aber nicht daran erinnern.

Für den Rückweg brauchte ich ein paar Minuten. Zweimal blieb ich stehen und kotzte. Schließlich fand ich meinen Leinenbeutel auf dem Gehsteig. Das Tütchen mit dem Hydro war immer noch offen.

Mach das nicht noch mal, sagte Earl

Ein guter Rat. Ich schloss das Tütchen, blickte mich nach einer Möglichkeit um, es zu entsorgen, und entdeckte in der Nähe ein paar Müllcontainer. Ich öffnete den Deckel der nächstgelegenen Tonne und beförderte das Tütchen mit einem Dreipunktewurf in eine leere Müslipackung auf dem Boden.

Dann testete ich, ob ich bereits wieder nüchtern war, indem ich das Alphabet rückwärts aufsagte.

Ich schaffte es bis zum Buchstaben W.

Beim zweiten Versuch bis V.

Ich war immer noch zu betrunken, um Pasha gegenüberzutreten. Aber die Nacht wurde immer kälter, und ich hatte keine Lust, draußen auf dem Boden zu schlafen.

Diese Mülltonne sieht nicht schlecht aus. Außerdem passt sie zu dir.

»Halt die Fresse, Earl!«

Ein Auto fuhr auf den Parkplatz. Ich griff in den Leinenbeutel und tastete nach dem Revolver. Der Taurus hatte einen fünf Zentimeter langen Lauf und fünf Schuss in der Trommel. Jack konnte damit einem Apfel aus zehn Meter Entfernung den Stiel wegschießen. In meiner Verfassung und mit meiner Erfahrung mit Feuerwaffen würde ich eine drei Meter hohe Zimmerdecke treffen, wenn ich direkt darunterstand und verdammt viel Glück hatte.

Wie sich herausstellte, musste ich auf nichts schießen, denn das Auto fuhr weiter.

Ich ließ die Waffe los, suchte meine Taschen ab und fand das Handy. Harrys Nummer hatte ich vergessen, aber ich kam dahinter, wie man die Nummern von bereits geführten Telefonaten über die Wahlwiederholungsfunktion wählen konnte.

»McGlade. Schießen Sie los, es sind Ihre zehn Cent.«

»Wo bist du? Ich bin's, Phin.«

»Ich bin nach Hause gefahren. Jack übernachtet bei Pasha. Ihre Schrottkarre ist immer noch in der Werkstatt. Und wo bist du?«

»Auf einem Parkplatz.«

»Du klingst betrunken.«

»Ich bin müde und habe nichts gegessen.«

»Und du hast zu viel getrunken. Will ich wissen, ob du etwas mit dieser Schießerei in Chinatown zu tun hattest?«

»Hatte ich nicht. Sind die Dreckskerle alle tot?«

»Alle bis auf einen Typen, dem die Eier weggeschossen wurden. Halt dich fest … er hat sich auf eine Schießerei eingelassen, obwohl seine Augen verbunden waren. Der Idiot hat wohl gedacht, er ist Zatoichi.«

»Wer?«

»Shintaro Katsu. Der blinde Samurai. Schaust du dir nie Filme an?«

»Ich mag Western.«

»Samuraifilme sind dasselbe, außer dass die Typen alle Bademäntel und Schwerter tragen und coolere Sprüche draufhaben. Wo bist du?«

»Auf dem Parkplatz.«

»Geht es ein bisschen genauer?«

»Pashas Parkplatz.«

»Dann penn doch bei ihr.«

»Bin zu betrunken.«

»Phin, sosehr mich dieses Gespräch fasziniert, ich wollte gerade eine Pizza bestellen. Also lege ich jetzt auf.«

»Pizza klingt gut. Mit allem außer grünen Paprikaschoten … McGlade? Hallo?«

Er hatte aufgelegt.

Na, was machst du jetzt, du Loser? Dich vor den Frauen erniedrigen? Oder dich in der Mülltonne verkriechen? Auf dem Parkplatz bewusstlos werden und erfrieren ist vielleicht noch die beste Option.

Ich schüttelte den Kopf. »Es gibt noch eine Option, Earl.«

Und die wäre?

»Ich nehme mein Butterflymesser … und schneide dich aus meinem Körper.«

Dann stirbst du auch.

»Wenn du dann die Schnauze hältst, wäre es mir das wert.«

Ich durchwühlte den Beutel nach meinem Messer, bis mir schwindlig wurde. Ich taumelte und fiel auf den Hintern.

Du bist hilflos wie ein Baby.

Ich schüttelte den Kopf und versuchte, Earl zum Schweigen zu bringen.

Das Baby will seine Flasche? Kommt dir das bekannt vor?

Ich sah mich nach dem Beutel um, den ich fallen gelassen hatte.

Ich kann deinen Vater ziemlich gut nachmachen, stimmt's? Hör auf zu heulen, du Rotzlöffel. Siehst du, was ich mit deinem Bruder mache? Siehst du, was ich mit Hugo mache? Schau nur gut zu, du bist nämlich als Nächstes dran.

»Mein Vater ist tot«, flüsterte ich.

Er lebt. Brauchst bloß in den verdammten Spiegel zu schauen.

Dieses geisteskranke Selbstgespräch hatte eine ziemlich schlimme Wendung genommen.

»Ich bin nicht wie er.«

Säufer. Junkie. Krimineller. Arschloch. Was davon trifft nicht auf dich zu?

»Ich … ich tue keinen anderen Menschen weh …«

Du nimmst Geld dafür, dass du anderen Menschen wehtust. Du wertloses, dämliches Stück Scheiße.

»Ich tue keinen guten Menschen weh.«

Was ist mit Annie? Hast du ihr wehgetan?

»Nein. Ich habe sie verlassen … damit ich ihr nicht wehtue.«

Du hast sie verlassen, weil du dich mit Drogen zudröhnen wolltest. Du wolltest koksen und saufen und Nutten ficken.

»Ich wollte nicht, dass Annie mich sterben sieht.«

Mach dir nichts vor, Phineas Troutt. Du weißt ja nicht mal, was selbstlos *überhaupt bedeutet.*

Ich fand den Beutel. Der Griff des Taurus-Revolvers passte in meine Hand, als wäre ich mit dieser Waffe auf die Welt gekommen.

Tust du's endlich? Oder kneifst du wie immer?

Ein Schuss in die Schläfe, und es wäre vorüber. Aber ich hatte gehört, dass ein Schuss in den Mund besser war. Die Wahrscheinlichkeit, danebenzuschießen, war geringer.

Aber mit einer .357 Magnum wäre es egal. Selbst ein Schuss daneben würde reichen.

»Phin!«

Die resolute Frauenstimme kam mir bekannt vor.

Jack.

Jetzt gibt's Ärger.

Ich ließ die Waffe los und spähte in die Richtung, in der ich die Stimme vermutete. Jack kam über den Parkplatz auf mich zu. Als sie schließlich vor mir stand, kam es mir vor, als wäre sie drei Meter groß.

»Sauer?«, fragte ich und bemühte mich, nicht zu lallen.

»Schlimmer.«

»Enttäuscht?«

»Schlimmer. Im Moment tust du mir leid.«

Sie hatte recht. Mitleid war das Schlimmste.

»Das tut weh«, murmelte ich.

»Wem der Schuh passt, der zieht ihn sich an.«

»Du … willst wirklich ein Urteil über mich fällen, Jack? Ausgerechnet du, Jack Daniels? Du bist genauso kaputt. Aber ich habe bessere Ausreden.«

Jack ging in die Hocke und sah mir in die Augen. »Als ich neu bei der Polizei war, hatte ich einen Fall. Ein Krankenpfleger hatte Kinder auf der Kinderkrebsstation vergewaltigt. Und diese Kinder waren zäher, als du es im Augenblick bist.«

»Lass ihnen zwanzig Jahre Zeit«, sagte ich. »Dann werden wir schon sehen, wie sie damit umgehen.«

Jack starrte mich eindringlich an. Sie blickte tief in die Seele, von der ich wusste, dass ich sie nicht besaß. »Du wurdest sexuell missbraucht.«

Ich sagte nichts.

»Dein Vater?«

Es ging sie nichts an, also gab es überhaupt keinen Grund, warum ich ihr antworten sollte. Nicht einmal Annie wusste etwas davon.

»Hast du jemals eine Therapie gemacht?«

Die Frage brachte mich zum Lachen. Es war ein stranguliertes, hasserfülltes Lachen. »Sehe ich verdammt noch mal aus wie jemand, der eine Therapie gemacht hat?«

»Du siehst aus wie ein Vogel mit zwei gebrochenen Flügeln, der versucht, sich in einer Pfütze zu ertränken.«

Ich senkte den Blick, starrte auf meine Füße. Turnschuhe mit Klettverschluss erlebten gerade ein Comeback, da war ich mir sicher.

»Wenn du am Ende bist«, sagte Jack, »so richtig am Ende, dann gibt es schnellere Selbstmordmethoden als das hier.«

Ich starrte sie an. Sah das Mitleid in ihren Augen.

War es wirklich Mitleid?

Oder etwas anderes?

»Einmal hätte ich dich beinahe geküsst«, sagte ich. »Wir haben Billard gespielt. Ich hatte ein paar Bier intus. Du hast mit mir geflirtet.«

Ihr Gesichtsausdruck wurde sanfter. »Ich erinnere mich daran. Wieso hast du es nicht getan?«

Ich hielt ihrem Blick stand. »Weil du etwas Besseres verdient hast.«

»Danke, dass du diese Entscheidung für uns beide getroffen hast.«

»Du hast das Märchen verdient, Jack. Den netten Ehemann. Das Kind. Das Haus in der Vorstadt. Einen Hund und eine Katze.«

Sie verzog das Gesicht. »Den Kater habe ich nicht verdient. Aber was hast du deiner Meinung nach verdient, Phin?«

Ich breitete die Arme aus. Das war's dann wohl. Ich bekam, was ich verdiente.

Jack reagierte nicht auf meine Geste. »Komm, wir gehen rein.«

Sie streckte die rechte Hand aus.

Sag ihr, sie soll sich verpissen.

Du hast ihre Hilfe nicht verdient.

Morgen wird es nicht besser.

Dein Leben hat beschissen angefangen und wird beschissen enden.

Nimm den Taurus und bring zu Ende, was du begonnen hast.

Aber ich hörte nicht auf Earl. Ich nahm nicht den Taurus-Revolver.

Ich nahm Jacks Hand.

Als ich auf den Beinen war, sah ich sie an. Und für einen winzigen Augenblick, einen wunderbaren Augenblick, traute ich mich mir vorzustellen, wie es wohl wäre, wenn ich ein Teil der Zukunft sein könnte, die ihr bevorstand. Wie es wohl wäre, der nette Ehemann in der Vorstadt mit einem Kind, einem Hund und einer Katze zu sein.

Genauso gut hätte man einem Menschen, der am Verhungern war, ein Bild mit Lebensmitteln zeigen können.

Jack versuchte, mir beim Gehen zu helfen, aber ich stieß sie weg, taumelte neben ihr her und verlagerte das Gewicht meines Beutels.

Einmal, als ich hinzufallen drohte, hielt sie mich fest, und ich stieß sie wieder weg.

Während der Fahrt mit dem Aufzug herrschte betretenes Schweigen.

Als ich wieder in Pashas Wohnung war, machte sie einen Wirbel wegen meines blutigen Arms. Als Nächstes kamen nasse Handtücher und Bandagen.

Jack ging ins Schlafzimmer und kam nicht wieder.

»Als Kind war ich von der Legende von König Artus besessen«, sagte Pasha, während sie meine Hände neu verband. »Vor allem die Ritter der Tafelrunde hatten es mir angetan. Mir gefiel die Vorstellung, den Schwachen und Unterdrückten zu helfen. Mit acht bin ich sogar an Halloween als Sir Lancelot gegangen. Das ist auch der Grund, warum ich Ärztin wurde. Ich hätte mich spezialisieren und zehnmal so viel verdienen können, wie ich jetzt kriege. Aber ich wollte anderen Menschen helfen. Ich wollte für sie der Ritter ohne Furcht und Tadel sein.«

Pasha legte mir die Hand auf die Wange. »Sie sind nicht ohne Furcht und Tadel, Phineas Troutt. Ihre Rüstung ist verbeult und verrostet und schützt Sie nicht besonders gut. Aber Sie *sind* ein Ritter.«

Sie stand auf und küsste mich auf die Stirn. »Danke, dass Sie mir helfen.«

Dann ging sie ins Bett.

Ich legte mich aufs Sofa. Groucho sprang auf meine Brust und fing an zu schnurren.

Ich schloss die Augen und hatte Angst davor zu träumen.

Nicht, weil ich Albträume habe. Meine Träume sind in der Regel wunderbar.

Aber wenn ich erst einmal anfange zu träumen, tut das Aufwachen richtig weh.

* * *

Das Aroma von Speck, Eiern und Kaffee weckte mich auf. Ich öffnete die Augen. Neben dem Sofa stand ein Mülleimer.

Für den Fall, dass ich kotzen musste.

Die Bilder von letzter Nacht rauschten vor meinem geistigen Auge vorbei. Jedes einzelne war schlimm. Die Schießerei in Chinatown fiel mir wieder ein, und danach war alles bruchstückhaft.

Ich kaufe Tequila.

Ich probiere das Hydro und werfe das Gift anschließend weg.

Ich rufe Harry an.

Ich spreche auf dem Parkplatz mit Jack.

Hatte ich sie angebaggert?

Pasha flickt mich zusammen.

Hatte ich sie angebaggert?

Wenn ich auf Koks war, erinnerte ich mich wenigstens an das, was ich getan hatte. Klarheit war besser als ein Nebel aus verworrenen und unscharfen Gedanken.

Manchmal aber auch nicht.

Mein Schädel pochte und ich hatte Durst. Ich schwang die Beine über die Sofakante und versuchte, mir eine Vorstellung von meinem allgemeinen Gesundheitszustand zu verschaffen.

Es stand nicht gut um mich. Mein Körper hatte mehr schmerzende als schmerzfreie Stellen.

»Clint Eastwood«, sagte Jack. Ich vermutete, dass sie in der Küche war.

»Zu alt«, erwiderte Pasha. »Sie?«

»Ich meine, als er noch jünger war. George Clooney?«

»Na klar! Michael Jordan?«

»Natürlich. Jason Statham?«

»Wer ist das?«

»Ein Schauspieler. Hat in vielen Actionfilmen mitgespielt. Er ist einer von der starken und stillen Sorte.«

»Die gefallen mir. Kennen Sie Shah Rukh Khan?«

»Nein. Ein Inder?«

»Ja. Großer Bollywood-Star. Sieht richtig gut aus. In Wicker Park gibt es ein Kino, in dem Filme aus Indien laufen. Da sollten wir mal zusammen hingehen.«

Ich stand auf und steckte den Kopf in die Küche. »Störe ich?«

Beide Frauen blickten in meine Richtung. Jack trug Jeans und ein Sweatshirt und hatte die Haare zusammengebunden. Pasha trug einen orangefarbenen Rock und ein gelbes Oberteil. Sie schenkten mir warme Blicke. Ein gutes Zeichen.

»Wir reden gerade darüber, mit welchen Promis wir ins Bett gehen würden«, sagte Pasha.

»Darüber reden Frauen?«

»Klar doch.« Pasha grinste. »Sie haben was verpasst, als wir vorhin Zungenküsse geübt haben.«

Ich zwinkerte mit den Augen. »Das haben Sie nicht.«

»Haben wir auch nicht«, sagte Jack. »Aber wir haben uns über den Bechdel-Test unterhalten.«

»Was ist das?«

Jack antwortete: »Die Cartoon-Zeichnerin Alison Bechdel hat diesen Test für Romane und Filme entwickelt. Um ihn zu bestehen, müssen in dem Werk zwei Frauen vorkommen, die über etwas anderes als Männer reden. Die meisten Bücher und Filme fallen durch.«

»Wieso? Sexismus?«

»Zum Teil.« Pasha verzog nachdenklich das Gesicht. »Oder Bequemlichkeit. Hollywood wird immer noch von Männern dominiert und produziert Filme, die sich an Männern orientieren, obwohl die Hälfte aller Kinogänger Frauen sind. Bei Romanen ist es interessant, weil es eine Menge Autorinnen gibt. Aber sie scheitern an diesem Thema so häufig wie ihre männlichen Kollegen. Frauen sind auch nur Menschen. In ihrem Leben dreht sich nicht alles nur um Männer. Selbst wenn es sich um einen Liebesroman handelt.«

»Ihr wisst schon, dass ihr über Männer geredet habt, als ich aufgewacht bin.«

Pasha lachte. »Ich weiß. Wie metakognitiv ist das?«

»Kann ich einen Espresso haben?«

»Bedienen Sie sich. Auf dem Herd sind auch noch Eier und Speck. Jack und ich treffen uns heute mit Harry in der Klinik. Die Handwerker sind bald mit den Reparaturen fertig.«

»Wann fahren wir los?«, fragte ich.

»Nach dem, was gestern passiert ist«, sagte Jack, »dachten wir uns, dass du dir am besten den Tag freinimmst und dich ausruhst.«

Sie klang locker, aber mir war klar, dass das ein Befehl war, kein Vorschlag. Ich ging den Weg des geringsten Widerstandes.

»Klingt gut. Möchte jemand von euch einen Espresso?«

»Ich.« Pasha hob die Hand.

Jack stimmte zu. »Zu Kaffee sage ich nie Nein.«

Ich machte drei, lud eine Portion Eier mit Speck auf einen Teller und aß, während der Espresso kochte. Dazu trank ich zwei Glas Leitungswasser. Pasha und Jack nahmen ihre Unterhaltung von vorhin wieder auf, darüber, mit wem sie ins Bett gehen würden.

»Brad Pitt?«, fragte Pasha.

»Zu attraktiv. Das lenkt ab. Wie wär's mit Donald Trump?«

Pasha runzelte die Stirn. »Dieser reiche Typ im Fernsehen, der Leute feuert? Ich habe nicht den Eindruck, dass er Frauen respektiert. Was meinen Sie?«

»Das sehe ich auch so. Er hat etwas Unsympathisches. Manchen Männern sieht man den Frauenhasser sofort an.« Jack wandte sich mir zu. »Was meinst du, Phin?«

»Ich würde mit Trump auch nicht ins Bett gehen.«

»Erkennt man, ob ein Mann sexistisch ist oder nicht?«

»Ich weiß nicht. Hab es noch nie versucht. Bin ich sexistisch?«

»Nein«, sagte Pasha. »Ich würde Sie als Feministen bezeichnen, allerdings nicht als einen aufgeklärten.«

»Was heißt das konkret?«, fragte ich.

Jack antwortete an Pashas Stelle. »Du glaubst an die Gleichberechtigung der Frau, verstehst uns aber nicht.«

»Im Gegensatz zu McGlade.«

»Ich glaube nicht, dass Harry sexistisch ist«, sagte Jack. »Er behandelt Männer und Frauen gleich schlecht.«

»Ich mag ihn.« Pasha lächelte. »Er ist witzig.«

Jack lächelte nicht. »In kleinen Dosen ist er das. Aber glauben Sie mir, wenn man längere Zeit mit Harry verbringt, macht das ungefähr so viel Spaß wie ein Besuch beim Zahnarzt.«

»Mein Zahnarzt ist ein heißer Typ«, sagte Pasha. »Ich bin in dem Fitnessstudio, in das er geht, Mitglied geworden, damit ich ihm zusehen kann, wenn er Liegestütze macht.«

»Mal 'ne ganz dumme Frage«, sagte ich, als ich den beiden Kaffee einschenkte, »wenn wir alle Feministen sind, wieso ist es in Ordnung, dass Pasha ihren Zahnarzt wie ein Sexobjekt behandelt? Aber wenn wir Männer so etwas machen, sind wir Arschlöcher.«

»Weil Männer«, erwiderte Jack, »nun mal die Hauptschuldigen sind, wenn es um sexuelle Belästigung und Missbrauch geht. Wir wissen alle, dass Frauen genauso schlimm sein können wie Männer. Aber wenn man sich die Statistiken bei Gewaltverbrechen ansieht, sind die Zahlen nicht mal annähernd gleich.«

Ich nippte an dem Espresso. Er war heiß. »Also gibt man allen Männern die Schuld daran, was ein paar von ihnen tun?«

»Wir geben niemandem die Schuld. Aber wir müssen ständig auf der Hut sein. Wenn alle Frauen bis zu einem gewissen Grad von Frauenfeindlichkeit betroffen sind, was bleibt uns dann anderes übrig?«, fragte Pasha.

Ich wusste, wie es sich anfühlte, ständig auf der Hut sein zu müssen. In kleinerem Umfang ging es mir heute noch so. Aber ich wurde nicht verbal belästigt, wenn ich auf der Straße ging, musste nicht aufpassen, dass mir jemand heimlich eine Vergewaltigungsdroge in den Drink schüttete, und wurde nicht von Männern als Schlampe oder Fotze beschimpft, wenn ich sie abblitzen ließ.

»Streng genommen«, sagte Jack, »reden wir immer noch über Männer. Unsere Konversation würde also nicht den Bechdel-Test bestehen.«

»Möchten Sie über etwas anderes reden?«

»Vielleicht später«, sagte Jack zu Pasha. »Wann kommen die Handwerker?«

»Bald. Wir sollten los.« Pasha wandte sich zu mir. »Im Kühlschrank ist was zu essen, ich habe Groucho bereits gefüttert, und wir müssten gegen vierzehn Uhr wieder hier sein.«

Die Frauen tranken ihre Espressi aus und machten sich auf den Weg.

Ich überlegte, ob ich duschen sollte, aber das wäre kompliziert, da ich meine vielen Bandagen mit Klebeband und Plastiktüten vor Nässe schützen müsste. Also begnügte ich mich mit Zähneputzen – Pasha hatte mir eine frische Zahnbürste hinterlegt – und einer üppigen Anwendung von Deospray. Außerdem durchsuchte ich Pashas Arzneischrank und schluckte elf Niedrigdosis-Aspirintabletten.

Dann bestellte ich ein Taxi. Ich wollte Bürgermeister LaBeck einen Besuch abstatten, musste aber noch den Bronco holen, der immer noch auf dem Klinikparkplatz stand. Ich nahm meinen Beutel, ging zur Tür und stellte fest, dass sie sich nicht öffnen ließ.

Pasha hatte ein Bolzenschloss, das sich auf beiden Seiten mit einem Schlüssel öffnen und schließen ließ.

Die Frauen hatten mich eingeschlossen.

Da ich mich im zweiten Stock befand, war das Fenster keine Option. Doch dann fiel mir ein, dass ich mein Schlagschlüssel-Set dabeihatte. Ich legte den Beutel weg und machte mich an die Arbeit.

Um ein Schloss ohne passenden Schlüssel zu öffnen, benötigt man ein gewisses Geschick in Kombination mit Geduld, zwei Eigenschaften, die bei mir nicht sonderlich ausgeprägt sind. Das Öffnen eines Schlosses mittels Schlagtechnik erfordert jedoch kein detailliertes Wissen darüber, wie der Schließmechanismus funktioniert. Und einen Schlagschlüssel kann jeder mit einer Metallfeile und einem Rohling selbst herstellen.

Das Prinzip ist einfach. Man muss die Schlüsselzähne abfeilen, bis man aus ihnen sechs abstandsgleiche und gleich lange Spitzen gemacht hat, sodass sie wie eine Säge aussehen. Dann steckt man den Schlüssel in das Schloss, zieht ihn ein paar Millimeter weit wieder heraus, dreht ihn ein wenig und klopft mit einem kleinen Hammer oder einem Schraubenziehergriff dagegen.

Das Klopfen lässt die federbelasteten Stifte für den Bruchteil einer Sekunde aufspringen, sodass der Zylinder sich drehen lässt und das Schloss geöffnet werden kann.

Ich wählte einen Schlagschlüssel aus meinem Set, der in Pashas Bolzenschloss passte. Da ich aus der Übung war und der Espresso und der Entzug von den vielen Drogen mich zittrig machte, musste ich etwa fünfzehnmal mit einem Teelöffel gegen den Schlüssel klopfen, bis ich die Tür aufbekam. Dann begab ich mich hinunter zu meinem Taxi, und los ging's.

Ich ließ mich einen Straßenblock von der Klinik entfernt absetzen und machte einen weiten Bogen zu meinem Truck, damit mich niemand sah. Das durchsichtige Klebeband war noch intakt. Ich hielt an einer Tankstelle, tankte voll und kaufte einen Stadtplan, mit dessen Hilfe ich LaBecks Haus fand. Jetzt konnte ich meinen Angriff planen.

LaBeck wohnte in einer geschlossenen Wohnanlage, die von einem schmiedeeisernen Zaun umgeben war und einen Wachmann an der Eingangspforte hatte. Vermutlich gab es auch eine Streife, die im Stundentakt patrouillierte und den Bewohnern das Gefühl gab, vor missionierenden religiösen Spinnern, Staubsaugervertretern und Kriminellen wie mir sicher zu sein.

Ich stellte meinen Truck auf dem Parkplatz eines rund um die Uhr geöffneten Frühstücksrestaurants ab, etwa einen

Kilometer von LaBecks Haus entfernt. Die Strecke legte ich zu Fuß zurück. Den meisten Menschen genügte die Illusion von Sicherheit und machte sie relativ sorglos und entspannt. Außerdem sorgte sie dafür, dass potenzielle Einbrecher sich leichtere Ziele aussuchten. Aber Sicherheit war in der Tat nur eine Illusion. Wenn jemand sich wirklich an Ihrem Eigentum oder an Ihnen vergreifen will, findet er einen Weg, egal, wie reich oder paranoid Sie sind.

Ich bezweifelte, dass es in dieser Wohnanlage in letzter Zeit Einbrüche gegeben hatte. Und ich war mir ziemlich sicher, dass man nicht nur über die Eingangspforte hineinkam. In diesem eingezäunten Schutzgebiet lebten höchstwahrscheinlich auch Teenager. Und die wollten nicht, dass Mom und Dad merkten, wenn sie sich davonschlichen und Dinge taten, die Teenager eben tun.

Als ich am Zaun an der östlichen Grundstücksgrenze entlanglief, fiel mir ein schiefer Gitterstab ins Auge. Ich ging hin, und siehe da, der Gitterstab war am unteren Ende lose, sodass man sich hindurchzwängen konnte. Was ich auch tat.

Da ich am helllichten Tag und ohne Verkleidung unterwegs war, ging ich ein Risiko ein, wenn ich mich auf offener Straße zeigte. Also hielt ich mich abseits, schlich mich durch die Gärten hinter den Häusern und nutzte die zahlreichen Bäume als Deckung. Eine dichte Hecke aus Schneebeerensträuchern trennte LaBecks tausend Quadratmeter großes Grundstück vom Nachbarhaus. Ich versteckte mich im Gebüsch, holte das Fernglas hervor und beobachtete seine Villa.

Die meisten Jalousien waren heruntergelassen, aber die Glastür in der Küche, die zur Terrasse hinausging, bot mir einen ungehinderten Blick ins Innere. Ich spähte drei Minuten lang hinein und sah niemanden.

LaBeck hatte keine Fotos von Kindern in seinem Büro. Da ein Mann wie er bestimmt darauf bedacht war, bei jedem offiziellen Fototermin seine Familie zur Schau zu stellen, vermutete ich, dass er kinderlos war. Sein Haus war groß, aber nicht groß genug, dass Dienstpersonal darin wohnen konnte. Da ich im Garten nirgendwo Hundescheiße, Hundespielzeug oder eine Hundehütte gesehen hatte, ging ich davon aus, dass nur er und die bedauernswerte Frau, die ihn geheiratet hatte, hier lebten.

Gab es womöglich eine Alarmanlage?

Unwahrscheinlich. LaBeck war Jäger und von sich selbst sehr eingenommen. Ein Mann wie er fand bestimmt, dass seine Schusswaffen ausreichten.

Ich war kurz nach acht von Pashas Apartmentkomplex losgefahren, also war es jetzt wahrscheinlich kurz vor neun. An einem Sonntagmorgen waren die LaBecks wahrscheinlich in der Kirche oder schliefen noch.

Was auch immer der Fall war, für mich bestand die Gelegenheit, ins Haus einzudringen.

Ich huschte zu der Glastür, ging neben dem Schloss in die Hocke und überlegte, welcher Schlagschlüssel aus meinem Set passen würde. Ich wählte den kleinsten, schob ihn ins Schlüsselloch und klopfte mit Pashas Löffel dagegen.

Einmal.

Zweimal.

Aller guten Dinge sind drei. Das Schloss gab nach. Ich schob die Tür auf, schlich ins Haus und machte sie hinter mir zu.

Drinnen war es still. Aber im Gegensatz zu Griffiths Haus machte dieses hier keinen leeren und verlassenen Eindruck. Hier wohnten Leute.

Ich holte die Hardballer aus dem Beutel und entsicherte sie mit einer Daumenbewegung. Dann ging ich langsam vorwärts, sorgfältig darauf bedacht, leise aufzutreten, damit der Boden nicht knarrte oder quietschte. Alle paar Schritte blieb ich stehen und lauschte.

Von der Küche ging es in ein Arbeitszimmer, an dessen Wänden noch mehr von LaBecks Jagdtrophäen hingen. Hirsche, Rehe, Enten, ein Elch. Das Schlafzimmer befand sich wahrscheinlich im Obergeschoss. Wenn ich leise war, konnte ich mich nach oben schleichen und …

Plötzlich klingelte mein Handy.

Wirklich clever von dir, spottete Earl.

Ich griff nach dem Handy und versuchte es auszuschalten, bevor es erneut klingelte. Das Ding hüpfte in meiner Hand auf und ab, bevor es mir entglitt und zu Boden fiel.

Es klingelte wieder. Ich hob es auf und drückte wahllos auf irgendwelche Tasten, um es zum Schweigen zu bringen.

»Hier ist Bill! Sie haben mein Handy gestohlen, Sie Arschloch!«

Sein Geschrei war fast so laut wie der Klingelton. Ich tat das Einzige, was ich in einer solchen Paniksituation tun konnte, und brach das Handy entzwei.

Dann wartete ich und lauschte, ob sich etwas bewegte.

Alles, was ich hörte, war mein Herz, das in meinem Trommelfell pochte.

Vielleicht hatte ich Glück, und niemand war zu Hause. Vielleicht …

»Lassen Sie die Waffe fallen!«

Gleichzeitig mit der Aufforderung drückte mir jemand einen dicken Lauf in den Rücken. Wahrscheinlich eine Schrotflinte. Selbst wenn ich versuchte, zur Seite zu springen, würde die Streuung mich in Stücke reißen.

Ich ließ die Hardballer fallen.

»Den Beutel ebenfalls!«

Ich gehorchte.

»Die Hände über den Kopf! Gehen Sie zu dem Sessel vor Ihnen! Setzen Sie sich!«

Es war ein Plüschsessel mit Lederbezug. Ich ließ mich darauf nieder und sah den Mann an, der mich überrascht und in seiner Gewalt hatte.

LaBeck trug einen Bademantel aus roter Seide und hielt eine doppelläufige Schrotflinte auf meine Brust gerichtet. Ich versuchte abzuschätzen, was er vorhatte, kam aber zu keinem Ergebnis. LaBeck wusste, dass Jack und ich zusammengehörten, und hielt mich wahrscheinlich für einen Polizisten. Vielleicht gab es für mich einen Ausweg.

Ich machte auf lässig und unbekümmert, wie ein Polizist es tun würde. »Schön, Sie wiederzusehen, Dennis.«

»Das Vergnügen ist ganz meinerseits, Mr Troutt.«

So viel zum Thema lässig und unbekümmert. »Sie wissen, wer ich bin?«

»Ich wusste es seit dem Tag, als meine Leute Sie festgenommen haben. Phineas Troutt. Kleinkrimineller, Drogensüchtiger, totaler Loser.«

Okay, dann musste ich es eben mit einer anderen Taktik versuchen. Ich entschied mich für Schmeichelei. »Das war richtig gut, wie Sie sich von hinten an mich rangeschlichen haben.«

»Ich hab mal einen Zwölfenderhirsch aus drei Metern Entfernung erschossen. Er hat meine Anwesenheit überhaupt nicht bemerkt. Bei einem schusseligen Junkie wie Ihnen war das ein Kinderspiel. Bei dem Lärm, den Sie bei Ihrem Einbruch verursacht haben, hätte nicht mehr viel gefehlt, und man hätte Sie sogar bis ins Polizeirevier gehört.«

Ich hoffte, dass er damit richtiglag. »Die Bullen sind also auf dem Weg hierher?«

»Nein.«

Wir starrten uns gegenseitig an. Für jemanden, der soeben einen Eindringling auf frischer Tat ertappt hatte, wirkte er extrem ruhig und gelassen. Kein gutes Zeichen.

»Wenn Sie mich umbringen wollen, worauf warten Sie dann noch?«

»Meine Nachbarn, die Steinmans, kommen um neun Uhr fünfzehn von der Kirche nach Hause. Ich will, dass sie den Schuss hören. Je mehr Zeugen, desto besser.«

Scheiße!

»Ich habe keine Uhr. Wie spät ist es?«

LaBeck heftete weiterhin seinen Blick auf meinen. »Auf dem Kaminsims links von Ihnen ist eine Uhr.«

Es war zehn nach neun.

Ich stand wirklich kurz davor, mir in die Hose zu pissen. Das Einzige, was meine Blase durchhalten ließ, war die Tatsache, dass es LaBeck wahrscheinlich nicht gefallen würde, wenn ich seine Möbel besudelte, und er mich auf der Stelle erschießen würde, anstatt noch fünf Minuten zu warten.

Ich gab mir Mühe, das Zittern meiner Stimme unter Kontrolle zu halten. »Sie haben mich.«

»In der Tat.«

»Dann ist das der richtige Augenblick, um mir Ihren ganzen Plan zu erzählen.«

Er zog eine Augenbraue hoch. »Wirklich? Sollte ich das?«

»Sie bringen mich doch sowieso um. Warum nicht ein paar Minuten lang damit prahlen?«

»Wie so ein drittklassiger Schurke in einem James-Bond-Film? Vielleicht sollte ich Sie in eine komplizierte Falle mit Haien und Laserstrahlen stecken, anstatt Sie zu erschießen.«

Ich ignorierte den Sarkasmus und fuhr fort: »Sie arbeiten mit Jimmy Mulrooni zusammen, um Dr. Kapoor aus der Stadt zu vertreiben. Ich vermute, dass Sie Dr. Griffith und seine Mutter getötet haben.«

»Sind Sie verkabelt, Mr Troutt?«

In dieser Stadt schien jeder Angst zu haben, dass ich verkabelt war. »Wenn dies der Fall wäre, ist es für diese Frage dann nicht zu spät? Sie haben bereits zugegeben, dass Sie mich kaltblütig niederschießen wollen.«

»Das könnte ich nur gesagt haben, um Ihnen Angst einzujagen. Damit ich keine Gewalt anwenden muss, bis die Polizei kommt.«

»Ich bin nicht verkabelt.«

»Ziehen Sie Ihr Hemd aus. Langsam.«

Ich gehorchte.

»Die Jeans auch.«

»Pervers.«

»Lassen Sie sie bis auf die Knöchel runter.«

Ich gehorchte. Jetzt hatte ich nicht nur Angst, sondern kam mir obendrein wie ein Vollidiot vor.

Weil du ein Vollidiot bist.

»Ich habe keine Ahnung, was Mulrooni mit Griffith angestellt hat«, sagte LaBeck mit erstaunlicher Offenheit. »Ich vermute, man wird ihn nie finden. Das will ich doch sehr hoffen.«

»Warum?«

»Leichen sind nicht gut für meine Wahlchancen.«

Interessant. »Und was haben zwei Frauenkliniken mit einem Sexshop und einem Stripteaselokal zu tun?«

»Vergessen Sie nicht das Tattoo-Studio. Und die zwei Massagesalons. Und … wie heißen doch gleich wieder diese Geschäfte, die Marihuana-Paraphernalien, Pfeifen und so Zeug verkaufen?«

»Kifferläden.«

»Klar, dass Sie so etwas wissen. Und ein Kifferladen. Kapieren Sie jetzt, was die alle miteinander zu tun haben?«

In meinem Kopf keimte ein Gedanke, aber er wurde von blutigen Bildern meines von einer Schrotladung zerfetzten Oberkörpers verdrängt.

»Konservative Werte, Mr Troutt. Etwas, von dem Sie zweifellos keine Ahnung haben.« Er nahm eine strammere Haltung ein, als posiere er vor einer amerikanischen Flagge. »Schmutz, Drogen, Abtreibung, das alles ist ein Teil des moralischen Verfalls unserer modernen Gesellschaft. Aber es gibt immer noch anständige und fleißige Bürger, die sich nach der guten alten Zeit sehnen, als dieses Land noch großartig war. Frauen blieben zu Hause und kümmerten sich um die Kinder. Und die wiederum konnten auf die Straße gehen, ohne mit Schmutz und Drogen konfrontiert zu werden.«

Ich persönlich mochte Schmutz und Drogen, hütete mich jedoch, seine Moralpredigt zu unterbrechen.

»Ich werde in die Geschichte eingehen als der Bürgermeister, der Flutesburg aufgeräumt hat, Mr Troutt. Und als der Gouverneur, der das Gleiche für Illinois getan hat.«

»Und als der Präsident, der die USA wieder zu alter Größe geführt hat.« Ich betrachtete den Elchkopf an der Wand. »Ich glaube aber nicht, dass Sie die Stimmen von Tierschützern bekommen.«

»Die Menschen wollen das, Mr Troutt. Sie wissen es vielleicht nicht, aber tief in ihrem Inneren wollen sie es. Die Linksliberalen sind eine Modeerscheinung. Aber die geht vorüber. Wir werden uns wieder auf gute alte amerikanische Werte besinnen. Momentan leben wir in einem modernen Sodom und Gomorrha. Der Staat legalisiert Drogen und die Homo-Ehe und bezahlt für Abtreibungen. Überall gibt es Pornografie. Irgendwann kommt der Augenblick, wo es den Leuten reicht. Und wenn es so weit ist, werde ich da sein. Als ihr Kandidat.«

Ich warf einen Blick auf die Uhr. Zwölf nach neun.

»Ich glaube nicht, dass es Ihrer Sache dienlich sein wird, wenn Sie mich töten, LaBeck.«

»Seit ich im Amt bin, gab es in Flutesburg kein einziges Gewaltverbrechen. Jedenfalls keines, über das die Medien berichteten. Aber nichts ist amerikanischer als ein Mann, der von seinem gottgegebenen Recht auf Waffenbesitz Gebrauch macht und sein Zuhause verteidigt.«

»Ich bin mir ziemlich sicher, dass der zweite Verfassungszusatz nicht zu den zehn Geboten gehört.«

»In diesem Land könnte er ebenso gut dazugehören. Sie sind ein Taugenichts, der mich aus Rache für seine Festnahme ermorden wollte. Wenn ich Sie töte, stehe ich als Held da. Ihr Einbruch war das Beste, was meiner politischen Karriere passieren konnte.«

Das hast du wirklich toll hingekriegt, du dummes Arschloch, sagte Earl. *Bis jetzt hast du keine einzige Sache richtig gemacht.*

»Wieso hilft Mulrooni Ihnen?«, fragte ich. »Haben Sie gegen ihn etwas in der Hand?«

»Wenn ich Gouverneur werde, wird Mr Mulrooni eine Menge Geld verdienen.«

»Er ist doch schon reich. Ihm gehört ein Flussboot-Casino.«

»Es gehört ihm nicht, er betreibt es nur. Die Mafia bekommt ihren Anteil, aber die Großindustrie zieht im Hintergrund die Fäden.«

»Sie werden mehr Flussboot-Casinos zulassen.«

»Sie denken nicht weit genug, Mr Troutt. Dieser Zug ist sozusagen schon abgefahren.«

Sein dummes Motiv interessierte mich nicht mehr, aber je länger ich ihn am Reden hielt, desto mehr Zeit blieb mir, mir so etwas wie einen Plan auszudenken. »Casinos auf dem Festland?«

»Nicht, solange in Chicago ein demokratischer Bürgermeister regiert. Cook County will das Glücksspiel weiterhin verbieten. Aber es gibt einen neuen Gesetzentwurf für die Legalisierung von Videopoker.«

Ich musste an die Videopoker-Gebrauchsanweisung in Griffiths Haus und das Gemälde in LaBecks Büro denken, das Hunde beim Videopokerspiel zeigte.

»Sie bringen das Gesetz durch. Dann brauchen die Leute keine Spielcasinos mehr, weil es an jeder Ecke Videopokergeräte gibt.«

Dreizehn nach neun.

»Sie denken schon wieder nicht weit genug, Mr Troutt. In jeder Bar. In jedem Einkaufszentrum. In jedem Tankstellenshop. Die staatliche Lotterie spielt im Jahr über hundert Millionen Dollar ein. Steuern auf Videopoker bringen das im *Monat* ein. Nur die Steuern. Stellen Sie sich die Bruttoeinnahmen vor.«

»Griffith hat es herausgefunden und Sie erpresst.«

Er schüttelte den Kopf. Dieser James-Bond-Scheiß funktionierte wirklich. »Mich nicht. Mulrooni. Wie bescheuert muss man sein, um die Mafia zu erpressen? Er hätte die ihm angebotene Kohle nehmen und verschwinden sollen. Das gilt auch für diese indische Schlampe.«

»Ich glaube nicht, dass ich in Ihrem Amerika leben möchte, LaBeck.«

»Keine Angst, das müssen Sie nicht. Ihre inkompetenten Freunde auch nicht. Mulrooni hat ein Team zur Klinik geschickt. Die Inderin, die hochnäsige Bullenschlampe, der bescheuerte Privatdetektiv mit dieser schrecklichen Fernsehserie … ich würde mich nicht wundern, wenn sie bereits irgendwo auf einer Mülldeponie liegen.«

Für einen Augenblick war meine Wut stärker als meine Angst. Ich wollte mich schon auf den Wichtigtuer stürzen, als ich plötzlich hinter ihm eine Bewegung wahrnahm. Es war seine fette Frau im Bademantel. Ich konnte nur einen Teil von ihr sehen, da ihr Mann mir die Sicht versperrte. Ihr Gesichtsausdruck war eine Mischung aus Furcht und Neugier.

»Guten Morgen, Mrs LaBeck«, sagte ich. »Ihr Mann hat vor, mich umzubringen. Finden Sie das in Ordnung?«

LaBecks Benehmen wechselte von angeberisch zu kurz angebunden. »Ich hab gesagt, du sollst oben bleiben, Peggy. Ruf die Polizei, wenn ich es dir sage.«

Peggy nahm eine seltsame Körperhaltung ein. Die rechte Schulter war niedriger als die linke.

Ich rutschte langsam zur Seite, um sie vollständig sehen zu können.

Peggy hielt eine Waffe an ihrer Seite. Eine große, vernickelte Pistole.

»Er hat mich gezwungen, mich auszuziehen, Mrs LaBeck. Aber Sie wissen ja, wie pervers er ist.«

»Peggy, geh nach oben und warte auf mich.«

»Oder wir können seine Sekretärin fragen.« Verdammt, wie hieß sie gleich wieder? »Eva. Wir können Eva fragen. Ich wette, Sie beide hätten sich ein paar Horrorstorys zu erzählen.«

Peggys Augen verengten sich zu Schlitzen. »Du gehst mit ihr ins Bett.«

»Das ist Unsinn, Peggy. Er will dich nur verunsichern.«

Vierzehn nach neun.

»Das ist Ihre Chance für einen Neustart, Peggy. Ihr Mann ist versichert. Sie können die Schuld auf den Einbrecher schieben. Ich helfe Ihnen.«

»Peggy, was redet dieser Idiot für einen …«

Plötzlich hielt Peggy ihrem Mann die Pistole an den Hinterkopf und zeigte ihm, worüber dieser Idiot redete. »Stimmt das, Dennis?«

LaBeck verlor für einen Moment das für einen Politiker typische Maulheldentum, und ich sah Furcht in seinen Augen aufblitzen. Dann war er plötzlich wieder ganz der Draufgänger.

»Peggy, leg die Waffe weg. Sofort!«

»Sag mir, ob das stimmt.«

»Natürlich ni…«

Sie spannte den Hahn, und LaBeck riss die Augen weit auf. Nichts trägt so sehr wie das Knacken eines Pistolenhahns dazu bei, dass man seine Lebensführung überdenkt.

»Fühlt sich nicht so toll an, wenn jemand eine Pistole auf einen richtet, stimmt's, Dennis?«, fragte ich.

»Gehst du mit dieser Hure ins Bett?«

»Peggy! Ich liebe dich. Keine andere. Ich bin meinem Ehegelübde treu geblieben.«

Viertel nach neun. Die Steinmans mussten jeden Moment nach Hause kommen.

»Er ist ein Politiker, Peggy. Lügen gehört zu seinem Beruf. Sie wissen genau, dass er Sie betrügt. Wie oft erhält er Anrufe, für die er in ein anderes Zimmer geht?«

»Das sind geschäftliche Telefonate«, sagte LaBeck mit Nachdruck, klang jedoch nicht überzeugend.

»Zeigt er Ihnen die Kreditkartenabrechnungen? Natürlich nicht, wegen all der Geschenke, die er für sie kauft.«

»Mr Troutt, hören Sie auf, ihr dummes Zeug einzureden.«

»Du hast mir die Rechnungen nie gezeigt, Dennis.«

»Weil du dich um den Haushalt kümmerst, Peggy. Um die Rechnungen kümmere ich mich.«

»Was ist mit seinen Kleidern?«, fragte ich. »Sie riechen manchmal nach Parfüm, stimmt's?«

Ihr Gesichtsausdruck änderte sich. Die Wut bekam die Oberhand.

»Peggy, das ist nicht …«

Der Schuss war ohrenbetäubend, und Dennis LaBecks letzte Gedanken spritzten an die Wand neben mir. Ich und die Glasaugen von über einem Dutzend Tieren, die er geschossen hatte, waren Zeugen.

Danke, Recht auf Waffenbesitz.

Für eine Frau, die soeben ihren Mann erschossen hatte, wirkte Peggy LaBeck ziemlich gefasst. Anscheinend hatte sie oft darüber nachgedacht. Es vielleicht sogar geplant. Anstatt unter Schock zu stehen, wie ich erwartet hatte, schien sie außer sich vor Freude und richtete die Pistole auf mich.

»Er hat es nicht anders verdient«, sagte ich. »Jetzt kann ich Ihnen mit einer plausiblen Geschichte helfen.«

»Ich habe bereits eine plausible Geschichte. Ein Einbrecher hat meinen Mann erschossen. Ich habe den Einbrecher getötet.«

»Moment!« Ich hob die Hände. »Wenn Sie diese Pistole benutzen, weiß die Polizei, dass Sie ihn getötet haben. Beide Kugeln aus derselben Waffe.«

»Ich könnte Ihnen die Waffe entrissen haben.«

»Ohne Spuren an Ihnen? Wenn Sie versucht hätten, mir die Pistole wegzunehmen, hätte es einen Kampf geben müssen. Sie brauchen, äh …« Was zum Teufel brauchte sie? »DNA! Unter Ihren Fingernägeln!«

»Ich kann Sie kratzen, wenn Sie tot sind.«

Die Alte ist viel intelligenter als ihr verstorbener Ehemann.

»Abwehrverletzungen!«, half ich ihr auf die Sprünge. »Man muss Ihnen ansehen können, dass Sie in einen Kampf verwickelt waren. Damit es realistisch wirkt.«

»Ich kann mir selbst mit einer Pfanne eins überbraten.«

»Das ist nicht dasselbe. Die Polizei kennt sich mit Schlagwinkeln aus. Die werden herausfinden, dass Sie es selbst getan haben.«

Sie kaute auf ihrer Unterlippe. »Okay, stehen Sie auf.«

Ich stand auf.

»Ziehen Sie sich an.«

Ich zog mich an.

»Kommen Sie her.«

Ich machte ein paar Schritte auf sie zu. Sie zielte mit der Pistole auf mein Herz.

»Bleiben Sie stehen. Und jetzt schlagen Sie mir ins Gesicht. Nicht zu fest. Nur so fest, dass meine Nase blutet.«

Ich nickte. »Okay.«

»Wenn Sie zu fest schlagen, sind Sie tot.«

»Ich schlage nicht zu fest.«

»Nur so, dass es blutet.«

»Es wird nicht zu fest. Sind Sie bereit? Bei drei. Eins …«

Ich schlug so fest zu, dass sie sich um die eigene Achse drehte.

Sie fiel zu Boden. Die Pistole flog in hohem Bogen weg. Ich grabschte meinen Beutel und ergriff die Flucht. Ich sprintete über den Rasen, als sei der Leibhaftige hinter mir her, und weiter über den Rasen der Steinmans, als sie gerade in die Einfahrt fuhren. Ob sie mich gesehen hatten, wusste ich nicht, aber ich hatte im Augenblick größere Sorgen.

Pasha. Jack. Harry.

Ich musste zu ihnen.

Ich bin schon öfter um mein Leben gerannt, aber diesmal fühlte es sich anders an. Weniger instinktiv, dafür emotionaler. Als ich das Loch im Zaun erreichte, war ich außer Atem, verfügte jedoch immer noch über anaerobe Energiereserven. Jedes Mal, wenn meine Füße auf den Asphalt klatschten, jagten die Schmerzen als Schockwellen durch meinen Körper, und ich fragte mich, wie es dazu kommen konnte, dass ich so schlecht in Form war.

Oh ja! Krebs. Und Drogen. Und täglich eine Tracht Prügel.

Als ich bei meinem Bronco ankam, schien die Welt um mich herum zu wackeln. Ich setzte mich hinter das Steuer und musste den Kopf zwischen die Beine stecken, um nicht in Ohnmacht zu fallen.

Was meinst du, wie das enden wird? Glücklich?

Ich startete den Truck, legte den Gang ein und hinterließ eine zwei Meter lange Spur aus verbranntem Gummi, als ich in den Verkehr schoss.

Endet in deinem Leben jemals etwas glücklich?

Für einen Augenblick verlor ich die Orientierung und wusste nicht mehr, auf welcher Straße ich mich befand. Doch dann erblickte ich den Sexshop. Ich war also auf dem richtigen Weg.

Was soll die Eile? Ich dachte, deine Mitmenschen sind dir egal.

Ich raste über eine rote Ampel und riss das Lenkrad herum, um eine Kollision zu vermeiden. Umkrampfte das Lenkrad so fest, dass die Knöchel und Handgelenke weiß hervortraten, und bog mit Vollgas um eine Ecke.

Dir ist doch wohl klar, dass deine Freunde schon tot sind.

Nur noch ein paar Straßen weiter.

Pasha hat dir vertraut. Und du hast Harry und Jack in die Scheiße hineingezogen. Deine Inkompetenz ist schuld daran, dass sie sterben mussten.

Schüsse. Da vorne. Aus der Richtung der Klinik.

Du hättest genauso gut selbst abdrücken können.

Ich legte eine Vollbremsung hin, kam ins Schleudern und schlitterte an der Vorderfront der Klinik vorbei. Vor meinen Augen lief alles in Zeitlupe ab …

Zwei Männer in Sturmhauben stehen auf der Straße und feuern mit Pistolen auf die Klinik.

Harry steht auf dem Bürgersteig, hebt seinen Magnum-Revolver …

… und wird von mehreren Kugeln getroffen.

Er dreht eine Pirouette und schlägt auf dem Boden auf, als Jack plötzlich hinter ihm auftaucht.

Sie gibt vier Schüsse ab.

Mein Bronco prallt gegen den Randstein.

Ein Angreifer geht zu Boden und hinterlässt eine Blutspur.

Der andere erwidert das Feuer.

Jack rollt ab, kommt auf die Beine und drückt zweimal ab.

Sechs Schuss. Ihre Waffe hat keine Munition mehr.

Ich suche den Beutel mit meinen Waffen, kann ihn nicht finden, keine Zeit. Dann schiebe ich mich durch die Fahrertür aus dem Auto.

Der Schütze zielt und feuert, als Jack nach links ausweicht.

Ich schreie und fuchtele mit den Armen, während ich auf ihn zurenne.

Der Schütze dreht sich in meine Richtung.

Ich bin noch sieben Schritte von ihm entfernt.

Jack schwenkt die Trommel ihres Revolvers aus und drückt auf die Ausstoßerstange. Eine leere Messinghülse fällt klimpernd auf den Gehsteig.

Der Schütze schießt auf mich. Die Kugel pfeift an meinem rechten Ohr vorbei.

Noch fünf Schritte.

Jack zieht einen Schnelllader aus der Tasche. Sie lädt sechs Patronen auf einmal und lässt die Trommel mit einer geübten Bewegung ihres Handgelenks zuschnappen.

Der Schütze schießt dicht über meinen Kopf hinweg.

Noch drei Schritte.

Bei dieser kurzen Entfernung wird er nicht noch mal danebenschießen.

Er zielt auf mein Gesicht, während ich mich auf ihn werfe. Der Lauf wirkt riesig, so groß, als könnte ich hineinspringen.

Die Zeit bleibt nahezu vollständig stehen. Ich sehe die Augen des Killers durch die Schlitze in seiner Sturmhaube. Als er den Abzug drückt, treten die Knöchel weiß hervor.

Jemand schreit. Pasha.

Und dann sehe ich zum zweiten Mal an diesem Tag, wie jemandem der Schädel explodiert, als Jacks nächster Schuss die kriminelle Karriere des Mannes beendet.

Der Schütze bricht genau in dem Moment zusammen, als ich auf ihn pralle und auf meine Seite falle.

Jack steht wieder auf den Beinen, ihr Gesichtsausdruck ist grimmig und konzentriert. Sie eilt zu den Männern, die sie niedergestreckt hat, tritt ihre Waffen weg und kontrolliert ihre Pulse.

Ich krieche zu McGlade, der auf dem Gehsteig liegt.

Seine Augen sind geschlossen, die Brust hebt und senkt sich nicht.

Ich drücke ihm eine Hand an den Hals und suche erfolglos nach einem Puls.

»Harry!« Ich packe ihn am Kragen und schüttele ihn.

Er bewegt sich nicht und atmet nicht.

»Harry!«

Ich taste ihn nach blutigen Stellen ab. Die Kugeln haben seine schusssichere Weste nicht durchdrungen. Aber das spielt keine Rolle. Durch den Aufprall konnten Rippen gebrochen sein und sein Herz durchstochen haben.

Verzweiflung senkt sich wie ein Schleier auf mich. »Oh, Scheiße! Harry! Harry, Harry, Harry …«

»Schieß los«, flüstert er. »Es sind deine zehn Cent.«

Ich stoße ein Geräusch aus, das irgendwo zwischen einem Lachen und einem Seufzer liegt.

»Sie haben mich getroffen«, stöhnt er.

»Du wirst es überstehen.«

Er presst die Augenlider zusammen, offensichtlich vor Schmerz. »Sie haben mir in die Eier geschossen.«

In der Ferne erklingen Sirenen.

»Hilfe ist unterwegs. Wir bringen dich in ein Krankenhaus.«

»Schau mal nach, ob mein Schwanz okay ist.«

»Ich fasse deinen Schwanz nicht an, Harry. Das können sie im Krankenhaus …« Ich rümpfe die Nase und würge. »Um Himmels willen, McGlade! Was stinkt da so?«

»Kevlar-Windel«, sagt er.

»Du hast in die Hose geschissen, weil man auf dich geschossen hat?«

»Nein. Das war davor.«

Ich frage nicht weiter.

Pasha eilt herbei und geht neben Harry in die Hocke. »Alles in Ordnung mit ihm?«

»Nichts, was eine Schachtel Feuchttücher nicht lösen kann.«

Pasha schlingt ihre Arme um mich und schluchzt in meinen Nacken. »Sie sind mit Pistolen reingekommen. Harry hat mich in mein Büro geschubst. Drinnen sind noch zwei.«

»Alles in Ordnung mit Ihnen?«

Ich spüre, wie sie nickt.

Jack kommt zu uns. Sie hat ihre Polizeimarke an einer Kordel um den Hals hängen. Sie nickt mir zu und starrt auf McGlade herab.

»Hast du in die Hose geschissen?«

Harry macht ein trauriges Gesicht. »Anscheinend ist es euch allen egal, dass ich getroffen wurde. Aber jeder macht ein Trara wegen meiner schmutzigen Windel.«

»Natürlich ist es uns nicht egal, dass Sie getroffen wurden, Harry«, sagt Pasha und hält sich die Hand vor Mund und Nase.

»Was ist daran so schlimm?« Harry stöhnt. »Na und? Dann hab ich halt ’nen Neger abgeseilt. War nicht das erste Mal, dass ich Rosetten-Roulette gespielt habe. Und auch nicht das letzte Mal, dass ich mir ein Snickers aus dem Kreuz gedrückt habe.«

»Mit deiner bildhaften Sprache solltest du Gedichte schreiben«, sage ich und ziehe mir das Hemd übers Gesicht. Harry ist diese Woche schon der Zweite, der in meiner Gegenwart in die Hose gemacht hat. Ich frage mich, womit ich dieses Glück verdient habe.

»Im Nachhinein betrachtet sind Burritos und Kleie-Muffins vielleicht doch nicht das ideale Frühstück.« Er zuckt zusammen. »Mir tut die Brust weh.«

»Du hast dir die Rippen gebrochen«, sagt Jack. »Und in die Hose geschissen.«

»Ich trage eine Windel, du unsensibles Arschloch. Das nächste Mal, wenn du ’nen Haufen setzt, bin ich mit einem Kamerateam vom Fernsehen vor Ort.«

Die Polizei trifft ein und eilt zu uns.

»Um Himmels willen! Was stinkt da so?!«

»Ihr seid alles Arschlöcher«, sagt Harry.

Dann schließt er die Augen, und wir nutzen die Gelegenheit, um so schnell wie möglich von ihm wegzukommen.

* * *

Die Rettungssanitäter brachten McGlade ins Krankenhaus und losten per Münzwurf untereinander aus, wer im Rettungswagen hinten bei ihm mitfahren musste.

Jack war so sehr damit beschäftigt, bei der örtlichen Polizei Schadensbegrenzung zu betreiben, dass sie mich nicht fragte, wie ich mich aus der Wohnung befreit hatte oder wo ich gewesen war.

Pasha schien unter leichtem Schock zu stehen und fragte mich auch nicht.

LaBeck war weg vom Fenster, aber von Mulrooni ging immer noch eine Gefahr aus.

Wir machten bei Pashas Apartment Halt und packten eine Reisetasche. Anschließend fuhr ich uns beide in eine Stadt namens Redemption. Sie liegt etwa achtzig Minuten von Chicago entfernt am Lake Michigan, nur ein paar Kilometer nördlich der Grenze zwischen Wisconsin und Illinois. Zwei Ziele standen auf meiner Liste ganz oben. Ziel Nummer eins: Ich wollte Pasha von Flutesburg wegbekommen.

Ich schluckte ein paar von meinen rezeptfreien Schmerztabletten. Da ich ziemlich aufgedreht war, brauchte ich kein Koffein oder Pseudoephedrin.

Irgendwann fingen die Pillen an zu wirken und verringerten meine Schmerzen, sodass es mir nicht total schlecht ging, als wir in Redemption ankamen. Earl hielt ausnahmsweise mal die Schnauze. Meine Hände fühlten sich erträglich an. Die Wange brannte nur ein bisschen. Die Brandwunden nahm ich nur als dumpfen Schmerz wahr.

Wir nahmen uns zwei nebeneinanderliegende Zimmer in einem Zwei-Sterne-Hotel. Da ich keine Kreditkarte besaß, musste ich eine Kaution in bar hinterlegen. Wir holten unser Gepäck aus dem Auto, inklusive einer Garnitur Walmart-Klamotten für mich. Ich nahm Pasha bei der Hand, brachte sie zu ihrem Zimmer und vergewisserte mich, dass die Verbindungstür zwischen unseren Zimmern nicht abgeschlossen war.

»Brauchen Sie noch irgendwas?«

Pasha schüttelte den Kopf. Während der Fahrt war sie still gewesen, und ich drängte ihr keine Unterhaltung auf. Mit Gewalt klarzukommen, war angelerntes Verhalten, und manche Menschen kamen nie über das schreckliche Erlebnis hinweg, andere sterben zu sehen.

»Ich bin gleich nebenan«, sagte ich zu ihr. »Meine Tür ist offen. Wenn Sie etwas brauchen, kommen Sie einfach rein.«

Sie nickte. Ich ging in mein Zimmer, öffnete die Verbindungstür einen Spalt, legte mich aufs Bett und schaltete die Nachrichten ein.

Es kam ein Bericht über die Schießerei vor der Klinik. Jack war eloquent und schlagfertig wie immer. Der Mord an LaBeck wurde ebenfalls erwähnt. Bisher hatte es noch keine Festnahmen gegeben, aber das war nur eine Frage der Zeit. Die Polizei würde bei Peggy LaBeck einen Schmauchspurentest vornehmen, der bewies, dass sie den tödlichen Schuss abgefeuert hatte. Sie würde sich eine verdammt gute Geschichte zurechtlegen müssen, um einer Anklage wegen vorsätzlichen Mordes zu entgehen.

Ich vernahm ein Türknarren und griff automatisch nach meiner Pistole, stellte dann aber fest, dass es Pasha war.

»Ich will jetzt nicht allein sein«, sagte sie.

»Sollen wir uns einen Film anschauen?«

Sie nickte, kroch zu mir ins Bett und kuschelte sich an meine Brust, als wäre es völlig normal.

Es war nicht normal. Aber es war vertraut. Huren kuschelten nicht. Das letzte Mal, als eine Frau sich derart an mich gedrückt hatte, war mit Annie gewesen.

Ich zappte durch die Kanäle, bis ich einen computeranimierten Zeichentrickfilm fand. Die Digitalisierung machte anscheinend auch vor Kindersendungen nicht halt. Die Sendung war grottenschlecht. Aber seien wir ehrlich, so ziemlich alles, was im Fernsehen kommt, ist grottenschlecht.

Wir sahen sie uns trotzdem an. Pasha versuchte, das schreckliche Erlebnis zu vergessen, das frisch hinter ihr lag, und ich versuchte, die warme und attraktive Frau zu ignorieren, die sich an mir festhielt.

Irgendwann hatten wir von dem computeranimierten singenden Murmeltier die Schnauze voll. Pasha griff zur Fernbedienung und zappte durch die Programme. Sie erwischte einen Film, der gerade eine nackte Liebesszene zeigte, zappte weiter und schaltete wieder zu dem Film zurück.

Es war nicht nur eine vereinzelte Szene gewesen. Der ganze Film war eine einzige nackte Liebesszene.

»Davesh mochte Pornofilme.«

Ich durchwühlte mein Gedächtnis nach dem Namen. »Ihr Verlobter.«

Auf dem Bildschirm taten nackte Menschen Dinge, die nackte Menschen eben tun.

»Mögen Sie Pornos?«, fragte Pasha.

»Ich bin mir nicht sicher, ob *mögen* das passende Wort ist. Ich bin lieber mit einer Frau zusammen, als mir einen anzuschauen. Aber manchmal ist es einfacher und schneller.«

»Davesh hat gerne Pornos angesehen. Ständig. Er wollte, dass einer lief, wenn wir miteinander im Bett waren.«

»Als Gebrauchsanleitung sozusagen?«

»Eher so was wie der Schauspielerin zuschauen, während er mit mir zusammen war.«

»Das klingt irgendwie beschissen.«

»Er war irgendwie beschissen. Aber wir haben alle unsere Macken.«

Das konnte man laut sagen.

»Ist das der Grund, warum Sie keinen Fernseher haben?«, fragte ich.

»Nein. Ich habe keinen, weil mein letzter kaputtging. Ich habe mir nur noch keinen neuen gekauft.«

Ich sah sie an. »Sie haben mir erzählt, Sie sähen nicht fern.«

»Das habe ich nur gesagt, damit Sie mich interessant finden.«

Stöhnen und Grunzen aus dem Fernseher. Pasha kuschelte sich ein bisschen enger an mich.

»Die Schauspielerei in diesen Filmen ist erbärmlich. Aber diesem Mädchen macht die Szene Spaß. Wie er sie berührt. Da!« Pasha zeigte mit dem Finger auf den Bildschirm. »Sie ist soeben gekommen. Haben Sie das mitgekriegt?«

»Klar.«

Pasha grinste mich an. »Okay, Mr Feminismus. Woran haben Sie es erkannt? An ihrem Gestöhne?«

»Stöhnen kann jeder. Diese Schauspielerin ist rot angelaufen. Das lässt sich nicht vortäuschen. Und an ihren Beckenkontraktionen.«

»Richtig!« Pasha schien begeistert darüber, dass ich das wusste. »Gleichzeitige vaginale und anale Kontraktion. Die Theorie sagt, dass diese Kontraktionen den Samen tiefer in den Gebärmutterhals ziehen. Aber das ist nur eine Theorie. Wir wissen nichts Genaues über den biologischen Grund für den weiblichen Orgasmus. Wussten Sie, dass die meisten Spermien nicht dazu bestimmt sind, ein Ei zu befruchten? Sie existieren stattdessen, um die Spermien eines anderen Mannes anzugreifen. Was glauben Sie, warum Sie eine Vorhaut haben?«

»Ich habe keine.«

Pasha verzog das Gesicht. »Beschneidung ist etwas Barbarisches. Aber was meinen Sie, warum Sie mit einer geboren wurden?«

»Weil Rollkragenpullover cool sind?«

»Die Vorhaut dient dem gleichen Zweck wie eine Saugglocke zur Abflussreinigung, nämlich, das Sperma eines Rivalen zu beseitigen. Wir sind nicht für die Monogamie geschaffen. Wussten Sie, dass die Klitoris das einzige Organ ist, das einzig und allein dem Vergnügen dient?«

»Können wir umschalten?«, fragte ich.

»Ist es Ihnen unangenehm, wenn wir uns das hier anschauen?«

»Ich weiß nicht, ob *unangenehm* das passende Wort ist.«

Pasha schaltete den Fernseher aus und sah mich an. »Frauen werden von Pornografie genauso erregt wie Männer. Wussten Sie das?«

»Klar.«

»Es gibt Studien, laut denen Frauen mehr auf Worte als auf Bilder reagieren. Aber wir reagieren auch auf Bilder. Es ist nur nicht so offensichtlich, und wir streiten es gerne ab.«

»Dieses Thema bedeutet Ihnen anscheinend sehr viel«, sagte ich und hoffte, dass sie das Thema wechselte.

»Der menschliche Körper ist eine wunderbare Maschine. Er wurde entwickelt, um Vergnügen zu spenden. Daran sollte nichts unmoralisch oder peinlich sein.«

Sie legte eine Hand auf meine Brust und zeichnete mit dem Finger einen kleinen Kreis.

»Ist dir meine Hand unangenehm?«, flüsterte Pasha mir ins Ohr.

»Glaubst du wirklich, dass das eine gute Idee ist?« Meine Stimme klang ein bisschen höher, als mir lieb war.

»Ist es dir lieber, wenn ich wieder zu diesem langweiligen Zeichentrickfilm umschalte?« Sie berührte mich an der Wange.

Ich sagte es ihr unverblümt. »Hör zu, ich will dich nicht ausnützen, wenn du verwundbar bist. Das in der Klinik war ziemlich schlimm.«

»Du nützt mich nicht aus. Ich bin in dein Zimmer gekommen und hab mich zu dir ins Bett gelegt. Nütze ich dich aus? Einvernehmlicher Sex ist keine Einbahnstraße.« Sie leckte mich am Ohrläppchen. »Wenn du willst, dass ich gehe, dann gehe ich.«

»Du stehst womöglich unter Schock.«

»Ich bin Ärztin, Phin. Ich stehe nicht unter Schock.«

»Okay. Aber du hattest ein traumatisierendes Erlebnis.«

»Und ich will das Leben mithilfe von Sex bejahen. Mit einem Mann, den ich attraktiv finde. Ist das so schlimm?«

Es war nicht schlimm. Ganz und gar nicht.

Pasha hob in Erwartung eines Kusses das Kinn. »Willst du, dass ich gehe?«

Das wollte ich definitiv nicht.

Ich küsste sie.

Pashas Lippen waren warm und weich und schmeckten nach Zimt. Als ich die Augen öffnete, sah sie mich mit geweiteten Pupillen an.

»Was magst du?«, fragte sie und unterbrach den Kuss.

»Was ich mag?«

»Beim Sex.«

»Ich bin ein Mann.« Ich küsste sie sanft aufs Kinn. »Ich mag alles. Was magst du?«

»Davesh mochte es, wenn ich ihm einen geblasen habe. Aber …«

»Aber?«

»Er hat mich nie geleckt. Auch nicht, wenn ich ihn darum gebeten habe.«

»Echt?«

Sie nickte.

Ein Teil von mir fühlte sich überrumpelt. Aber das war für mich vollkommen in Ordnung. Ich fuhr mit meinen Lippen ihren Hals hinunter, während ich gleichzeitig ihre Bluse an den Seiten fasste und ihr über den Kopf zog. Ihr BH ließ sich vorne mit einem einzigen Häkchen öffnen, und ihre Brüste waren so ziemlich das Schönste, was ich je gesehen hatte. Ich arbeitete mich an ihrem Körper entlang nach unten, nahm eine braune Brustwarze in den Mund – wobei ich sanft und behutsam saugte, damit die Nähte in meinem Mund nicht aufrissen – und liebkoste die andere mit der Hand.

Pasha streichelte mir zärtlich mit den Fingern die Kopfhaut. Als ihre Brustwarzen steif wurden, beschleunigte sich ihr Atem.

Ich bewegte mich weiter nach unten. Meine Zunge glitt über ihre Rippen und spielte mit ihrem Bauchnabel. Ich fand den Reißverschluss ihres orangefarbenen Rocks, und schwupp – weg war das Kleidungsstück.

Sie trug ein schwarzes Seidenhöschen, V-förmig geschnitten und mit Rüschen am Hüftband. Ich küsste sie zwischen den Schenkeln auf die Unterwäsche, behielt meinen Mund dort und ließ sie meinen heißen Atem spüren.

Sie drückte den Unterleib gegen mich. Meine Hände fanden ihre Brüste wieder, und ich fuhr mit dem Mund und dem Kinn über die schwarze Seide, rauf und runter, nach links und nach rechts, sanft und langsam, bis der Stoff feucht wurde.

Pasha langte nach unten, steckte den Daumen unter das Hüftband und zog ihr Höschen herunter. Ich erwischte ihre Handgelenke, verschränkte meine Finger mit ihren und reizte sie weiterhin durch den Stoff hindurch.

Sie stöhnte, presste den Unterleib gegen mein Gesicht, worauf ich mich bewusst zurückzog und meinen Druck verringerte. Das brachte Pasha zum Lachen.

»Ist das dein Ernst? Hast du eine Ahnung, wie lange es schon her ist?«

»Dann kann ein bisschen länger wohl nicht schaden.« Ich lächelte. »Zumindest nicht viel.«

Ich leckte die Leistenfalte ihres linken Oberschenkels mit viel Druck, bohrte die Zungenspitze unter den Saum ihres Höschens und zog sie wieder zurück. Dann machte ich dasselbe mit dem rechten Oberschenkel. Ich leckte langsam, aber fest, stieß sie zwischendurch mit der Nasenspitze an und sah ihr dabei zu, wie sie feuchter und feuchter wurde.

Pasha drückte mir weiterhin ihr Becken entgegen, rieb sich an meinem Kinn und keuchte, ehe ich mich zurückzog.

Sie fing an sich zu beschweren, aber ich zerrte ihr Höschen mit einer einzigen ruckartigen Bewegung weg. Einen Augenblick später hatte sie die Beine über meine Schultern gelegt, und ich vergrub mein Gesicht in ihr.

Ich erforschte sie ganz langsam mit der Zunge und den Lippen, wobei ich ihre Klitoris mied. Manche Frauen sind nämlich gegen direkte Stimulierung empfindlich. Aber alle Frauen – zumindest die, mit denen ich Sex gehabt hatte – genießen die langsame Steigerung. Je länger der Orgasmus hinausgezögert wurde, desto intensiver war er.

Ich ging voll in diesem neckischen Liebesspiel auf. Es war schon eine ganze Weile her, seit ich zuletzt eine Frau befriedigt hatte, und ich genoss jede Sekunde. Ich nahm ihre Schamlippen in den Mund, saugte erst sanft, dann fester. Stieß die Zunge in sie hinein, so tief es ging. Dann ließ ich ihre Hände los, spreizte die Schamlippen mit den Fingern weit auseinander, zog die Klitorisvorhaut zurück und beschrieb mit der Zungenspitze winzige Kreise um sie herum.

Pashas Atem ging stoßweise. Sie hielt meinen Kopf mit beiden Händen fest und drückte ihn fest an sich.

Ich zog mich erneut zurück.

»Bitte«, bettelte sie.

Ich hielt inne. Nicht, um sie zu quälen, sondern weil in mir etwas einen Riss bekam.

Es war schon so verdammt lange her, dass ich mich begehrt fühlte.

Ich hatte dieses Gefühl so sehr vermisst.

»Phin«, stöhnte sie. »Bitte.«

Ich senkte den Kopf und verlor mich in ihr.

* * *

Während der nächsten neunzig Minuten benutzten wir zwei von den drei Kondomen, die ich aus McGlades Sexshop entwendet hatte. Und obwohl wir nicht so gelenkig und dynamisch wie das Paar in dem Pornofilm waren, kamen wir voll auf unsere Kosten.

Ich brauchte Pasha nicht zu fragen, wie es war. Sie mich auch nicht.

Anschließend bestellten wir uns eine Pizza. Sie mochte italienische Würstchen, scharfe Salami und grüne Paprikaschoten. Da ich kein Fan von Letzteren war, machten wir einen Kompromiss und ließen nur die Hälfte der Pizza damit belegen.

»Heute war wirklich ein schlimmer Tag«, sagte Pasha und starrte an die Decke.

»Ich finde, es war gar nicht so schlecht.«

Der Anflug eines Lächelns huschte über ihr Gesicht, verschwand jedoch zu schnell wieder. »Du weißt, was ich meine. In der Klinik.«

»Du hast nicht darum gebeten. Die anderen schon.«

Sie starrte ins Leere. »Hätte ich das Geld genommen und mich aus dem Staub gemacht, würden diese vier Männer noch leben.«

»Das waren keine guten Menschen, Pasha. Und es war nicht ihre erste Aktion dieser Art. Sie haben bereits zuvor andere Menschen umgebracht und hätten weitergemacht. Jack und Harry haben der Welt einen Gefallen getan.«

»Der Tod ist kein Gefallen.«

»Manchmal schon«, sagte ich.

Pasha sah mich an. »Hast du zuvor schon mal jemanden getötet?«

»Ja.«

»Hast du deswegen ein schlechtes Gewissen?«

»Jedes Mal.«

»Warum machst du dann nicht was anderes?«

Ich legte mich der Länge nach auf den Rücken und verschränkte die Hände im Nacken. Mir tat alles weh, aber es fühlte sich ausnahmsweise gut an.

»Daran habe ich schon öfter gedacht. Ich hatte auch schon andere Jobs. Aber irgendwie läuft es immer wieder auf diesen hinaus.«

Pasha legte sich neben mich und hakte ein Bein über meins.

»Mein Onkel hat mal gesagt, dass jede Gewalttat hundert weitere hervorbringt.«

»Schlaues Kerlchen.«

Sie strich mit dem Zeigefinger über meine Lippen. »Was ist mit dir passiert, Phineas Troutt? Wurdest du als Kind missbraucht?«

Ich nickte.

»Sexuell?«

Ich antwortete nicht.

»Von deinem Vater?«

»Unter anderem.«

»Ist das der Grund, warum du anderen Menschen wehtust? Um von deinem eigenen Schmerz abzulenken?«

Ich wich vor ihrer Hand zurück. »Nein, das ist es nicht.«

»Du möchtest nicht darüber reden?«

Ich rang nach den passenden Worten. »Als ich klein war, fragte ich mich immer wieder, warum mich nie jemand beschützt hat. Vor meinem Vater. Vor meinem Bruder. Es gab Lehrer. Nachbarn. Die Polizei und das Jugendamt. Sie alle wussten, was bei uns zu Hause ablief. Aber keiner fühlte sich für mich zuständig.«

»Das tut mir leid.«

»Das haben viele Leute zu mir gesagt. Dass es ihnen leidtut. Aber keiner hat mir geholfen. Also habe ich einen Vorsatz gefasst: Sollte jemals jemand zu mir mit einem Problem kommen, würde ich es zu meinem Problem machen. Ich würde dieser Person helfen, es zu lösen.« Ich starrte in ihre braunen Augen. »Selbst wenn ich dafür Gewalt anwenden müsste.«

»Du bist also irgendwie immer noch dieser kleine Junge, der versucht, sich selbst zu schützen.«

»Irgendwie schon.«

Das ist Quatsch, sagte Earl. *Du hast dich nie selbst geschützt. Hast nie deine eigenen Probleme gelöst. Dein Bruder, dieser Psychopath, läuft immer noch frei herum und richtet Schaden an. Und du versteckst dich in einem Pillenfläschchen, wie Jack schon gesagt hat.*

Pasha schien darüber nachzudenken. »Warum hast du mit der Chemotherapie aufgehört?«

Ich sah sie an. »Hat Jack dir das erzählt?«

Sie verdrehte die Augen, als wollte sie sagen: Ich bin Ärztin, du Dummkopf.

Ich schaute weg und konzentrierte mich auf einen Riss in der Zimmerdecke.

Wie erklärt man einer Frau, mit der man gerade tollen Sex hatte, dass man des Lebens überdrüssig ist?

»Manchmal … manchmal wird alles nur noch schlimmer, wenn man sich wehrt.«

»Meinst du den Krebs? Oder den Missbrauch?«

»Als ich klein war … wenn ich … mich gewehrt habe … hat er mir noch mehr wehgetan.«

»Und du meinst, mit dem Krebs verhält es sich ähnlich?«

»Ich habe zwei Runden Chemotherapie und Bestrahlung hinter mir. Das war die schlimmste Zeit meines Lebens. Und glaub mir, ich habe schon schlimme Zeiten erlebt. Noch mal will ich so was nicht durchmachen. Manchmal kann man eben nicht gewinnen. Also lasse ich …«, beinahe hätte ich *Earl* gesagt, »den Krebs gewinnen.«

Ich sagte es ungern. Ich dachte auch ungern daran. Es fühlte sich schwach an. Und das war es auch. Aber das Unvermeidliche hinauszuschieben, verursachte nur noch mehr Schmerzen.

Ich wandte mich Pasha zu und erwartete, in ihren Augen Mitleid zu sehen.

Stattdessen sah ich Akzeptanz.

»Du nimmst also Drogen.«

Ich nickte.

»Tust du das, um mit deiner Krankheit klarzukommen? Oder weil sie dich davon abhalten zu kämpfen?«

Ein Klopfen an der Tür bewahrte mich davor, diese Frage beantworten zu müssen. Mit der Hardballer in der Hand spähte ich durch den Spion. Es war der Pizzabote.

Wir aßen im Bett, ohne uns weiter mit Psychotherapie zu beschäftigen. Pasha erzählte mir mehr über Davesh und konzentrierte sich dabei auf dessen Unzulänglichkeiten als Liebhaber.

»Ich habe versucht, ihm zu erklären, wie der weibliche Körper funktioniert. Er hat meine Hinweise als Kritik missverstanden. Kurz gesagt, seine eigenen Bedürfnisse waren ihm wichtiger als meine.«

»Ist das nicht in jeder Beziehung so?«

Sie ließ eine Scheibe Salami auf die Decke fallen, hob sie auf und verschlang sie. »Ich hoffe nicht. Aber vielleicht hast du recht. Ich war erst zweimal in meinem Leben verliebt. In beiden Fällen waren die Männer Egoisten. Das erste Mal war auf der Highschool. Er war Schwimmer. Ich mochte seinen Körper. Er auch. Wenn wir ausgingen, hat er meistens sich selbst angeschaut. Mit ihm hatte ich das erste Mal Sex. Es war nicht schlecht, aber ich hatte den Eindruck, dass es für ihn wie ein Rennen war, bei dem es darum geht, wer am meisten Spaß hat.«

»Junge Männer verfügen nicht über viel Selbstkontrolle.«

»Dieses Problem beschränkt sich nicht auf junge Männer. Und du? Warst du schon mal verliebt?«

»Einmal.«

»Wie hieß sie?«

»Annie.«

»Erzähl mir mehr über sie.«

Das tat ich. Ich erzählte ihr, wie wir uns kennengelernt und ineinander verliebt hatten, von dem gemeinsamen Leben, das wir geplant hatten, und davon, wie ich sie nach meiner Diagnose verlassen hatte.

»Weil du nicht wolltest, dass sie dich sterben sieht?«, fragte Pasha. Da sie den Mund voller Pizza hatte, wog die Frage nicht so schwer.

»Ja.«

»Falls wir uns näherkämen, würdest du mich auch verlassen?«

»Wahrscheinlich.«

»Wäre es nicht leichter, eine neue Chemotherapie zu machen?«

»Nein. Wenn jemand, der mir etwas bedeutet, mir dabei zusehen muss, würde es das Ganze nur noch schlimmer machen.«

»Also betäubst du deine Schmerzen weiterhin mit Kokain, Pillen und Alkohol, bis du einsam stirbst.«

»Du hast Sex vergessen.«

»Kokain, Pillen, Alkohol und Sex. Aber keine Liebe.«

»Keine Liebe.«

»Wenn das so ist, werde ich ganz besonders aufpassen, dass ich mich nicht in dich verliebe.« Sie sagte es scherzhaft und lächelte dabei.

Aber aus irgendeinem Grund fand ich es nicht lustig.

Anscheinend bemerkte Pasha meinen Stimmungsumschwung, denn sie wechselte das Thema.

»Ich habe noch nie für Sex bezahlt. Ist es ein komisches Gefühl?«

»Ob du es glaubst oder nicht, es ist zwanglos und unkompliziert.«

»Wie meinst du das?«

»Du weißt schon, wie wenn man in ein gutes Restaurant geht und von einem richtig guten Kellner bedient wird. Man kann einen tollen Abend haben und sich gleichzeitig darüber im Klaren sein, dass der Kellner einen nicht wirklich mag, obwohl er einen gut behandelt. Es ist eine Geschäftstransaktion. Das Gleiche wie bei einer Prostituierten.«

»Haben diese Frauen Spaß am Sex?«

»Manche schon. Aber für die meisten ist es ein mechanischer Vorgang. Sie wollen es so schnell wie möglich hinter sich bringen und den nächsten Kunden finden. Manche machen gerne Party. Ein paar Tage in einem Hotel mit Drogen und gutem Essen. Sie scheinen dabei Spaß zu haben, allerdings auf eine selbstzerstörerische Weise.«

Pasha aß den Rand nicht und legte ihn weg. Ich nahm das Stück und kaute darauf herum.

»Was ist das meiste, das du jemals für eine Sexarbeiterin bezahlt hast?«

»Meinst du für eine einzelne Frau? Oder für ein einzelnes Mal?«

»Beides.«

»Für ein einzelnes Mal? Zweitausend Dollar.«

Pasha riss die Augen weit auf. »So viel? Was habt ihr miteinander gemacht?«

Ich lächelte, als die Erinnerung zurückkehrte. »Sie hieß Silli. Eine der wenigen, denen die Arbeit wirklich gefallen hat. Wir hatten ziemlich viel Spaß miteinander.«

»Und das meiste für eine einzelne Frau?«

»Zweiunddreißigtausend Dollar.«

Sie boxte mich verspielt an den Arm. »Das ist doch wohl nicht dein Ernst!«

»Doch.«

»Ich hoffe, der Sex war richtig gut.«

»Das war er nicht. Wir hatten keinen Sex.«

»Jetzt bin ich aber wirklich neugierig.«

»Sie war dreizehn Jahre alt. Eine Zwangsprostituierte, aus Thailand verschleppt. Ich habe sie dem Menschenhändler abgekauft, der sie in die USA geschmuggelt hat. Dreißigtausend für ihre Freiheit und zweitausend, um sie zu ihren Verwandten in Kalifornien zu schicken.«

»Und der Menschenhändler? Bist du zur Polizei gegangen?«

»Er hat mir das Geld zurückerstattet und mir die anderen sechs Mädchen überlassen, die er verschleppt hatte.«

»Was ist mit ihm passiert?«

»Er tut nie wieder jemandem etwas zuleide.«

Er war zufällig an inneren Blutungen gestorben. Wahrscheinlich hatte das etwas mit dem elektrischen Viehtreiber zu tun, den ich ihm in den Zuhälterarsch gerammt hatte.

»Kamen die anderen Mädchen in Sicherheit?«

Ich nickte.

»Und das ist eine wahre Geschichte? Du erzählst mir das nicht nur, um bei mir Eindruck zu schinden und mich wieder ins Bett zu kriegen?«

»Die Geschichte ist wahr. Und ich versuche nicht, bei dir Eindruck zu schinden. Zweimal an einem Nachmittag ist meine Obergrenze.«

Pasha legte mir den Arm um die Schultern. »Schade. Frauen haben keine Obergrenze.«

Wir küssten uns zärtlich.

Sie schmeckte nach grünen Paprikaschoten.

Es störte mich nicht.

»Eine Frage«, sagte ich. »Als du vorhin sagtest, dass dich noch nie jemand geleckt …«

Pasha grinste boshaft. »Ich habe geflunkert. Du hast mich ertappt. Ich war noch nicht mit vielen Männern zusammen, aber das ist ein guter Test. Wenn sie das nicht tun wollen, will ich sie nicht in meinem Bett haben.«

»Na, dann bin ich ja froh, dass ich den Test bestanden habe.«

»Das hast du. Ich würde dir dafür eine solide Zwei plus geben.«

Ich zog in gespielter Empörung die Brauen zusammen. »Nur eine Zwei plus?«

»Wenn ich dir eine Eins gegeben hätte, hättest du nicht das Gefühl, dich beim nächsten Mal mehr anstrengen zu müssen.«

Ich legte ihr den Arm um die nackte Hüfte und zog sie an mich heran. »Wenn das so ist, bekommst du eine Sechs.«

»Eine Sechs?!«

»Aber du hast Glück. Du darfst den Test wiederholen.«

Ich küsste sie.

Anschließend stellte sich heraus, dass zweimal doch nicht meine Obergrenze war.

* * *

Es war kurz nach Mitternacht, und Pasha schnarchte leise. Ich schwang einen Fuß aus dem Bett und zog mich an. Sie von Flutesburg wegzubekommen, war der Hauptgrund, weshalb ich sie nach Redemption gebracht hatte. Der zweite Grund war Jimmy Mulrooni.

Mulrooni wohnte in Redemption.

Da LaBeck inzwischen aus dem Rennen war, gab es für Mulrooni keinen geschäftlichen Anlass mehr, Pasha weiterhin zu drangsalieren. Aber er hatte allen Grund, einen Groll zu hegen. Die Mafia war nicht dafür bekannt, dass sie vergab und vergaß. Abgesehen von Pasha würden auch Jack und Harry auf Mulroonis Vergeltungsliste stehen.

Ich musste dem Ganzen ein Ende bereiten. Und meine Gewinnchancen gefielen mir ganz und gar nicht.

Bei Griffith und LaBeck war Einbruch die beste Option gewesen. Aber Mulrooni war ein reicher und mächtiger Mafioso, mit Leibwächtern, jeder Menge Schusswaffen, vielleicht sogar Kampfhunden.

Ich musste also anders vorgehen.

Ich verstaute meinen Taurus-Revolver im Handschuhfach und schob die Handgranate in den Bund meiner Jeans und weiter in meine Boxershorts, bis sie unter meinen Eiern klemmte. Es war unbequem und ließ mich aus einem falschen Blickwinkel betrachtet wie der legendäre Pornostar John Holmes aussehen.

Dann setzte ich mich hinter das Steuer meines Broncos und machte mich auf den Weg zu Mulroonis Haus.

Du hattest schon einige bescheuerte Ideen, Sportsfreund. Aber das setzt dem Ganzen die Krone auf.

Die Stadt Redemption erstreckte sich über eine Fläche von sechsundzwanzig Quadratkilometer westlich des Lake Michigan. Hier lebten etwa zwanzigtausend Menschen, und es schien kein schlechter Ort zu sein, um Kinder großzuziehen. Viele Bäume und Grünanlagen, hier und da eine Farm, schöne Häuser. Außerdem sah ich während meiner Fahrt keine einzige Ladenzeile und keinen einzigen rund um die Uhr geöffneten Tankstellenshop.

Ich orientierte mich anhand der Straßenkarte, die ich mir zuvor besorgt hatte, bog in eine kleine Straße ein und passierte eine Reihe von Schildern mit der Aufschrift BETRETEN VERBOTEN und PRIVATBESITZ. Die alten, dicken Bäume am Straßenrand erinnerten mich an den Hexenwald aus dem Film *Der Zauberer von Oz*. Die Straße endete an einem schmiedeeisernen Tor, das noch größer war als das am Eingang zu der geschlossenen Wohnanlage, in der LaBecks Haus lag.

Ein Mann im Anzug, um dessen Schulter eine Maschinenpistole hing, stand hinter den Gittern und bedeutete mir mit einer Handbewegung, mein Fenster herunterzulassen, was ich auch tat.

Dein Plan wird immer bescheuerter.

»Phineas Troutt. Ich möchte zu Mr Mulrooni.«

»Worum geht es?«

»Dennis LaBeck.«

Er holte ein Walkie-Talkie hervor, sprach ein paar Worte und erhielt eine Antwort, die ich nicht hören konnte.

»Fahren Sie die Auffahrt bis zur Garage, steigen Sie aus und legen Sie die Hände auf die Motorhaube.«

Das Tor ging auf. Ich schob die Hardballer, die ich in der Hand gehalten hatte, unter den Fahrersitz und folgte den Anweisungen des Wachmanns.

Bei der Garage wartete mein alter Freund Brecher auf mich. Ich widerstand zwei Impulsen. Der erste war, ihn zu erschießen, der zweite, vor Angst zu heulen und in die Hose zu scheißen. Anstatt ihnen nachzugeben, stieg ich aus und legte die Handflächen aufs Auto.

Brecher begann mit der Leibesvisitation bei meinen Achselhöhlen und tastete mich mit seinen riesigen Pranken nach unten hin ab.

»Deine Berührungen sind sehr zärtlich«, sagte ich. »Gib's zu, es macht dir Spaß.«

Er drückte meine Muskeln mit Absicht fest genug, dass es wehtat. Aber wie ich gehofft hatte, unterließ er es, mich am Schritt abzutasten.

Der Homophobie sei Dank.

Als Brecher fertig war, starrte er mich grimmig an. »Was machst du hier?«

»Ich habe etwas Wichtiges mit deinem Boss zu besprechen.«

Brecher fixierte mich mit einem Blick, der Hundewelpen töten könnte. »Worum geht es?«

»Das sage ich ihm persönlich.«

Wir lieferten uns einen Wettbewerb, wer von uns grimmiger starren konnte. Brecher gewann. Dann gab er mir zu verstehen, dass ich ihm folgen sollte. Mulroonis Haus war bestimmt doppelt so groß wie das von LaBeck. Anscheinend war organisiertes Verbrechen lukrativer als korrupte Politik. Wir gingen kurz eine kreisförmige Einfahrt entlang und betraten die an das Haus angebaute Garage durch eine Seitentür.

Sie war viermal so groß wie mein Zimmer im Michigan-Motel und bedeutend sauberer. In der Mitte parkte ein aufgemotzter Tourenwagen. Ich war Proll genug, um sofort zu erkennen, dass es sich um ein Fahrzeug für NASCAR-Rennen handelte.

Ich pfiff durch die Zähne. Eine typische Macho-Reaktion. Selbst in der Höhle des Löwen konnte ich es nicht lassen, einen tollen Schlitten zu bewundern.

»Gefällt er Ihnen?«

Ich blickte auf und sah, wie Mulrooni die Garage aus dem Haus betrat, gefolgt von zwei seiner Gorillas. Brecher stand zwischen uns, die Hände in die Hüften gestemmt.

»Sieht teuer aus.«

»Dreihundert Riesen, plus ein Vermögen, um ihn renntauglich zu halten. Und jetzt erklären Sie mir, was Sie hier in meinem Haus wollen. Ich gebe Ihnen zehn Sekunden, dann schlägt Brecher Sie tot.«

Im Gegensatz zu LaBeck war Mulrooni niemand, der seine Zeit mit Reden verschwendete.

»Ich bin nicht gekommen, um zu kämpfen.«

Zwei weitere Gorillas kamen herbei, stellten sich hinter mich und blockierten meinen Fluchtweg.

Charles Darwin hat gerade angerufen. Du hast bei der natürlichen Auslese die Arschkarte gezogen, du Idiot.

»Acht Sekunden.«

»Ich muss erst pissen. Darf ich Ihre Toilette benutzen?«

Die Frage schien Mulrooni gewaltig zu irritieren. »Nein, das dürfen Sie nicht, Sie Penner. Fünf Sekunden.«

»Wie Sie wollen.«

Ich öffnete blitzschnell meinen Hosenschlitz und langte hinein. Mulrooni hob wütend den Zeigefinger.

»Unterstehen Sie sich …«

Plötzlich hielt ich die Granate in der Hand, zog den Stift und hielt sie über den Kopf, den Finger auf der Sicherheitsklemme. Mulroonis Gorillas, die zunächst Anstalten gemacht hatten, mich anzugreifen, wichen schnell ein paar Schritte zurück. Ihr Boss tat es ihnen gleich.

»Ich nehme an, Sie wissen, was das ist. Das Ding hat einen Vier-Sekunden-Zünder und einen Sprengradius von fünfzehn Metern. Ihr schönes Auto hier würde danach ziemlich alt aussehen. Und wenn der Schlitten explodiert, könnte Ihr ganzes Haus niederbrennen.«

Mulrooni lief rot an, und seine linke Gesichtshälfte zuckte. »Wie stellen Sie sich vor, hier lebend rauszukommen, Troutt?«

»So weit habe ich nicht gedacht.«

»Sie wollen mich umbringen? Mit dieser Granate?«

»Das will ich nicht.«

»Was wollen Sie dann?«

Ja, genau, was willst *du eigentlich, du Idiot? Glaubst du, du kannst mich auf diese Weise schlagen? Indem die Mafia dir den Garaus macht?*

»Wir hatten nie die Gelegenheit, auf dem Boot zu spielen. Sie sagten, Sie spielen gerne.«

»Kommen Sie zur Sache.«

Jetzt, wo es so weit war, kam mir mein Plan echt bescheuert vor. Aber ich hatte keine Alternativen.

»Jeder von uns zieht eine Karte. Die höhere Karte gewinnt. Wenn ich gewinne, sind wir quitt. Sie lassen mich und meine Freunde in Ruhe. Wenn Sie gewinnen, stecke ich den Stift wieder in die Granate, und Sie können mit mir machen, was Sie wollen.«

Das kauft er dir nicht ab, du blödes Arschloch. Das Beste, was du tun kannst, ist, an der Granate zu ziehen und dich draufzusetzen.

Zum Glück war Mulrooni nicht so skeptisch wie Earl.

»Was, wenn Sie verlieren und trotzdem die Granate werfen?«, fragte er.

»Selbst wenn ich Sie töte, würden Ihre Leute mich und meine Freunde jagen. Ich will nicht den Rest meines Lebens über die Schulter gucken müssen.« Ich gab mir Mühe, den nächsten Satz wie eine beiläufige Bemerkung anstatt wie eine Drohung klingen zu lassen. »Und Sie wollen das bestimmt auch nicht.«

Mulrooni verzog angewidert das Gesicht. »Glauben Sie, ich habe vor einer Null wie Ihnen Angst?«

»Natürlich nicht. Aber wie Sie wissen, ist niemand hundertprozentig sicher. Ich bin zu Ihnen gekommen wie ein Mann und biete Ihnen einen Deal an. Ich hätte auch bis morgen früh warten und Sie aus dreihundert Metern Entfernung mit einem Präzisionsschützengewehr erschießen können.«

»Und Sie meinen wirklich, Sie würden das schaffen?«

Nie und nimmer!, sagte Earl. *Dazu hast du nicht das Zeug. Und auch nicht das passende Gewehr.*

Aber das wusste Mulrooni nicht. Und ich spielte gut genug Poker, um mit einem Bluff durchzukommen.

Na ja, manchmal.

Ich trug noch dicker auf. »Sie haben gesehen, was ich mit LaBeck gemacht habe.«

»Das war seine Alte.«

»Wirklich? Aus nächster Nähe, in den Hinterkopf, in seinem Arbeitszimmer? Waren Sie schon mal dort? Fragen Sie doch die toten Tiere an seinen Wänden, was ich getan habe.«

Mulrooni rieb sich nachdenklich das Kinn.

Das kauft er dir nicht ab. Du bist tot. Du bist ja so was von …

»Brecher! Geh in mein Büro und hol mir einen Satz Spielkarten aus der obersten Schublade.«

Brecher ließ seine Muskeln spielen und trottete davon wie ein Hund, der seinem Herrchen das Stöckchen bringt.

Unglaublich.

»Sie haben Eier in der Hose, Troutt.«

»Ich hatte keine andere Wahl. Sie sind mächtig und machen mir Angst. Das war mein einziger Schachzug.«

Er nickte. Meine Antwort schien ihm zu gefallen.

»Ich spiele oft. Und ich habe oft erlebt, dass Menschen um ihr Leben gefleht haben. Aber das ist das erste Mal, dass ich erlebe, wie jemand um sein Leben spielt.«

Ich zuckte mit den Schultern und gab mir Mühe, cool zu wirken. Ich fühlte mich aber nicht cool. Mir war zum Heulen zumute. »Das Leben ist ein Spiel, nicht wahr?«

»Das hat Muhammad Ali gesagt. Ich habe ein Poster von ihm mit diesem Zitat und seinem Autogramm in meinem Büro. ›Das Leben ist ein Spiel. Man kann sich verletzen, aber Menschen kommen bei Flugzeugabstürzen ums Leben oder verlieren Arme und Beine bei Autounfällen. Jeden Tag sterben Menschen. Bei Boxern ist es genauso. Manche sterben, manche werden verletzt, manche machen weiter. Man darf sich nur nicht einreden, dass es einem selbst passiert.‹ Ali war der GRÖBAZ … der größte Boxer aller Zeiten. Aber er hat sich geirrt. Vielleicht reden Sie sich ein, dass es Ihnen nicht passiert.« Mulrooni grinste verschlagen. »Aber es passiert immer.«

Er hat recht, sagte Earl. *Irgendwann stirbt jeder. Manche früher als andere. Viel früher.*

Der Schweiß lief mir den Rücken hinunter und sammelte sich an meinem Hosenbund. Wieso brauchte Brecher so lange?

»Das mit LaBeck hat mich viel Geld gekostet«, sagte Mulrooni.

Mir gefiel die Wendung nicht, die das Gespräch nahm. »Ihr Geld? Oder das Geld von jemand anderem?«

»Mein Geld. Ich habe das Ding alleine durchgezogen. Niemand sonst hat einen Anteil bekommen.«

Das war die gute Nachricht. Und gleichzeitig die schlechte. Einerseits gab es über Mulrooni niemanden, der Rache schwören würde. Andererseits mochte Mulrooni es wahrscheinlich nicht, wenn er Geld verlor.

»Sie werden bestimmt einen anderen Politiker finden, der sich von Ihnen schmieren lässt und nach Ihrer Pfeife tanzt. Ali hat auch gesagt: ›Wer nicht mutig genug ist, etwas zu riskieren, wird im Leben nichts erreichen.‹«

»Das hat er gesagt?«

»Ich glaube schon.«

»Dieses Zitat kenne ich nicht. Sie glauben wohl, Sie sind schlauer als ich, was?«

Psychopathenalarm! Gleich wird er ausrasten wie Joe Pesci in Good Fellas. *Du bist tot, Phin. T-O-T.*

»Sie sind viel schlauer als ich«, sagte ich.

»Wenn ich so schlau bin, wie kommt es dann, dass Sie mich in meiner Garage mit einer Granate bedrohen?«

»Es ist Ihre Granate. Einer von Ihren Männern hat sie in meinem Auto versteckt. Sie hatten alles unter Kontrolle, die ganze Zeit.«

»Wieso leben Sie dann noch?«

»Sie wissen doch, wie es beim Pokerspiel läuft. Egal, wie gut Sie sind, manchmal hat der andere einfach nur Glück.«

Meine Hände begannen zu schwitzen. Eine scharfe Granate zu halten, löste einen Stress in mir aus, wie ich ihn noch nie erlebt hatte. Mir gefiel dieses Gefühl nicht.

Endlich kam Brecher mit einem Satz Spielkarten zurück. In seinen Pranken sahen sie winzig aus. Er gab sie seinem Herrn und Gebieter.

Mulrooni zerbrach die Plastikversiegelung. »Okay, Mr Pokerface. Jeder zieht eine Karte, die höhere gewinnt. Wollen Sie mischen?« Er hielt mir das Kartenpack hin.

»Ich vertraue Ihnen«, sagte ich.

Was blieb mir auch anderes übrig?

Er mischte die Karten. Nicht wie in dem Film *Cincinnati Kid*, sondern ganz normal. Das ließ in mir ein wenig Hoffnung aufkeimen, dass er nicht gut genug war, um zu schummeln.

»Wollen Sie als Erster ziehen?«

»Ziehen Sie für mich«, sagte ich. »Die oberste Karte.«

Er nahm die oberste Karte vom Stapel.

Kreuz Sieben.

Dein Plan ist scheiße, sagte Earl.

Ich musste ihm recht geben. Aber ich hatte getan, was in meiner Macht stand. Hatte ihm geschmeichelt. Ihm eine Gelegenheit gegeben, das Gesicht zu wahren. Jetzt hing alles von den Karten ab und davon, ob er sich an die Abmachung hielt, wenn er verlor.

Ich hatte nämlich keine Ahnung, was ich als Nächstes tun sollte.

»Jetzt bin ich dran.«

Er nahm die nächste Karte …

Herz Drei.

Ich stieß den Atem aus, den ich angehalten hatte.

»So, sind wir jetzt quitt?«, fragte ich.

Von einer Sekunde zur nächsten verschwand Mulroonis Pokerface, und seine Emotionen entluden sich in einem Feuerwerk, das mir Angst einjagte.

»Quitt? Sie kommen mir nichts, dir nichts in mein Haus und ziehen diese Nummer ab? Ich werde Sie jagen, Mr Troutt. Sie und sämtliche Menschen in Ihrem Umfeld. Die Ärztin. Die Bullenschlampe. Dieses Arschloch von Privatdetektiv mit seiner dämlichen Fernsehserie. Alle Ihre Verwandten, auch die entferntesten. Ich werde herausfinden, wer Ihre scheiß Kindergartentante war, und ihr mit einem Lötkolben …«

Tu schon was, du Blödmann!

Ich schleuderte Mulrooni die Granate mit solcher Wucht in die Fresse, dass sie ihm die Vorderzähne und wahrscheinlich auch den Kiefer zerschmetterte und in seinem Mund stecken blieb wie ein Apfel in einem Spanferkel.

Er fiel zu Boden.

Eine Sekunde …

Unter sämtlichen Anwesenden brach Panik aus. Die zwei Typen hinter mir sprinteten auf die Garagentür zu, und die zwei, die Mulrooni flankiert hatten, flüchteten ins Haus.

Zwei Sekunden …

Brecher starrte mit der Miene eines dummen Hundes, der nicht kapiert, wieso der Ball unter das Sofa rollt, auf seinen Chef herab.

Drei Sekunden …

Ich folgte den Gorillas durch die Garagentür ins Freie und machte drei Schritte, bevor …

BUMM!

Die Explosion machte mich taub.

Aber sie brachte mich nicht um.

Danke, NASCAR-Auto, dafür, dass du zwischen mir und der Explosion gestanden hast.

Ich verpasste einem der Typen einen Handkantenschlag ins Genick, riss seine Pistole an mich, erschoss einen anderen und sprintete zu meinem Bronco.

Das Tor ist geschlossen, sagte Earl.

Ich sprang trotzdem in den Truck, schnallte mich an und gab Vollgas.

Das ist ja noch dümmer als die Nummer mit der Granate! Du glaubst doch wohl nicht, dass du …

Ich bretterte mit fünfzig Sachen gegen das Tor.

Als ich wieder zu mir kam, hatte sich der Airbag geöffnet und der Motor des Trucks war abgewürgt.

Hinter mir erklangen Schreie und Schüsse und übertönten das Klingeln in meinen Ohren.

Ich schob den Airbag zur Seite. Das Tor war umgeknickt. Ich drehte den Zündschlüssel, obwohl ich wusste, dass der Truck nicht anspringen würde.

Doch er sprang wider Erwarten an!

Irgendetwas im Motor knirschte, und plötzlich quoll Rauch unter der Haube hervor, aber der Bronco schaffte es über das Tor. Ich lenkte ihn die Privatstraße entlang und bog schließlich in die Hauptstraße, ohne dass mich jemand verfolgte.

Nach nicht ganz zwei Kilometern zitterte ich so heftig, dass ich rechts ranfahren und kotzen musste.

Irgendwie schaffte ich es zurück zum Hotel. Als ich das Zimmer betrat, setzte Pasha sich im Bett auf.

»Es ist vorbei«, verkündete ich ihr.

Und dann tat ich das Schlimmste und Peinlichste, was ich jemals vor einer Frau getan hatte.

Ich fing an zu heulen.

* * *

Als ich endlich einschlief, hielt Pasha mich in ihren Armen.

Und sie hielt mich immer noch, als ich aufwachte.

Ich ging runter in die Lobby und holte die Morgenzeitung. Mulrooni wurde auf Seite drei erwähnt. Ortsansässiger Geschäftsmann kam bei der Explosion einer Gasleitung ums Leben, und mit ihm zwei bis jetzt unidentifizierte Personen.

Tja, bei Gasleitungen muss man echt aufpassen. Die sind gefährlich.

»Werden sie nicht jemand anderes auf uns hetzen?«, fragte Pasha beim Frühstück, das aus pampigen Rühreiern und im Mikrowellenherd aufgewärmten Haferflocken mit Milch bestand.

»Ich glaube, das war ein Alleingang von Mulrooni. Er sagte mir, ich hätte ihn Geld gekostet. Ihn persönlich. Jetzt, wo er und LaBeck weg sind, gibt es keinen Grund mehr, uns zu jagen.«

»Apropos Geld ... ich schulde dir noch welches.«

Ich nickte.

»Was, wenn ich mich weiterhin bedroht fühle? Würdest du noch ein paar Tage bei mir bleiben, wenn ich dich bezahle?«

Darüber brauchte ich nicht groß nachzudenken. »Ich nehme den Job.«

Bei Tageslicht sah mein Bronco viel schlimmer aus. Wir riefen den Abschleppdienst und besorgten für mich einen Mietwagen.

Auf der Rückfahrt machten wir Small Talk. Es war nicht unangenehm, aber nicht so vertraut, wie ich es mir erhofft hatte. Pasha fragte mich nicht, was bei Mulrooni passiert war, und ich gab keine Informationen preis. Aber ich spürte, dass sich ihre Meinung über mich verändert hatte.

Sie wusste, dass ich ihn getötet hatte. Und sie hatte mit einem Killer geschlafen. Jetzt, wo sie mich bezahlt hatte, würde sie mich wahrscheinlich bitten zu verschwinden.

Jeder ist froh, wenn der Müllmann kommt. Aber niemand mag den Gestank, der ihn umgibt.

Irgendwann verebbte unsere Unterhaltung, und wir legten die letzten dreißig Minuten schweigend zurück.

Als wir auf dem Parkplatz vor ihrem Apartmentkomplex ankamen, watschelte mein alter Freund, der Gänserich, zu uns und schnatterte aufgeregt. Offenbar wollte er mich um Pillen anschnorren. Ich ignorierte ihn, und er hackte mit seinem Schnabel nach mir.

Möglicherweise hatte das etwas zu bedeuten, aber ich war zu kaputt, um darauf zu kommen.

Als wir in Pashas Wohnung waren, fragte sie mich, ob ich einen Espresso wollte.

»Ja, das wäre toll.«

Während sie ihn zubereitete, wartete ich auf dem Sofa. Groucho sprang auf meinen Schoß.

Pasha brachte mir den Kaffee und nahm mir gegenüber Platz, anstatt sich zu mir zu setzen. Ein schlechtes Zeichen.

»Ich tue mich etwas schwer, das Ganze zu verarbeiten«, sagte sie.

Ich nickte.

»Ich muss wissen, was gestern Nacht passiert ist. Nachdem du das Hotel verlassen hast.«

»Bist du dir sicher?«

»Ja.«

Ich erzählte es ihr. Alles.

Als ich fertig war, sah sie mich emotionslos an.

Schließlich fragte sie: »Hattest du Angst?«

»Ja.«

»Und du hast es trotzdem getan?«

»Ja.«

»Du hättest abhauen können. Warum bist du nicht abgehauen?«

War das eine Anspielung auf meine Krebserkrankung? »Wie meinst du das? Weil ich immer davonrenne, wenn ich Angst habe?«

»Ja. Nein. Ich meine, du hast dein Leben für mich riskiert. Für ein paar Tausend Dollar. Warum?«

»Ich bin ein Problemlöser«, antwortete ich. »Das ist mein Job.«

Pasha fing an zu weinen. Ich trank meinen Espresso aus, setzte Groucho auf den Boden und stand auf, um zu gehen.

»Wohin gehst du?«

»Du willst mich nicht hier.«

»Ich will dich schon hier. Deswegen weine ich.«

»Das verstehe ich nicht.«

»Jack hatte recht. Du verstehst Frauen nicht.«

»Dann hilf mir doch bitte auf die Sprünge.«

Pasha schlug mit der Faust auf die Armlehne ihres Sessels. »Ich bin dabei, mich in dich zu verlieben, du Idiot. Und ich weiß, dass du gehst, wenn ich dir das sage. Du haust ab und stirbst irgendwo ganz allein, und dafür hasse ich dich.«

Ich schüttelte den Kopf. »Du verliebst dich nicht in mich. Du hast in Schwierigkeiten gesteckt. Ich habe dir geholfen, und du bist mir dankbar.«

»Das Ganze war für dich also nichts weiter als ein Job?«

Ich nickte.

»Dann sag es mir. Sag es mir ins Gesicht. Sag mir, dass du überhaupt keine Gefühle für mich empfindest.«

Das wäre das Richtige gewesen. Für mich. Und für sie.

Warum brachte ich es dann nicht fertig?

Ich musste stark sein. Für Pasha. Aber die Situation war wirklich verkorkst, denn ich wurde schwach, wenn ich sie nur ansah.

Beinahe gab ich dem Impuls nach, sie zu berühren. Aber das Telefon rettete mich.

Während wir uns anstarrten, klingelte es einmal.

Zweimal.

Dreimal.

Dann sprang der Anrufbeantworter an.

»Phin? Ich bin's, Annie.«

Für einen Augenblick war ich total sprachlos.

»Phin, bitte! Geh ran! Ich weiß, dass du da bist. Ich brauche dich!«

Pashas Augen sahen aus, als wollten sie aus den Höhlen treten. Dann reichte sie mir den Telefonhörer. Ich ging damit in das andere Zimmer.

Ich hatte keine Ahnung, was ich Annie sagen oder wie ich reagieren sollte.

Du weißt, was du Annie sagen musst. Sag ihr, sie soll dich in Ruhe lassen. Sag beiden Frauen, sie sollen dich in Ruhe lassen.

Earl hatte recht. Es war besser so.

Gute Entscheidung. Und jetzt leg auf, verschwinde von hier und besorg dir Drogen.

»Annie«, sagte ich streng. »Woher hast du diese Nummer und wieso ...«

»Phin, er hat mich in seiner Gewalt. Ich ...«

»Wir haben noch eine Rechnung offen«, fiel ihr ein Mann ins Wort.

Ein Mann, den ich kannte.

Ich senkte meine Stimme zu einem Flüstern, damit Pasha nichts hören konnte. »Wenn du ihr etwas antust ...«

»Zeig mir doch, was du dann tust. Ich bin draußen auf dem Parkplatz. Komm runter. Wenn du eine Schusswaffe oder sonst irgendetwas dabeihast, was knallt, dann stirbt sie. Wenn du die Polizei rufst, stirbt sie. Wir beide regeln das unter Männern.«

Er legte auf.

Ich eilte aus der Küche und weiter zur Tür.

»Phin?«

Ich durfte unmöglich zulassen, dass Pasha mir folgte. Also drehte ich mich um und stieß zwischen zusammengebissenen Zähnen hervor: »Mach dich nicht lächerlich. Du warst für mich nichts als eine Auftraggeberin.«

Ich blieb lange genug, um zu sehen, wie sie zusammenbrach. Dann stürzte ich zur Tür hinaus.

Ich nahm zwei Treppenstufen auf einmal, stürmte durch das Foyer nach draußen und erblickte …

Einen schwarzen Land Rover. Annie saß auf dem Vordersitz, mit Handschellen ans Lenkrad gefesselt.

Und vor dem Auto stand ein Kerl mit Bizepsen wie Melonen …

»Hey Susie. Ich hatte gehofft, du wärst in die Luft geflogen.«

Brecher hielt eine Pistole in der Hand. Eine Desert Eagle, eine der größten Handfeuerwaffen auf dem Markt. In seiner Pranke sah sie jedoch wie ein Spielzeug aus.

»Zieh das Hemd aus und stülp die Hosentaschen nach außen.«

Ich gehorchte und drehte mich einmal um die eigene Achse, um ihm zu zeigen, dass ich unbewaffnet war. »Ich muss mich bei dir entschuldigen, Sue.«

»Wofür? Dass du auf mich geschossen hast? Dass du meinen Boss in die Luft gejagt hast?«

»Es tut mir aufrichtig leid, dass ich dich nicht getötet habe, als ich die Gelegenheit dazu hatte.«

»Na dann.« Er spuckte auf den Boden. »Jetzt hast du eine weitere Gelegenheit.«

Er öffnete die Heckklappe des Land Rovers und warf die Pistole hinein. Dann zog er ebenfalls das Hemd aus.

Es war lächerlich. Brecher sah aus, als hätte er Arnold Schwarzenegger verspeist und anschließend zum Nachtisch Sylvester Stallone.

Er würde mir die Arme ausreißen.

Ich warf Annie einen verstohlenen Blick zu. Sie hatte Klebeband auf dem Mund, und die Mascara rann ihr die Wangen hinunter.

Hau ab, sagte Earl. *Du bist nicht für sie verantwortlich. Der Einzige, um den du dich kümmern musst, bin ich.*

Brecher schlug mit der Faust in die Handfläche. Es klang so laut, dass man es bis ins Weltall gehört hätte.

»Ich habe so sehr auf diesen Moment gewartet.«

»Ich auch«, log ich.

Ich hatte schon öfter im Leben Prügel einstecken müssen. Die Schläge taten weh, verheilten jedoch wieder.

Totgeschlagen zu werden, stand jedoch auf einem völlig anderen Blatt. Brecher war so riesig und stark, dass eine Auseinandersetzung mit ihm dem Begriff *Straßenkampf* eine völlig neue Dimension verlieh. Blaue Augen, eine blutige Nase, ein ausgeschlagener Zahn, eine Gehirnerschütterung? Solche Blessuren gehörten eher zu einer Prügelei auf dem Schulhof. Das hier kam einer Folter im Mittelalter gleich: sämtliche Knochen gebrochen, das Gesicht abgerissen, die Wirbelsäule gebrochen, die Arme aus der Gelenkpfanne gerissen.

Bist du verrückt?, fragte Earl. *Du könntest den Rest deines beschissenen Lebens in einem Drogenrausch ausklingen lassen. Vielleicht bleiben dir sogar noch ein paar Monate. Wenn du gegen dieses Monster kämpfst, beträgt deine Lebenserwartung ein paar Minuten.*

»Aber wenigstens hältst du dann endlich die Fresse«, murmelte ich, während ich die bandagierten Fäuste hob und in Boxerstellung ging.

Brecher kam auf mich zu.

Ich wich nicht vom Fleck.

Da ich bereits eine Begegnung mit ihm hinter mir hatte, wusste ich, wie stark und wie schnell er war. Sobald er einen entscheidenden Treffer landete, war das Spiel vorbei.

Meine Strategie bestand darin, mich auf seine beiden einzigen Körperteile zu konzentrieren, die nicht mit Anabolika aufgepumpt waren: die Augen und die Eier.

Das sind vier Teile, sagte Earl.

Wenn ich Brecher blind machte, hatte ich eine Chance. Wenn ich ihm so fest in die Eier trat, dass sie ihm im Hals stecken blieben, konnte ich ihm anschließend die Augen ausschlagen.

Davon abgesehen richtete ich mein Hauptaugenmerk darauf, mich nicht von ihm packen zu lassen.

Brecher machte einen Satz auf mich zu. Ich versuchte ihm auszuweichen und verlor dabei das Gleichgewicht. Jetzt hatte er mich am Wickel.

Ich hab dir doch gesagt, du sollst abhauen, du Dummkopf.

Bis dahin hatte mich noch niemand am Genick hochgehoben, und es tat ungefähr so weh, wie man es sich vorstellen kann. Was noch mehr wehtat, war seine andere Hand, mit der er mir so fest ins Gesicht schlug, dass ich aus seinem Griff brach und zu Boden fiel.

Ich schlug mit der Schulter auf dem Asphalt auf und sah Sterne. Es tat mir an so vielen Stellen weh, dass ich nicht mehr wusste, wo vorne und hinten war. Ich rollte mich instinktiv zusammen und wälzte mich zur Seite, gerade noch rechtzeitig, bevor mich seine Stiefel der Schuhgröße 50 zertrampelten. Ich ließ meinen rechten Fuß emporschnellen und traf ihn im Schritt.

Mein Klettverschluss-Turnschuh prallte ab, ohne Schaden anzurichten. Brecher hatte aus unserer letzten Begegnung gelernt und trug einen Hodenschutz.

Du bist so was von tot.

Brecher packte mich erneut am Genick und am Hosenbund. Als er mich hochhob, kam es mir vor, als würde der Boden kleiner werden – ein Gefühl ähnlich wie bei einer Achterbahnfahrt.

Dann schleuderte er mich fort, und die Achterbahnfahrt wurde schlimmer.

Durch die Luft zu fliegen, war ein völlig neues Gefühl für mich, und wenn ich auf dem Asphalt gelandet wäre, hätte ich mir mit Sicherheit etwas gebrochen. Stattdessen knallte ich gegen die Windschutzscheibe eines VW Jetta. Das Glas bekam beim Aufprall feine Risse in der Form eines Spinnennetzes. Ich prallte ab und rollte auf die Motorhaube.

Ein Junge namens Sue ging auf mich los.

Ich setzte mich auf und rammte den Ellenbogen so lange immer wieder gegen die Scheibe, bis ich ein Loch hineinstieß. Modernes Verbundsicherheitsglas ist stabil. Die Kunststofffolien zwischen den Scheiben halten das Glas ziemlich gut zusammen, und die Tatsache, dass es in einem gasdicht verschlossenen Druckbehälter thermisch behandelt wird, sorgt dafür, dass es in Quadrate und Rechtecke statt in scharfe Scherben zerbricht.

Quadrate und Rechtecke reichten jedoch für meine Zwecke völlig aus. Ich fasste in das Loch und zog eine Handvoll Glasstücke heraus. Als Brecher mich am Fußgelenk packte, warf ich sie ihm ins Gesicht.

Er ließ mich los. Anstatt nachzusehen, ob ich ihn blind gemacht hatte, zwängte ich mich durch das Loch in der Scheibe, fiel mit dem Gesicht nach vorne auf den Fahrersitz und suchte hektisch nach einer Waffe. Ein Wagenheber wäre nicht schlecht gewesen, ein Sturmgewehr noch besser.

Alles, was ich fand, war eine Schnabeltasse für Babys.

Das Auto schaukelte hin und her, und plötzlich zerschmetterte Brecher, dessen Augen unverletzt geblieben waren, das Seitenfenster mit einem Faustschlag und riss die Tür aus der Halterung.

Mal ganz im Ernst: Der Bursche war kein Mensch, sondern ein Monster.

Ich rechnete halb damit, dass er die Tür fressen und Metallfragmente im Rhythmus von Maschinengewehrfeuer auf mich spucken würde. Aber anstatt darauf zu warten, dass er es tat, kroch ich hastig auf die Beifahrertür zu und versuchte zu fliehen.

Brecher packte mich erneut am Hosenbund und schleuderte mich wie einen Sack Kartoffeln weg. Ich segelte etwa drei Meter weit und stieß gegen den Kotflügel eines anderen Autos. Dann fiel ich auf meinen Oberkörper und schlug mit dem Kopf auf dem Asphalt auf.

Aus mir unerklärlichen Gründen hielt ich immer noch die Schnabeltasse in der Hand. Ich schlug sie gegen die Bordsteinkante und versuchte, sie zu zerbrechen. Vielleicht erhielt ich auf diese Weise eine scharfe Kunststoffscherbe.

Aber sosehr ich auch auf den Bordstein eindrosch, das Ding wollte nicht kaputtgehen.

Babyspielzeug ist heutzutage total sicher, sagte Earl.

Brecher hob die Tür von dem Jetta auf – die verdammte Tür, man stelle sich das mal vor – und stampfte auf mich zu. Ich kam taumelnd auf die Beine, täuschte ein Ausweichen nach links vor und sprang nach rechts. Die Tür flog an mir vorbei. Mein Blick fiel auf Annie, die mit vor Angst weit aufgerissenen Augen in dem Land Rover saß, nur ein paar Stellplätze von mir entfernt.

Ich warf Brecher die Schnabeltasse entgegen, verfehlte mein Ziel und rannte auf den Land Rover zu. Nicht, weil es mir in erster Linie darum ging, Annie zu retten, sondern weil Brecher seine Desert Eagle in den Laderaum geworfen hatte. Gegenüber Kugeln vom Kaliber .32 schien er immun zu sein, aber ein Geschoss vom Kaliber .50 dürfte seinen Zukunftsplänen einen gewaltigen Dämpfer verpassen.

Brecher erriet meine Absicht und rannte los, um mir den Weg abzuschneiden. Und er war übernatürlich schnell. Ich erreichte das Heck seines SUVs eine halbe Sekunde vor ihm und zerrte am Griff der Heckklappe, doch die war verschlossen. Kurz darauf rammte Brecher mich mit der Wucht eines heranfahrenden Zuges.

Irgendwie verhedderten sich unsere Beine miteinander und wir fielen auf den Asphalt. Ich krallte mit den Fingern nach seinen Augen und traf stattdessen die Nase. Dann wich ich im Krebsgang zurück, bevor er mich erneut packen konnte.

Er war schnell, aber seine Körpermasse hinderte ihn daran, vor mir auf die Beine zu kommen. Während er sich noch auf ein Knie stützte, trat ich ihm ins Gesicht, machte einen Satz nach vorne, packte ihn an den Ohren, sprang hoch und rammte ihm das Knie in die Nase.

Ich hatte ihn hart getroffen und ihm wahrscheinlich ziemlich wehgetan, doch er setzte sofort zum Gegenangriff an und holte mit der rechten Faust aus, die so groß war wie eine Schinkenkeule. Der Schlag traf mich mit der Wucht einer Kanonenkugel, und ich war mir sicher, dass er mir die Rippen gebrochen, die Nieren zerquetscht und die Leber auf die linke Seite meines Körpers verrückt hatte.

Ich landete auf allen vieren, würgte und versuchte Atem zu holen.

Plötzlich kniete Brecher hinter mir, legte mir einen Arm um den Hals und drückte zu.

Ich hätte genauso gut eine Anakonda um den Hals haben können. Nach ein paar Sekunden sah ich rot, und der Druck in meinem Schädel war so massiv, dass ich das Gefühl hatte, die Augen würden aus den Höhlen treten.

Das war's dann wohl, sagte Earl. *Du kennst ja die Dreierregel. Drei Tage ohne Wasser. Drei Stunden ohne Schutz vor den Elementen. Drei Minuten ohne Luft.*

Ich krallte meine Finger in Brechers Unterarm. Er fühlte sich an wie ein Stahlkabel.

Wieso machst du dir überhaupt die Mühe und wehrst dich? Du willst es doch nicht anders. Das hier ist sogar besser. Anstatt langsam und jämmerlich mit Drogen und Alkohol Selbstmord zu begehen, hast du es in einer oder zwei Minuten hinter dir.

Ich versuchte, nach hinten zu greifen und Brecher die Augen auszukratzen. Aber er hatte den Kopf zur Seite gedreht und drückte mich mit seinem vollen Körpergewicht nieder.

Ich muss mich über deine Motivation schon sehr wundern, Phin. Ich dachte, wir beide waren uns darüber im Klaren, dass du aufgegeben hast. Hör auf zu kämpfen.

Ich versuchte, den Arm um meinen Hals nach vorne zu drücken, hatte aber keine Hebelwirkung. Außerdem war ich, was Größe und Stärke anging, nichts im Vergleich zu Brecher.

Lass es einfach geschehen. Heiße den Tod willkommen.

Aber dazu war ich nicht bereit.

Alles ist schrecklich, weißt du noch? Das Leben besteht nur aus Schmerz? Du liegst in deinen letzten Zügen. Wieso verschwendest du das bisschen Zeit, das dir noch bleibt, mit Kämpfen?

Ich wusste nicht genau, wie viele Sekunden vergangen waren, aber um mich herum verschwamm alles. Meine Lunge brannte und ich sah fast nur noch schwarz vor Augen.

Trotzdem weigerte ich mich, einfach aufzugeben.

Hör auf zu kämpfen, Troutt. Du kannst es drehen und wenden, wie du willst, für dich gibt es nichts, wofür zu kämpfen sich lohnt.

Earl irrte sich. Es gab in meinem Leben Menschen, für die es sich zu kämpfen lohnte.

Annie. Und Pasha. Und Jack. Und Harry.

Und mich.

Es lohnte sich, für *mich selbst* zu kämpfen.

Wieso hatte ich so lange gebraucht, um das zu kapieren?

Ich hatte auf dem Casino-Boot gekämpft.

Ich hatte im Fluss gekämpft.

Ich hatte in dem brennenden Auto gekämpft.

Ich hatte in Mulroonis Garage gekämpft.

Und jetzt, wo mir nur noch ein paar Sekunden blieben, kämpfte ich immer noch.

Ich wollte nicht sterben.

Ich hatte schon immer leben wollen.

Ich krallte meine Finger um Brechers Unterarm und zerrte, zerrte, zerrte, ZERRTE …

Und nichts geschah.

Endlich hatte ich es kapiert. Aber es war zu spät.

Na ja, wenigstens musste ich mich bald nicht mehr mit Earl herumschlagen.

»Was zum Teufel …?«

Brecher lockerte den Würgegriff um etwa einen Zentimeter. Gleichzeitig vernahm ich ein Geräusch.

Ein vertrautes Geräusch.

Einen lauten Gänseschrei.

Die Lockerung des Griffs verschaffte mir ausreichend Bewegungsfreiheit, um mein Kinn zwischen seinen Arm und meinen Hals zu drücken.

Noch ein Gänseschrei. Neben mir stand mein tablettensüchtiger Gänsekumpel und hackte mit dem Schnabel auf Brecher ein. Wahrscheinlich fragte er sich, warum er keine Pillen mehr bekam.

»Verpiss dich, scheiß Federvieh!«, brüllte Brecher.

Die Gans hackte ihm ins Gesicht, und Brecher lockerte erneut seinen Griff.

Nicht genug, damit ich atmen konnte. Aber immerhin bekam ich den Mund auf.

Das reichte. Ich biss so fest in seinen Arm, dass ich Murmeln hätte zermahlen können.

Er schrie und hielt mich noch eine halbe Sekunde lang fest. Dann konnte er mich gar nicht schnell genug wegschubsen. Ich spuckte einen Brocken von seinem Fleisch aus und rang keuchend nach Atem.

Sein Fußtritt traf mich mit solcher Wucht in die Brust, dass ich mich rückwärts überschlug. Ich rollte mich ab, sog gierig Sauerstoff in die Lunge, kam auf alle viere und anschließend auf die Beine.

Die Gans hatte mich gerettet, aber das Unvermeidliche lediglich hinausgezögert. Sie hatte sogar alles nur noch schlimmer gemacht, denn jetzt, wo ich wusste, dass ich leben wollte, würde der Tod umso schmerzhafter sein.

Ich konnte nirgendwohin flüchten, und kämpfen war ebenfalls aussichtslos.

Es sei denn …

Ich blickte mich um und fand, wonach ich gesucht hatte.

Dann sprintete ich los.

Zehn Schritte weiter hob ich den Deckel, kletterte in den Müllcontainer und fiel mit dem Gesicht zuerst in den Müll.

Ich war nicht hier, um mich zu verstecken.

Das hatte ich hinter mir.

Es war mehr Müll als gestern da, aber nach ein paar Sekunden Wühlerei fand ich die Müslipackung an genau derselben Stelle.

Ich stecke die Hand hinein.

Zog das Tütchen heraus.

Hydro.

Ich öffnete den Zip-Verschluss, hielt mir den offenen Beutel unter die Nase und zog mir so viel Pulver rein, wie ich konnte. Kaum war ich fertig, griff Brecher in die Tonne, packte mich am Arm und zog mich heraus.

Er warf mich auf den Boden.

Plötzlich ergriff die Droge von mir Besitz.

Zuerst der heftige Kick.

Dann die Entkoppelung vom Schmerz und der Realität.

Dann …

WUT!

Ich knurrte, ging auf Brecher los und drosch so schnell und fest mit den Fäusten auf sein Gesicht ein, dass er einen Rückzieher machte.

Er zielte einen Faustschlag auf mich, doch ich wich aus und stürzte mich auf ihn. Mein Mund gierte nach seinem Blut. Ich biss ihm in den Hals und kaute daran herum wie an einem zähen Steak, riss ihm ein Ohr ab und stieß einen Finger tief in ein Nasenloch.

Brecher heulte auf und versuchte mich wegzustoßen, aber mein Finger hatte sich in seiner Nasenscheidewand verhakt, und ich riss ihn mit zu Boden.

Ich ließ sein Gesicht los, rutschte ein Stück zurück, packte ihn an den Haaren und knallte den Kopf auf den Gehsteig, sodass er wie ein Basketball auf den Asphalt prallte.

Noch nie hatte es mir so viel Spaß gemacht, einen Basketball zu dribbeln.

BAMM!

BAMM!

BAMM!

BAMM!

Seit wann bluteten Basketbälle so stark?

BAMM!

BAMM!

BAMM!

Gibt es eigentlich lebende Basketbälle?

BAMM!

BAMM!

Dieser hier lebt anscheinend. Sonst würde keine Hirnmasse herausspritzen.

BAMM!

BAMM!

Na ja, viel Hirn hat er jetzt nicht mehr übrig.

BAMM!

BAMM!

BAMM!

Ohhh, du armer kleiner Basketball. Jetzt bist du tot.

Dann wurde ich von Krämpfen geschüttelt und fiel in Ohnmacht.

* * *

Als ich die Augen wieder öffnete, sah ich weiß.

Weiße Wände. Weiße Bettlaken.

Ein Krankenhaus.

Ich machte eine Bestandsaufnahme meiner körperlichen Verfassung. Die Arme und Beine waren noch dran. Alles tat mir weh, aber es war ein diffuser Schmerz.

Auf dem Stuhl neben meinem Bett saß eine Frau und las eine Zeitschrift.

Pasha? Annie?

Welche von beiden wollte ich hier haben?

Die Frau blickte auf.

»Du bist wach.«

Es war Jack.

»Wo bin …?«

»Im Sankt-Augustus-Krankenhaus. Du hattest eine Überdosis Drogen genommen. Pasha hat dich gefunden.«

Ich blickte mich im Zimmer um.

Jack schüttelte den Kopf. »Sie ist nicht hier.«

»Annie?«

»Die junge Frau, die Brecher entführt hat? Sie ist auch nicht hier.«

»Aber du bist hier.«

Jack seufzte. »Ich habe die letzten sechs Stunden mit den Behörden geredet und versucht, dich vor einer Anklage wegen Totschlags zu bewahren.«

»Es war Notwehr«, verteidigte ich mich.

»Du hast einem Mann den Schädel zertrümmert. Sein Hirn war über den ganzen Parkplatz verteilt. Als die Polizei eintraf, hat eine Gans darin herumgepickt.«

»Ist mit der Gans alles in Ordnung?«

Jack verschränkte die Arme vor der Brust. »Pasha hat mir erzählt, du wärst nach Redemption gefahren. In derselben Nacht, in der Jimmy Mulrooni ums Leben kam.«

»Hat sie das noch anderen erzählt?«

»Ihr Anwalt hat ihr davon abgeraten.«

»Brauche ich einen Anwalt?«

Jack starrte mich einen Augenblick lang an, bevor sie sagte: »Nein. Es wird keine Anklage gegen dich erhoben.«

»Danke. Ich schulde dir was.«

Jack stand auf. »Du schuldest mir eine Partie Billard. Der Arzt sagt, du bist ein Wrack, aber in ein paar Tagen müsstest du wieder draußen sein.«

»Gehst du schon?«

»Ich habe eine Verabredung. Bin froh, dass du noch lebst.«

Jack ging auf die Tür zu.

»Kriege ich keinen Abschiedskuss?«, fragte ich.

Sie zeigte mir den ausgestreckten Mittelfinger.

Ich lächelte und schlief wieder ein.

* * *

Jemand rüttelte an mir und sagte meinen Namen.

Annie? Pasha?

McGlade.

Er trug ein Krankenhaushemd.

»Kevlar ist ein Lebensretter, aber keiner sagt einem, wie weh es tut, wenn man getroffen wird.« Er runzelte die Stirn. »Acht gebrochene Rippen und eine akute Leistenzerrung. Willst du es dir mal ansehen?«

»Nein.«

»Das solltest du aber. Meine Eier sind auf ihre dreifache Größe angeschwollen. Sie sehen aus wie große rosa Luftballons, mit lockigen Härchen und einem Schwanz oben dran.«

»Darauf kann ich liebend gern verzichten.«

Harry zog einen Stuhl heran und zuckte zusammen, als er sich setzte. »Jack hat mir ein bisschen was erzählt. Kann ich ein paar zusätzliche Details von dir hören?«

Ich gab ihm eine Kurzversion.

»Du hast dir also Hydro reingezogen und dich in einen tollwütigen Zombie verwandelt?«

»So was in der Art.«

»Und die Gans hat dir das Leben gerettet.«

»Ja.«

»Das ergibt Sinn.« Harry zuckte mit den Schultern. »Gleich und gleich gesellt sich gern. Ihr seid beide schräge Vögel.«

Ich musste darüber sogar lachen.

»Ich werd' verrückt! Du lachst über einen von meinen dummen Sprüchen? Das hast du noch nie gemacht.«

»In kleinen Dosen bist du witzig.«

»Apropos kleine Dosen … wie steht's mit meinem Honorar?«

»Ich dachte, ich habe dich mit Koks bezahlt.«

»Das ist futsch. Ich hab es die Toilette runtergespült.«

Ich verfolgte das Thema nicht weiter. Ich stand so tief in Harrys und Jacks Schuld, dass ich sie niemals zurückzahlen konnte.

»Dann sag mir einfach, wie viel du willst, Harry, und du kriegst es von mir.«

»Ich will kein Geld. Ich will einen Gefallen.«

»Was für einen Gefallen?«

»Im Moment will ich keinen. Aber vielleicht später mal.«

Ich nickte. »Wird erledigt.«

»Bis es so weit ist, kann es eine Weile dauern. Vielleicht sogar Jahre. Das heißt, du musst uns erhalten bleiben. Verstehst du, was ich meine?«

Ich war auf seltsame Weise gerührt. »Ich verstehe, Harry.«

Er strahlte und tätschelte mir die Hand. »Das hört man gern, Bruder.«

»Bruder?«

»Das ist ein Kosename.«

»Ich dachte, wir sind keine Freunde.«

Harry schüttelte den Kopf, als redete er mit einem Idioten. »Jack hält nichts von liebevoller Strenge. Ich schon. Deshalb habe ich dir Zuneigung verweigert, um dich auf den rechten Weg zu bringen, und es hat funktioniert. Wie es aussieht, bist du total in mich verliebt.«

»Ich werde jetzt wieder schlafen.«

»Möchtest du vorher noch eine Umarmung? Oder vielleicht ein Küsschen?«

Ich begnügte mich mit einer Umarmung. Harry bot mir an, mir Kaffee aus der Cafeteria zu bringen, und ich sagte Ja. Aber ein paar Minuten, nachdem er gegangen war, schlief ich wieder ein.

* * *

Als ich die Augen öffnete, saß Annie an meinem Bett.

Sie sah toll aus. Hübscher, als ich sie in Erinnerung hatte.

»Es tut mir leid«, sagte ich. »Alles, was zwischen uns passiert ist.«

Annie schüttelte den Kopf und bekam glasige Augen.

»Hat er dir wehgetan?«, fragte ich.

»Nein. Er hat mir nur Angst eingejagt.« Dann brach sie in Tränen aus. »Hast du meine Briefe gelesen?«

»Ich habe sie alle aufbewahrt, aber nicht gelesen.«

»Tust du mir einen Gefallen?«

Ich nickte.

»Lies sie nicht. Wirf sie weg.«

Ich streckte die Hand nach ihr aus. »Annie …«

Sie zuckte zurück wie vor einer giftigen Schlange. »Ich kann damit leben, dass du Krebs hast. Dass du Drogen nimmst. Sogar damit, dass du zu Prostituierten gehst. Aber was ich da gesehen habe … was du mit diesem Mann … gemacht hast …«

»Er wollte uns beide umbringen, Annie.«

»Das ist mir egal, Phin. Die Bilder gehen mir nicht aus dem Kopf. Dein Blick. Was du getan hast … was du mit seinem Kopf gemacht hast.«

»Ich war auf einer extrem starken Droge. Sie hat mich ein bisschen durchdrehen lassen.«

»Ein *bisschen* durchdrehen?! Ich war dabei, als der Krankenwagen kam. Sie mussten ihn mit einer Schaufel vom Asphalt kratzen. Und du hast dabei *glücklich* ausgesehen. Wie ein Kind, das im Sandkasten spielt.«

Sie wandte sich ab, drehte sich aber sofort wieder zu mir um. »Versprich mir, dass du die Briefe wegwirfst.«

Ich konnte wenigstens ein guter Verlierer sein. »Versprochen.«

»Ich werde dir nicht mehr schreiben. Ich hoffe … ich hoffe, du nimmst professionelle Hilfe in Anspruch. Das hast du bitter nötig.«

Ich sah ihr nach, wie sie zur Tür hinausging. Ein Teil von mir verschwand mit ihr.

Vergiss sie, sagte Earl. *Pasha schuldet dir noch Kohle. Dieser Perser mit seinem Tabledance-Schuppen ebenfalls. Kahdem oder wie er gleich wieder hieß. Fünfzig Riesen dafür, dass du ihm LaBeck vom Hals geschafft hast. Weißt du, was für einen Haufen Koks wir dafür bekommen? Wir fahren zu Manny, lassen ein paar Tausender rüberwachsen, holen uns ein paar Nutten und machen eine Woche lang im Ritz einen drauf. Was hältst du davon?*

Der Vorschlag hatte was.

Wir gehören zusammen bis zum bitteren Ende, Sportsfreund. Vergiss das nie.

* * *

»Phin?«

Ich war dankbar für die Infusion, die ich bekam – was auch immer drin war. Auf jeden Fall war das Zeug stark genug, um meine Träume auszulöschen.

Wieso kam es mir dann so vor, als hörte ich Pasha?

»Phin.«

Es war kein Traum. Sie saß neben meinem Bett und hielt meine Hand.

»Ich wollte dich nicht verlassen«, sagte ich.

»Ich weiß. Du hast es nur gesagt, weil du nicht wolltest, dass ich dir folge.«

Ich nickte.

»Ich bin dir trotzdem gefolgt.«

Ich nickte noch mal.

»Diese Frau, Annie. Sie ist hübsch.«

»Ja. Sie wird bestimmt einen Mann richtig glücklich machen.«

»Aber nicht dich?«

»Nein.«

Sie drückte meine Hand fester. »Glaubst du, ich könnte dich glücklich machen?«

Ich antwortete nicht.

Tu es nicht, Mann. Zieh diese nette Frau nicht in dein beschissenes Leben.

»Ich bin nicht gerade beziehungstauglich, Pasha.«

»Wegen deiner Krebserkrankung.«

Ich nickte.

»Wegen deiner Drogensucht.«

Ich nickte.

»Und wegen deiner Arbeit.«

»Du hast doch selbst gesehen, wie ich diesen Kerl zugerichtet habe.«

»Du hast es getan, um Annie zu retten.« Pasha legte eine Hand auf ihre Brust und spreizte die Finger. »Und mich.«

»Ich habe eine ›gewalttätige Biografie‹, wie es die Polizei nennt.«

Das ist die Untertreibung des Jahrhunderts, sagte Earl.

»Würdest du jemals die Hand gegen mich erheben?«, fragte Pasha.

»Natürlich nicht.«

»Dann glaube ich … ich glaube, das mit uns beiden könnte was werden. Aber ich habe ein paar Bedingungen. Erstens, du musst auf Entzug gehen.«

Sag ihr, sie soll sich zum Teufel scheren.

»Okay«, sagte ich.

»Und dann machst du wieder eine Chemotherapie.«

Chemotherapie? Spinnt die Tussi? Weißt du noch, wie sehr wir die Chemo gehasst haben? Das war schlimmer als der Tod!

»Okay«, sagte ich.

Pasha lächelte. Ich erwiderte ihr Lächeln.

Als ihre Lippen die meinen berührten, fühlte ich mich so lebendig wie schon lange nicht mehr.

»Ich muss zurück in die Klinik«, sagte sie. »Wir machen heute Vormittag wieder auf. Ich kann nach der Arbeit noch mal bei dir vorbeischauen.«

Pasha – meine Freundin – stand auf und ging zur Tür.

Chemo? Glaubst du, du wirst mich so schnell los? Wir beide haben einen Selbstmordpakt. Ich bleibe. Für immer.

Pasha blieb an der Tür stehen und drehte sich um. Dann kam sie an mein Bett und küsste mich noch mal.

»Bis später«, sagte sie.

Dann verließ sie mein Zimmer.

Ich starrte auf die leere Tür.

»Komm schnell wieder«, flüsterte ich. »Ich weiß nicht, wie viel Zeit mir noch bleibt.«

Nachwort

»Mit einem Bein im Grab« war mein allererster Roman. Ich schrieb ihn 1994, zwei Jahre nach meinem College-Abschluss. Das Buch war gut genug, um das Interesse eines Literaturagenten zu wecken, wurde jedoch nie veröffentlicht. Ich ließ mich davon nicht entmutigen und schrieb zwei weitere Romane mit Phineas Troutt als Hauptfigur. Sie fanden ebenfalls keinen Verleger, also startete ich einen neuen Versuch und machte Jack Daniels zur Hauptfigur in »Whiskey Sour« (in Deutschland erschienen unter dem Titel »Der Lebkuchenmann«), meinem ersten, im Jahr 2004 veröffentlichten Roman.

Diese drei Phineas-Troutt-Thriller sind meine einzigen Romane, die bisher nur von ein paar Leuten gelesen wurden. Aber meine Fans haben danach verlangt, weshalb ich sie gründlich und ausführlich überarbeitete und sie einem breiten Leserkreis zugänglich machte.

Falls meine Bücher für Sie Neuland sind, möchte ich Sie darauf hinweisen, dass Phineas Troutt, Jack Daniels und Harry McGlade in Dutzenden anderen Romanen von mir vorkommen. Ausführlicheres hierzu finden Sie auf meiner Webseite unter www.jakonrath.com.

Wie immer möchte ich Ihnen danken, dass Sie meine Bücher lesen.

Joe Konrath
Chicago, 2017

Printed in Dunstable, United Kingdom

77224836R00179